KB068372

聖なる黒夜

――

下

성스러운 검은 밤 下

聖 な る 黒 夜

시바타 요시키 지음 · 김은모 옮김

RHK
알에이치코리아

차 례

〈 下 〉

*내용 이해를 돕기 위해 상, 하권의 차례를 함께 수록하였습니다.

주요 인물 소개

아소 류타로	경시청 수사1과 계장. 뛰어난 실적으로 마흔도 되기 전에 경감으로 승진했다.
야마우치 렌	이스트흥업의 사장. 니라사키 세이치의 사업 파트너이자 애인 관계였다.

조직원 및 관계자

가스가 다이조	동일본연합회 가스가 파의 총장.
니라사키 세이치	가스가 파의 핵심 간부. 차기 총장으로 가장 유력한 인물이었으나 누군가에게 살해당했다.
스와	가스가 파의 부총장. 총장의 딸과 결혼했다.
무토 슌스케	가스가 파의 분가 무토 파의 보스. 니라사키와 견원지간이며 스와를 지지한다.
다무라	무토의 부하. 야마우치와 교도소에서 같은 방을 썼다.
하세가와 다마키	야마우치의 비서. 미모가 뛰어나며 머리가 좋다.
다카야스 하루오미	가스가 파의 고문변호사.
가케카와 준이치	대형 연예기획사 가케카와 에이전시 대표이자 니라사키의 고등학교 동창.
기타무라 가즈요시	가스가 파와 대립하던 유카와 파의 이인자. 이나무라 예능을 운영했으며 교도소에서 야마우치와 같은 방을 썼다.
우에다 요스케	가스가 파와 대립 중인 간자키 파의 삼인자.

경찰

오이카와	경시청 수사4과(조직폭력반)의 경감. 검도로 세계선수권 대회에서 준우승을 거둔 무도의 달인이며 아소의 대학 시절 검도부 선배이다.
야마세	아소와 같은 수사반에서 일하는 동료이자 믿음직스러운 형사.

미야지마 시즈카	수사1과의 유일한 여성. 사격 올림픽 국가대표 후보였으며, 예쁜 외모로 남자 경찰들의 관심을 한몸에 받고 있다.
야마시타	아소의 부하. 동료인 미야지마 시즈카를 좋아한다.
아이카와 다모쓰	수사1과에서 시즈카 다음으로 젊은 형사.
이노우에 신고	아소 수사반의 주임. 곰돌이라는 별명이 있다.
쓰부라야	신주쿠 서 형사과장. 신사적인 얼굴을 하고 있지만 끈질긴 성미의 소유자다.
에노모토 이치로	마치다 서 수사2과장. 과거 세타가야에서 아소와 함께 근무했다.

니라사키의 애인들

가네무라 사쓰키	니라사키의 본처 격인 여자. 과거 재즈 가수로 활동했으며 현재는 재즈클럽을 경영하고 있다.
노조에 나미	두 번째 아내 격인 여자. 작은 내과를 운영하는 의사이다.
미나가와 사치코	과거 시노하라 유키라는 이름의 아이돌 가수로 활동했다.
에자키 다쓰야	18살의 남자 애인. 고등학교 중퇴 후 업소에서 일하다 니라사키를 만났다.
이쿠타 사키코	과거 아이돌 가수. 소속사 사장을 통해 니라사키를 만났다.

기타

마키	아소의 애인. 일식 요릿집을 운영하고 있다.
모치즈키 쇼고	교수. 딸을 잃고 얼마 지나지 않아 세상을 떠났다.
모치즈키 미치코	모치즈키 쇼고의 부인. 교통사고로 딸 마코를 잃었다.
쓰카하라 도미코	모치즈키 쇼고의 소꿉친구이자 이웃.
후지우라 가쓰토	10년 전 세타가야 사건 당시 야마우치의 변호사.
야마우치 소	야마우치 렌의 형.
고다 히나코	야마우치 렌의 누나.

8

더웠던 것만 기억났다.

그때를 떠올리려고 하면 좁고 몹시 더웠던 취조실이 제일 먼저 기억난다.
에어컨이 망가졌고, 창밖에도 바람은 불지 않았다.

정말로 내가 그런 말을 했을까.
일단 인정해. 일단. 그러면 편해질 수 있어…… 내가 평소에 가장 경멸하는 말이 아닌가.

이와시타 게이고의 사진은 충격이었다. 하지만 그 사진은 그저 렌과 흡사하게 생긴 사람이 이 세상에 있다는 사실을 나타낼 뿐이다. 게다가 그 사진은 사건이 일어나기 12년이나 전에 찍은 것이다. 사건 당시 이와시타 게이고가 정말로 렌과 판박이처럼 닮았었는지는 모를일이다. 후지우라의 이야기는 전부 상상의 산물이라고 해도 과언이아니다. 이야기의 앞뒤는 맞지만 증거는 없다. 그걸 알기에 후지우라와 히나코는 이와시타 게이고를 찾는 것이다. 사건의 배경이 무엇이든 이와시타 게이고가 이미 시효가 성립된 세타가야 사건을 자신이저질렀다고 인정하고 세세하게 진술하기만 하면 재심청구가 통과되어 렌은 무죄 판결을 받을 것이다.

이와시타 게이고는 어디에 있을까. 만약 그가 나타나서 자신이 그사건을 저질렀다고 진술한다면…….

아소는 오한이 나서 온몸을 부르르 떨었다.

그러면 지금까지 쌓아온 자신의 형사 경력을 전부 부정당하는 셈이나 마찬가지다.

믿고 싶지 않다. 못 믿는다…… 절대로.

오다큐 선 선로에 누워 있는 렌의 환영이 머릿속을 스쳤다. 2월 새벽녘, 얼어붙을 만큼 차가운 레일을 베고 첫 전철이 지나가기를 기다린 청년의 환상.

만약…… 만약 세타가야 사건의 진범이 이와시타 게이고라면, 그청년을 선로 위로 내몬 건 도대체 누구지?

오한을 멈추고자 담배에 불을 붙였지만 빨아들인 연기에는 아무

맛도 없었다. 귀울음처럼 매미 소리가 들렸다. 그해 여름, 열어둔 창문으로 흘러들어온 매미 소리.

흐느껴 우는 소리.

그 심약한 청년은 처음부터 계속 흐느껴 울었다.

그래…… 아소는 생각났다…… 그 흐느낌과 매미 소리를 참을 수가 없었다. 더웠고, 어째서인지 몹시 우울했다. 사건은 아주 명백하고 간단했으며, 며칠 후면 연수를 마치고 본청으로 돌아갈 예정이었다.

"아소 씨, 여기는 관할서입니다."

다마모토라는 이름의 그 남자는 입술을 일그러뜨려 비꼬는 듯한 웃음을 지었다.

"이렇게 간단한 사건인데 자백을 받아내지 못하면 지검에서 무슨 소리를 할지 몰라요. 본청 수사1과처럼 거창한 사건만 다루는 게 아니니까요. 우리는 자잘한 걸 하나씩 쌓아올려서 어떻게든 실적으로 인정받아야 한단 말입니다. 관할서에 있는 한, 한 방에 대역전하겠다는 건 다 헛된 꿈이에요. 어차피 큰 사건이 발생하면 당신들이 우르르 몰려와서 맛있는 부분을 몽땅 뜯어먹으니까. 아무튼 어떻게 해서든지 48시간 안에 자백을 받아낼 겁니다(경찰관이 피의자를 체포한 경우, 48시간 이내에 피의자를 석방할지 구속영장을 받아 검찰에 송치할지 결정해야 한다-옮긴이 주). 당신 방식은 너무 물러요. 보고 싶지 않거든 나가 있어요. 그럼 내가 할 테니까."

그 남자는 마음에 들지 않았다. 하지만 이제 며칠이면 떠날 직장에서 문제를 일으키고 싶지는 않았다. 그리고 다마모토의 말은 어떤 의미에서 진실이었다. 체포한 이상 자백을 받으라는 것은 분명 철칙 중

하나였다.

나가 있을 만큼 적극적으로 방관할 생각은 없었지만 신문은 주로 다마모토가 했으므로 다른 볼일로 가끔 자리를 뜨기는 했다. 돌아왔을 때 취조실 분위기가 변했음을 몇 번이나 알아차렸다.

무슨 짓을 했느냐고 다마모토에게 따져 물을 생각은 없었다. 그저 이런 짓은 이제 지긋지긋하다, 매미 소리도 신물이 난다, 빨리 돌아가고 싶다고만 생각했다.

왜 이 자식은 빨리 불지 않는 거야.

아소는 부아가 치밀었다. 이만큼 모든 사실이 명백하고, 증거도 갖추어졌고, 목격 증언까지 있는데 잡아뗄 수 있다고 생각하는 건가. 빨리 인정하면 본인도 얼마나 편하겠어. 어차피 이 정도면 집행유예를 받을 테니 인정해버리면 아무리 길어도 석 달 후에는 다시 집에 돌아갈 수 있잖아.

인정해. 빨리 인정하라고. 제가 그랬습니다, 하고 말해!

그때…….

난 뭔가 속삭였다.

아소는 생각났다. 책상에 얼굴을 숙인 채 또 흑흑대는 남자 귓가에 대고.

뭐라고 했더라?

뭐라고…….

한계였다. 더 이상은 견딜 수 없었다.

그 청년이 아니라 자신을.

돌아왔을 때 취조실에는 비릿한 풀 냄새 같은 것이 감돌았다. 청년이 입은 셔츠는 청바지 밖으로 삐져나왔고, 청바지 단추는 풀린 상태였다. 별로 보기 드문 일은 아니었다. 그런 장난을 즐기는 동료가 있다는 건 알고 있었고, 다른 관할서에서도 이야기를 들은 적이 있다. 특히 부녀자 성폭행 사건을 취조할 때는 흔히 하는 고문 중 하나다. 물론 아무도 그런 고문이 있다는 것을 공공연하게 인정하지는 않지만.

내가…… 뭐라고 했더라.

"계장님."

등 뒤에서 목소리가 들려서 아소는 돌아보았다. 야마시타가 서 있었다.

"주임님께 5시에 오라는 지시를 받았는데요."

"응."

아소는 야마시타를 자리에 앉혔다.

"야마 씨한테 대강 들었지?"

"일단은요. 하지만 계장님이 직접 나서실 것 없이 저희가……."

"가끔은 괜찮잖아. 경감 나리도 형사는 형사니까. 아니면 나랑 돌아다니기 싫어서 그래?"

"아니요."

아소는 웃었다.

"그럼 됐어. 시간 아까우니까 빨리 나가자."

***

"간다 요코 씨요?"

아소는 간호사치고는 화장이 짙다고 생각하며 그 여자의 얼굴을 보았다. 하지만 이목구비가 단정하고 귀엽게 생겼다. 질문하는 야마시타가 어쩐지 즐거워 보이는 건 기분 탓일까.

"분명 룸메이트이긴 했지만 벌써 몇 년이나 지난 일인데……."

"아이세이카이 병원에 근무했던 것까지는 쉽게 알아냈는데, 그 후에 어떻게 지내시는지 전혀 모르겠습니다. 완전히 벽에 부딪쳤어요."

"요코 씨, 결혼하지 않았으려나."

"결혼한다고 하셨습니까?"

"기숙사에서 지낼 때 사귀던 남자는 있었어요. 다만…… 왜, 요코 씨네는 편모 가정이었잖아요. 그래서 남자네 집이 못마땅해한다는 이야기를 얼핏 들었거든요."

"아이세이카이 병원을 그만둘 때 결혼한다는 이야기는?"

"안 나왔는데요…… 저한테는 조건이 좀 더 좋은 병원을 찾고 싶다고 했어요. 요코 씨는 간호조무사 자격증밖에 없어서 큰 곳에서는 허드렛일 정도밖에 못해요. 저도 그렇지만요. 오히려 개인병원이 근무조건은 더 좋을 때도 있어요."

"간다 씨 아버지에 대해 들어보신 적은 없으십니까?"

"아버지?"

"이름은 기타무라 가즈요시. 연예기획사 사장이었는데요."

"어머."

여자는 놀란 듯이 눈이 휘둥그레졌다.

"그런 줄은 몰랐네요! 저한테는 분명 오래전에 아버지가 돌아가셨다고 했던 걸로 기억하는데요. 그럼 사별한 게 아니라 부모님이 이혼하신 거군요. 하지만 정말로 요코 씨가 기숙사를 나간 후로는 한 번도 못 만났어요. 아, 하지만…… 잠깐만요. 어쩌면 연하장이 왔었는지도 모르겠어요."

사토미 레이코라는 이름의 그 간호사는 책장에서 엽서 파일을 꺼내 아소와 야마시타의 눈앞에서 넘기기 시작했다.

"아, 역시 있군요. 하지만 이거 요코 씨가 기숙사를 나간 다음 해의 연하장이네요. 88년 1월이요. 그 후로는 못 받았어요."

"주소는 어디입니까?"

"여기요. 잃어버리지 않고 돌려주신다면 빌려드릴게요."

사토미는 파일에서 연하장을 꺼내서 야마시타에게 건넸다.

아소는 재빨리 보낸 사람의 주소를 확인했다. 오타 구 오모리키타 4초메. 지금도 이 주소에 간다 요코가 살고 있을 가능성은 거의 없겠지만, 아무튼 단서는 생겼다.

아소와 야마시타는 사토미에게 감사 인사를 하고 연립주택을 나섰다.

"어떻게 할까요?"

야마시타가 손목시계를 보았다.

"슬슬 6시네요. 신주쿠를 먼저 살펴볼까요?"

"아니, 아직 그쪽은 일러. 여기에 가볼까."

"이제 거기에는 안 살걸요."

"그렇겠지. 하지만 한 발짝 전진은 했잖아."

"간다 요코 범인설은 얼마나 유력할까요?"
운전석에 앉은 야마시타가 불쑥 말했다.
"네가 보기에는 별 가망이 없을 것 같아?"
"예."
차가 출발했다. 야마시타의 운전은 조금 거치므로 아소는 안전벨트를 신중하게 맸다.
"아버지가 살아 있는데도 죽었다고 룸메이트에게 이야기했을 정도니까 요코는 아버지가 조폭임을 잘 알고 있었겠죠. 그런 아버지가 살해당했다고 해서 복수까지 생각할 만큼 애착을 품고 있었을 것 같지는 않은데요. 기타무라와 요코 어머니는 기타무라가 세 번째로 감방에 들어갔을 때 이혼했습니다. 요코가 중학생 때였죠. 아버지가 어디 있는지도, 왜 그런 데 갔는지도 이해할 수 있을 만한 나이입니다. 아버지를 경멸했기 때문에 죽은 셈 친 거겠죠."
"인간의 감정, 특히 부모 자식 간의 감정을 그렇게 단순명쾌하게 결론지을 수 있을까?"
"하지만."
"뭐, 아무튼 요코를 한 번 찾아내보자고. 요코는 간호사였어. 니라사키를 살해한 흉기가 의료용 메스였던 이상, 그 접점을 무시할 수는 없어."

JR 오모리 역 북서쪽의 오모리키타 4초메는 차를 타고 금방이었다. 연하장에 적힌 주소의 연립주택도 바로 찾아냈다. 하지만 해당 호수에는 다른 사람이 살고 있었다.

"그 사람이라면, 제가 이사 오기 전에 살던 사람 같은데요."

패밀리 레스토랑 일을 마치고 막 돌아왔다는 여자는 이자와라는 문패가 걸린 집 현관에서 고개를 갸웃했다.

"성이 간다라면 확실해요. 제가 이사 오고 1년쯤, 간다라는 사람 앞으로 가끔 우편물이 왔거든요. 보통은 우체국에 주소 이전 신고를 하니까 그런 일이 없잖아요. 게을러빠진 사람인가, 아니면 야반도주를 했나, 하고 생각한 기억이 나네요."

"언제 여기로 이사 오셨습니까?"

"예전 회사를 그만둔 직후였으니까 분명 89년 12월이에요. 크리스마스가 다 되어가는 무렵이었죠. 요 부근은 편리해서 저도 오래 눌러앉아 있네요."

"간다 씨 앞으로 온 우편물 말인데요. 보관하고 계시지는 않죠?"

"남 앞으로 온 편지를 왜 가지고 있겠어요?"

여자는 웃었다.

"빨간 펜으로 이 주소에는 이제 안 삽니다, 라고 적어서 다시 우체통에 넣었어요. 그러면 우체국에서 반송해주잖아요?"

"받는 사람 쪽에 적힌 이름이 정확히 간다 요코였는지 아닌지는 기억하십니까?"

"그것까지는 모르겠는데요."

여자는 고개를 저었다.

"하지만 여자 이름이었을 거예요. 아아, 그리고 근처 병원에서 급여명세서 재중이라는 도장이 찍힌 봉투를 보낸 적이 있어요. 그래서 전에 살던 사람은 병원에서 일했구나, 하고 생각한 게 어렴풋이 기억

나네요. 간호사나 식당 아주머니인가 싶었죠. 솔직히 병원에서 얼마나 받고 일하나 흥미가 생겨서 실수한 척 봉투를 뜯어볼까 싶기도 했는데, 결국 그냥 우체통에 넣었어요."

여자는 어깨를 움츠리고 쓴웃음을 지었다.

"어느 병원이었는지 기억하십니까?"

"예, 물론이죠. 오모리키타 2초메의 이치케 산부인과요. 제가 태어난 병원이거든요."

여자는 이번에는 명랑하게 웃었다.

"저, 예전에는 부모님이랑 오모리키타 2초메에 살았어요. 하지만 이사를 가서 부모님은 지금 지바에 계세요. 고등학교 졸업하고 도쿄에서 일하면서 몇 번이나 이사한 끝에 태어난 동네로 돌아온 거죠."

이치케 산부인과까지는 차로 몇 분밖에 걸리지 않았다. 개인병원이지만 산부인과라서 입원시설이 있기 때문인지 건물은 컸다. 7시 반이 다 되었지만 8시까지 외래 진료를 보므로 대합실은 꽤나 붐볐다.

아소는 진찰에 방해가 되지 않도록 외래 진료가 끝날 때까지 주차장에서 기다리기로 했다.

야마시타가 근처 자판기에서 캔 커피를 두 개 사서 돌아왔다.

"요즘 산부인과는 늦게까지 여는 모양이네요."

"그만큼 결혼하고도 일하는 여자가 많다는 뜻이겠지."

"하지만 갓난아이를 남에게 맡기고 일하는 건 좀 그런데요. 저는 그런 거 싫습니다."

"결혼하면 아내가 집에 있길 바라나 보군."

"아이가 생길 때까지는 맞벌이도 괜찮지만요. 제 사고방식이 너무 낡은 걸까요?"

"난 잘 모르겠다."

"계장님 결혼하셨을 때 사모님은 일 그만두셨죠?"

"뭐, 원래 회사에 다니던 건 아니었으니까. 결혼을 계기로 자연스레 그만둔 느낌이었어. 마루노우치의 카페에서 종업원으로 일했거든. 심심하면 아르바이트 정도는 나가도 된다고 했지만, 사치를 부리는 여자가 아니라서 내 박봉에도 불평을 한 적은 없었어. 처음에는 관사에 살았으니까 집세도 쌌고…… 야마시타, 진지하게 결혼을 생각하는 거야?"

"……결혼하고 싶은 사람은 있습니다."

"시즈카?"

야마시타는 대답 없이 운전대를 가볍게 두 번 두드렸다.

"차였습니다. 지금은 일이 재미있으니까 남자와 사귈 생각 없다고 하더라고요. 하지만…… 핑계죠. 따로 좋아하는 남자가 있는 거예요."

"그럼 어쩔 수 없네."

"남의 일처럼 말씀하시는군요."

"남의 일이야."

아소는 말을 이었다.

"나하고 무슨 관계가 있어?"

"비겁하십니다, 계장님."

"비겁하다고?"

"시즈카의 마음 아시잖습니까. 시즈카가 좋아하는 사람이 계장님이라는 것 정도는."

"나는 독심술사가 아니야. 시즈카는 나한테 그런 말은 한마디도 한 적 없어."

"그런 식으로 회피하시니까 비겁하다는 겁니다. 저만 시즈카의 마음을 알아차린 줄 아십니까? 수사반 사람 모두 다 아는 사실이에요. 그리고 계장님은 지금 독신입니다. 마음만 먹으면 시즈카와……."

"마음만 먹으면, 이라."

아소는 웃으며 담배를 물었다.

"요컨대 마음만 안 먹으면 아무 상관도 없는 셈이로군."

"시즈카가 싫으십니까?"

"설마."

라이터를 켰을 때 자신을 노려보는 야마시타의 얼굴이 시야에 들어왔다.

"이 세상에 시즈카를 싫어하는 남자가 어디 있겠어. 적어도 우리 중에 걔를 싫어하는 사람은 없어. 하지만 싫어하지 않는다고 해서 사귀고 싶고 자고 싶다는 건 아니야…… 그건 완전히 별개의 문제지."

"시즈카와 사귈 마음은 없으시다는 뜻이죠?"

"나한테는 여자가 있어."

아소는 담배연기를 길게 뿜어냈다.

"결혼 생활에는 이제 넌더리가 났지만, 그 여자하고는 가능하면 오래오래 잘 지내고 싶어. 이 정도 대답이면 만족하겠나, 야마시타."

야마시타는 잠시 침묵을 지키다가 한숨을 쉬듯이 숨을 내뱉었다.

"……죄송합니다, 계장님. 쓸데없는 말씀을 드렸네요."

"괜찮아. 하지만 결혼할 마음이 없는 여자와 사귀는 건 확대해석하면 경찰관 복무규정에 저촉될 우려가 있으니까 입 밖에 내지는 말고."

"알겠습니다."

"그리고…… 시즈카가 지금 남자와 사귈 생각이 없다고 한 건 진심인 것 같은데. 시즈카가 날 어떻게 여기든 상관없어. 다만 시즈카는 지금 형사라는 일에 푹 빠졌어. 남자와 사귀기 귀찮다고 생각하는 게 그렇게 부자연스러운 일일까. 내가 무슨 페미니스트라서 이런 말을 하는 건 아니지만, 우리도 일이 정말 재미있을 때는 여자친구 따위 필요 없다고 생각하기도 하잖아? 여자니까 일보다 연애나 결혼을 우선할 거라는 생각은 역시 편견이야. 너도 알다시피 시즈카는 좌절을 한번 겪었어. 올림픽을 단념했을 때 우리 같은 보통 사람들은 이해하지 못할 괴로움을 맛봤을 거야…… 지금 시즈카는 형사라는 일에 몰두함으로써 그 좌절감을 극복하고자 발버둥 치고 있는 것 같아. 지금은 남자와 사귈 마음이 없다는 말은 그저 핑계가 아니라고. 시즈카에게 반하는 건 네 자유지만 시즈카의 진심도 헤아리지 않고 무작정 결혼하겠다고 설레발을 치는 거라면 좀 더 냉정을 찾는 편이 좋을 거야."

"냉정해지고는 싫습니다."

야마시타의 목소리가 떨렸다.

"하지만…… 아무튼 시즈카만 생각하면 머리에 피가 확 쏠리는 듯한 느낌이라서요. 저도 뭘 어떻게 해야 좋을지 모르겠습니다……."

"그만큼 한 여자에게 푹 빠질 수 있다니, 어떤 의미에서는 부러운 이야기로군."

"계장님은 어떠셨어요? 그…… 예전 사모님과는 연애결혼하셨다고 들었는데요."

아소는 담배를 비벼 껐다. 이제 캔 커피도 다 마셨다.

"잊어버렸어."

아소는 그렇게 말했다.

"워낙 옛날 일이라서…… 8시 다 됐네, 갈까."

9

"있었어요."

직책이 수간호사인 중년 간호사는 즉시 고개를 끄덕였다.

"반년쯤 있었을 거예요. 간다 요코. 기억나네요. 분명 조산사 자격증은 없었어요. 아아, 참, 가을에 그만뒀으니까 일고여덟 달은 있었나 보네요. 밝고 또랑또랑한 애였는데. 이제 원무과에도 그때 받은 이력서는 없을지도 모르겠어요."

아소는 수간호사의 정확한 기억력에 혀를 내둘렀다. 야마시타도 감탄한 표정으로 고개를 끄덕였다.

"간다 씨는 아이세이카이 병원을 87년 여름에 그만뒀습니다만."

"그럼 조금 여유를 두고 우리 병원에 왔네요. 우리 병원에는 분명 89년 3월에 왔거든요. 가을쯤에 신문광고로 간호사를 모집했어요. 그해 마침 결혼이니 뭐니 해서 간호사가 세 명이나 그만뒀거든요. 일단 조산사 자격증이 있는 사람을 모집했지만, 우리 같은 동네 병원에서는 간호조무사도 감지덕지니까요. 흥미가 있으면 공부해서 조산사 자격증을 따는 게 어떻겠냐는 조건으로 채용하지 않았던가. 제가 면접을 봤어요, 예."

"1년도 안 돼서 퇴직하다니 빠르군요. 결혼 퇴직이었습니까?"

"그걸 잘 모르겠어요."

수간호사는 눈살을 찌푸렸다.

"몸이 안 좋으니 쉬게 해달라는 연락이 왔어요. 그래서 일주일쯤 쉬었을 거예요. 그 다음에 편지가 왔는데 죄송하지만 일신상의 이유로 퇴직하겠다, 미지급된 급료는 필요 없다, 뭐 이런 내용이더라고요. 무슨 문제라도 생긴 거 아니냐고 원장님도 원무과장님도 걱정하셔서 전화를 해봤더니 연결이 안 되더라고요. 그래서 연립주택 주인한테 물어봤는데 급하게 이사를 갔다고 해서 어안이 벙벙했죠. 하지만 뭐 어쩌겠어요. 병원 돈을 떼먹은 것도 아닌데. 도대체 무슨 영문인지 궁금했지만 그냥 놔뒀죠. 그리고 몇 달쯤 지나서 무슨 착오로 원무과에서 미지급 급여명세서를 이미 이사 가고 없는 집에 보낸 모양이더라고요. 수취인 불명으로 우편물이 되돌아오고 나서 원무과장님이 말씀하시더군요. 이대로 급여를 미지급할 수는 없고, 사회보험과 연금 문제도 있으니 어떻게 해야 하지 않겠느냐고요. 그래서 이전 직장에 연락해서 본가 주소를 알아내고 원무과장님이 직접 본가까지 가셔서 퇴직 절차를 밟고 오셨을 거예요, 분명. 저는 사무와 관련해서는 잘 모르니 그 일은 원무과장님께 물어보세요."

원무과장은 수간호사와는 대조적으로 몸이 바짝 말랐고 목소리도 작았으며 어쩐지 신경질적으로 느껴지는 남자였다.

"간다 씨의 본가는 사이타마 현 우라와 시에 있습니다. 간다 씨 어머님과 할머니가 함께 살고 계셨죠. 두 분도 간다 씨가 느닷없이 병원을 그만두고 행방을 감춘 줄은 모르시더군요. 몹시 놀라셨습니다. 다만 본인의 뜻으로 그런 거니까 저희로서도 어쩔 방도가 없었죠. 아무튼 어머님이 퇴직 절차를 대신 밟아주셔서 사회보험료 따위를 제한 미지급 급여를 드리고 돌아왔습니다. 저희 쪽에서 할 수 있는 일은 그게 전부였죠. 갑자기 그만둬서 괘씸하긴 했지만 병원 돈을 떼먹은 것도, 병원에 심각한 문제가 초래될 만한 짓을 한 것도 아니니까요."

"정말로 병원 입장에서는 아무 문제도 없었습니까?"

야마시타가 묻자 원무과장은 불쾌한 듯이 눈살을 찌푸렸다.

"경찰에 숨겨야 하는 비밀은 저희 병원에 없습니다. 의심스러우면 얼마든지 조사해보시죠. 의료과실을 일으킨 적도 없고, 세금도 꼬박꼬박 잘 냅니다. 고소를 당한 적도 없고요."

"아니, 그런 뜻은 아니었습니다. 사소한 일이라도 상관없습니다. 예를 들어 직장의 인간관계에 문제가 있었다거나, 근무 조건 때문에 말이 많았다거나……."

"수간호사가 아무 말씀도 안 드렸다면 특별히 언급할 만한 문제는 없었다고 봐도 무방할 겁니다. 저희 병원에서 수간호사가 모르는 간호사의 문제는 없으니까요."

원무과장은 다분히 자조적으로 말했다. 병원의 실권을 수간호사가 쥐고 있다는 사실을 은근히 인정하려니 속이 부글부글 끓었는지도 모른다.

"어쨌거나 저희 때문에 간다 씨가 실종됐다고 생각하신다면 잘못 짚으신 겁니다. 간다 씨는 당시 스물여섯, 일곱 살 아니었습니까? 그 나이대의 여자가 휘말릴 문제 하면 일단 남자 문제 아닐까 싶은데요. 아무튼 성인 여성이 자의로 벌인 일입니다. 저희라고 별 수 있겠습니까."

　　　　　　　　　* * *

“단서가 뚝 끊겼네요.”

야마시타는 현관에서 병원을 한 번 돌아보았다.

“여기서부터 어떻게 앞으로 나아가야 할지 원.”

“하지만 어때? 감촉이 좀 바뀌었지?”

“그렇네요…… 확실히. 니라사키 살해 사건과 무관계하다고 쳐도 실종이라니 어째 께름칙합니다.”

“원무과장이 아주 쓸 만한 소리를 했어.”

아소는 야마시타의 어깨를 가볍게 두드렸다.

“스물여섯, 일곱 살 먹은 여자가 휘말릴 문제 하면 일단 남자. 쫓아가려면 그쪽으로 가야겠지.”

“내일 간다 요코의 동료였던 간호사들에게 물어볼까요?”

“그게 좋겠지. 그리고 연립주택 주변도 탐문을 좀 해볼까. 간다 요코의 선명한 사진이 필요하겠어.”

“본가로 사람을 보내서 받아오라고 할까요?”

“아니, 원무과장에게 부탁하면 이력서 사진 같은 걸 빌릴 수 있을 거야. 이 일은 가능하면 우리끼리 쫓고 싶어.”

야마시타는 운전석 문을 열고 차에 올라타더니 말했다.

“실은 좀 의외였습니다.”

“뭐가?”

“계장님도 정보제공자와 거래 같은 걸 하시는구나 싶어서요.”

“난 그런 약삭빠른 재주를 못 부릴 줄 알았어?”

“아니요…… 그런 짓은 영 거북해하시는 분인 줄 알았거든요.”

"뭐, 확실히 좋아하지는 않지."

아소는 웃었다.

"하지만 필요하면 주저하지 않아. 내 머리가 아무리 나빠도 형사가 정의의 편만 들어서는 못 해먹을 짓이라는 것쯤은 이제 알거든."

신주쿠가 가까워지자 정체가 시작되어 차가 좀처럼 앞으로 나아가지 못했다. 목적지인 잡거빌딩에서 꽤 멀리 떨어진 곳에 차를 댄 후 아소는 야마시타와 함께 혼잡한 가부키 초를 걸었다. 그 가게는 1층부터 7층까지 핑크살롱과 이미지클럽(둘 다 유사성행위를 제공하는 윤락업소다 - 옮긴이 주)이 가득 들어찬 빌딩에 있었다. 정신이 말똥말똥한 남자라면 문을 열자마자 위험하다고 느끼고 발 들여놓기를 주저할 만한 분위기의 가게였다. 그래도 얼큰하게 취한 손님 두세 명이, 화장을 떡칠하여 원래는 어떻게 생겼을지 상상도 가지 않지만 나이만은 그럭저럭 젊어 보이는 여자를 무릎 위에 올려놓고 흥청거리고 있었다. 이 가게를 나설 때 그들이 요금을 얼마나 뜯길지 한 번 보고 싶은 기분이었다. 이 가게는 부당요금으로 손님과 몇 번 문제를 일으켜 신주쿠 서에서도 예의 주시하고 있는 곳이었다. 부당요금은 형사 사건으로 다루기가 아주 어려운 범죄다. 기본적으로 자유경제체제인 일본에서 술 한 잔을 얼마에 팔든 경찰이 참견할 문제는 아니다. 실제로 긴자 최고급 클럽에서는 가부키 초에서 부당요금으로 문제가 되는 가게의 몇 배 가격으로 술을 판다. 경찰이 부당요금을 단속하기 위해서는 단순히 술과 안주 가격이 비쌌다는 것만으로는 부족하다. 손님을 속여서 가게에 데려갔다거나, 폭력이나 협박으로 요금 지불을 강요했다는 사실과 증거가 필요하다. 물론 예전부터 높으신 분들이 조례를 지정해 부당요금을 단속할 수 없을까 검토하고 있는 모양이지만, 현재까지 이른바 '부당요금 조례'는 지정되지 않았다.

아소와 야마시타가 가게로 들어가자 애교 섞인 여자들의 목소리가 두 사람을 맞이했다. 하지만 두 사람이 카운터에 앉아 맥주를 주문할 무렵에는 가게에 부자연스러운 긴장감이 흘렀다.

"교코 마담과 이야기를 하고 싶은데."

야마시타가 카운터 너머 바텐더에게 속삭였다. 바텐더가 여자 한 명에게 눈짓을 했다. 여자는 총알처럼 가게 안쪽으로 뛰어 들어갔다.

잠시 후 가게 안쪽에서 양복 속에 화려한 색상의 셔츠를 받쳐 입은 남자가 나타나서 아소 귀에 속삭였다.

"손님, 괜찮으시다면 안쪽으로 들어가시죠."

"신경 안 써도 되는데. 여기서 이야기 들을게."

"그러지 마시고 안쪽으로 가시죠. 자, 어서요."

야마시타가 아주 연극적인 태도로 진중하게 일어서서 남자를 따라 가게 안쪽으로 향했다. 아소도 그 뒤를 따라갔다.

가게 안쪽 작은 방에는 모니터가 놓여 있었지만 스위치는 이미 끈 뒤였다. 지금 아소와 야마우치를 안내해온 남자가 모니터 앞에 앉아 가게를 감시하고 있었던 것이 틀림없다. 물론 술값이 비싸다고 버티며 순순히 돈을 내지 않으려는 손님이 있을 때 바로 등장하기 위해서다.

무미건조한 테이블 위에 마시다 만 캔 맥주가 놓여 있었다. 재떨이에는 담배꽁초가 수북했다.

"자, 봉투 하나 받아가시죠."

남자가 히죽히죽 웃으며 갈색 봉투를 테이블에 내려놓았다.

"넉넉하게 넣었습니다."

"정말로 이야기를 듣고 싶을 뿐이야."

아소는 그렇게 말하고 테이블 위에다 깍지를 꼈다.

"셋 셀 때까지 치우지 않으면 봉투 속을 확인할 거야. 미안하지만 우리는 관할서 소속이 아니거든. 니라사키 살해 사건 때문에 왔다고. 알아들었나?"

남자는 안색이 싹 바뀌더니 감탄스러울 만큼 재빨리 봉투를 호주머니에 쑤셔 넣었다.

"그, 그 사건하고 저희 마담이 도대체 무슨 상관이······."

"상관이 있는지 없는지는 마담에게 질문하고 나서 결정할 거야. 그러니 빨리 마담을 불러와."

야마시타가 말하자 남자는 그래도 잠시 망설이다가 방구석에 있는 전화기에 손을 뻗었다.

5, 6분쯤 지나서 쓰게 교코가 나타났다. 자기가 운영하는 다른 가게에서 급하게 온 듯 숨을 헐떡였다.

10년 전이었다면 배우로 통했을지도 모를 만큼 이목구비가 뚜렷하니 예쁘게 생긴 여자였다. 하지만 관리를 제대로 하지 않은 탓인지 볼 살이 처졌고, 두꺼운 화장이 그 점을 오히려 강조했다. 신주쿠 서의 자료에는 나이가 쉰두 살로 되어 있었으니 나이를 고려하면 그래도 젊어 보이는 편인지도 모르지만.

"도대체 이게 웬 난리예요?"

교코는 빨갛게 칠한 입술을 삐죽 내밀었다.

"니라사키 살해 사건 때문이라고 한들 무슨 소린지 감도 안 잡힌다고요. 난 가스가의 니라사키를 직접적으로는 몰라요."

"당신 애인이었던 기타무라, 죽었잖아. 마쓰카와 파라는 조그마한 조직의 잔챙이한테. 그거 가스가, 아니 니라사키가 배후에서 조종했다는 건 알지?"

"다 옛날이야기잖아요."

교코는 과장되게 한숨을 쉬었다.

"언제까지 그런 옛날 일을 들먹여야 속이 시원하겠어요? 설마하니 형사님들, 내가 기타무라의 원수를 갚으려고 니라사키를 죽였다는 말도 안 되는 생각을 하는 건……."

"당신이 그랬을 거라고는 생각 안 해."

야마시타가 웃었다.

"니라사키는 빨가벗고 욕조 안에 있다가 목을 베였어. 하지만 녀석은 농익을 대로 농익은 아줌마는 취향이 아니거든."

"설령 30년 전이었다고 해도 그딴 놈은 딱 질색이에요. 니라사키는 호모였다고요, 알죠? 게다가 사디스트라는 소문도 있고. 신주쿠만 놓고 봐도 놈을 죽이고 싶어 하는 사람은 쎄고 쎘을걸요. 뭐, 어느 조직이 결심을 하고 나섰는지는 모르지만 나는 잘했다고 칭찬해주고 싶네요."

"그 자식 때문에 기타무라가 죽었는데 원한은 전혀 없어?"

"기타무라를 죽인 건 니라사키가 아니에요. 범인은 자수해서 아직 교도소에 있잖아요. 괜히 유언비어 퍼뜨리지 말아요, 형사님들."

"가스가가 무섭나?"

"아무튼 나하고는 아무 상관도 없는 일이에요."

교코는 파리라도 쫓듯이 손을 휘휘 내저었다.

"이런 곳에서 시간 낭비하지 말고 좀 더 소득이 있을 만한 곳을 찔러보는 게 어때요? 부탁이니 영업 방해 좀 하지 말아요."

"기타무라에게 딸이 있다는 건 아나, 쓰게 씨."

아소가 입을 열자 교코는 한쪽 눈썹을 추켜올렸다.

"딸…… 아아, 그 간호사."

"만난 적 있어?"

"장례식 때는 안 왔는데, 유골을 봉안할 때 느닷없이 연락이 왔어요. 조폭이 없다면 봉안하는 모습을 보고 싶다기에 아무도 안 부를 테니 오라고 했죠. 예쁘게 생겼더라고요. 제 아빠는 하나도 안 닮았지만."

교코는 웃으며 어깨를 움츠렸다.

"중학교 때부터 안 만났다고 했어요. 죽은 것도 신문을 보고 알았대요."

"기타무라는 딸 이야기를 자주 했나?"

"뭐…… 간호사라는 둥, 미인이라는 둥. 술 취하면 가끔 이야기를 꺼냈어요. 그런 남자도 자기 딸은 귀여웠겠죠. 아버지다운 일은 해준 적도 없으면서. 정말 제멋대로라니까. 그런데 걔는 왜요?"

"그게, 조사하는 도중에 기타무라의 유품이 두세 가지 나왔거든. 딸에게 남긴 거라 주려고 했는데 행방을 모르겠더라고."

"행방을 모른다니 그게 무슨 소리예요?"

"일하던 병원을 갑자기 그만두고 이사 갔어."

"언제요?"

"89년 11월에."

"……하지만 기타무라를 봉안한 건 92년 3월이었는데."

아소는 야마시타와 얼굴을 마주보았다.

"기타무라는 89년 9월에 죽었잖아. 봉안하는 데 시간이 제법 오래 걸렸군."

"그 사람, 묏자리가 없었거든요. 고향이 묏자리와 함께 댐 아래로 가라앉았어요. 그렇다고 내가 유골을 맡아가지고 있는데 무연고 묘지에 넣어버릴 수도 없잖아요. 어쩔 수 없이 아직 쌩쌩한데도 내 무덤을 사서 거기에 모셨어요. 그런데 걔는 봉안한다는 소식을 어디서 들었을까."

"연락이 왔을 때 뭐라고 했어?"

"글쎄요…… 뭐라고 했더라…… 아무튼 느닷없이 전화를 해서 유골을 봉안한다는 소식을 들었다기에 옛날 사무실 사람한테 들었나 보다 싶었죠. 기타무라의 친구였던 이나무라 예능 사람한테는 봉안한다는 이야기를 했거든요. 그런데 그때 걔가 실종됐었단 말이에요?"

"여전히 행방불명 상태야. 어디에 산다든가 그런 이야기는 안 나왔어?"

"나온 것도 같은데…… 아아."

교코는 고개를 끄덕였다.

"요코하마다. 맞아요, 요코하마랬어요."

"요코하마 어디?"

"그것까지는 몰라요. 그냥 요코하마에 산다고 했어요."

"혼자 산다고 했나? 혹시 남자와 함께? 아니면."

"그러니까 그렇게 사적인 이야기를 할 만큼 친한 사이는 아니었다고요. 친한 게 다 뭐야, 그때 처음 만났는데. 아아, 그러고 보니…… 내 무덤이 마치다에 있어서 걔가 차를 몰고 왔는데, 빌린 차라고 했어요.

고맙게도 같은 연립주택에 사는 사람이 빌려줬대요. 하지만 남자친구는 아니고요…… 차는 빨간 시빅이었는데, 백미러에 작은 인형이 걸려 있었으니 여자 차일 거예요."

"번호판은 요코하마?"

"기억 안 나요, 흥미도 없었고. 하지만 그 차 주인한테는 분명 어린 애가 있었을 거예요. 뒷좌석에 아기 카시트가 장착되어 있었으니까 틀림없어요. 처음에는 영락없이 개한테 아이가 생긴 줄 알았다니까요. 물론 시트는 비어 있었지만."

1985. 7

"야, 끝까지 이렇게 고집 피울래?"

그 남자는 렌의 머리끄덩이를 잡고 난폭하게 흔들었다.

"난 본청에서 납신 도련님하고는 달라. 자랑은 아니지만 난 고졸이야. 알겠어? 너나 지금까지 여기 앉아 있던 경위님 같은 대졸이 아니라고. 사건을 하나라도 더 많이 해결해서 윗분들 눈에 들지 못하면 평생 말단으로 썩어야 해. 왜냐, 승진 시험은 꿈도 못 꾸거든. 허드렛일만 죽어라 시키는데 공부할 시간이 어디 있어, 씨팔."

남자가 주먹으로 책상을 내리쳤다. 렌은 그 소리에 놀라 몸을 움찔했다.

"뭘 쫄고 그래."

남자는 웃었다.

"여자를 따먹고 달아나려고 한 놈이. 여자랑 해보고 싶었던 거지?

뭐, 그 마음은 모르는 바도 아니야. 그 아가씨, 반반하게 생겼더라고. 빵집에서 볼 때마다 아랫도리가 불끈불끈했던 거지? 그래서 숨어서 기다린 거야. 야, 그나저나 어차피 붙잡힐 거면 한 번 박아는 봤어야지, 너도 참 답 없는 새끼다. 그런데 할 줄은 아냐? 해본 적 있어? 응? 대답 좀 해봐."

머리를 쥐고 마구 흔들어도 렌은 대답하지 않았다. 구역질이 날 만큼 이 남자가 싫었다. 몸의 일부가 닿아 있는 것만으로도 역겨웠다.

"생긴 거 하고는."

남자는 웃음을 거두지 않았다.

"야, 너 상판대기가 진짜 계집애 같아. 정말 남자 맞아? 달려 있어? 응?"

남자가 청바지 위로 렌의 물건을 꽉 움켜잡았다. 점차 힘이 가해지자 렌은 공포를 느꼈다.

"가만히 있어."

남자는 손을 몇 번 쥐었다 폈다 하며 자극하고 나서 청바지 단추에 손을 댔다.

"너처럼 생겼어도 제대로 싸는지 한 번 시험해보자고. 소란 피우지 마. 그래 봤자 소용없으니까. 알지? 아까 그 경위님이 이러라고 자리를 마련해주신 거야. 왜, 싫어? 싫으면 빨리 불어. 제가 그랬습니다, 하고 말하라고."

렌은 고개를 마구 저었지만 목소리는 내지 않았다.

"그래, 네가 이기나 내가 이기나 한 번 해보자."

남자는 웃으면서 지퍼를 억지로 내리고 속옷 위로 렌의 물건을 주무르기 시작했다.

"와, 이 새끼 보게. 남자가 만져주는데도 섰잖아. 그렇게 쌓여 있었으니 여자랑 하고 싶을 만도 하지. 잠깐만 기다려. 지금 개운하게 뽑아줄 테니까."

남자가 손을 더 빨리 움직였다. 렌은 손등을 깨문 채 오열과 구역질을 참았다. 한순간 날뛰면 이 상황에서 벗어날 수 있다는 생각이 들었지만, 벗어난 후 어떻게 해야 할지가 걱정되어 몸이 움직이지 않았다. 이 건물에 자기 편은 하나도 없다. 경위님이 자리를 마련해주었다. 즉 그 남자도 한패라는 뜻이다.

왜 이런 수단을 쓰는 걸까. 이 남자의 생각을 전혀 이해할 수 없었다. 아마도 상대의 자존심을 박살내서 저항할 힘을 없애고, 자신들이 시키는 대로 고개를 끄덕이게 만들려는 수작이겠지만.

아무리 참아도 물리적인 자극에 반응하여 발기하고 절정에 도달하는 것은 막을 방도가 없었다. 평소부터 이렇게 추잡하고 잔학한 고문을 하는 데 익숙한지 남자의 손놀림은 교묘하기 짝이 없어 렌이 아무리 참아도 점차 머릿속이 하얘졌다. 이제 한계다 싶었을 때 물건 밑동에 둔한 통증이 느껴지더니 절정에 도달하는 데 실패했다. 남자가 밑동을 꽉 붙잡아서 사정을 막은 것이다.

"자, 어때?"

남자가 웃으면서 말했다.

"뿅 가기 직전에 막았어. 기분 째지지, 응?"

등이 바르르 떨렸다. 고통과 쾌감이 함께 절정에 가까워지자 아무리 참아도 입에서 신음소리가 흘러나왔다.

"뭐야, 싸고 싶어?"

남자가 밑동을 놓아주고 다시 위아래로 손을 움직이기 시작했다.

안도감으로 눈꼬리에서 눈물이 흘러내렸다. 렌은 빨리 해방되고 싶은 마음에 힘을 쭉 빼고 상승되는 쾌감에 몸을 맡겼다. 하지만 절정에 달했다고 생각한 순간 또 밑동을 압박당해 온몸이 경직됐다.

"어허, 그렇게 빨리 끝나면 재미없잖아. 어, 왜 울어? 그렇게 기분 좋아?"

남자가 밑동을 꽉 움켜쥔 채 물건을 좌우로 흔들자 렌은 또 신음소리를 토해냈다.

"싸고 싶으면 말해. 제가 그랬습니다. 그렇게 말하라고. 그럼 싸게 해줄게."

또 손이 움직이기 시작했다. 렌은 더 이상 기대하지 않았다. 책상 위로 축 늘어진 자기 팔을 깨물며 견디는 수밖에 없었다. 또 다시 사정 직전에 멈췄을 때, 관자놀이가 띵하더니 의식이 멀어졌다. 의식이 희미해져 가는 가운데 복도를 걸어오는 발소리가 똑똑히 들렸다.

쳇.

남자가 혀를 차더니 세차게 손을 움직이기 시작했다. 렌은 스스로도 믿기지 않을 만큼 덧없이 사정했다. 정액이 청바지 무릎 언저리에 튀었다.

"언제까지 그걸 꺼내놓고 있을 거야."

남자가 머리를 쥐어박았다.

"빨리 집어넣어."

정신이 몽롱했지만 렌은 손을 움직여 지퍼만 간신히 끌어올렸다.

"나중에 또 해줄 테니까 기대해라."

문이 열렸다.

남자는 들어온 사람에게 쾌활하게 말을 붙이고 나갔다. 렌은 고개
도 들지 않고 욱신욱신 아픈 관자놀이를 책상에 대고 있었다. 오열이
멈추지 않았다.

그는 잠시 아무 말도 하지 않았다. 렌은 그가 자신을 관찰하고 있
음을 알았지만 이제 아무래도 상관없다는 기분이었다. 그도 남자와
똑같다. 스스로 손을 대지는 않지만 보고도 못 본 척하기로 했으니까
같은 죄다.

한숨 소리가 들렸다.
몹시 지친 느낌의 한숨이었다.

"야."
그의 목소리는 몹시 조용했다.
"이제 한계야."
그는 의자에 앉은 채 솜씨 좋게 움직여 곁으로 다가왔다.
"언제까지 이래야 직성이 풀리겠어…… 저 남자는 콤플렉스 덩어
리야. 자기가 받은 스트레스를 체포한 용의자에게 푸는 걸 삶의 보람
처럼 느끼는 놈이라고. 넌 그야말로 좋은 먹잇감이지."
뭔가가 무릎 언저리에 닿기에 책상에서 얼굴을 들고 내려다보았
다. 수건이었다. 그가 물에 적신 수건으로 렌의 청바지를 닦고 있었다.
"얼굴 씻을래? 세면실에 데려다줄게."
렌은 고개를 저어 거부했다.

"그럼 뭣 좀 마실래? 물 가져오라고 할까?"

"됐어요." 렌은 겨우 그렇게 말했다. "그냥 내버려두세요…… 어차피 형사님도 한패잖아요? 저 사람이 채찍이고, 형사님이 당근인가요. ……이런 짓은 불법이에요…… 허용될 리 없어요……."

"그러면 변호사한테 울며불며 매달리든가. 무슨 일인지는 모르겠다만."

그는 담배를 꺼내서 물었다. 하이라이트였다.

"피울래?"

렌은 다시 고개를 저었다. 실은 피우고 싶었다. 논문을 쓰기 시작한 무렵부터 담배 양이 늘어서 완전히 골초가 됐다. 그래서 하루 내내 피우지 못하자 괴로웠다. 하지만 이제 와서 경찰에게 얻어 피우기는 진심으로 싫었다.

"고집을 부리는 데도 정도가 있어. 지금 스스로 네 목을 조르는 셈이라고. 다양한 증거가 나왔고, 목격증언까지 있어. 이제 다 끝난 거야. 순순히 인정하면 여기서 나갈 수 있어. 구치소는 결코 지내기 편한 곳이 아니지만, 적어도 검찰 취조실은 여기보다 나아. 그리고 검사는 다마모토 같은 짓은 절대로 안 해. 그들은 우리 형사하고는 인종이달라."

그는 웃었다.

"존댓말을 쓰지. 심야까지 취조하지도 않고. 네가 순순히만 굴면 아마 신문 한두 번만으로 다 끝날 거야. 그 후에 기소되기를 기다렸다가 법정에서 반성하는 마음을 드러내면 돼. 그러면 분명 두세 달 후에는 집으로 돌아갈 수 있어."

정말일까. 정말로 그렇게 될까.

렌은 혼란스러웠다.

집에 돌아가고 싶다. 아무튼 돌아가고 싶다. 논문을 쓰다 말았고, 거북이에게 밥도 주어야 한다. 빌린 비디오도 반납해야 한다.

인정하면 집에 돌아갈 수 있다?

하지만…… 하지만, 뭘 어떻게 인정하라고!

왜 인정하지 않으면 집에 못 돌아가는데!

애당초 그게 이상하잖아. 원래는 당장이라도 여기를 나서서 집에 갈 수 있어야 해. 왜냐하면…… 왜냐하면 난 아무 짓도 안 했으니까!

머리를 붙잡혔다. 손가락이 머리카락을 헤치고 살에 닿았다. 그대로 머리가 끌려 올라갔다. 저항하려고 했지만 너무나 갑작스러워서 고개를 들고 말았다.

그를 향해 얼굴을 들었다. 그의 얼굴이 정면에 있었다.

그는 또 렌을 관찰했다.

모든 걸 늘 이렇게 관찰하는 모양이다. 이렇게 가만히 바라보는 것을 좋아하는지도 모르겠다.

"인정해…… 일단."

일단이라니, 도대체 무슨 뜻이지?

"인정하고 여기서 나가. 계속 이런 곳에 있으면 이상해질 거야."

"하지만."

렌은 처음으로 그의 얼굴을 이렇게 오래 쳐다보았다.

"……뭘…… 인정하면……."

"물론 네가 그랬다는 거 말이야. 세세한 상황은 거의 다 아니까 혐의를 인정하기만 하면 바로 송치할 수 있어. 여기서 나가면 다마모토는 더 이상 널 건드리지 못해."

"하지만…… 재판이 열리면…… 더는 조사해주지 않잖아요?"

"조사해? 뭘?"

"다시…… 수사해주지는……."

"네가 무슨 말을 하고 싶은지는 모르겠지만, 오인된 사실이 있다는 걸 알면 검찰도 수사는 해줘. 검사한테도 수사권이 있거든. 재판 중이라도 마찬가지야. 그런 것보다 일단 여기서 나가는 것만 생각해. 다마모토는 끈질기다고. 자백을 받지 못하고 송치하면 이쪽에서 취조를 하게 해달라고 검사한테 요청할지도 몰라. 일단 송치하고 나서도 관할서에서 취조를 속행하는 일은 흔해. 그러면 일이 길어진다고. 검찰은 피의자를 최대 20일간 구류할 수 있지만, 빠져나갈 방법은 얼마든지 있지. 하기에 따라서는 몇 달이나 널 여기 붙잡아놓고 몰아붙일 수도 있어. 하지만 자백조서만 꾸미면 다마모토는 만족할 거야. 증거와 자백이 갖추어지면 다마모토의 실적이 올라가거든. 더 이상 괴로움을 맛보고 싶지 않다면 인정하는 수밖에 없어."

렌은 더 이상 생각하기가 귀찮았다. 그의 말인즉슨 실제로 그랬든 안 그랬든 자기가 그랬다고 인정하지 않으면 여기서 나갈 방법이 없다는 뜻이다. 그렇다면…… 그래, 그렇다면 말하는 수밖에 없겠지. 자기가 그랬다고.

졸렸다. 그저께 밤에 몇 시에 잠들었더라? 계속 철야에 가까운 생활을 한 탓에 체력이 버티지 못해 그저께는 컴퓨터도 *끄*지 않고 잠에 빠졌다. 그리고 아침 일찍 그와 그 남자가 문을 두드렸다. 그 소리에 잠이 깨어 제일 먼저 한 일은 컴퓨터 전원을 *끄*는 것이었다. 렌을 여기로 데려온 후 그 남자는 늦은 밤까지 계속 고함을 지르고, 머리를 쥐어박고, 눈부신 불빛으로 얼굴을 비추었다. 그러다 몇 시에 유치장에 처넣었는지는 기억이 나지 않는다. 유치장에서 모포를 둘둘 감고 누웠지만 한숨도 못 잤다. 그리고 오늘 아침도 일찍부터 이 자리에 앉았다. 오늘 그 남자는 어제보다 더 지독하게 굴었다. 의자 다리를 걷어차서 렌을 여러 번 바닥에 넘어뜨렸고, 불붙은 담배를 실수한 척 셔츠 안에 떨어뜨렸으며, 손가락에 볼펜을 끼우고 꽉 움켜잡았다. 그리고 방금 전 그 짓까지.

졸리고 지쳐서 전부 귀찮아졌다.

시선을 아래로 내리자 그의 셔츠가 보였다. 아무 특징도 없이 그저 하얀, 값싼 와이셔츠였다. 역시 평범한 감색 줄무늬 넥타이는 매듭이 느슨했고, 전체적으로 쭈글쭈글했다. 이렇게 더우니 넥타이를 느슨하게 맬 만도 하다. 렌은 넥타이를 맨 경험이 거의 없었지만, 그래도 목이 답답해서 싫었다. 와이셔츠 가슴 호주머니에는 선글라스가 들어 있었다. 운전용일까. 그리고 볼펜. 와이셔츠가 하얀색이라 러닝셔츠가 희미하게 비쳐 보였다. 땀을 별로 흘리지 않는 체질인지 어디에도 땀에 젖은 흔적은 없었다.

그가 또 뭐라고 말했지만 렌에게는 더 이상 들리지 않았다. 듣지 않으려고 한 것은 아니다. 하지만 정신적으로 너무나 지쳐서 아무리 귀를 기울여도 무슨 뜻인지 제대로 이해할 수가 없었다.

갑자기 목에서 힘이 빠졌다.

안 그래도 기절하기 직전이었으니만큼 한순간 그대로 의식이 멀어질 줄 알았다. 그러나 신기한 부유감만 느껴질 뿐 의식은 제자리에 머물렀다. 다만 상반신이 천천히 앞으로 쓰러져가는 것은 알 수 있었다. 어제부터 몇 번이나 바닥에 쓰러졌으니 더는 무섭지 않았다. 어차피 이 상태로는 아픔도 제대로 느껴지지 않으리라.

하다못해 아프면, 그리고 어딘가 다친다면 병원에 데리고 가지 않을까.

자기 생각이 우스꽝스러워서 렌은 웃었다. 자신이 웃고 있다고 생각했다. 하지만 실제로는 울고 있었을지도 모른다.

바닥.

쿵 쓰러진 렌에게 고통을 안겨줄 바닥.

하지만 렌의 뺨에도 턱에도 딱딱하고 먼지가 쌓여 더러운 바닥은 닿지 않았다. 대신에 천이 닿았다.

하얀 면 셔츠. 몇 번이나 빨아서 허름해진 와이셔츠. 하지만 아주 청결하고 꼼꼼하게 다림질한 하얀 셔츠.

담뱃진 냄새가 났다. 희미하게 땀 냄새도. 하지만 조금도 불쾌하지 않았다. 마른 풀 냄새처럼 마음이 편안해지는 냄새였다. 귀 아래에서 피가 흐르는 소리가 났다. 심장이 뛰고 있었다.

안겨 있었다.

그 사실을 알아차렸지만 상반신을 들어 올릴 수가 없었다. 힘이 쭉 빠져서 근육이고 뼈고 무엇 하나 뇌의 명령을 들으려고 하지 않았다.

렌은 몸부림쳤다. 일어나고 싶었다. 그렇지만 팔조차 마음먹은 대로 움직일 수 없었다.

"그냥 있어."

귀 바로 옆에서 그의 목소리가 났다.

"무리하지 말고. 그냥 그대로 들어."

등에 온기가 느껴졌다. 손바닥 같았다. 손바닥이 위아래로 천천히 움직였다. 어린아이를 달래듯이 등과 뒤통수를 쓰다듬었다.

"5분만 생각하자. 그냥 그대로 생각해. 그리고 결정하는 거야. 내 말대로 할 거면 고개를 끄덕여. 싫다면 얼굴을 씻고 나서 정신 차리고 다시 시작하자. 어떻게 할지는 너한테 달렸어. 녀석을 불러오고 나서 질문은 내가 할게. 넌 예라고만 대답하면 돼. 그리고 녀석이 조서를 읽을 거야. 그러면 넌 거기다 서명하고 지장을 찍어. 그걸로 끝이야. 그러면 여기서 나가서 푹 잔 다음에 검찰로 보내줄게. 녀석과 넌 이제 두 번 다시 얼굴 마주칠 일 없어. 악몽은 끝이야. 넌 아직 젊고 우수해. 얼마든지 다시 시작할 수 있어. 자포자기만 하지 않으면 그땐 녀석보다 훨씬 나은 삶을 살 수 있을 거야. 검찰에서는 아무 변명 말고 순순히 전부 다 인정해. 재판에서는 오로지 사과하고. 집행유예를 받으면 금방 집으로 돌아갈 수 있어. 이건 거래가 아니야…… 난 정말로 그랬으면 좋겠어."

렌은 반쯤 감고 있던 눈을 떴다.

하얀 와이셔츠 틈새로 피부가 보였다. 햇볕에 타지 않은 피부였다. 팔이나 목과는 색깔이 달랐다.

그가 뒤통수에 댄 손바닥에 힘을 주어 렌의 얼굴을 셔츠에 묻었다. 다시 눈을 감자 마른 풀과 비슷해 기분 좋은 냄새가 콧속에 가득 찼다. 셔츠 틈새를 통해 입술이 피부에 닿았다.

그대로 시간이 멈추었다.

렌은 더 이상 아무 생각도 하지 않았다. 압도적인 피로감이 온 신경을 마비시켰다. 지금 렌이 느끼고 있는 것은 오로지 그의 체취뿐이었다.

"어떻게 할래?"

귀 바로 옆에서 목소리가 났다. 하지만 아주 작았다. 마치 숨소리만 나는 것 같았다.

"……나한테 맡길래?"

렌은 고개를 끄덕였다.

그럴 수밖에 없었다. 그 이상은 아무 것도 할 수가 없었다.

길게 한숨을 쉬는 소리가 들렸다.

안도한 것이다. 그는 마음을 놓았다.

"……인정하는 거지?"

렌은 다시 고개를 끄덕였다.

"좋아."

뒤통수에 놓여 있던 손바닥이 움직여서 머리를 세게 쓰다듬었다. 정말로 작은 어린아이에게 그러듯이.

"잘했어…… 잘했어."

갑자기 정신이 번쩍 났다.

렌은 얼굴을 들었다.

부드럽게 미소 짓고 있는 그의 얼굴이 보였다.

아니야…… 역시, 아니야. 그렇지 않아…… 난 아무 것도 몰라……
아무 짓도 안 했어…….

하지만 목소리가 나오지 않았다. 입을 벌린 순간 또 오열이 터져
나왔다.

울음을 멈추려는 듯이 그가 이마를 렌의 이마에 가볍게 댔다.

"괜찮아."

그의 목소리는 아주 힘겨운 듯이 들렸다.

"걱정 안 해도 돼…… 이제 곧 끝나. 분명 오래 안 걸릴 거야. 그럼
다시 집에 돌아갈 수 있어. 마가 낀 거야…… 마가 낀 거라고…… 다
시 시작하면 돼. 이제 두 번 다시 이런 곳에 오지 않도록 똑바로 살면
돼. 녀석이나 나 같은 사람을 만나는 건 이게 마지막이야. 그렇지? 아
무 걱정 마…… 아무 것도 걱정할 필요 없어."

렌은 조금씩 머리를 들었다. 분명히 말해야 한다…… 난 아무 짓도
안 했으니까 인정할 수는 없다고 말해야 한다!

하지만 마주 댄 이마를 뗄 수 없었다. 왜 뗄 수 없을까. 그가 손으로
뒤통수를 누르고 있기 때문임을 깨달았다. 그래도 얼굴을 들자 코가
그의 턱에 닿았다. 아침에 면도했는지 수염이 아직 짧아서 전혀 껄끄
럽지 않았다. 그래도 코끝으로 계속 밀고 올라가자 깎다 남은 수염이
한 가닥 있었는지 조금 따끔했다. 그러고 나서 메마른 입술에 닿았다.
하지만 더 이상은 움직일 수 없었다. 머리를 강하게 누르는 힘이 렌의
모든 움직임을 제압했다.

이번에는 그가 움직였다.

코끝끼리 닿았다. 코끝만 닿은 채 몇 초가 지나갔다. 그 후 입술이 닿았다. 메마르고 조금 거친 입술이 한순간 렌의 입술 위에 머물렀다.

뒤통수를 누르고 있던 힘이 약해지고 두 사람은 동시에 몸을 떼려고 움직였다. 그러다 의자가 틀어져서 렌은 책상에 팔을 부딪쳤다. 아픔에 정신이 팔린 사이에 그는 자리에서 일어섰다.

"서기!"

그는 문을 열고 소리쳤다.

그 남자가 쫓아낸 후로 보지 못했던 기록담당이 들어왔다.

"피의자를 보고 있어."

그는 그렇게 말하고 나갔다. 기록을 담당한 남자가 자리에 앉았다. 그리고 렌을 보았다.

"또 울었냐?"

기록담당은 웃었다.

"사내자식이 눈물도 참 많다."

* * *

아소는 차를 마시며 신문을 읽는 다마모토 곁으로 다가갔다.

"불었어."

아소의 말에 다마모토는 놀라서 고개를 들었다.

"정말요!"

다마모토의 얼굴에 웃음이 떠올랐다.

"응. 이제 진술을 들을 건데, 말을 술술 늘어놓을 것 같지는 않아."

"괜찮습니다, 괜찮아요. 조서야 적당히 쓰면 되죠. 지장만 받으면 됩니다."

다마모토가 일어서서 책상에 앉아 있는 동료들에게 말했다.

"어이, 그 자식 불었대!"

박수 소리가 드문드문 들렸다.

"그렇게 질긴 놈은 처음이었어. 보통 가방끈 긴 놈들은 살짝 으르기만 해도 부는 법인데 말이야."

"야리야리하니 여자 같이 생겨가지고 제법 독한 구석이 있네."

한 명이 말했다.

"여자 얼굴도 커터칼로 그었잖아."

"쌓여서 그래."

다마모토가 껄껄 웃었다.

"순식간에 싸버리더라고."

"다마모토 씨, 물 빼줬어? 변호사한테 꼰지르면 어쩌려고 그래."

"증거도 없는데 뭘 어쩌겠어."

다마모토는 찻잔을 내려놓았다.

"범죄자 인권을 옹호할 틈이 있거든 냉큼 교도소에 처박아야지. 그게 피해자의 인권을 지키는 길이잖아. 아소 씨도 그렇게 생각하죠?"

아소는 대답 없이 자기 책상에 놓여 있던 찻잔을 들어 식은 차를 마셨다.

"뭐, 어쨌거나 유유상종이라더니 역시 그 자식도 대학 출신인 당신 말은 듣네요."

"콤비 작전의 승리지."

아까 그 동료가 다마모토의 기분을 맞춰주었다.

"다마모토 씨가 악역을 맡은 덕분에 본청 경위님이 구세주로 보인 거겠지."

이 남자는 연수 기간 중에 아소의 이름을 제대로 부른 적이 거의 없었다. 다마모토처럼 노골적으로 적의를 드러내지는 않았지만, 다마모토보다 마음에 들지 않았다.

아무튼 앞으로 며칠 후면 이 작자들하고도 작별이다. 또 세타가야 서에 올 수도 있겠지만, 그때는 이 작자들도 다른 곳으로 이동했을 것이다.

"슬슬 정리하지."

아소의 말에 다마모토가 자리에서 일어섰다.

"예예, 재빨리 정리해서 가방끈만 긴 그 엿 같은 놈을 검찰에 넘깁시다. 그 자식, 구치소에 가면 빨가벗고 엎드려서 똥구멍까지 검사받겠지. 생각만 해도 웃음이 나네."

1995. 10 (10)

1

"알았어."

렌은 말했다.

"응. 교코가 한 말은 그게 전부지? 알려줘서 고마워. 사례는 할 게…… 응. 알았어, 네 계좌로 넣어줄게."

수화기를 내려놓자 마음이 편해졌다. 그 남자 목소리는 귀에 몹시 거슬린다.

"다음은 분명 다무라한테 가겠군."

렌은 혼잣말을 하고서 웃었다. 그리고 다시 수화기를 들었다.

"다무라?"

"응."

다무라의 목소리가 나른하게 느껴졌다.

"지금 어디야?"

"어디긴, 그거야."

다무라의 목소리가 바뀌었다. 입가를 손으로 덮은 모양이다.

"깔치?"

"샤워하고 있어. 이런 시간에 웬일이야?"

"부탁이 있어서."

"네 부탁이면 골치 아픈 일일 게 뻔한데. 오늘 밤은 상등품이니까 실컷 먹어야 한다고. 놓치기는 아깝단 말이야."

"어디 있는지 네 여자한테도 말했어?"

"일일이 말하고 다니지는 않아."

"그럼 됐어. 부탁은 간단해. 오늘 밤 내내 휴대전화를 꺼놔."

"어째서? 그런 짓을 했다간 마유미한테 의심받을 텐데. 비싼 돈을 주고 겨우 산 거란 말이야."

"망가졌다고 하면 되잖아. 아무튼 그 여자한테 어디 있는지 알려주지 마."

"그러니까 왜?"

"그 여자한테 짭새가 갈 거야. 네가 어디 있는지 찾아내려고."

"짭새? 나 요즘에 구린 짓 안 했는데."

"네가 하는 장사 자체가 충분히 구리면서 뭘."

"그런데 네가 왜 그런 부탁을?"

"하여간에."

렌은 목소리를 높였다.

"부탁했다. 알았지!"

다무라를 찾지 못하면 그 녀석은 어떻게 할까?

다른 쪽으로 방향을 돌릴까. 아니면 오늘 밤은 조사를 일단 중지할까.

렌은 홀로 웃었다.

마치 여중생 같다. 쫓아다니다가 앞질렀으니 이제 어쩔까. 연애편지라도 줄까? 그렇다면 신발장에 넣어두는 편이 좋지 않을까?

의자에 앉아 컴퓨터를 켰다. 하지만 알파벳과 숫자의 나열은 전혀 의미를 이루지 못했다.

녀석은 잊어버렸다. 그때 일을 모조리 다.

갑자기 뭔가가 울컥 솟아올라 렌은 책상에 엎드렸다.

오랫동안 잊어버리고 있었던 것이 단숨에 밀려 올라왔다. 상반되는 두 가지 감정이 렌의 내면에서 날뛰었다.

자신이 실은 뭘 하고 싶은 것인지 스스로도 알 수가 없었다.

* * *

"그러니까."

요즘 유행인지 보랏빛이 도는 희끄무레한 립스틱을 아주 진하게 칠한 여자는 귀찮다는 듯이 고개를 저었다.

"모른다고요, 몰라요. 나도 그 자식이 어디 있는지 알고 싶어요. 아까 전부터 휴대전화에 계속 전화를 걸었지만 안 받는다니까요. 의심스러우면 직접 걸어보시든가. 자, 여기 전화번호요.”

마유미라는 기명을 쓰는 그 여자는 가게 볼펜으로 종이성냥 뒷면에 숫자를 써서 야마시타에게 내밀었다.

“어차피 여자랑 호텔에 있겠죠. 집을 감시하고 있으면 내일 아침에는 돌아오지 않겠어요?”

“당신이랑 같이 사는 거 아닌가?”

“다무라는 여자랑은 같이 안 살아요.”

“어째서?”

“여자 냄새가 몸에 배면 안 된대요. 그 자식, 남자한테도 작업을 건다고요. 알아요?”

“잡식인가. 최근 조폭 사이에 그게 유행하나.”

“몰라요. 다만 남자가 돈이 된대요. 여자는 아무리 잘해봤자 윤락업소에 팔아치워서 2백만 엔쯤 건지는 게 다지만, 잘만 하면 남자한테는 땅이나 주식, 가게까지 받을 수 있다고 하네요. 아, 잠깐만요. 참말인지 거짓말인지 모르니까 나한테 들었다는 말은 하지 말아요.”

“그건 우리 전문이 아니니까 걱정 마. 우린 제비족은 상대 안 해.”

아소는 여자의 어깨를 두드리고 직함이 들어가지 않은 명함을 건넸다.

“휴대전화 번호도 적혀 있으니까 다무라를 찾으면 연락 주겠어?”

“형사님들, 오이카와 씨 부하예요?”

아소는 웃었다.

“뭐, 지금은 그런 셈이라고도 볼 수 있지. 하지만 오이카와하고도 전문이 좀 달라.”

“우리는 살인과야.”

가게를 나서다가 야마시타가 뒤돌아보고 말하자 마유미는 눈이 휘둥그레졌다.

가게를 나서자 새벽 2시에 가까운 시간이었다.

"다무라는 어떻게 할까요? 요 부근 호텔에 닥치는 대로 전화해볼까요?"

"그렇게까지 할 필요는 없겠지. 어차피 다무라는 신주쿠 밖으로 나가지는 않을 거야. 내일 찾자."

"그렇겠죠…… 그건 그렇고 간다 요코의 행동은 역시 이상합니다. 틀림없이 자기 의지로 행방을 감췄고, 기타무라의 유골을 봉안할 때 얼굴을 내민 이상 분명 살아 있어요. 그런데 본가에도 연락 한 번 없고, 간다 요코로서의 인생을 도중에 내팽개쳤죠. 그렇다면 당연히 가명을 써서 딴 사람인 척하며 생활하고 있다는 뜻인데요. 하지만 가명을 쓰면 간호조무사 자격증을 이용할 수 없으니 일을 찾기도 힘들지 않겠습니까? 제대로 된 회사라면 주민 등록 등본을 제출하지 못하는 사람을 채용할 리 없으니까요."

"……누군가가 간다 요코의 생활을 지원하고 있다고 볼 수도 있겠지."

"누군가라니, 누구 말씀입니까."

"요코는 기타무라의 유골을 봉안할 때 차를 타고 왔어. 본인이 빌렸다고 했으니 빌린 차겠지."

"그 차 주인이 요코의 생활을 보살펴주고 있다는 말씀이십니까?"

"그렇게 전적으로 의존하는 상태는 아닐지도 모르지만…… 자, 벌써 시간이 이렇게 됐으니 일단 해산하자고. 어떻게 할 거야? 기숙사에 돌아갈 거야?"

"아니요, 신주쿠 서에서 자겠습니다. 밤중에 드나들면 기숙사 아주머니가 잔소리를 하셔서요."

"그렇군."

"계장님은 댁에 돌아가시려고요?"

"글쎄…… 택시비랑 캡슐호텔비가 비슷하게 나올 것 같아서 고민 중인데. 아, 빈 차다. 저걸 타야겠어."

아소는 한 손을 들었다.

"방향이 반대라서 못 바래다주겠네."

"야스쿠니 길이 밀릴 테니 여기서는 걸어가는 편이 빠릅니다."

"그래? 그럼 조심해서 가."

"고생 많으셨습니다."

시트에 등을 기대자 졸음이 몰려왔다.

아침부터 계속되던 두통은 많이 가라앉았지만 팔다리는 여전히 나른했다. 렌이 먹인 약은 효과가 강한 신경안정제류인 듯했다.

그건 그렇고 묘한 수법이다. 녀석이 무슨 생각인지 짐작이 가지 않았다.

업무 중에는 후지우라에게 들은 '사실'에 관해 가능한 한 생각하지 않으려고 애썼다. 조금이라도 그 사실이 머릿속에 들어앉으면 분명 아무 일도 손에 잡히지 않을 것이다.

모든 것이 질 나쁜 농담 같았다.

원죄.

아소는 형사라는 직업을 특별히 좋아하지도 않고, 이 직업이 자신에게 적합하다고도 생각지 않는다. 다만 남들만큼은 정의감이 있었고, 범죄 때문에 불합리한 피해를 입은 사람들의 비참한 모습을 볼 때마다 의분에 사로잡히는 것도 사실이었다. 그런 의미에서는 범죄자를 체포하는 일 자체가 싫지는 않으며, 보람 있는 직업이라고도 생각한다. 하지만 자신이 꼭 해야만 하는 일이라는 강한 사명감을 느끼지는 않는다.

왜 느끼지 않을까.

굳이 이유를 들자면 사람이 사람을 심판한다는 시스템 자체가 석연치 못하기 때문이다. 물론 아소도 범죄를 저지른 사람을 체포하여 재판에 넘기는 일에는 아무 모순이나 의문도 느끼지 않는다. 하지만 이 세상에는 체포당하거나 재판을 받지 않는 '범죄자'가 아주 많다. 니라사키는 빙산의 일각이다. 더 거대한 악이 법망을 피해 멋대로 설쳐도 경찰은 아무 것도 못한다. 그러한 현실이 눈앞에 버티고 있는데, 빚쟁이에게 시달리다 빈집털이를 한 남자를 붙잡아 교도소에 보내는 일에 얼마만큼의 '정의'가 있다는 말인가.

물론 아소도 그러한 의문을 품는 것 자체가 경찰관이라는 직업이 적성에 맞지 않는 사실을 나타낸다는 것은 알고 있었다. 어쩌면 자신의 사고방식은 적지 않게 왼쪽으로 치우쳤는지도 모른다. 표면적인 원칙상 사상에 따른 차별은 하면 안 되지만, 경찰관은 보수적인 입장에 서기를 암묵적으로 강요받는다.

결국 모순과 균형을 잘 맞추며 돈을 벌어 살아가는 것이 어른이다.

아소는 엄격한 자기규제를 통해 내면에 응어리진 경찰과 그 밖의 체제에 대한 반발심을 소화하고 흡수했다. 결코 틀리지 않을 것. 그것이 바로 아소의 자기규제였다.

원죄는 그렇게 드문 일이 아니다.

물론 살인 사건이나 중대 범죄가 발생하면 수사본부를 설치하고 과학적인 수사 기술도 동원하여 만전을 기하므로 웬만하면 범인을 오인체포할 일은 없다고 아소도 믿지만, 그래도 재심에서 무죄 판결이 나오는 경우는 얼마든지 있다. 그러니 인명이나 거액의 돈이 걸려 있지 않아 그다지 중대하게 여겨지지 않는 범죄는 어떻겠는가.

아소도 본청 수사1과에 배속되기 전까지 몇 번이나 딜레마와 싸워 왔다. 범인이 따로 있는 것이 명백한데도 기소되어 유죄 판결이 나올 때가 가끔 있었다. 물론 대부분은 체포된 본인이 그러기를 바랐기 때문이지만. 연쇄 빈집털이 사건이나 날치기 사건처럼 비슷한 수법의 범행이 다수 발생한다고 해서 전부 단독범의 소행이라고 할 수는 없다. 그런데 아소가 처음으로 빈집털이 사건을 맡았을 때 함께 취조하던 형사가 범인에게 이렇게 말했다.

"야, 미안하지만 몇 건 더 가져가면 안 되겠냐."

아소는 처음에 그 말이 무슨 뜻인지 몰랐다. 이윽고 비슷한 수법의 범행도 그 남자 범행으로 처리하자는 뜻임을 알고 경악했다. 그런 돼먹지 않은 일이 어디 있는가.

하지만 남자는 싹싹하게 고개를 끄덕였다.

"알겠습니다. 대신에 잘 부탁드립니다."

이미 몇 건의 빈집털이 사건을 저질렀노라 자백한 이상 죄상이 두

세 건 더해진다 해도 판결에 큰 영향은 끼치지 않을 것이다. 사람이 다친 것도 아니고 피해금액도 적으므로 상습범이라는 이유로 실형을 받는다 해도 더해진 죄상 때문에 형기가 늘어나지는 않을 것이 틀림 없다. 오히려 그렇게 저지르지도 않은 죄를 덮어쓰면 담당 형사가 조서를 유리하게 써준다는 장점이 있다. 그리고 형사는 형사대로 미해결 사건을 줄임으로써 실적을 올릴 수 있다.

물론 그런 놈들만 있었던 것은 아니다. 그런 형사 같은 사람은 소수이고, 대부분의 형사는 진심으로 사회정의를 믿으며 몸을 희생하여 악과 싸운다. 하지만 경찰조직이라는 단체에는 믿기지 않는 짓을 하는 놈들도 분명히 존재한다.

설령 본인이 수긍하고 받아들였다고 해도 원죄는 원죄다. 거기에 정의는 눈곱만치도 없으므로 그런 짓을 허용하면 이 나라의 사법제도는 근간부터 무너질 것이다. 하지만 실제로 그런 짓이 자행되었다. 아소 눈앞에서 원죄는 다름 아닌 경찰의 손으로 만들어졌다.

아소는 최소한 죄가 없는 사람은 체포하지 말자는 결심을 사수함으로써 그러한 '현장의 현실'에 반골정신을 발휘했다. 아소는 철저하게 물증에 집착했다. 자백이나 상황증거에는 애매한 요소가 너무 많이 포함된다. 피의자의 진술도 백 퍼센트 신용할 수는 없다. 진정한 의미로 의지할 수 있는 것은 물증뿐이다. 그리고 논리. 그냥 '형사의 감'에 의존하는 것이 아니라 증거와 증거를 짜 맞추어 논리적인 결론을 이끌어내는 것이야말로 원죄를 막는 유일한 수단이다. 조금이라도 이치에 맞지 않는 점이 있다면 받아들이지 않는다. 이 녀석이 범인이라고 짐작이 가도 완벽하게 입증할 때까지는 체포하지 않는다. 그것이 아소의 방식이었다.

돌다리의 류.

그러다 보니 어느 틈엔가 아소에게 그런 별명이 붙었다. 결코 칭찬하는 별명은 아니었다. 오히려 멸시가 담겨 있었다.

수사본부의 모두가 범인이라 여기는 인물, 상황증거가 차고 넘치는 용의자인데도 좀처럼 체포영장을 발부받으려 들지 않는 겁쟁이. 돌다리를 두드리고도 건너지 않는 남자.

그래도 지금까지 결과적으로 아소가 틀린 적은 한 번도 없었다.

자랑할 생각은 없었지만 아소는 자신의 방식이 올바르다는 사실에 자부심을 품고 있었다. 증거와 그 증거에 바탕을 둔 논리적 추리. 또 뭐가 필요한가? 형사의 감 따위는 엿이나 먹으라지.

하지만 주변에서 볼 때는 아소의 그러한 '추리' 또한 형사의 감으로 느껴질지도 모른다. 아소는 '감이 좋은 남자' 그리고 '운이 강한 남자'로 일컬어진다. 그러한 평가를 부정할 생각은 없었다. 주변의 평가가 어떻든 아무 상관없다. 틀리지 않는 것이 중요하다. 결코 틀리지 않을 것. 그뿐이다. 형사라는 일에 '사람이니까 틀릴 때도 있다'라는 말은 절대로 통용되지 않는다. 누군가의 인생이 걸린 문제니까.

인생.

아소는 몸이 떨렸다. 니라사키 살인 사건을 생각하는 동안은 지울 수 있었던 후지우라의 말 한마디 한마디가 머릿속에 되살아났다.

믿고 싶지 않아. 그걸 어떻게 믿어.

내가 틀렸다니.

2

아파트 단지 입구에서 택시를 내렸다. 집이 있는 동까지는 거리가 좀 있지만 집 앞까지 타고 가는 것은 좋아하지 않는다.

아침 8시에 수사회의가 열린다. 지금 들어가서 자도 기껏해야 3시간 자면 많이 자는 편이다. 그래도 살인 사건 수사본부에 있는 사람에게 세 시간이면 호사다. 수사의 제일선에 있었던 젊은 시절에는 당연하다는 듯이 2, 3주는 잠도 제대로 못 자고 일했다. 지금도 수사본부에 머물 때는 철야하기도 하지만, 집에 돌아와서 잔다고 욕먹는 입장은 아니다. 그 말인즉슨 더 이상 수사본부의 전력이 아니라는 뜻이다.

한계인지도 모른다. 아소는 나름대로 자부심을 품고 방침을 세워서 형사 일을 해왔다. 하지만 경찰이라는 조직에 자부심을 품은 것은 아니며, 세간에서 말하는 애사정신 같은 것도 전혀 없다. 아소 같은 사고방식을 지닌 사람이 이런 조직에서 관리자로 승진한 것이 잘못이었다.

원래 그냥 검도를 계속하고 싶을 뿐이었다. 검도를 계속하기에 조건이 가장 좋은 직장이 경찰이었다.

심야의 아파트 단지는 정말 괴괴하고 가로등도 적어서, 괴기영화의 첫 장면에 어울릴 만큼 어둡고 음울했다. 그래도 이 아파트의 한 집을 구입했을 때는 현기증이 날 만큼 거액의 주택융자금을 대출받았다. 그리고 물론 지금도 여전히 상환하는 중이다. 혼자서는 주체하지 못할 만큼 넓은 공간을 허우적대며. 자신의 인생에 '쓸데없는 짓'이 있다면, 주택융자금을 대출받은 것만큼 쓸데없는 짓은 또 없을지도 모른다. 오로지 레이코를 기쁘게 해주고 싶어서 빚을 짊어졌는데, 레이코는 이제 없다.

우편함에는 광고 우편물과 석간신문밖에 없었다. 둘 다 그냥 버리고 싶은 기분이었다.

엘리베이터는 기다리지 않았다. 이런 심야에 혼자 좁은 상자에 갇히려니 영 마음이 내키지 않았다.

계단에 발을 올리자마자 사람이 있다는 걸 알아차렸다.

"야."

아소는 어이가 없어서 어깨를 축 늘어뜨렸다.

"이런 데서 뭐하는 거야?"

"이제야 왔네. 얼마나 오래 기다렸는지 모르겠다."

렌은 담배를 발로 비벼 껐다.

"그거 주워."

아소는 그렇게 말하고 렌 앞을 지나쳐 계단을 올라갔다.

"어디 갔었어?"

"당연히 니라사키 살해 사건을 수사하러 다녔지."

"예의 그 방향을 쫓고 있어?"

"응."

"뭐 좀 건질 것 같아?"

"너한테 밝힐 수 있는 내용이 아니야. 그것보다 어디 가려고? 미안하지만 내일 일찍 나가봐야 해. 밤놀이를 하고 싶거든 다른 사람을 찾아봐."

"이거 주려고 왔어."

렌이 비디오테이프를 내밀었다. 아소는 무시했다.

"그냥 버려."

"안 볼 거야?"

"보고 어쩌라고? 어차피 원본은 네가 가지고 있잖아. 정말이지 실
망이다. 양아치들하고 하는 짓이 똑같아. 난 네가 좀 더 분별 있게 일
을 진행하는 사람인 줄 알았는데."

"농담이야."

렌이 말했다. 아소는 무심코 걸음을 멈추었다.

"뭐라고?"

"그냥 놀려본 거야. 어젯밤에 당신한테 아무 짓도 안 했어."

"……맞을래?"

"미안하지만."

렌은 웃었다.

"당신보다 내가 더 세. 적어도 맨손이라면 말이야."

"왜 날 자꾸 건드리는 거야? 그렇게 질 나쁜 농담이 뭐가 재미있어?"

"당신이 나한테 엉켜드니까 그러지. 후지우라를 만났잖아."

"그래."

"뭘 봤어?"

아소는 한숨을 내쉬었다.

"……네 사촌 형 사진을 봤어."

렌은 입을 다문 채 아소를 앞질렀다.

"당신 집, 몇 층?"

"알 텐데? 조사했으니까 여기 있는 거잖아. 하지만 진짜로 아침에 일찍 나가봐야 해. 후지우라한테 들은 이야기에 관해서 할 말이 있다면 나중에 시간 내서 다시 보자. 네 일정에 맞출게."

"그 인간이 하는 일에는 별로 흥미 없어. 계속 기다렸으니 커피 한 잔쯤은 대접해주라."

"오밤중에 커피 마시면 잠 못 자."

"그럼, 술."

"이제 너랑 술 안 마실래."

"당신 집이라면 안전하잖아."

"거참 찰거머리가 따로 없네."

아소는 결국 렌과 어깨를 나란히 하고 계단을 올라갔다.

"방은 몇 개야?"

렌은 운동화를 벗자마자 어린아이처럼 호기심을 보이며 입구 부근 문을 열었다.

"방 세 개에 식당이랑 부엌."

"좁네."

"나 혼자 지내기에는 지나치게 넓어. 그 방은 이제 안 써."

렌이 들여다본 곳은 레이코와 같이 살던 시절에 침실로 쓰던 방이었다. 거기만 서양식 방인데, 레이코의 바람대로 더블베드를 들여놓았다. 레이코가 집을 나가자마자 침대는 처분했고, 현재는 창고나 다름없는 신세가 됐다.

"남의 집을 멋대로 들여다보지 마. 취미 한 번 고약하네."

"어떻게 사는지 궁금하잖아. 짭새가 박봉이라고는 해도 당신 정도 되면 그럭저럭 받을 거 아니야."

"지방공무원은 출세해도 월급이 많이 오르지는 않는 구조라서. 야, 커피 내린다."

거실로 사용하는 방은 일본식이다. 아소는 종이 필터에 뜨거운 주전자 물을 부으면서 다다미에 다리를 쭉 뻗고 앉은 렌을 관찰했다. 몹시 피곤한 얼굴이었다. 니라사키가 죽은 뒤로 잠을 제대로 못 자는 것 같았다.

"골프는 어땠어?"

"어땠냐니?"

"점수 말이야."

"난 안 쳐."

"그럼 왜 가?"

"사람 만나러 가는 거지."

아소는 웃었다.

"너희 세계도 회사원들과 다를 바 없군."

"그래, 똑같아. 골프에 마작, 노래방에 온천여행."

"재미있어?"

"뭐가?"

"조폭 생활 말이야."

"별로."

"그럼 그만두는 게 어때?"

"또 그 이야기야? 당신도 참 할 짓이 없나 보네."

"똑같은 설교를 당할 줄 알면서 이렇게 찾아오는 걸 보니 너도 할 짓은 어지간히 없는 모양이다. 자, 이거 마시고 돌아가. 너희 회사 직원만큼 잘 내리지는 못하지만, 그래도 원두는 제법 좋은 걸 썼어."

"당신은?"

"조금이라도 자야 하니까 난 됐어."

렌은 머그컵에 코를 가까이 댔다.

"비디오 정말 안 봐도 되겠어?"

"장난하냐?"

"장난인지 아닌지 확인하지 않아도 되겠느냐고."

"네가 무슨 짓을 하고 뭘 찍었든 그 영상을 써먹으려는 마음이 없다면 그건 존재하지 않는 거나 마찬가지야. 영상을 써먹으려는 마음이 있다면 내가 보든 말든 써먹을 테고. 어쨌거나 칼자루는 네가 쥐고 있지, 나하고는 아무 상관없어."

"사고방식이 뭐 그렇게 막무가내야?"

렌은 웃었다.

"당신은 철저하게 자기 생각만 앞세우는 사람이로군."

"그럴지도 모르지."

아소는 진심으로 그렇게 여기고 고개를 끄덕였다.

"나도 요즘 그런 생각이 들더라고. 지금까지는 그저 사교성이 최악인 줄 알았는데 말이야."

렌은 커피를 홀짝였다. 아소는 담배를 꺼냈다.

"하세가와 다마키는 출근 안 했던데. 휴가 신청은 했나?"

렌은 고개를 저어서 부정했다.

"걱정 안 돼?"

"그야 걱정은 걱정이지…… 당신이 지난밤에 괜한 걸 보여줘서."

"그렇군…… 그건 다른 사람이었지만 미안해."

"아니야. 관계가 있다고 생각해서 그런 거잖아?"

아소는 망설였다. 수사정보를 외부에 누설하기만 해도 규정위반이다. 하물며 렌은 수사본부에서 용의자 중 한 명으로 취급하는 사람이다. 하지만 결국 하세가와 다마키에 관한 정보를 가장 많이 알고 있는 사람은 이 남자다.

"하세가와 다마키는 예전에 아카사카의 〈심해〉라는 가게에 있었지?"

"응. 그 정도쯤은 그쪽에서도 이미 조사했을 텐데."

"니라사키가 단골로 다니면서 지명했다는 건 사실이야?"

렌은 고개를 끄덕였다.

"세이치가 긴자로 나온 다마키에게 눈독을 들였어. 손님 접대를 잘하고 머리 회전이 빨라서 쓸 만하겠다며. 〈심해〉의 마담이 괜찮은 애를 찾으면 잘 부탁한다고 했거든."

"가케카와 준이치의 여자 말이야?"

"글쎄."

렌은 어깨를 으쓱했다.

"그런 일에는 흥미가 별로 없어서. 하지만 〈심해〉의 마담은 세이치와 허물없이 말을 나눴어. 분명 마작 친구라고 했을 거야."

"지난밤에 보여준 그 시체…… 아무래도 그 남자도 〈심해〉와 관련이 있는 것 같아."

"관련이 있다니 무슨 뜻이야? 그 성전환자도 호스티스였어? 하지만 〈심해〉는 성전환자를 쓰지 않아. 다마키는 자지가 없으니까 들통나지 않았지만."

"니라사키도 몰랐어?"

"아니, 세이치는 알아봤지. 골격이 여자 골격이 아니라고 한 적이 있어. 나는 그 말을 듣기 전까지는 몰랐고. 하지만 다른 손님들도 눈치채지 못했고, 마담도 몰랐던 모양이라 별 문제없었지."

"하세가와 다마키는 왜 네 비서가 된 거야?"

"돈이 궁했거든."

렌은 다시 어깨를 으쓱했다.

"사금융에 빚을 엄청 졌어. 호스티스 월급으로는 이자를 내는 게 고작이었지. 그래서 나한테…… 어디 일할 만한 괜찮은 곳 없느냐고 상담했어. 즉 내 회사에서 일하고 싶다 그거였지."

"네 회사라면 이스트흥업?"

"그게 아니라 이스트흥업이 경영하는 가게에서 일하고 싶다는 뜻이었어. 알잖아, 윤락업소와 게임센터 경영이 우리 회사 본업이라는 거. 다마키는 월수입 수백만 엔도 꿈이 아닌 고급 소프랜드에서 일하고 싶어 했어. 뭐, 걔라면 소프랜드에서도 제법 많이 벌었겠지."

"소개 안 해줬어?"

"아깝더라고. 걔는 밝히는 체질이라 남자랑 자는 걸 세끼 밥보다 더 좋아하지만, 그래도 인공 보지보다 머리가 더 뛰어나거든. 한 번 보지로 큰돈을 버는 법을 배우고 나면 거기서 빠져나오기가 힘들어. 머리로는 평생 벌 수 있지만, 보지로 벌 수 있는 기간은 짧지."

"하지만 네 비서 일이 소프랜드보다 돈이 더 되는 건 아니잖아?"

"주식을 조금씩 가르쳐줬어. 잘 알아먹고 주식을 잘 굴려서 내가 사금융 빚을 변제하라고 빌려준 돈을 거의 다 갚았지."

"빚이 왜 그렇게 많았을까?"

"글쎄."

렌은 웃으면서 고개를 저었다.

"이것저것 꼬치꼬치 캐묻지는 않기로 했거든. 하지만 걔, 전신성형을 했잖아. 성형 비용에 에르메스니 샤넬이니 몸에 잔뜩 걸치고 다니는 물건까지 합치면 빚이 천만 엔쯤 있어도 놀랄 일은 아니지."

"그 정도였어?"

"더 많았어."

렌은 코웃음을 흥 쳤다.

"거기에 남자도 있지. 나한테는 숨겼지만 말이야. 뭐, 대단한 남자는 아닐 거야. 여자한테 빌붙는 놈 중에 제대로 된 놈은 없어."

"그렇게 머리가 잘 돌아가는데도 남자에게 빨아먹히나 보네?"

"밝히는 여자가 의외로 정이 많을 때도 있잖아. 뭐, 걔는 원래 남자지만 정신적으로는 아주 오래전부터 여자였을 테니까. 그런 여자는 글러 먹은 남자를 떠받치는 데서 행복을 느끼고는 해. 그래서 시시한 놈한테 돈을 쏟아붓는 거지."

"솔직히 어떻게 생각해?"

아소는 냉장고에서 캔 맥주를 꺼냈다.

"그 여자가 니라사키 살해 사건에 관련된 것 같아?"

"걔가 무슨 생각을 하며 지냈는지는 잘 모르겠어…… 아주 밝힌다는 점에서는 나랑 죽이 잘 맞았지만."

렌은 나지막하게 웃었다.

"하지만 걔 성격상 세이치를 죽일 작정으로 접근했다면 좀 더 일찍실행하지 않았을까 싶어."

"의외로 성격이 급했나?"

"성격이 급하다기보다 결단이 빠른 유형이야. 머리가 아주 잘 돌아가서 그런 거겠지만, 뭐든지 척척 결정해서 척척 해치웠지. 그렇게 찐득찐득한 성격도 아니었고. 무슨 원한을 품었든 세이치를 죽이는 게 목적이었다면 더 빨리 해치웠을 거야."

"골치 아픈 사태일지도 몰라."

아소는 맥주를 꿀꺽꿀꺽 마시고 중얼거리듯이 말했다.

"한시라도 빨리 찾아내야 해."

"죽을지도 모른다는 거야? ……세이치를 죽인 놈한테?"

"적어도 하세가와 다마키는 뭔가 알고 있어. 그래서 수사를 혼란시키고자 스스키노에 팔려간 여자 이야기를 꺼낸 거야. 다만 머리가 좋으니 그렇게 쉽사리 살해당하지는 않겠지. 아마 자의로 자취를 감췄을 거야. 니라사키를 죽인 범인에게 당하지 않도록 급히 몸을 피한 거지. 하지만 언제까지 꼬리를 숨길 수 있을지는 모를 일이야. 니라사키를 죽인 범인이 누군지 알면서 네게도 경찰에게도 알리지 않고 사라진 걸로 보아 하세가와 다마키 본인도 이번 사건에 깊이 연관되어 있는 게 분명해. 즉, 범인과 무슨 이해관계로 연결되어 있다는 뜻이지."

"다마키가 먼저 범인과 접촉할 수밖에 없는 상황이 벌어질 수도 있다는 건가."

아소는 고개를 끄덕였다.

"니라사키를 죽인 범인이 만약 하세가와 다마키를 죽일 생각이라면 그 기회를 놓치지 않겠지. ……시간이 없어. 승부에 나서는 편이 좋을지도 모르겠군."

"다마키를 지명수배하려고?"

"아침에 검토해볼게. 하지만 중요참고인으로 수배하면 범인이 더 안달해서 행동에 나설 가능성도 있는데……."

렌이 다다미에 몸을 내던지듯 벌렁 드러누웠다.

"야, 자지 마."

"뭐 어때서 그래. 여자가 올 것도 아니잖아."

"너처럼 소행에 문제가 있는 인간이 집에 드나드는 것만으로도 내 모가지가 위험해."

"정말 딱하기 짝이 없군."

"너한테 그딴 소리 듣기 싫어."

아소는 맥주를 다 마셨다.

"세상 사람들 눈에는 분명 내 삶이 딱해보일지도 모르지만, 그래도 조폭보다는 나아. 야, 진짜로 자고 갈 거야? 자고 가는 건 상관없지만 나 아침 7시에 나가야 해. 너 같은 녀석한테 열쇠를 맡길 수는 없으니 그때 내쫓을 거야."

"알았어…… 어차피 잠은 못 이룰 테니까 상관없어."

"역시 잠을 못 자나?"

"응."

렌은 옆으로 몸을 돌렸다.

"특히 이 시간대는 더더욱."

아소는 벽시계를 보았다. 오전 3시가 다 되었다.

아소는 니라사키의 사망추정시각이 언제인지 문득 생각났다.

"샤워하고 올게."

아소는 이웃한 침실에서 수건과 갈아입을 속옷을 가지고 욕실로 들어갔다.

잠을 못 잔다.

렌이 어린아이처럼 자신에게 치근거리는 이유는 단순히 그것뿐이리라.

니라사키를 잃고 생겨난 마음의 공백이 잠을 허락지 않는다. 그리고 렌 또한 니라사키의 꿈을 꿀까봐 무서워서 잠들려고 하지 않는다.

아소는 레이코가 떠난 후 몇 달간 자신이 어떻게 살았는지 기억났다.

하지 않아도 될 일까지 떠맡아 매일 수면실에서 지냈다. 집에 돌아와서 불을 켜기가 싫어서였다. 아무도 없다는 것을, 더 이상 자신을 기다리는 사람이 없다는 것을 확인하기가 싫었다.

사람은 조용하고 천천히 자살할 때가 있다. 스스로는 그런 줄도 모르고서.

마음을 다잡는 시기를 놓치면 과로와 불면으로 결국 심장이 멎고 만다.

무의식중에 그러한 죽음을 바라는 것이다.

거실로 돌아가자 텔레비전이 켜져 있었다. 화면에 잠든 자신의 모습이 비쳤다.

"비디오 틀지 마."

"내가 보고 싶어서 튼 건데 왜. 당신은 안 보면 되잖아."

"야."

렌은 어디서 찾아냈는지 올드 파 위스키를 병째로 마시고 있었다.

"남의 집을 멋대로 뒤져서 술을 마시는 법이 어디 있어. 그리고 이왕 마실 거면 그렇게 동그란 병으로 힘들게 마시지 말고 컵 정도는 써."

"귀찮아. 그냥 이렇게 마실래."

"술고래."

"사돈 남 말 하고 있네. 부엌이 술병 천지면서."

"그만 꺼."

아소가 리모컨을 빼앗으려 했지만 렌은 내놓지 않았다.

화면에는 그저 잠든 자신의 얼굴이 비칠 뿐이다.

"쓸모없는 테이프로군."

"앞쪽에는 이것저것 많이 나왔어."

렌은 깔깔 웃었다.

"볼래?"

아소는 렌의 손에서 리모컨을 낚아채 비디오를 껐다.

"얻어터지고 쫓겨나기 싫으면 얌전히 있어. 잠을 자든 말든 네 마음이지만 소리는 내지 마."

전화벨이 울렸다. 전화를 받으려고 걸음을 옮겼을 때 귀가하고 나서 자동응답을 해제하지 않았음이 기억났다.

"나야, 마키."

조용한 목소리였다.

"이런 시간에 전화해서 미안해. 엉덩이가 너무 무거운 손님이 있었거든. 전화했었다면서. 내일은 가게도 쉬니까 하루 종일 집에서 뒹굴뒹굴할 거야. 언제든지 연락 줘. 그럼 잘 자."

"당신 여자야?"

렌이 올려다보았다.

"언제든지 연락 달라잖아. 잘 됐네. 지금 바로 거는 게 어때?"

"저쪽도 피곤할 거야."

"물장사?"

"응."

"반했어?"

"시끄러. 이제 잘 거야."

아소는 옆방 맹장지문을 열었다. 꽤 오래 전부터 비번 때가 아니면 늘 깔아두는 이부자리가 아소를 맞이했다.

드러눕자마자 렌의 목소리가 귓속에서 재생됐다.

반했어?

어째서인지 지금까지와는 다른 감정이 아소의 마음을 지배했다.

물론이다.

아소는 처음으로 그렇게 생각했다.

물론 난 마키에게 반했다.

마키의 목소리는 무엇보다도 기분 좋다.

그런데 마키는 어떨까? 내게 반했을까.

야마시타의 얼굴이 눈앞에 떠올랐다. 결혼 생각이 없다는 여자의 말을 믿으려 들지 않는 남자의 얼굴.

결혼을 전제하지 않고 사귀는 남자와 여자는 결국 어디에 다다르는 걸까?

결혼은 연애의 형태를 변질시킨다. 그리하여 연애는 어떤 의미에서 끝을 맞이하고 다른 형태로 다시 시작된다.

그렇다면 그러한 구분점이 없는 연애는?

"저기."

맹장지문 너머에서 목소리가 들렸다.

"나도 샤워해도 돼?"

아소는 몸을 일으켜 맹장지문을 열고 마른 목욕수건을 던졌다.

다시 눕자 바로 물소리가 들렸다.

정말 날림공사로 지은 아파트다 싶어 아소는 웃었다. 이렇게 형편없는 아파트인데도 거품경제가 한창인 그때는 가격이 터무니없이 비쌌다.

레이코가 남긴 것은 조금씩 아소의 인생에서 사라졌다. 버린 물건도 있고, 망가진 물건도 있다. 어느 틈엔가 쥐도 새도 모르게 사라진 물건도 있다.

주택융자금이 마지막으로 남았겠지. 아소는 또 웃었다. 설령 지금이 집을 팔고 이사 가더라도 주택융자금은 다 갚을 수가 없다.

그래도 슬슬 여기를 떠나는 편이 나을지도 모른다. 여기에 있으면 레이코의 환영이 자꾸 되살아나서 쓸데없는 생각만 늘어난다. 마키를이 집으로 부르기를 주저하는 것도 여기가 레이코의 성이었다는 사실이 머리에서 떠나지 않는 탓이다.

물소리가 들렸다. 아소는 눈을 감았다. 레이코 생각을 하고 있었는데도 금세 잠이 찾아왔다. 다 그런 법이라고 아소는 의식이 흐려지는 가운데 생각했다.

다 그런 법이다. 그 무엇도 시간의 흐름은 거스를 수 없다. 슬픔도 괴로움도 지나가고 나면 흐릿해지는 법이다. 행복한 기억이 흐릿해지는 것과 비슷한 속도로.

***

"……야 인마."

아소는 중얼거렸다. 조금씩 되돌아온 의식이 아소에게 그 감촉의 정체를 일러주었다.

"그만해."

뻗은 손이 부드러운 머리칼에 닿았다. 너무 부드러워서 한순간 다른 사람인 줄 알고 가슴이 철렁했다.

머리칼을 움켜쥐고 끌어당겼지만 오히려 손목을 붙잡혀 제압당했다. 잡혀보니 악력이 확연하게 차이 난다는 것을 알 수 있었다.

"야."

아소는 천장을 보며 말했다.

"난 니라사키를 대신할 수 없어."

머리의 움직임이 멈추고 자극도 사라졌다.

렌이 기어올라 와서 배 위에 턱 걸터앉았다.

"당연하지. 어디서 잘난 척이야."

"무거워."

렌은 아소의 배에서 내려와 옆에 누웠다.

"닮는 것도 아닌데, 쩨쩨하기는."

그 말투가 우스워서 아소는 무심코 웃었다.

"넌 가리는 것도 없냐."

"없어."

렌은 태연하게 말했다.

"남자는 어차피 불붙었을 때는 다 똑같아. 자지 모양 말고는 다른 점이 없지."

"마음은 필요 없어?"

"필요 없어. 당신도 그렇잖아. 마음과 자는 놈이 어디 있어? 반한 여자를 상대하든 윤락업소 여자를 상대하든 같이 자는 건 몸이지 마음이 아니잖아."

"뭔가 대답하면 철학적 문답으로 발전할 것 같군."

아소는 팔을 옆으로 뻗었다.

"하지만 아무리 가리지 않더라도 상대가 남자 입을 좋아할지 정도는 생각하고 나서 입에 넣는 게 좋지 않겠어?"

"섰으면서."

"그런 문제가 아니야. 곤약이 상대라도 사정은 한다고."

"나도 구별은 해."

렌이 뻗은 아소의 팔에 머리를 얹었다.

"당신은 이성애자가 아니야."

"……오이카와하고의 관계를 말하는 건가. 조사했어?"

"딱히 조사하고 말 것도 없어. 그 사람은 감추지 않으니까 거래 재료로도 못 쓰지. 일부에서 당신과 오이카와를 두고 수군거린 모양이던데…… 당신이 결혼하기 전까지."

"설명하기는 어렵지만."

아소는 손목을 움직여 방금 전의 부드러운 감촉을 다시 찾았다. 손끝에 명주실 같은 머리카락이 감겼다.

"오이카와하고의 관계는 학창시절이 그대로 연장된, 일종의…… 추억 같은 거야. 난 그 남자를 검도가로서 존경했지. 누구보다도 존경했다고 해도 과언이 아니야. 오이카와를 위해서라면 무슨 짓이든지 할 수 있다고 진심으로 생각한 시기도 있었어."

"그래서 하게 해준 거구나."

"아니야."

아소는 손끝에 감긴 가느다란 머리카락을 가볍게 잡아당겼다.

"믿든 말든 네 자유지만, 녀석은 내게 그런 일을 강요하지 않았고, 나도 그런 일까지 하고 싶은 마음은 없었어. 그렇다고 부정할 생각은 없지만. 레이코…… 전처를 만나기 전까지 나도 내가 호모인 줄 알았어."

"너무한 이야기인데…… 오이카와 씨 입장에서는."

"응."

아소는 천장을 향해 한숨을 쉬었다.

"너무하지. 하지만 어쩔 수 없잖아? 난 레이코에게 반해서 다른 일은 더 이상 눈에 들어오지 않았어. 배신이라고 욕을 먹어도 할 말은 없지만, 그렇다고 계속 오이카와랑 그런 사이로 지낼 수는 없잖아."

"그 사람이 잘도 용서했네."

"용서는 안 했을 거야…… 아마도. 내가 레이코에게 청혼하기로 결심했을 때 죽여버리겠다고 했었지. 그때 녀석의 눈빛은 진심이었어. 그래서 그럼 그러라고 정색을 하고 대들었어. 결국 녀석은 아무 짓도,

아무 말도 하지 않았어. 그러니 아마 지금도 나를 죽이고 싶다는 생각은 버리지 않았을 거야. 다만 오이카와는 지금 같이 사는 사람이 있어."

"알아. 일러스트레이터인가 뭔가 하는 젊은 남자잖아."

"그런가 보더라. 그래보여도 그 남자와 같이 살면서부터 녀석도 좀 둥글어진 편이야."

"그런 것 같지는 않은데."

렌은 웃었다.

"아무튼 당신보다는 오이카와 씨가 순정파였다는 뜻이네."

"여자에게 반했으니 순정이 아니었다는 식의 말은…… 난 구별 지어 생각한 적이 없어. 오이카와하고 함께 있을 때는 그쪽이 자연스럽다고 느꼈고, 레이코에게 반했을 때는 그게 당연하다고 생각했을 뿐이야."

"근본부터 양성애자였다 그거지? 이래서 양성애자는 못 믿는다니까."

"니라사키도 그랬잖아?"

"응."

렌은 짤막하게 대답하고 입을 다물었다. 아소는 손가락을 움직이며 머리카락을 잠시 가지고 놀았다.

"죽었다."

렌이 손가락으로 아소의 물건을 튕겼다.

"이제 나도 나이를 먹었으니."

아소는 팔을 구부렸다. 렌의 이마가 턱에 닿았다.

"지난밤에."

렌이 작은 목소리로 말했다.

"넣었어…… 입안에."

"그뿐이야?"

렌은 고개를 끄덕였다.

"기분 좋았어?"

"그럭저럭."

"그럼 됐어."

"화 안 내는구나."

"이제 와서 화낸들 무슨 소용이야. 하지만 하나만 부탁할게. 이제 그 약은 절대로 쓰지 마. 하루 종일 머리가 아파서 고생했다고."

"당신은 역시 이상해."

"다들 그러더라."

"실은 경찰이 싫은 거 아니야?"

"응…… 아마도."

"그럼 조폭 안 해볼래?"

아소는 웃었다.

"내가 경찰을 싫어한다면 그 이유는 분명 조폭을 싫어하는 이유와 같을 거야."

아소는 머리맡의 시계를 집었다.

"벌써 4시 넘었어. 이제 좀 자자."

"난 저쪽에 있을게."

아소는 일어나려고 하는 렌을 팔로 다시 끌어당겼다.

"시험해봐. 이렇게 하면 잘 수 있지 않겠어?"

꿀처럼 달콤한 향기가 콧구멍을 간질였다. 여자 체취도 향수 냄새도 아니건만, 그보다 더 달콤했다.

매미 소리가 귓속에 울려 퍼졌다.
그해 여름, 숨이 막힐 듯 더운 취조실에서 그 냄새를 맡았을 때 울려 퍼진 매미 소리.

물어봐야 할 것이 있다.
본인에게 직접.
아소는 자기 어깨에 얼굴을 댄 채 가만히 있는 렌의 등에 손바닥을 얹었다.
물어봐야 한다.
후지우라와 히나코가 무슨 이야기를 하고 무슨 사진을 보여주든, 그것만으로는 믿을 수 없다. 인정하는 것은 자기 자신을 부정하는 행위나 마찬가지로 느껴졌다. 내 탓이 아니다, 불가항력이었다는 핑계는 절대로 댈 수 없을 테니까.
물어보자.
그해 여름 세타가야에서 뭘 했느냐고. 아니.

뭘 하지 않았느냐고.

아소가 입을 열려고 했을 때 새근거리는 숨소리가 들려왔다.
차분한 호흡. 행복한 무의식, 무저항.
아소는 그 잠을 방해할 수 없었다. 간신히 꿈의 바다에 빠져 잠깐

의 안식을 얻은 불안정한 영혼을 흔들어 깨워서까지 자신의 자존심을 지키는 데 무슨 의미가 있겠는가.

아소는 숨을 작게 한 번 내쉬고 눈을 감았다.

3

"고생한 것에 비해 보람은 별로 없는 일만 시켜서 미안해요."

시즈카가 사과하자 이노 미유키는 기운차게 말했다.

"에이, 아니에요. 절 뽑아주셔서 정말로 기쁜걸요. 수사1과에 배속된 지 아직 두 달밖에 안 됐는데 본청 사람과 함께 수사한다면서 모두가 부러워한다고요."

"그리 유력한 방향이 아니라는 건 알아요."

시즈카는 한숨을 쉬며 포크를 내려놓았다.

"하지만 어쩌면 제 실수로 큰 단서를 놓쳤을지도 모르니까 어떻게든 제 힘으로 해결하고 싶어서요. 하지만 너무 뜬구름 잡는 듯한 이야기죠? 도저히 선배들에게 같이 수사해달라는 말을 못 꺼내겠더라고요."

"선배들이 미야지마 씨 같은 분도 못살게 구나요?"

"못살게 굴지는 않아요. 아소 수사반 남자들은 모두 친절하고 신사니까. 하지만 남자는 역시 결과를 원하니까…… 형사인 이상 자기 손으로 범인을 잡고 싶은 건 당연한 일이지만요."

"그런 유의 질투심은 남자가 더 강하죠."

미유키가 목소리를 낮추었다.

"저희도 그래요. 일이 걸려 있으면 남자들끼리 으르렁거리더라고요. 역시 출세욕 때문일까요?"

"실은 우리도 출세욕을 좀 품어야 할 텐데 말이에요. 처음부터 포기하는 건 남자들이 바라는 바일 테니까."

시즈카는 어깨를 움츠리고 웃었다.

"다 먹고 나면 다음은 어디를 확인해볼까요?"

시즈카는 한 손으로 수첩을 펼치고 동네 이름을 훑어보았다. 전화번호부를 뒤져서 쓰카하라라는 이름이 나오는 동네를 각 구 별로 나누어 신주쿠부터 가까운 순서대로 정리했고, 그에 해당하는 '쓰카하라'의 주소도 각각 적어놓았다. 하지만 시즈카는 이 목록에서 자신이 원하는 '쓰카하라'를 찾을 확률은 그렇게 높지 않으리라 예상했다. 전화번호부에 이름을 싣지 않는 사람은 의외로 많고, 싣는다 해도 대개는 남자 이름이다. 외견으로 나이를 추측건대 그 '쓰카하라'는 남편과 사별하고 장성한 자식들이 독립하여 혼자 살 가능성이 클 것 같았다.

여차하면 각 관할서 지역과에 협조를 요청해 파출소에 보관 중인 지역주민대장에서 '쓰카하라'를 골라낼 수도 있다. 하지만 그러려면 자신이 '쓰카하라'를 쫓고 있다는 사실을 수사회의에서 보고하고, 본부의 허가를 얻어야 한다. 지금 단계에서 보고해봤자 수사원들의 실소를 살 뿐이라는 기분이 들었다. 아니, 분명 그런 꼴을 당할 게 뻔하다. 자신이 비웃음을 당하는 건 상관없지만, 그때 비웃음의 대상이 되는 것은 상사인 아소다.

전화번호부로 목표물을 찾아낸다면 그런 참사는 피할 수 있다. 주민회와 교섭하면 주택지도도 손에 들어올 것이다. 정보의 정밀도에

다소 문제는 있겠지만, 주택지도로 전화번호부에 실려 있지 않은 '쓰카하라'를 찾아낼 수 있다.

하지만 수사회의에 참석하는 시간을 제외하고 하루에 열 시간을 돌아다녀도 확인할 수 있는 이름은 기껏해야 스무 개 정도. 이러다가 수사에 아무런 도움도 못 되고 진이 다 빠져버리지 않을까 걱정이었다. 이렇듯 꽝일 가능성이 높은 일에 아직 관할서 형사과의 햇병아리인 미유키를 끌어들여서 미안했지만, 다른 사람은 차출해주지 않을 것 같았다.

슬리퍼를 신고 있었다는 것.

그것만이 유일하고도 가장 큰 힌트였다.

만약 신주쿠에서 멀리 떨어진 곳에 산다면 전철을 타고 신주쿠에 오는 도중에 알아차리지 않았을까. 가까우니까…… 요컨대 전철을 탈 필요도 없을 만큼 가까워서 무심코 신고 왔다면…… 걸어올 수 있을 만큼 가까이에 산다면.

택시를 탔을 가능성도 고려는 해보았다. 하지만 택시는 타고 내릴 때 자연스레 발치에 시선이 가므로 슬리퍼를 신었다는 사실을 알아차리기 쉽다. 시즈카는 걸어서 왔다는 것이 가장 자연스럽게 느껴졌다. 이 추리가 옳다면 범위는 상당히 한정된다.

간단한 점심식사를 마치고 시즈카는 미유키와 함께 다시 돌아다니기 시작했다.

지금까지 요요기 1, 2, 3초메는 조사를 마쳤다. 니시신주쿠를 기점으로 걸어올 수 있을 만한 범위를 원을 그리듯이 도는 것이 시즈카의 작전이었다. 또한 최대한 주택이 많은 방향이 우선이다. 그러면 일단 요요기 방면, 그리고 혼마치, 나카노, 기타신주쿠 순서다. 동쪽은 1초메를 지날 때까지 번화가가 계속되고, 앞쪽 3초메까지는 신주쿠 서 관할이라 주민대장을 입수할 수 있으므로 마지막에 확인한다.

요요기 4초메는 오다큐 선 산구바시 역 근처로, 근대적인 건물과 옛 정취가 남아 있는 주택, 그리고 고급 분양 맨션부터 임대원룸까지 실로 다양한 건물이 혼재하는 지역이다. 야마테 길을 건너 하쓰다이 역 쪽으로 가면 개인주택이 확 늘어날 것이다. 사실 시즈카는 하쓰다이 부근을 마음속으로 점찍어 놓았지만, 나이든 여자가 걸어서 오기에는 조금 멀게 느껴질지도 모른다.

"요 부근은 어쩐지 그리운 분위기가 남아 있네요."

미유키는 첫 번째 '쓰카하라'의 집까지 걸어가는 동안 희한하다는 듯이 주변을 두리번두리번했다.

"서에서 걸어올 수 있는 곳이라도 관할에서 벗어나면 자연을 거의 접할 수 없거든요."

"거품경제가 시작되기 전에는 신주쿠에서 걸어서 올 수 있다는 게 거짓말로 느껴질 만큼 한가로운 주택가 아니었을까요? 아주 오래전 이지만 겨울방학 때 국립 올림픽 기념 청소년 종합 센터에 다닌 적이 있어요."

"어, 왜요?"

"고교 수험에 대비한 학원 봄철 특강 때문에요. 하지만 그때는 산 구바시 역에서 반대 방향으로 걸었으니까 이쪽으로 온 적은 없었네요. 이주일 동안 특강을 받았는데, 처음에는 오다큐 선을 타고 다녔죠. 신주쿠 역에서 두 정거장이나 되니까 걸으면 멀 것 같아서요. 그런데 어느 날, 수업이 끝나고 친구 몇 명이랑 역까지 와서 별 생각 없이 그냥 신주쿠로 걸어갔어요…… 의외로 금방 도착하더라고요. 그 다음부터 돌아갈 때는 항상 걸어서 갔죠. 이번에 쓰카하라 씨를 찾기로 하고 걸어서 니시신주쿠까지 올 수 있는 곳이 어딜까 생각했을 때도 실은 산구바시가 제일 먼저 떠올랐어요."

"어쩌면."

미유키가 눈을 반짝였다.

"제대로 짚었을지도 모르겠는데요! 뭐라고 할까, 운명? 미야지마 씨가 그 쓰카하라 씨라는 분께 말을 건 것 자체가 운명이었을 거예요, 분명."

"그렇다면 좋을 텐데요."

시즈카는 어깨를 축 늘어뜨렸다.

"그때 제가 조금만 더 신경을 썼다면 이노 씨가 이런 고생을 할 일도 없을 테고, 어쩌면 수사가 크게 진전됐을지도 몰라요. 그렇게 생각하니 자꾸 마음이 바빠지네요."

전화번호부에 실려 있던 쓰카하라를 찾아가 보았지만 역시 허탕이었다. 확인 전화를 걸었을 때 50대 남자가 받아서 아내가 자기 또래라고 하기에 기대했지만, 아내라는 사람은 얼굴도 목소리도 쓰카하라와 전혀 달랐고 이름도 도미코가 아니었다. 최근에 경찰서는커녕 파출소에도 간 적이 없다고 했다.

"도움이 되지 못해 죄송합니다."

쓰카하라 씨 부부가 미안한 듯이 사과해서 시즈카는 정중하게 머리를 숙였다.

"이게 저희 일이니까 신경 안 쓰셔도 돼요. 저희야말로 느닷없이 찾아봬서 죄송합니다."

"저기."

남편 뒤에서 아내가 머뭇머뭇 말을 꺼냈다.

"형사님들, 쓰카하라 도미코라는 사람을 찾으신다고 했죠……."

"예."

시즈카는 돌아가려다 말고 발을 멈추었다.

"아까 전에 말씀드린 일 때문에요. 경찰서까지 정보를 제공하러 오셨는데 제 실수로 이야기를 못 들었습니다."

"5초메에 쓰카하라 도미코라는 분이 한 분 사시는데요."

시즈카는 허둥지둥 수첩을 넘겼다. 전화번호부에는 없는 이름이다.

"도미코 씨 말이야?"

남편이 고개를 끄덕였다.

"그렇지 참. 도미코 씨가 있었어. 따지자면 저희 먼 친척에 해당하는 사람입니다. 얼마 전에 바깥양반이 돌아가셔서 지금은 혼자 연금으로 생활하고 있어요."

"그분의 주소를 알 수 있을까요?"

아내가 바로 집안으로 들어가서 주소록을 들고 나왔다.

시즈카는 주소록을 직접 보고 쓰카하라 도미코의 주소를 베껴 적었다.

어째서인지 이 사람이 틀림없다는 직감이 느껴졌다. 나이, 독거생활, 주소, 이름!

"그분은 살집이 좀 있고, 말투가 시원시원하신가요?"

시즈카가 묻자 부부는 거의 동시에 고개를 끄덕였다.

"좋은 사람이에요. 남들을 잘 챙기고 배려심도 있고요. 뭐랄까 좀 오지랖이 넓은 구석도 있기는 하지만, 도시에서는 남에 대한 관심이 점점 사라지고 있으니까요. 도미코 씨는 이 신주쿠 주변이 좋은 의미로 무람없던 서민 동네였던 시절의 분위기를 간직한 사람이에요."

* * *

쓰카하라 도미코의 집은 바로 찾았다. 예전에는 1층이 점포였던 것으로 보이는 독채로, 셔터는 내려져 있었다.

"쓰카하라 씨."

초인종을 눌러도 응답이 없어서 이름을 불렀다. 하지만 대답은 없었다.

"어디 갔나?"

미유키가 마당으로 통하는 집 옆의 좁은 골목을 찾아냈다.

"가게를 하던 때는 가족들이 이쪽으로 집에 드나들었을지도 모르겠네요."

이웃집과의 사이에 난 정말로 좁은 골목이었다. 시즈카는 도미코의 몸집을 떠올렸다. 그 몸집이라면 여기를 지나갈 때 고생할지도 모른다.

"지금은 안 쓰는 모양인데요."

"그래도 들어갈 수 있을 것 같은데요. 울타리 같은 걸 쳐놓은 것도 아닌 모양이니까. 제가 갔다 와 볼까요?"

"청소한 지 오래된 것 같은데, 옷 다 버리겠어요."

미유키는 웃었다.

"옷 버리는 걸 걱정하면 형사질은 못 해먹어. 형사과에 배속됐을 때 들은 말이에요. 제일 싼 옷을 입고 오라더라고요. 하지만 어디 말처럼 쉬운 일인가요. 매일 많은 사람들을 만나야 하는데 꾀죄죄한 꼴로 다닐 수는 없잖아요. 남자가 입는 비즈니스 양복 같은 걸 팔면 참 좋을 텐데. 갈아입을 바지 포함해서 두 벌에 2만 8천 엔. 그런 거요."

시즈카도 웃고서 미유키를 따라 골목으로 들어갔다.

사설도로라고는 해도 흔히 그렇듯이 이웃집과 땅을 반반씩 제공하여 만든 것은 아니고, 쓰카하라 가의 땅에 낸 골목길인 듯했다. 빠져나가자 느닷없이 쓰카하라 도미코의 집 마당이 나왔다.

황폐한 구석 없이 손질이 잘 된 마당이었다. 비싼 분재는 없었지만 서향, 치자나무, 금목서, 앵두나무 등 향이 강한 꽃이 피는 정원수를 골라서 심은 것이 시즈카의 마음에 들었다. 딱 한 번 만나본 인상으로는 서민적이고 털털한 사람으로 보였지만, 사실 쓰카하라 도미코는 겉보기보다 훨씬 섬세한 여자이리라. 물론 그 여자가 이 집에 사는 쓰카하라 도미코라면 말이지만.

"역시 집에 없네요."

미유키가 마당에서 새시 문에 얼굴을 바짝 붙이고 커튼 틈새를 들여다보며 말했다.

"아무도 없어요."

"내일 다시 와야 하려나."

"그렇게 하죠. 전화번호도 알아냈으니 일단 예정대로 다른 쓰카하라 씨를 찾아가 볼까요…… 어?"

미유키가 새시 문에 얼굴을 바짝 붙인 자세 그대로 시즈카에게 손짓했다.

"저, 미야지마 씨, 저거 좀⋯⋯."

시즈카는 미유키 뒤에서 커튼 틈새에 시선을 모았다.

"저거⋯⋯ 뭘까요?"

미유키의 목소리가 떨렸다.

"그냥 물은 아니겠죠⋯⋯."

시즈카는 몸이 벌벌 떨렸다.

그 액체는 거실로 사용되는 듯한 방의 한복판쯤에 고여 있었다. 농도가 있는 액체라는 것을 한눈에 알 수 있었다. 색깔은 검어 보이지만 원래는⋯⋯ 빨간색이었으리라, 분명.

시즈카는 몸을 돌렸다. 마당 구석에 물뿌리개와 양동이 따위와 함께 조그마한 정원 삽이 놓여 있었다.

시즈카는 웃옷을 벗어 머리에 덮어썼다. 손수건을 꺼내서 손에 감고 정원 삽을 움켜쥐었다.

"이노 씨, 비켜요!"

시즈카는 덮어쓴 웃옷으로 눈을 보호하며 삽으로 새시 문을 내리쳤다. 한 번, 두 번, 세 번.

유리가 깨졌다. 덮어썼던 웃옷을 팔에 둘둘 감고 깨진 유리 틈새로 집어넣었다. 유리에 구멍이 크게 난 덕분에 손가락이 새시 자물쇠에 닿았다.

"장갑!"

시즈카는 집 안으로 들어가려는 미유키에게 외쳤다. 미유키는 허둥지둥 호주머니에서 장갑을 꺼내서 꼈다. 시즈카도 장갑을 끼면서 구둣발로 집 안에 들어갔다.

피 웅덩이 속에 사람이 위를 보고 누워 있었다.
여자다. 하지만 '쓰카하라'는 아니다.

"……누굴까요?"
미유키가 속삭였다.
"아까 쓰카하라 도미코 씨에 관해 들었던 것과는 특징이 다른데요."
몸집이 작은 여자였다. 나이는 60대 후반 정도일까. 특이하게도 기모노를 입고 있었다. 하지만 비싼 물건은 아니고 평상복인 듯했다. 고령자라도 기모노를 입고 생활하는 여자는 이제 많이 없는데.

"본부에 연락해요."
시즈카는 쓰러진 사람의 맥박을 짚어보고 가슴에 귀를 대어 심장 박동이 있는지 확인한 후, 마지막으로 눈꺼풀을 밀어 올려보고 나서 말했다.
"이미 사망한 걸로 추정돼요. 하지만 일단 구급차도 부르고요."

자잘한 물건들을 정연하게 늘어놓은 벽의 장식 선반에 문득 눈길이 갔다. 흔히 볼 수 있는 여행 기념품들이었다. 명승지 이름이 들어간 인형과 접시. 사진도 놓여 있었다. 여행지에서 친구나 가족과 함께 찍은 스냅사진.
시즈카는 숨을 크게 토해냈다.

제대로 찾아왔다.

사진 속에 일전에 보았던 그 여자가 있었다.

그 여자는 이 집에 사는 쓰카하라 도미코였다.

그럼 여기 쓰러져 죽은 이 여자는 도대체 누굴까?

그리고 쓰카하라 도미코는 어디로 간 걸까…….

4

"피해자의 성명이 밝혀졌답니다."

야마세가 팩스 용지를 아소 앞에 내려놓았다.

"야마다 노리코. 67세. 주소는……."

아소는 종이에 적힌 간단한 정보를 눈으로 좇았다.

"시즈카는 아직 요요기에 있어?"

"빨리 돌아오라고 했지만, 요요기 쪽에서도 시즈카를 그렇게 쉽게 놓아주지는 않겠죠."

"요요기에는 어디가 나가려나."

아소의 말에 야마세는 의자를 가까이 붙이고 앉아 평소 말투로 말했다.

"글쎄, 어떻게 될까…… 현재 완전히 손이 비어 있는 수사반은 없으니까. 수사가 벽에 부딪친 곳을 반으로 쪼개서 보내는 수밖에 없지 않겠어?"

"그렇다면."

아소는 손바닥으로 턱을 문질렀다.

"안도 씨나 고마 씨 수사반이겠군."

"가시와기 씨라면 좋겠는데 말이야. 안도 씨는 영 거북해서."

"나랑 달리 쉽게 구워삶을 수 있는 사람이 아니니까."

"그런 면에서 따지자면 류 씨가 더 심하지. 안도 씨는 적어도 다수결은 존중한다고."

아소는 웃으면서 다시 팩스 용지를 보았다.

"그런데 이 야마다 노리코는 시즈카가 찾던 쓰카하라라는 여자의 옆집 사람이지?"

"정확하게는 두 집 옆이지만. 그건 그렇고 미야지마도 대단해. 쓰카하라라는 여자가 슬리퍼를 신고 있었다는 단서만 가지고 이렇게 빨리 찾아낼 줄이야. 게다가 일이 이렇게 전개된 걸로 봐서 쓰카하라라는 여자가 니라사키 살해 사건의 열쇠를 쥐고 있을 가능성이 아주 높아."

"살아 있어야 할 텐데."

아소의 말에 야마세의 얼굴이 어두워졌다.

"이미 글렀을 것 같아, 류 씨?"

"아니."

아소는 고개를 살짝 저었다.

"반대야. 살아 있을 가능성이 높겠지."

"어째서?"

"죽였다면 시체를 가지고 갈 필요가 어디 있어? 범죄 흔적을 모조리 지웠다면 또 모르지만, 옆집 아줌마 시체를 내버려뒀으니 아무 의미도 없어."

"즉, 납치했다?"

"아니면 옆집 아줌마가 잘못 살해당한 걸 보고 신변의 위험을 느껴 행방을 감췄든가."

"그렇군."

야마세는 고개를 끄덕끄덕했다.

"그래…… 착각해서 다른 사람을 죽였다면 앞뒤가 맞아. 쓰카하라 라는 여자는 니라사키 살해 사건에 관해 아주 중대한 사실을 알고 있었어. 그 사실을 알리고자 일부러 신주쿠 서까지 왔지만, 용기가 나지 않아서 그냥 돌아갔다. 그런데 니라사키를 죽인 범인이 쓰카하라가 신주쿠 서까지 갔었다는 사실을 알았어…… 가슴이 철렁했겠지. 이대로 놔두면 쓰카라하가 언젠가 경찰에 다 털어놓을 거야. 그래서 범인은 쓰카하라의 집에 숨어들어……."

"그럼 모순이 생겨."

아소는 턱을 괸 자세로 눈꺼풀 위를 지압했다. 잠이 부족한 탓에 머리가 잘 돌아가지 않았다.

"범인이 쓰카하라 도미코의 얼굴을 몰랐을 리 없겠지. 쓰카하라를 죽이려고까지 했다면 말이야. 하지만 남을 요요기로 보내서 쓰카하라 도미코를 죽이려고 했다면 잘못해서 야마다 아무개가 죽을 가능성도 있어. 아무튼 착각해서 다른 사람을 죽였다고 단정 짓기는 아직 위험해."

"이 일을 요요기에는?"

"어차피 시즈카가 다 털어놨겠지."

아소는 웃었다.

"설령 버텼다고 해도 안도 씨가 나가면 끝이야."

"그 사람, 여자한테 약하다는 소문이 있던데."

"그러니까." 아소는 어깨를 으쓱했다. "멋진 남자가 신사적으로 물으면 무심코 자기 나이도 말해버리는 게 여자거든."

"류 씨 말치고는 제법 센스 있는데."

"오이카와한테 들은 말을 재탕한 거야."

미야지마 시즈카는 오후 6시 가까이 돼서야 신주쿠 서에 돌아왔다. 그동안 아소에게는 세세한 정보가 다수 들어왔다. 오늘은 수사본부에게 길일이었던 듯하다.

삿포로에 간 아리타에게서는 문제의 구로다 유리인 듯한 여자를 찾았다는 보고가 올라왔다. 신주쿠 서의 젊은 형사와 삿포로에 간 지 이틀 만에 목적을 달성하다니 아소도 의외였다.

보고에 따르면 에자키 다쓰야의 여자친구였다고 추정되는 구로다 유리는 본명도 구로다 유리이며, 이름에 백합이라는 한자를 쓴다. 현재 소프랜드 접대부로 일하고 있다. 스무 살로 행세하고 있지만 가게에 확인한 결과 실제 나이는 스물세 살이다. 하세가와 다마키가 사라졌으므로 확인시킬 수는 없지만, 아리타 일행이 본인을 만나 에자키 다쓰야 이야기를 하자 분명히 안다고 대답했다고 한다. 하지만 다마키 말과는 달리 가스가 파가 팔아넘긴 것이 아니라 자의로 스스키노에 왔다고 한다. 또한 구로다 유리는 에자키 다쓰야와 사귀는 사이는 아니었다고 진술했다. 가끔 같이 놀았고 육체관계를 맺은 적도 있지만, 다쓰야가 니라사키의 보살핌을 받기 시작한 후로는 두세 번밖에 만나지 않았다. 다쓰야를 사랑하는 감정은 눈곱만큼도 없었으니 니라사키에게 미움받을 이유도, 니라사키를 미워할 이유도 없다. 그건 에자키 다쓰야도 마찬가지다. 자신과 에자키 다쓰야는 사건과 전혀 관계가 없다고 주장…….

직접 만나서 이야기를 들은 것은 아니므로 이 여자의 말을 어디까지 믿을 수 있을지는 모르지만, 이제 구로다 유리와 에자키 다쓰야는 수사 대상에서 제외해도 될 것 같았다. 에자키 다쓰야가 니라사키를 죽였다는 이야기는 하세가와 다마키가 수사에 혼동을 주기 위해 꾸며낸 거짓말이다.

하지만 사건이 일어난 밤에 에자키 다쓰야가 니라사키의 동향을 얼마쯤 알고 있었다는 다마키의 이야기에는 묘한 설득력이 있었다. 렌 집의 통화기록을 통신회사에 조회하면 거짓말이 금세 들통 난다는 것 정도는 다마키도 알 테니 진짜로 다쓰야의 전화가 왔을지도 모른다.

한편 에자키 다쓰야는 일을 찾기 시작한 듯하다는 보고가 들어왔다. 니라사키 사망신고서의 잉크도 마르기 전에 우리센 바로 돌아갈 수는 없었는지 편의점 아르바이트생 면접을 본 모양이다. 하지만 그토록 젊은 나이에 한 번 호화로운 생활의 맛을 본 이상 그 맛을 잊고 살기는 힘들 것이다. 사태가 좀 잠잠해지면 새 스폰서를 찾을 생각인지도 모른다. 어쨌거나 당장 오늘 밤에라도 에자키 다쓰야에게 전화에 관한 일을 확인하라고 지시를 내려야 한다.

가네무라 사쓰키와 노조에 나미는 평소와 다름없다는 보고가 올라왔다. 두 사람은 결백하다. 그냥 감이지만 그것만은 자신 있게 확신할 수 있다고 생각하며 아소는 홀로 웃었다. 니라사키는 분명 복 받은 놈이다. 그렇게 멋진 두 여자에게 뜨겁게 사랑받다가 죽었으니까.

나카조 다쓰야와 미나가와 사치코도 특별한 행동은 없음.

나카조는 평소대로 출근하여 청년 실업가로서 일하고 있고, 사치코는 집에서 한 발짝도 나오지 않는다. 가스가 파의 젊은 경호원은 이미 임무에서 해제된 듯 아무도 사치코의 집에 드나들지 않지만, 사치코는 쇼핑도 택배로 해결하고 빨래도 건조기에 돌리는지 베란다에도 얼굴을 내밀지 않는다고 적혀 있었다. 하지만 아무 탈 없이 잘 있다는 사실은 전화로 확인…….

아소는 미나가와 사치코가 조금 걱정이었다. 원래는 니라사키가 사라져서 제일 기뻐할 사람은 사치코와 나카조라고 볼 수 있지만, 지금처럼 니라사키를 죽인 범인이 체포되지 않고 시간만 자꾸 흘러가면 사치코의 정신이 버티지 못하지 않을까. 사치코는 나카조와 함께 니라사키를 살해한 혐의를 받고 있다는 사실만으로도 부담이 상당히 클 것이다. 또한 앞으로는 나카조와의 관계가 드러나서 니라사키의 부하 그리고 그의 추종자들이었던 놈들에게 보복당하지 않을까, 하는 공포와도 싸워야 한다. 정신적인 압박을 견디지 못할지도 모른다. 하지만 어떻게 해줄 방도가 없다…… 당면한 위험에서 신변의 안전을 확보해주는 것 정도는 가능할지도 모르지만, 사치코가 니라사키의 비호를 받으면서 그를 배신한 것은 사실이므로 그 결과는 스스로 감내하는 수밖에 없다. 안됐기는 하다만.

그 밖에도 흥미로운 보고가 있었다. 니라사키의 수첩에 관한 보고다.

일단 사쓰키, 나미, 사치코 세 사람 모두 수첩의 존재를 알고 있었다. 니라사키는 다갈색 가죽장정 수첩을 애용했는데, 메모광인지라 자주 꺼내서 뭔가 써넣었다고 한다. 다만 무슨 내용이 적혀 있는지는 보여주지 않았다…… 물론 사치코는 니라사키 몰래 봤지만.

덧붙여 니라사키의 부하들도 그가 늘 수첩을 가지고 다녔다고 증언했다. 그렇다면 그날 밤에도 니라사키가 수첩을 가지고 있었다고 보는 편이 자연스럽다. 즉, 니라사키를 죽인 인물이 수첩을 훔쳐서 달아난 셈이다. 왜까?

니라사키가 도둑맞은 물건은 하나 더 있다. 총이다. 총포 도검류 소지 등 단속법에 저촉되는 문제이므로 관계자는 아무도 인정하지 않지만, 니라사키가 총을 애용한 것은 확실한 사실이다. 그 총이 사라졌다. 하지만 총은 수첩과 달리 호텔방에 있었는지 없었는지 미묘하다. 니라사키 정도의 간부쯤 되면 4과가 불시에 실시하는 몸수색을 경계하여 직접 총을 들고 다니지 않는 사람도 많을 것이다. 하지만 니라사키의 집에서도 문제의 총이 발견되지 않은 이상 누가 가지고 간 것이 분명하다.

보고의 노른자위는 4과와 관련된 일이었다. 아소는 보고서를 훑어보고 나서 수화기를 들었다.

* * *

오이카와는 기분이 별로였다. 눈을 감고 팔짱을 긴 채 담배만 피우며 아무 말도 하지 않았다.

"명상은 그만 집어치우고 질문에 대답 좀 해봐."

아소는 하품을 씹어 삼켰다. 니라사키 살해 사건이 절정에 다다랐음이 실감으로 다가온다. 수사에 진지하게 임하지 않는 것은 아니다. 하지만 연일 잠이 부족하여 몸이 고단했다.

"어금니에 뭔가 낀 듯한 이 보고서만 봐서는 모르겠어."

"아니까 날 불렀을 텐데…… 내가 가스가 다이조와 거래를 했다 싶어서."

"거래했어?"

"안 했어."

오이카와는 눈을 뜨더니 담배를 바닥에 내던지고 발로 비볐다.

"남의 경찰서를 더럽히지 마. 의자를 부숴먹은 걸로도 불평을 많이 들었다고."

"네가 듣는 거지 내가 듣는 건 아니니까 상관없어."

아소는 식은 차를 마셨다.

"뭐, 됐어. 바닥 청소는 우리가 할게. 하지만 니라사키, 아니 가스가 다이조의 밀회 상대가 누구였느냐는 문제는 아주 중요해. 날 속일 생각은 마."

"그럴 생각 없어."

오이카와는 들으라는 듯이 한숨을 내쉬었다.

"밀회 상대가 누구인지는 거의 알아냈어. 하지만 가스가 다이조는 인정하지 않아. 아마 상대도 인정하지 않겠지. 유일한 증인인 니라사키는 죽었고. 그뿐이야. 그뿐이니까 사실로 취급할 수는 없어. 어디까지나 추측일 뿐이야."

"그걸로 됐잖아. 뭐가 문제야?"

오이카와는 회전의자에 앉은 채 아소 곁으로 다가왔다. 바닥에서 귀에 거슬리는 소리가 났다.

"류, 넌 신주쿠 서와 기동수사대 녀석들을 진심으로 믿냐?"

아소는 오이카와의 얼굴을 똑바로 보며 대답했다.

"아니."

"그렇겠지, 당연해. 나도 마찬가지야. 나도 결국은 내가 아끼는 놈들밖에 못 믿어."

"즉, 새어나가면 위험하다?"

"지랄 맞게 위험하지."

오이카와가 다시 한숨을 쉬었지만, 이번에는 무의식중인 것 같았다.

"그야말로 전쟁의 시발점이 될 거야."

"큰일이로군."

"큰일이지. 농담이나 실수였다는 말은 절대로 안 통해. 그러니 섣불리 수사회의에서 꺼내놓을 수 없는 거야. 유감스럽게도 신주쿠 서 수사4과가 지역 조폭들과 얼마나 밀착된 관계인지 완전히 파악하지 못했어. 관할서 조직폭력반이 지역 조폭들과 원만한 관계를 유지해야 한다는 것 정도는 나도 알아. 이것저것 다 나무라다가는 죽도 밥도 안 될 테니까. 뇌물을 처먹든 여자를 상납받든 최종적으로 할 일을 해서 시민이 안전하게 생활할 수 있으면 그걸로 됐다는 결론을 내렸어. 물론 이상은 있지. 이 세상에서 폭력단을 일소한다는 이상을 버렸다고 인정할 생각은 없어. 하지만 이상만으로는 앞으로 나아갈 수 없어."

"다 알아."

아소는 조용히 말했다.

"당신은 최선을 다하고 있어. 이제 와서 말로 표현하는 것도 이상하지만 존경해. 난 당신 판단을 믿으니까 수사회의에서 공개할지 말지도 당신이 정하면 돼. 하지만."

아소는 말투를 바꾸었다.

"나한테는 말해줘야지. 그쪽에서는 불만이겠지만 니라사키 살해 사건은 항쟁 사건이 아니야. 그냥 살인 사건이라고. 그런 이상 실질적인 현장 책임자는 나야. 내가 다 알고 있지 않으면 진실에 도달할 수 없어."

오이카와는 다시 눈을 감았다. 얼굴이 아주 가까이에 있는데도 한순간 기척이 사라졌다.

이것이 옛날부터 변함없는 오이카와의 가장 대단한 점이었다.

죽도를 들고 대치할 때도 오이카와는 한순간 생기를 지우고 생물이 아닌 뭔가로 변한다. 그러면 읽을 수가 없다. 절대로 못 읽어낸다. 검도는 상대의 마음을 꿰뚫어보는 경기다. 상대의 정신과 자신의 정신을 합치시켜 상대가 뭘 하려고 하는지, 어디로 움직이려 하는지 읽어낸다. 공포와 후회, 초조함, 동요, 혹은 교만함, 업신여김, 그리고 존경과 흠모. 그러한 감정이 전해져야 비로소 자신이 무엇을 해야 할지 깨달을 수 있다.

오이카와는 광물처럼 그저 초연하게 존재할 수 있는 인간이었다. 그럴 때 오이카와의 마음은 아마 신밖에 모를 것이다.

"간자키 파의."

몇 초 후에 오이카와가 입을 열었다.

"우에다 요스케. 삼인자야."

"간자키 파 삼인자…… 그런 놈이 가스가 다이조와 밀회했다고?!"

"우에다는 간자키 파 내에서도 유난히 가스가 파를 싫어하는 걸로 알려져 있었어. 실제로 몇몇 작은 싸움을 직접 지휘하기도 했지. 나도 이 자식 이름이 튀어나와서 솔직히 놀랐어."

"느닷없이 변절한 거야?"

"아니."

오이카와는 입가에 비아냥거리는 듯한 웃음을 지었다.

"가스가 다이조는 별안간 자기 조직을 배신하는 놈과 만나서 이야기를 할 인물이 아니야. 우에다는 분명 몇 년이나 전부터 니라사키와 내통하고 있었겠지. 그리고 그날 밤 시기가 무르익었다고 본 니라사키가 우에다와 다이조를 위한 자리를 마련한 거야. 다이조의 심장병은 꽤 심각해. 언제 저세상으로 가도 이상할 것 없지. 니라사키는 다이조가 살아 있을 때 우에다와 자리를 갖고, 다이조의 승인을 얻어 가까운 장래에 간자키 파와 화해할 생각 아니었을까 싶어."

"간자키와 화해라니, 가스가가 그럴 수 있을까? 놈들은 쇼와 초기부터 싸워왔잖아."

"니라사키가 죽지 않고, 우에다가 간자키 파 내에서 손을 잘 쓴다면 몇 년 후에는 가능했을지도 모르지. 그러면 가스가의 힘은 단숨에 강대해져. 실질적으로 히로시마의 산동회에 필적하는 수준이라고 해도 될 거야."

"니라사키가 도박에 나섰군."

"큰 도박이었지…… 이겼다면 니라사키는 암흑가에 제국을 세우는 데 성공했을지도 몰라. 하지만 놈은 죽었어. 우에다는 조직을 배신했다는 게 들통나면 목숨을 부지할 수 없을 테니 이제 절대로 가스가와는 손을 잡지 않겠지. 결국 계획은 물 건너갔어."

"우에다라는 놈은 조직에 불만이 있었나?"

"그건 모르겠어. 하지만 우에다 요스케는 머리가 비상한 놈이야. 조직을 배신했다기보다는 가스가와 계속 대립해봤자 승산이 없다고 판단하고 조직의 장래를 위해 가스가와 손을 잡으려고 한 게 아닐까 싶기도 해. 어때, 류? 내가 신중하게 구는 이유를 알겠지?"

아소는 고개를 끄덕였다.

"그 이야기가 새어나가면 우에다는 죽겠지. 내부항쟁으로 삼인자를 잃은 간자키는 흔들흔들할 테고. 그렇게 간자키와 가스가의 균형이 무너지면 쓸데없는 짓을 벌이는 조직이 나올 수도 있다 그건가."

"뭐, 그런 셈이야. 아무튼 바람직한 일이 벌어지지는 않겠지. 간자키가 약해지는 것 자체는 나쁜 일이 아니지만."

오이카와는 어깨를 으쓱했다.

"이왕이면 가스가도 같이 약해져야지. 그건 그렇고 어때, 류? 내 정보를 듣고 진실인지 뭔지에는 얼마나 가까워졌어?"

"당신 상상보다 더 가까워졌을 거야. 일단은 방향을 알아냈을 뿐이지만."

오이카와는 눈을 동그랗게 뜨고 아소를 바라보다가 웃음을 터뜨렸다.

"정말이지 넌 참 못 말릴 놈이다. 범인이 누구인지 점찍었는데 왜 수사회의에서 말을 안 해?"

"아직 점찍은 건 아니야. 냄새가 어디서 풍기는지 알아낸 정도지."

"그 정도면 이제 일사천리겠네."

"그렇게 간단한 문제가 아니야. 당신들 일과 달리 우리가 쫓는 범인들은 얼굴이 안 보여. 어떤 얼굴로 웃는지 우는지 전혀 몰라. 손목에 은팔찌를 채우는 순간까지 그 녀석의 눈에 뭐가 보이는지 상상하는 수밖에 없다고."

"그 방향이 도대체 어느 방향인지 나한테 알려줄 거야?"

"나랑 야마시타가 뭘 하고 다니는지 벌써 정보가 들어왔을 텐데."

오이카와는 고개를 끄덕이며 다리를 바꿔 꼬았다.

"예전에 이나무라 예능의 대표였던 기타무라의 유령을 쫓고 있다는 이야기는 얼핏 들었어. 놈이 니라사키 살해 사건과 관계가 있나?"

"딸이 있어."

아소는 야마시타가 간략하게 정리한 수사 자료를 오이카와에게 던져주었다.

"간호사였어."

오이카와가 눈썹을 움찔했다.

"……사냥감에 가까운 녀석이 드디어 나왔군."

"간호사는 보통 메스를 잡을 일이 없잖아. 하지만 딸이 몇 년 전에 실종되어 행방이 묘연하다는 게 꽤나 재미있어. 게다가 실종된 후 아버지의 유골을 봉안할 때 한 번 모습을 드러냈지. 분명 자의로 행방을 감춘 거야."

"왜 수사본부에 정보를 내놓지 않는 거야?"

"정보제공자와 거래를 해서 얻은 정보거든. 확실해질 때까지는 못 내놔."

"기타무라 살해 사건을 파헤치면 곤란한 쪽에서 나왔다는 뜻이로군. 그건 아직 시효가 성립되지 않았으니까."

"굴속으로 달아난 토끼 얼굴이 보이면 본격적으로 사냥할 거야. 그쯤 되면 정보의 출처는 더 이상 따지지 않겠지."

"역시 여자가 범인일까?"

"그건 처음부터 명백한 사실이야."

"니라사키는 잡식인데?"

"그런 문제가 아니야. 현장 상황으로 보건대 여자가 분명해. 한눈에 알아봤지."

"넌 변함없이 마술을 부리는구나."

"마술이 아니라 추리야."

"비결을 알려주지 않으면 이해가 가지 않는다는 점에서는 똑같아."

"이것저것 좀 더 확실해지면 한꺼번에 설명해줄게. 그것보다 오이카와."

방에 아무도 없었지만 아소는 목소리를 낮추었다.

"니라사키가 야마우치를 죽이려고 한 적이 있다고 했잖아. 알고 있는 범위 내에서 그 이야기를 자세하게 해주면 안 될까?"

"그 자식, 역시 이번 사건과 관련이 있는 거냐?"

"아니."

아소는 부정하고 싶었지만 덧붙여 말했다.

"아직 모르겠어. 다만 야마우치가 좀 묘한 소리를 해서."

"묘한 소리?"

"응…… 니라사키는 야마우치의 과거에 관련된 사람을 건드린 것 같아…… 그렇다기보다 야마우치를 그쪽 세계로 떨어뜨린 데 관련된 사람에게 사적 제재를 가했다고 하는 편이 나으려나. 실은 기타무라도 그런 사람 중 하나였어."

"뭣 때문에."

"야마우치의 말을 빌리자면 죽었던 자신을 되살리기 위해서래."

"굴레를 벗겨내려고 했던 건가."

오이카와는 담뱃갑을 꺼내서 손으로 만지작거렸다.

"과거에 원한이니 뭐니 품고 있는 한 야마우치는 진정한 악마가 될 수 없어. 원한을 품고 사람을 죽이는 짓은 누구나 할 수 있거든. 사사로운 감정 없이 그저 돈과 목적만을 위해 방해물을 제거하지 못하면 니라사키가 속한 세계에서는 살아갈 수 없어. 니라사키는 야마우치의 내면에 뿌리내린 취약함을 뽑아내려 한 거야…… 아마도. 야, 류."

오이카와는 다리를 내리고 책상에 팔꿈치를 얹은 채 아소의 얼굴을 똑바로 들여다보았다.

"너한테 숨긴 일이 있어."

"그야 많겠지."

"응."

오이카와는 그제야 담뱃갑에서 담배를 꺼냈다.

"하지만 이건 좀 중요한 문제였을지도 모르겠다. 그 당시는 무슨 의미인지 통 이해가 가지 않아서 너한테 말해야 할지 말지 꽤 망설였거든."

"나도 당신 이야기가 통 이해가 안 돼."

"잠깐 기다려, 이야기하면서 정리 중이니까."

오이카와가 담배연기를 내뿜는 것을 보고 아소도 무의식적으로 호주머니에서 담배를 꺼냈다.

"언제였더라…… 90년이었나, 그 전후였나. 네가 이혼하기 전이었던 건 틀림없는데. 가스가 파의 입김이 작용했다고 추정되는 킬러를 추적한 적이 있었어. 이른바 진짜 살인청부업자는 아니고, 여러 사정이 얽히고설켜서 어느 틈엔가 킬러로 써먹히게 된 거야. 흔한 이야기지만 생각하기에 따라서는 불쌍한 놈이었지. 승룡회 산하의 어떤 조직 간부를 제거하는 데 실패하고 전국을 도망쳐 다니다가 결국 지치부의 산속으로 들어갔지. 소심한 놈이었어. 얌전하게 우리한테 체포됐다면 감방 신세는 못 면하더라도 새 인생을 시작할 수 있었을 텐데 자살하고 말았어."

"딱하게 됐군."

"그러게 말이야. 아무튼 그 녀석의 시체와 함께 녀석이 가지고 다니던 가방을 압수했는데, 그 속에 지령서 같은 게 들어 있었어. 지령서라고 해도 물론 구체적인 내용이 자세하게 적혀 있던 건 아니고, 놈들이 쓰는 암호와 은어로 간단한 지시를 해놓았을 뿐이었지. 언제 어디서 어떻게 상대를 노릴 것인가. 성공하면 어디로 어떻게 달아날 것인가. 누구한테 의지할 것인가. 그런 내용이었어. 그런데 그중에 기묘한 지시가 하나 있더라고."

오이카와가 웬일로 아소가 문 담배에 라이터를 갖다 댔다.

"일에 성공하고 나면 바로 한 명을 더 제거하라는 지시였지."

"별일이군. 그런 뎃포다마는 보통 큰 건을 하나 해치우고 나면 끝이잖아. 경찰에 붙잡히든 보복을 당해서 죽든 사바세계에 있을 시간은 짧을 텐데."

"그렇지. 즉 그 짧은 시간에 한 건을 더 처리한 후 그 건은 입 털지 말고 무덤까지 가지고 가라는 뜻이었겠지. 지시를 내린 쪽은 놈이 경찰에 붙잡히지 않도록 도주시킨 후에 정보를 은근슬쩍 적에게 흘려서 보복을 하도록 부추길 심산이었을 거야. 그러면 두 번째 살인 사건은 분명히 미궁에 빠질 테니까."

"누구 짓인지 밝혀지면 위험한 살인이라는 뜻이야?"

"가스가 파가 관여했다는 사실은 반드시 숨겨야 했어…… 이유는 간단해. 목표물이 경찰관이었거든."

아소는 아직 긴 담배를 재떨이에 눌러 껐다.

오이카와는 손끝이 델 만큼 짧아졌는데도 여전히 담배를 손가락에 끼워 들고 있었다. 아소가 담배를 빼앗아 재떨이에 끄는 것을 보고 나서 오이카와는 다시 입을 열었다.

"목표물의 이름은 아소. 본청 수사1과 경위라고 적혀 있었어."

5

"놀라지 않는군."

오이카와는 다정하게까지 느껴지는 목소리로 조용히 말했다.

"알고 있었냐?"

"아니."

아소는 목이 잠긴 것을 깨닫고 미지근해진 차를 마셨다.

"충분히 놀랐어. 내가 죽을 뻔한 줄은 전혀 몰랐거든. 그래서, 그게 니라사키 명령이었다는 거야?"

"지금 생각해보건대 그 자식 말고는 없겠지."

"왜 정작 나한테는 숨긴 거야? 목표물이 됐다는 걸 알아야 몸을 지킬 수 있잖아."

"우리 쪽에서 내탐했어. 위험할 것 같으면 네게 말할 생각이었지. 하지만 아무리 찔러봐도 너에 관한 이야기는 하나도 안 나오더란 말이지. 당시는 제법 굵직한 정보까지 물어올 수 있는 정보제공자가 가스가에 있었는데, 그 녀석도 본청의 형사를 죽이려는 계획은 들어보지 못했고 가스가 내부에서 네 이름이 나온 적도 없다는 거야. 뭔가

헛짚은 거 아니냐고 하더군."

"그래서 내게는 잠자코 있었다…… 당신 배려야, 아니면 뭔가 다른 뜻이 있었던 거야?"

빈정거리려고 꺼낸 말은 아니었다. 오이카와가 그때 무슨 생각이었는지 아소는 정말로 궁금했다. 평범하게 생각하면 목숨이 걸린 문제를 본인에게 숨긴다는 건 당치도 않은 짓이다. 그리고 오이카와는 늘 당치 않은 짓을 하기는 하지만, 업무와 관련된 사항에는 놀랄 만큼 냉정을 유지하는 인간이기도 하다. 숨겨두었다면 숨겨둘 만한 이유가 반드시 있었을 것이다.

하지만 오이카와는 아소가 책망한다고 느낀 듯했다. 눈살을 살짝 찌푸린 채 입을 다물고 아소 책상에 펼쳐놓은 자료를 내려다보았다. 오이카와가 리듬이라도 타듯이 무릎을 흔들었다. 무슨 일로 동요했을 때 오이카와는 무릎을 살짝 떠는 버릇이 있다.

"너의."

오이카와가 겨우 입을 열었지만 그 목소리는 여느 때와 달리 조그마했다.

"경력이 걱정됐어. 승진 직전이었잖아…… 논 커리어(경찰관 공개채용에 합격해서 순경부터 경찰직을 시작한 사람을 가리킨다. 커리어에 비해 승진에 제약이 많다 – 옮긴이 주)로 경감 승진을 눈앞에 둔 사람이 폭력단에게 목숨을 위협받을 만한 짓을 저질렀다면…… 넌 너무 정직해. 네게 이야기했으면 혹시 부하가 말려들까 봐 걱정돼서 상사에게 상담했겠지……."

그 말을 믿지 않는 것은 아니었다. 다만 그 밖에도 다른 이유가 있을 것 같았다. 그러나 오이카와가 말하지 않으려는데 억지로 캐물을 생각은 없었다.

"그렇군." 아소는 그렇게 말하고 웃음을 지었다. "그럼 고맙다고 해야겠네. 뭐, 경감 나리는 되지 말 걸 그랬다고 하루에 세 번은 후회하지만."

오이카와도 웃었지만 평소의 그답지 않게 힘없는 웃음이었다.

"저기."

아소는 책상의 자료를 모아서 정리한 후 담배에 불을 붙였다.

"야마우치가 우리 관계를 알던데. 당신이 이야기했어?"

오이카와는 다른 생각을 하고 있었는지 퍼뜩 정신을 차린 듯한 표정을 지었다.

"응? ……응. 그게, 내가 놈들의 애인 이름까지 알고 있는 거랑 똑같은 이치야. 놈들도 내 사생활을 조사하거든. 내가 처음으로 녀석과 접촉했을 때 이미 나랑 네가 어떤 사이였는지 알더라. 하지만 그딴 정보를 내밀어봤자 나한테서는 아무 것도 못 건져. 그렇다고 1과는 만만한가 하면 그렇지도 않아. 1과는 놈들에게 저승 입구나 마찬가지거든. 1과를 잘못 건드리면 우리를 상대하는 것보다 골치 아프다는 것쯤은 놈들도 잘 알아. 뎃포다마를 대신 감방에 보낼 수 있는 것도 항쟁 사건이라는 이유로 1과가 진심으로 나서지 않기 때문이니까."

"말 함부로 하지 마. 적어도 난 언제나 진심이야. 하지만…… 그렇다면 그 자식은 도대체 무슨 생각일까."

"무슨 일 있었어?"

"한 방 먹었어."

오이카와가 흠칫 놀란 표정을 짓기에 아소는 어깨를 으쓱했다.

"죽을 뻔한 건 아니니까 걱정 마. 녀석이 날 재워놓고 취미를 잠깐 즐겼을 뿐이야. 그걸 비디오로 찍었다며 협박했지. 뭐, 진심으로 협박하는 것 같지는 않았지만."

"놈의 취미라면……."

오이카와가 담뱃갑을 꽉 움켜쥐는 것을 보고 아소가 말했다.

"어이, 아직 두 개비 남았는데."

"그 망할 새끼는 조금만 풀어주면 이렇다니까! 류, 너도 너무 빈틈을 보였어. 그게 놈의 상투수단이라고. 지방법원에 있었던 마쓰다라는 판사의 소문 들어본 적 없어? 가와사키의 공장 터와 관련된 부동산 사기 사건에서 놈이 유인 사문서 위조죄(타인의 도장이나 서명을 사용하여 권리, 의무, 사실증명에 관한 문서를 위조하는 죄-옮긴이 주)로 검거됐을 때 재판을 담당한 사람인데, 예전부터 가스가 파 관계자에게는 엄한 판결을 내린다는 소문이 있었어."

"그냥 소문이잖아. 폭력단들에게 엄하다는 소문이 도는 판사는 얼마든지 있어."

"아니, 마쓰다라는 판사는 약간 불공평한 판결을 내리는 경향이 확연했지."

오이카와는 씩 웃었다.

"그래서 우리도 마쓰다 판사가 담당한다는 소식을 들으면 쾌재를 부를 정도였어. 놈을 검거한 수사2과 녀석들도 당연히 실형 판결이 나올 걸로 기대했고. 옛날에 강간 미수로 잡혀 들어간 걸 제외하면 야마우치는 처음으로 검거됐고, 죄상도 유인 사문서 위조죄뿐이었으니 사실 집행유예를 받아도 이상할 것 없거든. 그래도 마쓰다 판사라면 본때를 보여줄 거라고 기대한 거야. 그런데 뚜껑을 열어보니 집행유예 판결이 나왔고, 유예기간은 고작 1년이었지. 받을 수 있는 벌 중에서 제일 가벼운 벌을 받은 셈이야."

"변호사는 누구였어?"

"가스가와 관계된 재판은 대부분 다카야스 하루오미라는 변호사가 맡아. 대단한 수완가지. 지검 검사들 모두 재판에서 다카야스의 말발에 밀려서 창피를 당한 적이 한두 번쯤은 있을걸."

"그럼 변호사의 공이 컸네."

"뭐, 표면적으로는 그렇지. 하지만 얼마 지나지 않아 묘한 소문이 우리 귀에 들어왔어. 마쓰다 판사 양반이 10대 남창 둘을 상대로 흥분을 폭발시키는 비디오가 존재한다는 소문이었지. 진위 여부는 불확실하고, 그 비디오를 진짜로 본 사람이 있다는 소리도 난 못 들었어. 하지만 소문이 퍼지자마자 마쓰다는 사직하고 민사 전문 변호사로 변신했지. 제법 장사가 잘 되는지 지금은 아카사카의 일등지에 사무실을 차렸다니까. 이 도식을 어떻게 해석해야 할지는 어린애라도 알겠지?"

"억측일 뿐이잖아."

"하지만 넌 실제로 찍혔잖아? 너, 거래로 정보를 얻어서 부하와 함께 직접 이나무라 예능과 관련된 일을 조사하는 모양인데, 그 비디오가 그 거래냐? 놈이 그 비디오를 빌미 삼아 찔러서 뭔가 나와도 기타무라 살해 사건을 다시 파헤치지 않겠다는 약속을 받아낸 거야?"

아소는 대답하지 않고 그냥 어깨를 한 번 으쓱하고 말았다.

"놈한테 너무 놀아나는군."

잠시 침묵을 지키던 오이카와가 혼잣말처럼 말했다.

"넌 즐기고 있는지도 모르지. 하지만 놈의 마음속에 어떤 어둠이 깃들어 있는지 굳이 생각하지 않고 회피하려는 것 같아. 니라사키가 널 죽이려고 했던 일, 놈이 니라사키에게 부탁하지 않았다는 증거는 어디에도 없어."

"즐길 만큼 여유가 넘치는 건 아닌데…… 하지만 어쩔 수 없잖아. 신경 끄고 지내기는 불가능해."

"원죄 사건일까 봐?"

오이카와는 움켜쥔 담뱃갑을 아쉽다는 듯 펼치고 찌그러진 담배 하나를 억지로 꺼냈다.

"야마우치는 절대로 재심청구 안 해. 그러니까 그냥 내버려둬. 이제 됐어, 그건 그렇게 끝난 일이야. 본인이 그럴 생각이니까 주변이 뭐라고 하든 관계없어…… 야, 비디오는 봤어?"

"아니. 하지만 우리 집에 있어. 뭐, 복사한 거겠지만."

"많이 위험해?"

"뭘 걱정하는 거야?"

아소는 웃었다.

"안 봤는데 얼마나 위험한지 어떻게 알겠어? 하지만 내가 기타무라와 관련된 일로 녀석을 배신하지 않는 한 그딴 물건은 존재하지 않는 거나 마찬가지야. 기타무라는 니라사키가 죽였어. 그렇지 않다면 야마우치가 거래를 제안할 리 없지. 하지만 죽은 사람은 기소 못해. 살인에 한해서는 더 이상 니라사키에게 죄를 물을 수 없어. 야마우치는 조직이 관여하여 니라사키의 범죄를 은폐한 일을 당신들이 파고들까 봐 걱정하는 것뿐이야. 어때? 이제 와서 기타무라 사건을 파헤칠 생각 있어?"

"없어."

"그렇지? 녀석도 그 정도 계산은 끝냈을 테니, 생각해 보면 비디오는 그냥 장난인 것 같아. 어쨌거나 걱정할 만한 일은 아니야. 난 그냥 잠들어 있었을 뿐이거든. 무슨 짓을 당했든 간에 내가 적극적으로 설친 건 아니야. 그 판사 양반과는 사정이 달라."

"변함없이 속 편하게 사는구나."

"무슨 뜻이야?"

"놈에게 당했는지 어땠는지 신경 안 쓰여?"

"그건 아닐 거야. 본인이 그런 짓까지는 안 했다고 했어. 요컨대 녀석은 외롭고 지루했던 거지."

"지루할 틈이 어디 있어. 앞으로 어떻게 하느냐에 조직의 장래가 달렸는데."

"야마우치는 조직원이 아니잖아. 녀석이 조직의 장래를 걱정할 리 만무하지…… 그리고 할 일이 없어서 지루한 게 아니야. 좋은 의미에서든 나쁜 의미에서든 녀석의 인생에 의미를 부여한 니라사키를 잃고 나자 살아 있는 시간을 주체할 수가 없는 거지. 그런데 내가 어슬렁어슬렁 나타나서 툭툭 건드리니까 나한테 치근거리면서 뭔가 하고 있다는 기분을 느끼고 싶은 걸 거야."

"누가 들으면 형사가 아니라 심리상담사인 줄 알겠네. 아무튼 류, 화상을 당하고 나서 드라이아이스는 물건을 식힐 뿐만 아니라 화상도 입힌다는 사실을 알아차린들 늦어."

오이카와는 그제야 자리에서 일어섰다.

"비디오에 뭐가 찍혔는지 빨리 확인하는 편이 좋을 거야."

"그럴게."

"그런데 야마우치에게 우리 관계를 어떤 식으로 설명했어?"

갑작스러운 질문이었으므로 아소는 잠시 생각하고 나서 대답했다.

"……그렇게 자세한 이야기는 안 했어. 내가 당신을 배신하고 여자와 결혼했다는 식으로 말했을 뿐이야."

"그러냐."

오이카와가 문을 열었다. 오이카와의 모습이 시야에서 사라지기 직전에 미안하다, 라는 말이 작게 들린 것 같았지만 자신의 착각일지도 모른다고 아소는 생각했다.

* * *

"이제 본부로 돌아가도 될까요?"

시즈카는 도대체 이 말을 몇 번이나 하나 싶어서 짜증이 났지만 가능한 한 부드럽게 말했다.

"저도 보고를 해야 해서요. 본부에서 제가 돌아오기를 기다릴 겁니다."

"그렇게 서두를 것 없어요. 사건의 개요는 이쪽에서 전화로 알려줬으니까. 본부장님은 당신이 여기 있어도 별 문제 없다고 보시는 것 같던데요."

"제 직속 상사에게는 그런 말 못 들었어요. 최대한 빨리 돌아오라는 지시를 받았습니다."

"음, 그쪽 직속 상사가 누구시더라?"

"아소 계장입니다."

"돌다리의 류 씨 수사반에 여형사가 있었던가?"

말투로 보건대 자신을 신문하듯이 질문을 되풀이하던 형사 중한 명은 본청에서 연수를 나온 사람이 아닐까 싶었다. 하지만 시즈카가 배속되기 전에 연수를 왔다면 서로 얼굴도 이름도 모르는 게 당연하다.

"아직 배속된 지 얼마 안 됐어요."

"돌다리의 류 씨라면 어지간해서는 화를 안 내니까 좀 늦게 돌아가도 괜찮아요."

"그런 문제가 아니잖아요."

시즈카는 더 이상 참지 못하고 울컥했다. 이 남자의 말을 듣고 있자니 심부름을 나온 아이를 붙잡아놓는 이웃집 아줌마가 연상됐다.

"신주쿠 서의 수사본부가 어떤 사건을 다루는지는 아시죠?"

"물론 알죠. 하지만 그쪽 피해자는 죽어도 싼 악당, 한편 이쪽 피해자는 선량한 일반시민입니다. 천국과 지옥 중 어느 쪽이 이 세상에서 더 먼지는 모르지만, 어느 피해자를 우선으로 놓아야 할지는 확실하지 않겠어요?"

"그건 잘못된 생각이에요."

시즈카는 똑 부러지게 말했다.

"목숨의 경중은 서로 비교할 수 없습니다."

"내 생각은 다른데."

시모노라는 이름의 그 형사는 경멸하는 듯한 눈으로 시즈카의 얼굴을 보았다.

"악당의 목숨은 선량한 사람의 목숨보다 훨씬 가벼워. 그걸 알고도 악당이 되는 놈들이 있으니까 문제지. 만약 목숨에 경중이 없다면 윤리가 다 무슨 소용이야? 많은 것을 꾹꾹 참으며 성실하고 선량하게 열심히 산 사람이 죽었을 때, 멋대로 나쁜 짓을 저지르며 남의 인생을 짓밟아온 사람과 동등한 평가를 받는다면 그야말로 불공평한 것 아닌가?"

"목숨에 경중이 있다고 여기는 순간 공평하다는 말은 유명무실해져요. 기준을 만드는 사람이 제멋대로 가볍게 취급해서 덧없이 사라진 목숨이 얼마나 많은지 역사를 공부해보시면 알 텐데요."

"자자, 그만."

야자와라는 이름의 나이 지긋한 형사가 끼어들었다. 그야말로 관할서의 노회한 너구리라는 인상이었다.

"괜히 여기서 이러지 말고, 양쪽 사건이 무사히 해결되거든 어디서 한잔하면서 토론을 계속하는 게 어떻겠어요? 아무튼 사정은 대강 알았으니 좋습니다, 미야지마 씨. 일단 돌아가세요. 하지만 이쪽에서 요청하면 다시 와주시기 바랍니다."

시즈카는 안도하여 무심코 웃음을 지었다.

"물론 언제든지 말씀하세요. 수사본부는 다르지만 저희도 선량한 시민을 살해한 범인은 미우니까요. 협력 가능한 일이라면 뭐든지 하겠습니다."

시즈카는 신주쿠 서까지 바래다주겠다는 제안을 거절하고 요요기 서를 나서서 이노 미유키와 함께 택시를 잡았다.

"기사님, 산구바시 역 근처에서 내려주세요."

미유키는 놀란 표정을 지었다.

"미야지마 씨, 서에 안 가고요?"

"벌써 이만큼 늦었는데 한 시간쯤 더 늦은들 어때요. 좀 생각난 게 있어서요. 이노 씨, 같이 갈래요? 아니면 먼저 돌아가도 상관없고요."

"물론 함께 가겠습니다."

미유키는 즐거운 듯한 표정으로 어깨를 움츠렸다. 시즈카도 미소로 답했지만, 그렇게 즐거운 기분은 아니었다. 시모노가 시즈카에게 던진 물음은 너무나 컸다. 벋대며 반론해보기는 했지만, 자신이 틀렸을지도 모른다는 생각은 지울 수 없었다. 그것은 이성이 아니라 감정의 문제다. 나쁜 짓을 한 사람도 선량한 사람들과 똑같이 취급해야 한다는 태도는 분명 감정상으로는 불합리하게 느껴진다. 설령 이미 죽은 사람이라 하더라도. 하지만 그러한 태도를 취하지 못한다면 사람을 심판하는 입장에 설 수 없다. 서서는 안 된다. 그것이 시즈카가 믿는 이념이다. 허나 자신의 마음속에서도 이념과 감정이 대립하고 있는 만큼, 시즈카는 시모노의 말을 전면적으로 부정할 자신이 없었다.

산구바시 역 앞에서 택시를 내린 시즈카는 요요기 방면으로 걸어가서 상점가로 들어갔다. 좁은 도로 양쪽에 이층집의 1층을 점포로 쓰는 상점들이 주르르 늘어서서 그리운 옛 정취를 자아냈다. 니시신주쿠의 고층 빌딩가에서 걸어서 올 수 있다는 것이 믿기지 않을 만큼 서민 동네 분위기가 물씬 풍기는 곳이었다.

시즈카는 쓰카하라 도미코를 보았을 때 예감했다. 이 여자는 고급 주택가에서 부티 나게 사는 사람이 아니라, 쇼와 3, 40년대 분위기가 진하게 남아 있는 서민적인 동네에 사는 사람이 틀림없다는 예감. 추측. 산구바시 역 앞에서부터 이어지는 이 일대는 번화한 신주쿠에서 고작 한 구획밖에 떨어져 있지 않다는 것이 믿기지 않을 만큼 그러한 색채가 강한 동네였다. 시즈카가 쓰카하라 도미코를 찾기로 하고서 일단 이쪽 방향부터 손을 댄 것도 원래는 이 상점가가 머릿속에 떠올랐기 때문이다.

상점가 변두리까지는 요요기 4초메, 그 다음부터는 쓰카하라 도미코의 집이 있는 5초메로 주소 표기가 바뀐다. 하지만 걸어서 고작 몇 분밖에 걸리지 않는 거리다. 쓰카하라 도미코도 장을 볼 때는 이 상점가에 왔을 것이 분명하다.

"탐문하시게요?"

미유키는 의욕이 넘치는 표정으로 시즈카의 얼굴을 들여다보았다.

"아니요."

시즈카는 미소로 답했다.

"여기는 관할 밖이에요. 본부의 허가도 없이 탐문을 했다가는 질책을 받겠죠. 그리고 야마다 씨가 살해당한 건으로 요요기 서 기동수사대가 벌써 요 부근을 돌아다니고 있을걸요. 그 사람들에게 들키지 않도록 조심해야죠. 알겠어요? 수첩은 안 꺼낼 거예요. 경찰관이라는 사실도 안 밝힐 거고요. 우리는 그냥 손님이에요."

"그냥 손님."

"그래요. 그리고 지인에게 쓰카하라 상점이라는 맛있는 반찬 가게가 있다는 이야기를 듣고 거기를 찾는 중이죠."

"……쓰카하라 상점?"

"아까 쓰카하라 도미코 씨 집 셔터에 그렇게 적혀 있었는데 못 봤어요? 오래돼서 칠이 벗겨졌지만 맛있는 반찬 가게라고도 적혀놨더라고요. 그 집은 몇 년인가 전까지 장사를 한 거예요. 그러니 바로 근처 상점가 사람들이 그 가게를 모를 리 없어요…… 그렇죠?"

무슨 말인지 알겠다는 표정의 미유키를 데리고 시즈카는 일단 예스러운 매대에 채소를 잔뜩 쌓아놓고 하나씩 무게를 달아서 판매하는 채소 가게에 들어갔다.

"예, 어서 오세요."

팔뚝이 우람한 초로의 남자가 기운차게 인사를 건넸다.

"오늘은 물 좋은 토마토가 들어왔습니다. 가지도 좋고요. 구워 드시면 맛있어요."

"정말 맛있겠네요."

"그렇죠? 손님, 가지를 어떻게 구우면 맛있는지 알아요? 껍질이 새카맣게 눌 때까지 굽다가 껍질을 싹 벗기고 뜨거울 때 간 생강과 함께 먹으면 끝내줍니다. 말 나온 김에 생강도 사 가시지 그래요?"

"그럼 가지랑 생강이랑 주세요."

"감사합니다! 생강 껍질은 숟가락으로 문지르면 깔끔하게 벗겨져요. 식칼로 두껍게 벗기면 안 됩니다. 향이 다 날아가요. 과일은 어떠세요? 어쩌다 망고를 들여왔는데, 이 아저씨는 어떻게 먹는지 잘 모르겠습니다. 손님이 좀 가르쳐줘요."

"저도 잘 몰라요. 하지만 맛있어 보이네요. 그런데 좀 여쭤볼 게 있는데요. 요 부근에 쓰카하라 상점이라는 반찬 가게 없나요?"

"반찬 가게? 여기서 대여섯 집쯤 더 가면 미나미네 집이라는 가게는 있는데요."

"쓰카하라 상점이라면 도미코네 가게인데."

초로 남성의 말을 막듯이 가게 안쪽에서 풍채가 당당한 중년 여자가 나왔다.

"나랑 중학교 때 같은 반이었던 도미코가 하던 가게 몰라? 2년쯤 전까지 반찬이니 조림이니 팔았잖아, 왜. 둘째 아들이 독립하고 나니까 집이 너무 넓어서 주체를 못하겠다면서 차고를 가게로 개장해서 3년쯤 가게를 했었는데."

"분명 그 가게예요! 제가 아는 사람이 작년까지 요 앞 5초메에 살았는데, 정말 맛있는 반찬 가게라고 하더라고요."

"도미코는 요리 솜씨가 좋았으니까요. 하지만 심심풀이 삼아 하던 가게라서 허리를 삐끗했을 때 닫은 후로 다시는 안 열었어요. 그 후에 바로 바깥양반도 세상을 떠났고요. 그것보다 아까 도미코네 집 쪽에 경찰차가 몇 대나 서 있던데, 무슨 일인지 몰라요?"

"……글쎄요."

"누가 죽었다는 소문이 돌던데. 설마, 이런 동네에서 그런 흉흉한 일이……."

"또 교통사고 아니야?"

초로의 남자가 고개를 휘휘 저었다.

"사흘 전에도 자전거를 타고 가던 아이가 차에 치였잖아. 어린애가 사고를 당하면 더 가엾다니까."

"그러고 보니 모치즈키네 딸 마코 짱을 친 조폭, 결국 죽었더라. 신문에서 보고 긴가민가했는데 기다 씨가 틀림없대. 천벌이지. 그렇게 귀여운 애를 죽인 것도 모자라서 낯가죽 두껍게 죄를 부하한테 떠넘겼잖아."

시즈카는 놀라서 입을 열려는 미유키를 눈짓으로 제지했다. 시즈카도 안달이 나기는 매한가지였지만, 서두르다가는 일을 그르친다.

"신문에 난 조폭이라면 니라사키인가 하는 사람이죠?"

시즈카는 은근슬쩍 대화에 끼어들었다.

"주간지에도 특집이 실렸더라고요. 아주 무서운 사람이었다던데요."

"신주쿠에서 제일 큰 가스가 파라는 폭력단의 간부였대요."

채소 가게 안주인은 눈살을 찌푸렸다.

"망측하게도 요 부근에 정부가 있었다지 뭐예요. 그래서 밤중에 그 정부 집에 가다가 5초메에 사는 모치즈키라는 대학교수의 부인과 아이를 차로 치었어요. 부인은 많이 안 다쳤는데, 가엾게도 안고 있던 아이가 도로에 가슴을 세게 부딪친 모양이에요…… 고작 돌이 될락 말락 하는 어린애였죠. 그런데 그 니라사키라는 조폭이 자기는 운전을 안 했다고 딱 잡아뗀 거예요. 브레이크 상태가 안 좋은 줄 알면서도 그냥 몰고 가다가 브레이크가 말을 안 들어서 사고가 난 거라는데, 차도 재규어인지 벤츠인지 아무튼 고급차였대요. 아무튼 부하가 체포돼서 교통사범 전담 교도소에 들어가게 됐는데, 모치즈키 씨 부인도 신호를 무시했느니 안 했느니 티격태격하다가 결국 과실이 인정돼서 1년도 안 살고 나온 모양이더라고요. 정말 너무하죠?"

"하지만 모치즈키 씨가 그 조폭한테 큰돈을 받았다는 소문이 돌던데."

"당신은 그딴 헛소문을 진심으로 믿는 거야! 집도 땅도 있는데 모치즈키네가 돈을 왜 받아. 무책임한 소리는 그만해. 죽은 마코 짱이 가엾지도 않아?"

"그럼 왜 부인이 사라진 건데? 돈 받았으니 홀홀 다 털고 다른 남자랑 재혼이라도 한 거 아니겠느냐고 다들 그러더라."

"이이가 정말! 왜 그렇게 인정머리 없는 이야기를 하는 거야, 진짜 못돼먹었다니까!"

안주인이 무릎 집기에 시즈카는 허둥지둥 말했다.

"그 모치즈키 씨라는 분은 쓰카하라 씨와 사이가 좋았나요?"

"손님."

안주인이 이상하다는 듯이 시즈카의 얼굴을 보았다.

"왜 그런 걸 물어요?"

"그러니까…… 그, 반찬 가게를 가르쳐준 지인이 쓰카하라 씨가 사고로 죽은 아이 이야기를 한 적이 있다고 했거든요. 그게 갑자기 생각나서……."

안주인은 고개를 끄덕였다.

"맞아요, 맞아. 도미코는 모치즈키랑 초등학교 때 같은 반이었어요. 실은 나도 그렇지만. 모치즈키는 아내를 독감으로 잃고 나서 나이 차이가 있는 예쁜 여자랑 재혼했죠. 그 사이에서 태어난 애가 마코 짱이에요. 도미코는 원래부터 남을 잘 도와주는 성격이라 마코 짱도 자기 아이처럼 귀여워하며 보살펴줬어요. 그런데 그런 일이 일어나서…… 사고 후에 부인은 정신이 조금 이상해진 모양이더라고요. 집안일도 하지 않고 틀어박혀 있다면서 도미코가 계속 돌봐줬죠. 그러다…… 모치즈키가 병에 걸려서 덜컥 죽어버렸어요. 그래서 집도 땅도 부인이 상속하게 됐는데, 상속을 포기했는지 어쨌는지 아무튼 동네를 훌쩍 떠나버렸죠. 정말이지 어디로 간 걸까. 정신이 온전치 못했으니 어쩔 수 없는 일이지만 도미코가 얼마나 걱정했는지 몰라요. 원래 이 동네 사람도 아닌 데다 유달리 세련되고 예쁜 사람이라 위로는 못할망정 이이처럼 무책임한 소리를 하는 사람도 적지 않았거든요. 도저히 버틸 수가 없었겠죠……."

6

시즈카는 흥분하여 뺨이 벌게진 미유키를 데리고 요요기 서로 되돌아갔다. 방금 전까지 얼굴을 마주했던 형사과 사람들에게 들키지 않도록 조심해서 교통과로 향했다. 어느 경찰서든 과가 다르면 서로의 일에 관심이 없는 것은 마찬가지인지 교통과 담당자는 시즈카와 미유키가 각각 명함을 내밀어도 형사과에 수사본부가 설치되는 살인 사건과 연관하여 생각하지는 않는 듯했다.

"이게 기록입니다. 1989년 2월 15일 이른 아침에 요요기 5초메에서 해당 교통사고가 발생했네요. 기록상은 5초메지만 실제 사고 현장은 아마테 길이고요. 사고 피해자는 당시 5초메에 거주하던 35세 주부 모치즈키 미치코와 9개월 된 장녀 마코였습니다. 미치코는 경상으로 그쳤지만 마코는 병원에서 사망했습니다."

"9개월."

시즈카는 무심코 되풀이해 말했다. 기록부를 든 이와노라는 이름의 중년 경찰관도 눈썹을 찡그리며 침통한 표정을 지었다.

"슬슬 물건을 잡고 일어서기 시작할 시기인데. 한창 귀여울 때죠. 우리 딸은 벌써 중학생이지만 남의 일 같지가 않네요. 가해자랄까, 차량 운전자는 당시 22세였던 가미카와 게이스케라는 사람입니다. 가미카와가 몰던 차의 브레이크가 고장 난 데다 피해자 모치즈키 미치코가 느닷없이 도로로 튀어나오는 바람에 사고가 발생한 듯합니다."

"가미카와가 차를 몰았다는 건 사실인가요?"

이와노는 어깨를 움츠렸다.

"사실입니다. 뭐, 제가 이 사고를 담당한 건 아니니까 정확하게 설명할 수는 없습니다만, 이 사고에 관한 소문은 들었습니다. 니라사키가 운전한 게 아니냐는 의혹이 있었던 모양이더군요. 적어도 모치즈키 미치코와 미치코의 남편은 그렇게 믿었는지 몇 번이나 변호사를 대동하여 재수사를 요청하러 왔다는군요. 사고를 일으킨 재규어는 분명 니라사키의 차였습니다. 하지만 자신이 직접 몰지 않고 부하에게 운전을 시키는 것 자체는 전혀 이상한 일이 아니니까요."

"브레이크가 고장 났다면 차량 소유자에게 차량 정비를 소홀히 한 책임을 물을 가능성도 있는 거죠?"

시즈카가 묻자 이와노는 다시 어깨를 움츠렸다.

"이 사건에 국한해서 말하자면 니라사키에게 책임을 묻는 건 가혹한 짓일지도 모르겠군요. 실은 이 차가 사고를 일으켰을 때 니라사키는 차에 없었습니다."

"부하가 니라사키의 차를 멋대로 타고 나갔다가 사고를 냈다는 건가요? ……솔직히 말해 믿기지가 않는데요. 핑계 아닌가요?"

"그게, 저도 전해 들은 이야기인데요. 니라사키는 분명 사고 현장 바로 앞까지는 문제의 차를 타고 갔답니다. 운전도 본인이 직접 했고요. 그런데 브레이크 상태가 이상해서 차에서 내렸죠. 그리고 업자를 불러 차를 견인시키라고 가미카와에게 지시한 후 걸어서 여자 집으로 향했습니다. 그런데 가미카와는 업자를 기다리기가 귀찮아서 직접 차를 몰고 정비소로 가기로 했답니다. 사고는 야마테 길에서 발생했는데, 니라사키 여자의 집은 오다큐 선 선로에 훨씬 가까워요. 경로상 여자 집에 가려고 했다면 반대 방향으로 가야 하죠. 사고 현장은 여자 집보다 요요기하치만 역에 더 가까웠어요. 어디 보자…… 이 기록에도 사고 현장은 역 아래쪽의 신호등보다 남쪽이었다고 나와 있군요.

그 부근은 길이 바둑판 모양으로 정비되어 있지 않아서 골목을 잘못 들면 목표로 하는 집에 빙 돌아서 가게 됩니다. 가미카와는 니라사키가 차에서 내린 후 5초메를 빠져나와 야마테 길을 타고 신주쿠로 돌아갈 생각이었겠죠. 그렇다면 앞뒤가 맞습니다. 즉, 니라사키의 주장에는 모순이 없습니다.”

“그런 변명이야 나중에 얼마든지 갖다 붙일 수 있잖아요.”

미유키가 불만스러운 듯이 언성을 높였다.

“니라사키 세이치는 폭력단 간부예요. 그딴 인간이 하는 말을 어떻게 믿어요?”

“저희도 그 주장을 넙죽 받아들인 건 아니에요.”

이와노가 기록부를 덮었다.

“저는 그때 아직 요요기에 없었지만, 당시에도 있었던 동료에게 이야기는 들었습니다. 니라사키를 체포할 수 있을지도 모를 일이니까 철저하게 조사했답니다. 그런데도 니라사키가 거짓말을 했다는 증거는 나오지 않았죠. 재판에서도 가미카와가 운전했다는 주장이 받아들여졌습니다. 가미카와는 면허증이 있었고요. 그러니 뭘 더 어쩌겠어요? 폭력단 간부라고 해서 저지르지도 않은 교통사고를 저질렀다고 몰 수는 없습니다. 그래도 브레이크 상태가 좋지 않다는 걸 알면서 운전하는 중대과실을 저질렀음이 인정되어 가미카와는 교통사범 전담 교도소에 들어갔죠. 보통은 피해자에게도 과실이 있으면 실형 판결까지는 나오지 않는 법입니다. 그것만 보더라도 보통보다는 엄한 판결이 내려졌다고 할 수 있겠죠. 그만큼 이쪽에서도 애썼다는 뜻이에요. 피해자의 사정은 딱합니다만, 받아들이고 넘어가는 수밖에 없었겠죠.”

“피해자에게도 과실이 있다고 하셨는데, 어느 정도의 과실이었나요?"

"아이가 갑자기 열이 나서 하쓰다이에 있는 소아과에 가는 도중이었다고 들었으니, 아마 앞도 보지 않고 갑자기 튀어나왔겠죠. 현장 근처에 육교도 있었으니 그야말로 마가 끼었다고 밖에 할 수 없는 상황이었습니다. 때마침 야마테 길 상하차선 모두 차량 흐름이 뚝 끊기자 아이 걱정으로 머릿속이 가득했던 모치즈키 미치코의 눈에는 텅 빈 도로밖에 보이지 않았겠죠. 그때 운 나쁘게도 브레이크가 고장 난 차가 지나간 겁니다. 신의 변덕치고는 참 잔혹한 일이죠."

"하지만 모치즈키 씨 부부는 니라사키가 운전했다고 주장했고요."

"주로 모치즈키 미치코만 그렇게 주장한 듯합니다. 니라사키가 운전하는 모습을 봤다고 우겼다는군요."

"그럼 역시 니라사키가 운전한 거 맞네요!"

미유키가 소리쳤다.

"운전자의 얼굴을 봤는데 그것보다 확실한 증거가 어디 있겠어요!"

"사고가 일어난 시간이 문제입니다. 심야, 그것도 동틀 녘에 가까운 시간이었어요. 영업하는 가게도 없고, 자동차도 지나다니지 않았으니 불빛이라고는 가로등 불빛뿐입니다. 차는 실내등을 켠 채로 달리지는 않으니까요. 밖에서 운전자 얼굴이 그렇게 똑똑히 보일 리 없습니다."

"그럼 모치즈키 미치코가 거짓말을 했다는 건가요? 왜 그런 거짓말을?"

"거짓말을 했다기보다…… 증오할 대상이 필요했던 것 아닐까요…… 사람은 그럴 때가 있지 않습니까. 누군가를 증오함으로써 딸을 죽게 만들었다는 자책감에서 간신히 달아날 수 있죠. 온몸이 짓뭉

개질 만큼 무거운 자책감에서 말입니다. 그때 모치즈키 미치코의 정신 상태는 그랬을 겁니다. 아, 그렇지. 미야지마 씨, 혹시 이 사고에 대해 더 자세한 사정을 알고 싶으시면 담당이 누구였는지 알아보고 연락드릴까요?"

"잘 부탁드립니다."

시즈카는 머리 숙여 인사하고 미유키와 함께 요요기 서를 나섰다.

"그럴 수도 있을까요."

미유키가 요요기 서 현관을 나서며 중얼거렸다.

"설마…… 그런 일이. 미야지마 씨는 어떻게 생각하세요? 모치즈키 미치코가 사건에 어떻게 관련됐다고…….'"

시즈카는 대답하지 않았다. 가설이 머릿속을 빙글빙글 맴돌았다.

하지만 가장 중요한 점은 모치즈키 미치코가 지금 어디에 있느냐였다. 물론 쓰카하라 도미코도.

＊ ＊ ＊

"시간을 빼앗아서 미안해."

"아니야."

아소는 선글라스를 낀 채 미소 짓는 가네무라 사쓰키의 정면에 앉았지만, 눈이 부시지도 않은데 사쓰키의 얼굴을 똑바로 보기를 망설였다. 자신이 이 여자를 동경한다는 사실을 새삼 깨닫고 아소는 속으로 쓴웃음을 지었다.

"하지만 당신이 날 불러낼 줄은 몰랐군."

"당당하게 신주쿠 서에 가면 좋겠지만."

사쓰키는 어깨를 움츠리고 웃었다.

"아무래도 그건…… 거기에는 내 얼굴을 아는 형사들이 많거든."

"괜찮아. 나도 당신하고는 몰래 만나고 싶으니까."

"폭력단 간부의 애인이었던 여자랑은 공개적으로 못 만난다는 거야?"

"그게 아니라."

아소는 담배를 꺼내서 물었다. 사쓰키가 익숙한 손놀림으로 라이터를 꺼냈지만, 아소는 몸짓으로 거절하고 자기 일회용 라이터로 불을 붙였다.

"데이트 신청을 받은 것 같아서 즐거우니까."

"아소 씨도 말솜씨가 늘긴 늘었구나. 옛날에는 죽었다 깨어나도 영업사원은 못할 것 같은 느낌이었는데."

"지금도 못해."

아소는 멋쩍음을 감추고자 담배연기를 깊이 빨아들였다.

"영업사원이 될 수 있는 성격이었다면 지금 이 짓을 하고 있겠어?"

"하지만 출세했잖아. 논 커리어인데 그 나이에 경감님이니까. 그냥 나쁘지 않은 정도가 아니라 굉장한 거 아닌가? 아소 씨는 참 희한한 사람이야. 아주 둔감하고 눈치도 없는 것처럼 굴면서 실은 뭐든지 다 꿰뚫어보고 남들보다 몇 배는 빨리 결론에 도달하잖아. 그러면서 아무 것도 모르는 척해. 왜 그래? 상대를 방심시키려고?"

"아니. 정말로 둔감해서 그런 건데…… 어릴 적부터 그런 말 많이 들었어."

"뭐, 그렇다 치자."

사쓰키는 커피를 한 모금 마시고 나서 천천히 다리를 바꿔 꼬았다.

"시간이 아까우니 본론으로 들어갈게. 세이 씨 사건 말인데, 진전은 있어?"

"당신한테는 말 못해."

"그렇게 말하는 걸 보니 조금은 진전이 있었나 보네."

사쓰키가 생각에 잠긴 표정을 지었다.

"뭔가 짚이는 구석이 있나 본데."

아소는 조심스레 물었다. 사쓰키는 입술 가장자리만 구부려서 웃었다.

"것 봐, 역시 당신은 엄청 민감해."

"당신이 겉보기와 달리 정직할 뿐이야. 동요했다고 얼굴에 쓰여 있어."

사쓰키는 콤팩트를 꺼내서 거울을 들여다보더니 어깨를 움츠렸다.

"정말이네."

"에두르지 않고서는 말할 수 없는 일이야?"

아소는 담배를 한 대 더 피워 물었다.

"당신답지 않게 말을 아끼는군."

"확신이 없어서 그래."

"확신?"

사쓰키는 고개를 끄덕였다.

"몹시 애매해…… 하지만 왠지 그냥 무시하고 넘어갈 수가 없어."

"음."

"들어줄래?"

"그러려고 온 거야."

"그렇겠지."

사쓰키는 자조하는 듯한 웃음을 흘려냈다.

"말하지 않고 돌아가면 아소 씨를 일부러 불러낸 의미가 없어. 있지…… 저녁에 텔레비전 뉴스에 나왔는데 요요기 5초메에서 아줌마가 살해당하고, 다른 아줌마가 행방불명됐대."

"응."

아소는 목소리를 낮추었다.

"하지만 거기는 신주쿠 서 관할이 아니야. 수사본부는 요요기 서에 설치될 것 같아."

"요요기 5초메…… 나 예전에 거기 살았어."

아소는 고개를 들었다.

"정말?"

"정말이고말고. 지금 사는 곳으로 이사 오기 전에. 보자…… 1990년 가을에 이사했던가. 렌 짱이 오고 나서 1, 2년 지난 무렵이었을 거야."

"야마우치가 오고 나서 이사했다니, 그럼 니라사키가 야마우치를 데려간 당신 맨션은 요요기 5초메에 있었다는 거야?"

"응."

"지금도 오다큐 선 근처에 사니까 지금 사는 집에 데려간 줄 알았어. 니라사키는 오다큐 선 선로에서 야마우치와 만났잖아?"

"산구바시 역 근처였다나 봐. 그건 어쨌거나 그 아줌마 말인데."

"응?"

"뉴스에 쓰카하라 도미코라는 이름이 나왔잖아? 하지만 살해당한 사람은 쓰카하라 도미코가 아니지?"

"그런가 보더라."

아소는 작게 헛기침을 했다.

"미안해, 아직 확실한 사실은 아무 것도 말 못해."

"알아. 아무튼 나, 쓰카하라 도미코란 사람하고 만난 적 있어."

아소는 놀라서 사쓰키의 얼굴을 보았다.

"……어디서?"

"우리 집에 왔었어. 그러니까 요요기 5초메의 집에."

"언제!"

"이사하기 직전이었으니까 90년 여름이 끝날 무렵이었나, 아니면 가을이었나. 정확하게 언제였는지는 생각이 안 나. 하지만 아직 반소매를 입었던 것 같은 기억은 나네."

"왜, 도대체 뭘 하러 쓰카하라 도미코가 당신 집을 찾아간 거지?"

"그게…… 잘 모르겠어."

사쓰키는 곤혹스러운 표정으로 고개를 저었다.

"그때도 도대체 뭐였나 싶어 기분이 찜찜했는데, 지금 생각해봐도 잘 모르겠어."

"하지만 이름은 밝힌 거지?"

사쓰키는 말없이 핸드백에서 작은 카드를 꺼내서 아소에게 내밀었다. 병원 진찰권이었다. 쓰카하라 도미코라는 이름이 적혀 있었다.

"그 여자가 돌아간 후에 보니까 현관에 떨어져 있더라고. 아마 신발을 신을 때 호주머니에서 떨어진 거 아닐까. 친절하게 병원에 갖다 줘도 됐겠지만, 어쩐지 좀 그래서."

사쓰키는 쓴웃음을 지었다.

"뜬금없이 남의 집을 찾아온 이상한 아줌마잖아. 괜히 얽히고 싶지 않았어. 진찰권이야 잃어버려도 금방 새로 만들 수 있으니 그냥 놔뒀지. 책상 서랍에 넣어놓고 잊어버렸어. 그런데 뉴스를 봤을 때 어디서 들어본 적 있는 이름이다 싶어서……."

"쓰카하라 도미코랑 무슨 이야기를 했어?"

"작년, 그러니까 89년 2월, 며칠이었는지는 잊어버렸는데 어떤 날짜를 말하고 그날 아침에 니라사키가 집에 왔느냐고 묻더라고. 느닷없이 찾아온 것도 모자라 현관 앞에서 그런 질문을 하는 거야. 처음에는 정신이 이상한 아줌마인 줄 알았지."

"2월 며칠이었는지는……."

"미안해. 기억을 더듬어봤지만, 벌써 6년도 넘게 지난 일이잖아…… 하지만 렌 짱에게 물어보면 알지도 모르겠다."

"야마우치가 어떻게?"

"세이 씨가 렌 짱을 주워온 게 그날이거든. 그래서 그 아줌마한테도 바로 대답했어. 그날 아침에 우리 집에 왔는데 왜 그러느냐고."

"잠깐만 있어봐."

아소는 수첩을 펼쳤다.

"정리 좀 할게. 90년 여름이 끝날 무렵 혹은 초가을에 쓰카하라 도미코의 진찰권을 가진 여자가 당신 집을 찾아왔다. 그리고 작년 2월 어느 날에 니라사키가 당신 집에 왔는지 물었다."

"응."

"그리고 그 문제의 날은 니라사키가 야마우치를 데려온 날이었다."

"맞아."

"쓰카하라 도미코에게 야마우치 이야기는 했어?"

"그런 이야기까지는 안 했어. 생전 처음 보는 여자한테 사생활까지 말해가면서 세세하게 설명하기는 싫더라고. 하지만 그날 틀림없이 세이 씨가 왔다고는 했어. 현관 앞에서 떠들면 민폐니까 아무튼 들어오라고 해서 차까지 대접했다고."

"쓰카하라 도미코가 그것만 물어봤어?"

"응. ……아, 그러고 보니 날짜뿐만 아니라 시간도 엄청 따지더라고. 세이 씨가 몇 시에 왔느냐고 아주 끈덕지게 물어봤어. 하지만 그때부터 헤아려도 이미 1년 반 넘게 지난 일이잖아. 정확한 시간을 어떻게 기억하겠어? 그냥 창밖이 아직 어두울 무렵에 왔다고만 대답했지. 그랬더니 오다큐 선 첫 전철이 지나간 후였는지 지나가기 전이었는지 또 끈질기게 묻는 거야. 그건 기억이 나더라. 첫 전철이 지나간 후에 왔어."

아소는 오다큐 선의 추락방지용 울타리를 잡고 울던 야마우치의 모습이 떠올랐다.

야마우치는 그날 선로에 드러누워서 첫 전철이 지나가기를 기다리고 있었다.

그리고 첫 전철이 그의 몸 위를 지나가기 전에 니라사키와 만났다.

니라사키는 야마우치를 데리고 사쓰키 집으로 향했다. 도중에 첫 전철은 지나갔다.

쓰카하라 도미코는 그날 요요기 5초메에서 도대체 뭘 하고 있었을까? 왜 니라사키가 사쓰키의 집에 갔는지가 그녀에게 중요했던 걸까…….

"그래서."

아소는 식어서 맛도 향도 나지 않는 커피를 홀짝였다.

"쓰카하라 도미코가 행방불명된 사실이 니라사키 살해 사건과 무슨 관계가 있는 것 아닐까 생각한 거로군."

"아무렴."

사쓰키는 탐색하는 듯한 눈으로 아소를 보았다.

"당연하잖아? 적어도 쓰카하라라는 사람은 세이 씨를 알고 있었어. 하지만…… 처음에 말했다시피 이렇게 당신한테 이야기를 들려준 나 자신도 뭐가 뭔지 잘 모르겠으니까 확실한 뭔가를 내놓지는 못해. 다만 거짓말은 전혀 안 했어."

"알았어."

아소는 수첩을 덮었다.

"정말 고마워."

"도움이 좀 됐어?"

"아직 감만 오는 단계지만, 당신 이야기가 니라사키 살해 사건을 해결하는 열쇠가 될 것 같아."

"……정말?"

"당신이 정보를 제공해줬으니 나도 정보로 갚을게. 쓰카하라 도미코는 며칠 전에 신주쿠 서에 왔어. 그것도 니라사키가 죽은 일로 살인과를 찾아왔지. 쓰카하라 도미코가 니라사키 살해 사건과 관련해 뭔가 중대한 사실을 수사본부에 알리러 온 건 틀림없어. 하지만 결국 아무 말도 하지 않고 달아났어."

"왜 그랬을까?"

"그건 모르겠지만 망설여졌던 거야. 추측건대 쓰카하라 도미코는 수사본부에 범인의 정체를 암시하는 정보를 제공하려 한 게 분명해.

그리고 그 정보에 의해 지명되는 범인은 결코 쓰카하라의 적이 아니었어…… 친구나 육친이었겠지. 즉, 쓰카하라 도미코는 자신이 하려는 짓을 배신행위라고 여겼어. 그래서 막판에 마음을 바꿔서 돌아간 거야."

"그럼 범인은 쓰카하라 도미코가 배신하려 했다는 걸 알고……?"

아소는 자리에서 일어섰다.

"아직 그 이상은 말 못해. 어쨌든 정보를 제공해줘서 정말 고마워."

"아소 씨!"

사쓰키도 일어섰다.

"세이 씨를 죽인 범인, 붙잡을 수 있겠어?"

아소는 고개를 끄덕였다.

"붙잡을 수 있어."

"자신만만하네."

"응."

아소는 말했다.

"자신은 있어."

"렌 짱은 아니지?"

불안한 듯 사쓰키의 목소리가 떨렸다.

"아니야."

아소는 조용히 대답했다.

"야마우치는 아니야."

"그건 확신이야?"

"확신이야."

"······근거는?"

아소는 담배와 수첩을 호주머니에 집어넣었다.

"물론 있지. 범인은 여자야."

"어째서 그렇게 단정하는 거야?"

"현장이 말해줬으니까. 믿지 않을지도 모르지만 난 니라사키의 시체를 본 순간부터 범인이 여자라고 확신했어. 거짓말 아니야."

7

"그렇게 컴퓨터 앞에 앉아 있으니."

오이카와는 발로 의자 방향을 바꾸고 나서 앉았다.

"너도 인간다워 보인단 말이야. 참 신기해."

"무슨 용건입니까?"

렌은 화면에서 눈을 떼지 않았다.

"늘 이렇게 약속 없이 오시면 곤란한데요, 오이카와 경감님."

"약속을 잡고 오면 꼼수를 부릴 거잖아. 넌 상대를 궁지에 빠뜨릴 생각만 하는 놈이니까."

"기분이 안 좋으신가 보네요."

렌은 키보드를 두드리며 웃었다.

"제가 또 당신 심기를 건드리는 짓을 했습니까?"

"네 존재 자체가 마음에 안 들어."

"그러니까."

렌은 담배에 손을 뻗었다.

"그것만은 어쩔 도리가 없다고요. 저도 아직 죽기는 싫으니까."

"니라사키를 뒤따라가진 않는 거냐? 기대했는데."

"기대에 부응하지 못해 죄송하네요."

"뒈졌으니 이제 아무래도 상관없다는 거냐?"

"어떤 의미에서는요."

렌은 멘솔 담배에 불을 붙였다.

"인간은 태어날 때와 죽을 때는 혼자예요."

"조금도 생각 안 나?"

"아직 안 잊어버렸으니까요. 생각이 난다는 건 잊어버린 후에야 의미가 있는 말이잖아요. 그것보다."

렌은 담배연기를 내뱉었다.

"본론으로 들어가시죠? 당신이랑 선문답을 해봤자 아무 재미도 없어요."

"왜 이제 와서 류를 건드리는 거지?"

"시비를 거는 건 그쪽."

렌은 컴퓨터에서 눈을 떼고 몸을 비스듬히 돌려 오이카와를 쳐다보았다.

"난 내버려두라고 몇 번이나 말했다고."

"아직도 밉나? 복수가 모자라?"

"대화가 성립되질 않는군."

렌은 웃었다.

"문제를 끌어안고 있는 건 그 아저씨야. 난 오래 전에 다 해결을 봤어. 이제 와서 무슨 짓이냐고 불평할 거면 그쪽에다 하지 그래?"

"류한테 정말로 약을 먹였어?"

"과장이 심하시네. 그냥 어깨가 결리는 데 좋은 약을 줬을 뿐이야."

"비디오 원본 내놔."

"싫은데."

렌은 웃었다.

"왜 개인적인 즐거움을 당신한테 양보해야 하지?"

"공갈의 증거품이야."

"언제, 어디서, 누가, 누구를 공갈했는데? 당신도 경찰관이니까 그런 단어는 정확하게 써주면 좋겠어. 난 그 아저씨한테 대가를 요구한 적이 없다고."

"이나무라 예능과 관련해 옛날 일을 파헤치지 말라고 경고했을 텐데."

"증거는?"

"너랑 이런 이야기를 하는 건 선문답보다 더 시간 낭비야."

오이카와는 다리를 바꿔 꼬았다.

"원본이나 내놔. 하고 싶은 말은 그게 다다."

"거절한다면?"

"해보든가."

오이카와는 발끝을 흔들흔들 흔들었다.

"반년은 바깥출입 못하게 만들어주마."

"당신 말이야."

렌은 담배를 재떨이에 눌러 껐다.

"그 아저씨 일이라면 늘 수단과 방법을 가리지 않는군. 원본은 없어. 녀석한테 건넨 그게 전부야."

"그 말을 믿으라고? 입만 열었다 하면 거짓말부터 튀어나오는 너 같은 놈 말을?"

"믿든 말든 맘대로 해."

렌은 다시 컴퓨터 화면으로 눈을 돌리고 키보드를 두드렸다.

"하고 싶은 말은 그게 다죠? 미안하지만 저 지금 바빠서요."

딱딱한 뭔가가 날아와서 렌의 빰을 스치고 지나갔다. 거의 동시에 물 같은 것이 턱으로 흘러내렸다. 렌은 손등으로 물을 닦았다. 붉은 색이었다.

키보드 위에 작은 잭나이프가 날이 펼쳐진 채 떨어져 있었다.

렌은 그것을 내려다보았다.

"무슨 중학생 일진도 아니고."

"오전에 승룡회가 부려먹는 폭주족 애새끼 주머니를 털어서 빼앗은 장난감이야."

"압수품도 횡령하나?"

"빗나갔네. 꽂힐 줄 알았는데."

오이카와가 천천히 일어섰다. 렌은 재빨리 컴퓨터 전원을 껐다.

오이카와가 렌 바로 옆에 섰다. 렌은 긴장했다. 손을 뻗으면 눈앞의 칼에 닿는다. 하지만 이 칼은 함정이다. 칼을 잡으면 오이카와가 그 자리에서 자신을 사살해도 정당방위가 성립된다.

렌은 눈을 감았다.

오이카와가 턱을 붙잡고 얼굴을 들어올렸다. 목에 금속의 감촉이 느껴졌다.

"간단히 말해서."

오이카와의 목소리는 아주 차분했다.

"네가 이 세상에서 사라지면 여러 가지 일이 정리돼. 넌 불쌍한 놈
이고, 아마 태어난 것부터가 잘못이었겠지. 이 세상에는 참 불합리한
일이 많아…… 그렇지? 예를 들어 전쟁은 어떨까? 국가와 국가가 싸
워. 하지만 국민이 전쟁을 일으킨 건 아니야. 그 시대의 정치를 좌지
우지하던 등신들 짓이지. 하지만 그 등신들은 끝까지 안 죽어. 죽는
건 언제나 국민들뿐이야. 내전, 그건 더 불합리해. 같은 나라 국민들끼
리 싸워. 사상 같은 거창한 것 때문이 아니야. 그 이유는 언제나 자잘
하고 추잡하지. 죽어가는 사람에게 그 죽음에 합당한 이유를 붙여줄
수가 없는 거야. 무슨 말인지 알겠냐? 개죽음이라고. 그래도 전쟁으로
죽으면 역사에 남아서 동정이라도 받을 수 있으니 그나마 다행인지
도 모르지. 세상에는 역사에 남지 않는 불합리한 죽음도 수없이 많아.
계단에서 떨어져서 목뼈가 부러져 죽는 놈도 있을 테고, 눈 오는 날에
자빠져서 머리가 깨져 죽는 놈도 있겠지. 사실 죽음에 무슨 의미를 부
여하려는 것 자체가 물러터진 환상이야. 죽음에는 원래 의미가 없어.
하지만 지금 여기서 네가 죽는 데는 의미가 있지. 생각하기에 따라서
는 불합리하다고 할 수도 있겠지만, 어차피 죽음이란 불합리하게 찾
아오는 법이거든. 그렇다면 하다못해 눈곱만한 의미라도 부여하는 편
이 낫지 않겠어?"

금속의 감촉이 목을 오르내렸다. 그 감촉은 목울대 부근에서 정지
하더니 애무하듯이 다정하게 원을 그렸다.

"넌 죽음을 원해. 실은 죽고 싶은 거야. 그날부터…… 가엾은 네가
여자를 강간하려 했다고 오해받아 류에게 체포된 그날부터 넌 계속

죽고 싶었을 거야. 그런데 죽지 못한 탓에 비극이 영원히 계속되는 거지. 지금 여기서 끝내자. 그럼 너도 류도 편해지겠지. 네 죽음에는 의미가 있어. 아소 류타로라는 이름의 천재 형사를 구한다는 의미가."

"당신의 사랑은 그릇됐어."

렌은 눈을 감은 채 말했다.

"진심으로 그를 편하게 해주고 싶다면, 당신도 같이 죽는 편이 나을걸."

"난 녀석을 자유로이 풀어줬어. 더 이상 방해되는 존재가 아니라고."

오이카와의 손가락이 목울대에 닿았다.

"녀석은 저 좋을 대로 연애하고, 살아갈 수 있어."

"자신을 속이는 짓은 그만두시지. 어차피 그가 도망친 여편네를 잊지 못할 거라고 대수롭지 않게 여기는 거잖아. 하지만 이번 여자는 진심이야, 내버려둬도 되겠어?"

금속이 목을 파고들었다. 윤곽이 둥근 통. 총구가 목울대를 짓눌러서 숨이 막혔다.

"너만 없으면 돼."

오이카와는 혼잣말처럼 중얼거렸다.

"네가 살아 있는 것만으로도 류의 인생에 오점이 생겨."

"처음에 잘못한 건 내가 아니야."

"물론이지. 넌 불쌍하게도 누명을 쓴 피해자야. 하지만 빼앗긴 것을 벌충하고자 선량함을 버렸지. 그 순간 네 인생은 무가치해졌어. 양심에 따라 살기를 포기한 인간은 남과 사회가 양심적이기를 기대하면 안 되는 거야. 알겠냐?"

"……숨 막혀."

렌은 스스로 턱을 들었다.

"기대 같은 거 안 해…… 털끝만큼도."

"왜 안 죽니?"

오이카와가 상냥한 목소리로 말했다.

"니라사키가 먼저 갔으니 뒤따라가면 되잖아. 손을 씻고 착실하게 살 마음 없으면 빨리 죽으렴. 뭐가 그리 재미있어서 남이 죽일 때까지 구질구질하게 살아 있으려고 그래?"

"딱히 재미있지는 않아."

렌은 그렇게 말하고 턱을 옆으로 움직였다. 오이카와의 손끝이 턱에서 미끄러져 입술에 걸렸다.

"당신도 그럴 텐데. 재미있어서 사는 건 아니잖아. 그냥 죽기 싫을 뿐이잖아."

"너도 죽기 싫으냐?"

"응."

"왜?"

"이유를 가지고 태어나지 않았으니, 살아가는 데도 이유는 없어. 그냥 죽기 싫어. 그뿐이야."

"그럼."

오이카와가 어깨에 체중을 실어서 렌은 책상에 엎어졌다.

"목숨을 구걸해봐."

가슴이 책상에 부딪쳤다. 렌은 몸을 비틀어서 키보드를 피했다. 얼굴 아래에 주가 그래프가 그려진 종이 다발이 있었다. 뭉뚱그려서 치울 여유는 없었다. 오이카와의 팔은 길다. 뒤에서 상반신을 끌어안으면 옴짝달싹도 못 한다. 책상에 엎드리자 볼펜이 고문 기구처럼 뺨을 파고들며 고통을 주었다. 렌은 볼펜을 치울 생각만 했다. 뺨의 아픔에서 해방되고 싶었다. 다른 건 아무래도 좋았다. 어떻게 말하면 오이카와가 만족할지 알고 있었으므로 그 말을 입 밖에 꺼냈다.

"살려줘."

머릿속에서 또 매미가 울기 시작했다.

그해 여름부터 매미가 계속 머릿속에 살고 있는 것 같다. 머릿속을 날아다니며 맴맴 운다.

그것은 누군가에게 예속되지 않으면 살아갈 수 없음을 깨닫는 순간에 들리는, 감미로운 절망의 소리였다.

알고 있는 것이 딱 하나 있다. 자신이 더 이상 남을 사랑하거나 믿기를 바라지 않는다는 것. 그것만은 이해하고 있다. 그리고 그것만 이해하면 인생은 생각보다 훨씬 단순하고 쉬우며 고통이 적은 법이다, 분명.

오이카와는 웬일로 망설였다. 처음부터 그럴 작정으로 온 것이 아닐지도 모른다. 그래서 준비하지 않은 것이리라.

렌은 어깨를 좌우로 흔들어 간신히 오이카와의 품에서 빼낸 오른

손으로 책상 서랍을 열었다. 오이카와는 그 동작이 무엇을 의미하는지 바로 알아차리고 왼팔만으로 렌을 누른 채 오른손으로 서랍을 뒤졌다. 오이카와는 유난히도 깔끔하게 구는 성격이다. 콘돔 없이는 절대로 관계를 맺으려 하지 않는다.

렌은 웃음을 참았다. 거기에 이르는 과정이 아무리 아름답던들 마지막의 마지막에서 인간의 성관계는 몹시 우스꽝스러워진다.

그래도 렌은 오이카와와 관계를 맺는 것이 싫지는 않았다. 세이치와 비슷하다. 체형도, 취향도, 몸놀림도, 전부 다. 오이카와는 세이치를 미워했고, 세이치도 형사 중에서 유독 오이카와만은 몇 번이나 진심으로 죽일 생각을 했다. 분명 근친증오와 비슷한 감정이었으리라.

겨우 볼펜이 어딘가로 굴러가서 뺨의 아픔이 사라졌다. 이제 마음에 걸리는 것은 주가 시뮬레이션 그래프뿐이다. 일껏 깨끗하게 프린트해놨는데 그 과정을 되풀이하기는 귀찮다.

렌은 어깨로 몸을 지탱하여 상반신을 띄우고 오른손으로 가슴 밑에 깔린 그래프를 책상 가장자리로 치웠다. 그리고 천천히 몸을 낮춘 후 하반신의 힘을 빼고 오이카와를 기다렸다.

높아진 매미 울음소리가 심장 고동소리와 합쳐져서 귓속을 내달렸다.

세이치는 죽었다.
이제 어디에도 없다.
온 세상을 다 뒤져도 두 번 다시 못 만난다.

죽음이란 그런 것이다.

눈물이 넘쳐흘렀다.
좋아했다. 정말, 정말 좋아했다.
미웠지만, 싫은 점도 몹시 많았지만, 그래도 좋아했다.
그리고 이제는 그 말을 해줄 수가 없다.
살아 있을 때는 한 번도 하지 않았던 말.
언제라도 사람은 정말로 하고 싶은 일이 무엇인지 모른다. 정말로
바라는 것이 무엇인지 아무도 모른다.

"왜 울어?"
천천히 앞뒤로 움직이며 말하는 오이카와의 목소리가 귀를 간질
였다.
"분통 터지냐?"
렌은 울면서 웃었다.
오이카와는 모른다. 자기가 지금 누구를 대신하고 있는지.
"기뻐."
렌은 생각해내려 했다. 세이치가 함께한 모든 나날을, 그 나날을
이루는 시간의 조각들을.
"기뻐…… 기분 좋아."
"변태."
오이카와는 움직임을 빨리했다.

정말로 바라는 것.

정말로 하고 싶은 일.

"키스."

렌은 소리 내어 말해보았다. 소리 내어 말하면 이루어지는 바람도 이 세상에는 있을 것이다. 그리고 소리 내어 말해도 이루어지지 않는 바람도.

"키스해줘."

매미 울음소리 속에서 누군가가 속삭였다.

아무 걱정 마.

다 꿈이니까 잠에서 깨면 전부 다 원래대로 돌아갈 거야, 하고 속삭였다.

8

우아하다고 아소는 생각했다. 마키의 몸동작에는 아마추어는 따라잡지 못할 법한 기품과 화사함이 있다.

긴자나 아카사카의 호스티스? 아니, 좀 더 훈련받은 우아함이다. 예능에 능한 진짜 게이샤라든가. 어쩌면 그럴지도 모른다. 마키는 과거에 대해 거의 이야기하지 않지만, 게이샤였다고 해도 위화감은 없으리라. 기모노도 맵시 있게 잘 입고 행동거지에도 빈틈이 없다.

하지만 지금은 마키의 과거를 캐물을 생각이 없었다. 마키와 결혼할 생각은 없다. 아소는 다시는 결혼할 마음이 들지 않았고, 무엇보다 마키가 전혀 결혼 생각이 없는 듯하다. 결혼을 생각하지 않는다면 서로의 과거는 특별한 의미 없는 추억 이야기에 지나지 않는다.

"어쩐지 미안하네."

마키는 마치 감시라도 당하는 사람처럼 주변을 둘러보더니 어깨를 움츠리고 혀를 쏙 내밀었다.

"아소 씨, 수사본부에 있어야 하는 거 아니야?"

"공무원도 밥은 먹어야지."

"그런 이야기가 아니라."

마키는 목소리를 낮추었다.

"경감은 중간관리직이잖아? 윗사람에게도 아랫사람에게도 평가를 받는 입장이니까 몸단속을 잘해야지."

"그런 점이라면 이미 늦었어. 내 평가는 갈 데까지 갔거든. 이제 와서 좀 더 착하게 굴어봤자 대세에 영향은 없어. 그것보다 1년에 하루밖에 없는 날에 건배하는 게 더 중요해."

아소는 샴페인 잔을 눈높이로 들어올렸다.

"생일 축하해."

"고마워."

마키는 쑥스러운지 시선을 비스듬히 내리깐 채 미소 지었다.

"나이를 이렇게 먹고 생일은 무슨 생일이냐 싶었는데…… 축하를 받으니 역시 기분 좋네."

"생일 선물로 뭘 줄까 고민하다가 샀어."

아소는 작은 상자를 테이블에 내려놓았다.

"크기가 안 맞으면 고쳐주겠대."

마키는 천천히 포장지를 풀고 상자를 열었다.

깊은 의미는 없었다. 그저 여자에게 반지를 선물하는 상황을 약간 동경했다.

레이코에게는 약혼반지를 사주었지만, 그게 다였다. 레이코가 더 이상 바라지 않았고, 지금보다 월급이 적어서 도저히 여유가 없었다. 게다가 집 계약금을 모아야 했다. 설령 반지를 사주었어도 레이코는 기뻐하지 않았으리라. 레이코는 집을 원했다. 관사를 나와서 남들 눈치 보지 않고 살 수 있는 집으로 이사하고 싶다고 계속 말했다.

비싼 물건은 아니다. 분명 마키가 아소보다 수입이 더 좋을 테고, 혹시 과거에 물장사를 했다면 보석은 많이 가지고 있을 것이다.

그래도 마키는 정말로 기쁜 듯이 웃었다.

"정말 예뻐…… 산호구나. 핑크코랄."

"기모노에도 어울리는 보석은 뭐냐고 점원에게 물었더니 이런 게 괜찮을 거래서. 미안해, 비싼 건 아니야."

"잘 골랐네. 이 작은 다이아몬드가 포인트를 주고 있어."

마키는 반지를 왼손 약손가락에 꼈다.

가운뎃손가락에 맞춰서 크기를 골랐으므로 조금 헐렁했다. 마키가 그 사실을 꿰뚫어본 것만 같아서 아소는 마음이 복잡해졌다. 마키는 반지를 약손가락에 낌으로써 아소를 시험했는지도 모른다.

이대로 시간이 멈추는 것이 제일 낫다.

미래는 생각하지 말고 그냥 마키와 만나서 식사를 하고 이런저런 이야기를 나눈다. 그리고 마키와 입을 맞추고 몸을 섞으며 아침을 기다린다.

하지만 남자와 여자는 어디에도 다다르지 않는 여행을 영원히 함께할 수는 없다.

좋아져서 손을 잡으면, 팔짱을 끼고 싶어지고, 그리하여 끌어안고 키스를 하고, 이윽고 가슴을 더듬다가, 그 다음 단계로 나아간다. 그리고 생각한다. 앞으로 어쩌지? 결혼할까, 말까.

처음 만났을 때의 순수한 감동을 유지한 채 영원히 같은 곳에 서서 서로를 바라보며 살 수 있는 남자와 여자는 분명 어디에도 없을 것이다.

아소의 머릿속에 문득 이 자리에 어울리지 않는 말이 떠올랐다.

동반자살.

영원히 같은 곳에서 서로 사랑하려면 목숨을 끊는 수밖에 없을지도 모른다.

"정말 예뻐."
마키는 주문처럼 되풀이해 말했다.
"이렇게 예쁜 반지를 낄 수 있다니, 참 행복해."
"그렇게 기뻐해주니 나도 행복해."
마키는 미소 지었다.
"당신이 그런 말을 하니 신기하게 들리네…… 행복하다라."
"이상해? 나한테 행복은 안 어울려?"
"그런 건 아니지만."
마키는 약손가락에서 반지를 빼서 가운뎃손가락에 꼈다.

역시 시험했구나 싶었다.

"아소 씨는…… 말로는 잘 표현 못하겠지만…… 별로 행복해지지 않으려 한다는…… 느낌이 들었어."

"이상한 말이로군. 무슨 뜻이야?"

"말 그대로의 의미야."

마키는 어린아이를 볼 때 같은 눈으로 아소를 보았다.

"자기만 행복해지면 안 된다. 그런 생각이 아닌가 싶어서…… 미안해, 쓸데없는 소리를 했네. 하지만 전부터 언젠가는 말하고 싶었어. 아소 씨…… 집 나간 아내를 줄곧 생각하고 있어. 줄곧, 계속, 내내. 나랑 처음 만났을 때부터 한순간도 아내를 머릿속에서 내쫓은 적이 없었지…… 아니야?"

끼어들려고 한 아소를 제지하고 마키는 말을 이었다.

"괜찮아, 그것 자체는 괜찮아. 나한테도 과거는 있고, 잊지 못하는 남자도 있으니까. 누구를 진심으로 사랑하다가 그 사랑이 깨졌는데 바로 싹 다 잊어버리는 편이 더 이상하지. 하지만 잊지는 못하더라도 새로운 행복을 찾지 않으면 영원히 과거에서 자유로워질 수 없어. 아소 씨는 자유로워지는 걸 겁내는 것 같아. 자유를 얻고 행복해져서 아내를 상실한 고통스러운 과거에서 해방되기를 두려워해."

"그렇게 진지하게 생각해본 적은 없는데."

아소는 샴페인 잔을 살짝 입에 댔다.

"마키는 날 너무 과대평가했어. 레이코에게 미련이 있다는 건 부정 안 할게. 뭐, 미련이라기보다 원망에 가까운 감정이랄까."

"원망?"

"그래. 난 그릇이 작은 남자야. 전에 이야기했지, 레이코는 어느 날 갑자기 다른 남자가 좋아졌으니 나간다는 쪽지를 남기고 사라졌어.
그래서 화가 났지."

마키는 쿡쿡 웃었다.

"그야 당연히 화가 날 만도 하지."

"응. 하지만 난 지금까지도 레이코를 용서하지 못하고 계속 마음에
담아두고 있지. 그저 그뿐이야. 날 업신여겨서 분할 뿐이라고. 행복해
지는 게 무서운 거랑은 별개의 문제야."

"아무래도 상관없어."

마키는 가운뎃손가락을 세워서 분홍색 산호를 레스토랑의 조명에
비추었다.

"그런 건 아무래도 좋아. 결국 당신은 아내를 잊지 못해. 그리고 행
복해지려고 하지도 않아. 나도 그래. 나도 똑같아, 아소 씨."

마키는 손을 아래로 내렸다.

"선물 하나만 더 졸라도 돼?"

"응, 뭔데?"

마키는 노래하는 듯한 투로 말했다.

"오늘 밤, 안아줘. 아무리 늦어도 괜찮아. 기다릴 테니까, 와."

* * *

"계장님!"

수사본부에 들어가자마자 시즈카의 목소리가 날아왔다.

"오, 요요기에서 겨우 돌려보내 줬나보네."

"보고드릴 게 있어요. 지금 시간 괜찮으세요?"

아소는 시즈카를 대기시켜 놓고 물을 한 잔 마셨다. 샴페인 반 잔밖에 마시지 않았지만 시즈카는 예민한 체질이므로 술 냄새를 알아차릴 것이다.

"저도 방금 막 돌아왔어요."

"계장님, 시즈카가 엄청난 걸 물고 돌아왔습니다."

야마세가 인상을 팍 쓰며 말했다.

"저희들끼리 검토하고 나서 회의에 내놓는 편이 좋을 것 같은데요."

시즈카가 나누어준 복사용지에는 1989년에 요요기 5초메 야마테 길에서 발생한 교통사고에 관한 정보가 실려 있는 듯했다.

"설명해봐."

아소가 재촉하자 시즈카는 평소와 다름없이 꼼꼼하고 차분한 태도로 자료를 가리켰다.

"이 교통사고가 쓰카하라 도미코와 니라사키 세이치의 접점이 아닐까 합니다."

"뭐라고?"

아소는 자료를 다시 한 번 눈앞으로 들어올렸다. 시즈카는 아소가 자료를 다 읽기를 기다렸다가 말을 이었다.

"이 사고로 사망한 모치즈키 마코라는 생후 9개월 된 아기의 부모는 쓰카하라 도미코와 아주 친했던 것 같습니다. 아버지는 쓰카하라 도미코와 초등학교 때 같은 반이었고, 둘 다 이 지역 출신입니다. 어머니 모치즈키 미치코는 다른 지방에서 와서 요요기 4, 5초메와는 인연이 없는 듯하지만, 아직 신원이 확실히 판명되지는 않았습니다. 아무튼 모치즈키 씨 부부와 쓰카하라 도미코가 이웃사촌으로 친하게 지냈던 건 확실합니다."

"그런데 니라사키는 이 사고와 무슨 연관이 있지?"

"문제는 사고를 일으킨 차량입니다. 거기 쓰여 있는데요…… 소유주 이름을 보세요."

아소는 조목별로 나열된 사항 중에서 마침내 그 이름을 찾아냈다.

"차량 소유주가…… 니라사키구나!"

"운전자는 니라사키가 아니었고요. 하지만 그 차가 사고를 내기 직전까지는 니라사키가 운전한 모양입니다. 니라사키는 자기 차를 몹시 아껴서 부하가 같이 있어도 직접 운전대를 잡을 때가 많았다고 합니다."

"미야지마, 그럼 이 사고, 실은 니라사키가 낸 거 아니야? 운전자로 나와 있는 가미카와라는 놈은 니라사키 부하잖아?"

야마세의 말에 시즈카는 단호하게 고개를 저었다.

"그 점을 검증하려고 요요기 서에서도 철저하게 수사했답니다. 하지만 니라사키 증언에 모순은 없었어요. 결국 니라사키는 사고가 나기 전에 차에서 내려 걸어서 목적지로 향했다는 결론에 도달했대요."

시즈카는 도쿄도 구분지도첩을 펼쳤다.

문제의 요요기 5초메는 오다큐 선 요요기하치만 역에서 야마테 길을 따라 가늘고 길게 뻗은 지역으로, 오다큐 선 산구바시 역 바로 근처까지가 5초메, 그 다음부터는 4초메다.

"사고가 일어난 밤에 무슨 일이 있었는지 상상해보자면 이렇습니다. 그날 밤, 니라사키는 애인인 가네무라 사쓰키 집에 가고자 부하 가미카와와 함께 애차 재규어를 타고 신주쿠를 나섰습니다. 당시 가네무라 사쓰키는 현재 주소가 아니라 요요기 5초메에 살고 있었어요."

아소는 손끝이 희미하게 떨렸다. 몇 시간 전에 만난 사쓰키의 얼굴이 떠올랐다. 그리고 진찰권을 떨어뜨리고 간 기묘한 방문자 이야기도…….

"당시 가네무라 사쓰키가 살던 맨션의 정확한 위치까지는 아직 파악하지 못했습니다. 내일 가네무라 본인을 찾아가서 확인하겠습니다. 어쨌거나 그 맨션은 5초메 주택가 안쪽에 있었을 겁니다. 니라사키는 고슈 가도를 타고 이 부근까지 와서 주택가로 들어갔습니다. 그때 브레이크 상태가 안 좋다는 것을 알아차리고 차에서 내려 걸어가기로 했습니다. 니라사키는 차를 몹시 애지중지했으므로 그대로 계속 타면 더 큰 고장이 날까 봐 그랬겠죠. 이때 니라사키는 동승한 가미카와에게 정비소에 연락해 차를 견인시키라고 지시했습니다. 하지만 가미카와는 견인차가 올 때까지 가만히 기다리기가 귀찮았습니다. 니라사키가 늘 애차 수리를 부탁하는 단골 자동차 정비소는 도미가야에 있습니다. 요요기 5초메에서 엎어지면 코 닿을 곳이죠. 야마테 길을 5분만 달리면 도착합니다. 가미카와가 직접 차를 몰고 정비소에 가려고 한 것도 이해 못할 일은 아닙니다. 물론 브레이크 상태가 나쁜 차를 모는 건 당치도 않은 짓이지만요."

"즉."

야마세가 생각을 정리하듯이 볼펜으로 머리를 두드리며 말했다.

"니라사키는 그 교통사고하고 아무 상관도 없다 그거야?"

"예. 니라사키는 그 후에 걸어서 가네무라 집에 갔습니다. 한편 가미카와는 재규어 운전석에 앉았고요. 가미카와는 그 차를 몇 번 운전해본 모양입니다. 그는 차를 야마테 길로 몰고 나갔습니다. 그때 열이 나는 딸을 안은 모치즈키 미치코가 튀어나온 거죠. 미치코는 딸을 야마테 길 건너 하쓰다이에 있는 소아과에 데려가는 중이었습니다."

마음이 아픈 것을 참으려는지 시즈카의 목소리가 작아졌다.

"딸은 죽었습니다. ……그 후 모치즈키 미치코는 정신적으로 탈이 났고, 그런 미치코를 쓰카하라 도미코가 열심히 돌보아준 모양입니다. 얼마 지나지 않아 남편도 병사하자 홀로 남은 미치코는 요요기 5초메에서 모습을 감추었습니다."

아소는 교통사고에 관한 자료를 다시 한 번 읽어보았다.

1989년 2월 15일 이른 아침.

틀림없었다. 렌과 니라사키는 밸런타인데이 밤이 끝나기 직전에 만났다.

성스러운 그 밤.

진실하고 열정적으로 살다가 순교한 성인을 기리는 축일에.

운명의 톱니바퀴는 도대체 몇 개나 어긋난 걸까.

"쓰카하라 도미코는 가네무라 사쓰키를 찾아간 적이 있어."

아소는 천천히 입을 열었다.

"이 사고가 일어난 다음해, 여름이 끝날 무렵이나 초가을이었다는군."

"계장님, 저녁에 사람을 만나신다고 하더니 가네무라 사쓰키였나요?"

"응. 쓰카하라 도미코 집에서 살인 사건이 일어났다는 뉴스를 보고 기억났대."

"쓰카하라 도미코는 도대체 뭘 하러 가네무라 집에?"

"그게 좀 이해가 안 되는데 말이야, 아무래도 쓰카하라는 니라사키가 차를 직접 몰았는지 조사하고 있었던 것 같아. 느닷없이 사쓰키 집을 찾아와서 사고가 발생한 날에 니라사키가 진짜로 집에 왔는지, 몇 시에 왔는지 끈덕지게 물었대."

"왜 그런 사립탐정이나 보험조사원 같은 짓을 했을까요? 모치즈키 씨 부부는 니라사키에게 손해배상청구라도 할 작정이었을까요?"

"가능성이 아예 없는 이야기는 아닌데…… 가미카와는 니라사키의 부하였으니, 가미카와가 업무상 과실치사죄를 저질렀다고 치면 고용주 니라사키에게 책임을 못 물을 것도 없지. 하지만 당시로서는 폭력단의 상하관계에 사용자 책임을 적용하기는 어려웠을 거야."

"모치즈키 미치코도 육교를 사용하지 않고 차도를 가로지르려 한 중대한 과실을 저질렀어요. 형사재판 때도 니라사키에게 전혀 책임을 묻지 않았는데, 민사소송을 건들 과연 승산이 있었을까요?"

시즈카는 고개를 설레설레 젓고 한숨을 내쉬었다.

"제대로 된 변호사에게 상담했다면 승산도 없고, 폭력단에게 싸움을 걸어봤자 득 볼 것 없으니까 재판은 그만두라고 충고했을지도 모르지."

"아."

야마세가 무릎을 쳤다.

"그거다! 분명 그거예요. 변호사에게 상담했지만 승산이 없다며 의뢰를 받아들이지 않은 거죠. 그래서 쓰카하라가 직접 조사하러 나선 겁니다. 만약 가미카와가 아니라 니라사키가 운전했다는 사실이 밝혀지면 상황이 180도 달라질 테니까요."

"하지만 쓰카하라 도미코는 결국 니라사키가 운전했다는 증거를 찾지 못했어."

아소는 천천히 고개를 갸웃했다.

"그 반대였는지도 모르지."

"그 반대라니, 무슨 뜻입니까 계장님."

"즉, 니라사키가 절대로 문제의 차를 운전하지 않았다는 증거를 찾아냈다……."

"그런 증거가 있었을까요?"

있었다.

아소는 혀로 바싹 마른 입술을 적셨다.

그렇다, 니라사키가 그 차를 운전하다 사고를 내기는 절대로 불가능했다는 것은 증명할 수 있었을지도 모른다.

문제는 첫 전철 시간이다.

9

수사회의는 진통을 겪었다.

실종된 쓰카하라 도미코가 정말로 니라사키 살해 사건과 관계가 있는지 너무나 애매하다. 아소 수사반이 물고 온 단서를 내놓자 대부분이 그런 반응을 보였다.

하지만 다른 쪽으로는 수사에 진전이 없었고, 쓰카하라 도미코의 실종과 더불어 사람이 한 명 살해당했다는 것은 역시 무시할 수 없는 문제였다. 수사의 방향은 분명 쓰카하라 도미코 쪽으로 기울어졌다.

아소는 망설였다. 자신과 야마시타가 쫓고 있는 실종된 간호사는 쓰카하라 도미코와 관계가 있을까 없을까. 아직 두 점이 선으로 연결된 것은 아니다. 그리고 아무리 해도 지울 수 없는 점이 또 있다. 또 하나의 실종자 하세가와 다마키와 불에 탄 시체다. 아직 연결되지 않은 퍼즐 조각 천지라서 어떤 그림이 나타날지 짐작도 가지 않았다. 덧붙여 손에 들고 있는 퍼즐 조각은 그 밖에도 많다. 이렇게 단서나 용의자가 많은 사건은 오히려 드물다. 증거를 찾아서 '불필요한 퍼즐 조각'을 걸러내는 작업도 병행하지 않으면 진범을 체포할 수 없다.

진범 체포.

세타가야 사건 때는 왜 진범을 체포하지 못했을까. 여러 가지 변명을 댈 수 있다. 렌을 범인으로 몰려고 한 놈들이 작위적으로 증거를 만들어낸 것도 커다란 요인 중 하나였다. 하지만 결국 아소의 태만함도 일조했다는 것은 부정할 수 없는 사실이다.

며칠만 지나면 연수를 마치고 본청에 돌아간다. 그러므로 마지막에 와서 다투고 싶지는 않았고, 송치를 못하고 시간만 질질 끌기도 싫었다. 렌의 범행이라는 점에서 세타가야 서의 견해는 일치했고, 공판을 유지하기에 충분한 증거도 갖추었다. 렌이 너무나 강경하게 무고함을 주장해서 마음에 걸리기는 했지만 겨우 자백을 받아내고 한시름 놓은 기분으로 세타가야를 떠났다. 한시름 놓은 기분으로.

아소는 이마에 맺힌 땀을 손수건으로 닦았다.

자신은 보상하고자 해도 보상할 수 없는 짓을 저질렀다. 솔직히 말해 어떻게 하면 좋을지 모르겠다.

렌의 진심은 어떨까. 더 이상 원망하지 않는다는 말은 믿기지 않는다. 하지만 녀석은 더 이상 이 이야기를 듣고 싶지 않다는 태도를 유지한다. 자신을 위해 재심청구를 돕고자 하는 누나와 변호사도 성가셔한다. 왜지? 조폭과 상부상조함으로써 이미 사회에 복수를 마쳤다고 여기는 걸까? 이게 그렇게 간단히 끝날 일인가?

녀석의 절망은 분명 훨씬 깊었을 것이다.

"아소."

관리관은 언짢음 그 자체였다.

"또 새로운 사실이야? 자네 수사반은 재료만 모으다 종 치겠군. 도대체 요리는 언제 시작할 건가?"

"이번 사건에서 실수는 용납되지 않으니까요."

"그건 자네가 지적하지 않아도 알아."

관리관이 웬일로 아소 등을 두드렸다.

"솔직히 난 자네가 이번 사건을 담당해서 다행이다 싶어. 자넨 별난 사람이지만 높은 확률로 사건을 해결하고, 잘못은 범하지 않지. 하지만 시간이 걸리는 게 가장 큰 결점이야. 신문은 둘째 치고 주간지에서 떠들어대고 있다는 거 알지? 해결을 서둘러. 어느 정도는 나중에 앞뒤를 맞출 수 있으니까 일단 누군가 체포부터 하자고. 한시라도 빨리."

모순투성이다. 아소는 관리관의 등에 대고 메롱을 하고 싶었다.

틀리지 않고 신속하게. 말은 쉽지만 행하기는 어렵다. 하물며 나중에 앞뒤를 맞출 수 있으니 일단 누군가 체포부터 하자고? 그래서야 착오가 생기지 않는 것이 더 이상하다. 여차하면 책임을 몽땅 떠넘기고 끝낼 생각이면서.

뭐, 그것도 나쁘지 않을지 모른다. 아소는 지금 푹 주저앉고 싶을 만큼 피곤했다.

결국 중간관리직이라는 지금 입장이 성격상 맞지 않는 것이다. 현장에서 활약하는 형사로서 구두 밑창이 닳도록 돌아다닌다면 아무리 바쁘고 육체적으로 피곤해도 지금처럼 정신적인 피로는 느끼지 않을 것이다. 책임을 지라고 한다면 얼마든지 지겠지만, 그러한 입장에서 매사를 생각해야 한다는 것 자체가 적성에 맞지 않았다. 이번 사건 수사에 실패해서 한직으로 밀려난다면 그것도 괜찮다. 어차피 논 커리어 출신이라 더 이상의 출세는 바랄 수도 없으니, 편한 부서로 간다면 그야말로 상팔자일지도 모른다.

마키의 얼굴이 떠올랐다. 아무리 늦어도 괜찮으니 기다리겠다며 조를 때의 그 관능적인 입술이 눈앞에 어른거렸다. 공무원으로 무난하게 일하며 남은 인생을 마키와 함께 살아간다. 그런 인생이 허용된다면…….

아소는 손목시계를 보았다. 벌써 자정에 가까웠다. 마키에게 가고 싶었다. 하지만 아직 할 일이 있었다.

* * *

"정말이래도."

렌은 나른한 목소리로 말했다.

"몸이 별로라서 집에 왔어. 내일 봐."

"별것 아니니까 전화로 이야기하자."

"뭔데?"

"그때를 좀 떠올려봐."

"그때라니?"

"너랑 니라사키가 처음으로 만난 날 아침 말이야."

수화기 저편에서 렌이 내쉰 한숨이 진동으로 바뀌어 아소의 귀를 간질였다.

"……왜 이제 와서 당신한테 그 이야기를 해야 하는데?"

"중요한 일이야. 니라사키를 죽인 범인과 직결될지도 모를 사실을 알아냈어. 그날 아침 니라사키와 몇 시에 만났는지 궁금해."

"내가 그걸 어떻게 알아? 시계 안 봤단 말이야."

"너, 첫 전철을 기다리고 있었다고 했지?"

렌은 대답하지 않았지만 또 한숨 소리가 들렸다.

"첫 전철이 언제 지나갔는지 기억 안 나? 너랑 니라사키는 적어도 첫 전철이 지나가기 전에 선로를 떠났어. 하지만 선로 근처 가네무라 사쓰키의 집에 갔지? 도중에 전철이 지나가는 소리 못 들었어?"

"기억 안 나."

렌은 정말로 나른한 듯이 말했다.

"기억에 없어."

"부탁이니까 생각해내. 니라사키에게 걸린 혐의 하나가 풀리느냐 마느냐가 그 기억에 달려 있어."

"시간 좀 줄래? 오늘 밤은 나른해서 안 되겠어."

"……열 있어?"

"안 재봤는데."

"감기인가. 누구 돌봐줄 사람 없어?"

"당신이 뭔 상관이야. 그럼 끊는다."

"하나만 더."

아소의 말에 렌은 귀찮다는 듯이 콧방귀를 뀌었다.

"쓰카하라 도미코라는 여자 이름 들어본 적 없어?"

"쓰카하라, 뭐라고?"

"도미코. 나이는 60대인데, 어쩌면 꽤 오래 전에 너랑 만났을 가능성이 있어."

"그게 누군데. 뭐 하는 여자야?"

"보통 아줌마야. 요요기 5초메에 살았어. 내 상상으로는 너한테도 찾아가지 않았을까 해."

"뭐 하러?"

"그날 아침에 있었던 일을 물으러. 나랑 똑같은 질문을 하지 않았을까 싶은데. 그날 아침 정말로 니라사키를 만났느냐, 그리고 몇 시에 만났느냐."

침묵이 흘렀다. 렌은 생각에 잠긴 것 같았다.

"어쩐지."

방금 전까지보다 약간 힘이 들어간 목소리였다.

"그런 일이 있었던 것도 같아. 하지만 잘 기억이 안 나."

"그것도 내일까지 생각해내 주면 고맙겠다. 중요한 일이거든."

"설마 그 쓰카하라라는 여자가 세이치를?"

"아니, 그건 아니야. 아무튼 내일 다시 연락할게."

"그래…… 아차차."

"응?"

"그 비디오 봤어?"

"아니."

아소는 부정했다.

"아직. 뭣 하면 도로 가져가. 볼 생각 없으니까."

"어째서?"

"난 널 배신하지 않아. 그러니까 그런 비디오는 존재하지 않는 거 나 마찬가지야. 그렇지?"

렌은 대답하지 않았다. 전화가 끊어졌다.

"계장님."

아소가 수화기를 내려놓기를 기다리고 있었는지 뒤에서 바로 야 마시타 목소리가 들렸다.

"오. 어땠어? 기타무라의 딸에게 유골을 봉안한다고 연락한 사람 은 찾았어?"

야마시타는 자신 있다는 듯한 표정으로 고개를 끄덕였다.

"시즈카가 먼저 공을 세웠는데 제가 넋 놓고 앉아 있을 수는 없죠."

"잘했어."

아소는 자리에서 일어섰다.

"지금 만날 수 있나?"

야마시타는 고개를 끄덕였다.

"예전에 이나무라 예능에서 경리로 일했던 여자입니다. 주방장이랑 결혼해서 지금은 가구라자카에서 작은 일식요릿집을 하고 있어요. 자정이 지나서 문을 닫고 나면 이야기해주겠답니다."

택시를 타고 가구라자카의 가게 앞에 도착하자 마침 포렴을 걷는 참이었다. 포렴을 안고 있던 여자는 야마시타의 얼굴을 보고 고개를 살짝 끄덕였다. 아소와 야마시타는 여자를 따라 가게로 들어갔다.

"맥주 한 잔 드릴까요?"

"아니요, 업무 중이니까 신경 안 쓰셔도 됩니다."

야마시타는 여자에게 고개를 끄덕여 보이고 수첩을 펼쳤다.

"전화로 실례를 드렸습니다. 제가 야마시타입니다. 그리고 이쪽은 제 상사입니다."

"아소라고 합니다."

아소도 수첩을 꺼내 사진이 붙은 페이지를 펼쳐서 보여주었다.

"점잖으신 분들이로군요. 우메사키 미나코라고 합니다."

미나코는 카운터에 앉은 두 사람 앞에 찻잔을 하나씩 놓았다.

"차 정도는 괜찮으시죠?"

"감사합니다. 그럼 우메사키 씨. 거두절미하고 본론으로 들어가겠습니다."

야마시타는 몸을 앞으로 내밀고 말했다.

"우메사키 씨가 이나무라 예능 사장이었던 기타무라 씨의 따님, 간다 요코 씨에게 기타무라 씨의 유골을 봉안하는 날짜를 가르쳐주신 것 맞죠?"

"전화로 말씀드린 대로예요. 쓰게 씨한테 기타무라 사장님의 유골을 봉안한다는 연락을 받았죠. 그때 쓰게 씨가 이나무라 예능 사람 중에 연락처를 아는 사람이 있거든 알려주라고 했어요. 이나무라 예능이 해체된 후 소속 연예인은 전부 가케카와 에이전시의 자회사인 스카이 엔터테인먼트로 이적했고, 사원들도 뿔뿔이 흩어졌거든요."

"예전 사원들 중에 친분을 유지하는 사람이 있으셨습니까?"

"친분이라고 할 정도는 아니고요. 마지막 월급을 지급한 후에 원천징수영수증을 보냈는데, 그때 사용한 직원명부를 보관하고 있었거든요. 깊은 의미가 있었던 건 아니에요. 스카이 엔터테인먼트는 이나무라 예능 직원을 한 명도 채용하지 않았어요. 직원명부도 당연히 인수하지 않을 테니 그냥 쓰레기로 버려질 처지였는데, 고작 스무 명 정도였지만 이름과 주소가 실려 있어서요."

"하지만 그 명부에 간다 요코 씨도 실려 있지는 않았을 텐데요."

"예, 요코 짱 이름은 없었어요. 요코 짱이 마침 저한테 전화를 걸었죠. 쓰게 씨가 봉안 날짜를 알려준 지 얼마 지나지 않아서."

"간다 씨와는 가끔 연락을 주고받으셨습니까?"

"아니요."

미나코는 차를 홀짝이며 고개를 저었다.

"사장님이 요코 짱을 이나무라 예능에서 데뷔시키려고 한 적이 있었어요. 중학교 2학년 때였나, 3학년 때였나 그랬죠. 이나무라 예능은 주로 밤무대에 밴드나 댄서를 알선하는 일을 했어요. 큰물에서 논 적은 없었는데, 마침 에로비디오에 나온 여배우가 인기를 얻어서 쏠쏠한 재미를 봤죠. 그래서 큰물에서 놀아보려고 한 거예요. 결과적으로 그게 화근이 되어 가케카와 에이전시가 눈독을 들인 거지만요……."

아무튼 요코 짱은 예쁘게 생겼어요. 그래서 사장님은 요코 짱은 반드시 뜬다며 의욕이 넘쳤죠. 하지만 요코 짱은 사장님이 못 미더웠나 봐요. 뭐, 무리도 아니지만요. 요코 짱과 요코 짱 어머니한테 고약하게 굴었다더라고요. 결국은 조폭인데 그 성질이 어디 가겠어요? 내부 사람이 이런 말을 하면 믿으실지 모르겠지만, 그래도 이나무라 예능은 일 하나만큼은 구린 구석 없이 깨끗하게 잘 했어요. 댄서도 취업비자를 받아서 들어오는 사람밖에 안 썼다니까요."

"무슨 이유가 있어서 그랬던 걸까요?"

미나코는 잠깐 입을 다물었다가 다시 말했다.

"결국 요코 짱을 위해서였겠죠. 지금 생각해보니 그런 것 같아요…… 조폭 말고 남에게 당당하게 밝힐 수 있는 본업이 있으면 언젠가 요코 짱이 결혼할 때도 남부끄럽지 않을 테니까. 이나무라 예능은 내 본업이니까 건실하게 운영하겠다는 게 사장님 말버릇이었거든요. 경리 업무에도 얼마나 까다롭게 굴었는지 몰라요. 뭐, 탈세 적발이 유효한 폭력단 대책 중 하나라고 하니까 이나무라 예능의 경리 업무 때문에 조직이 무슨 흠이라도 잡힐까 봐 겁나서 그런 것도 있겠지만요."

"하지만 요코 씨는 연예계에 들어가기를 거부했군요."

"그다지 흥미가 없는 것 같았어요. 하지만 당시 사무소에 몇 번 오기는 했어요. 그러다 보니 저하고도 자연스레 이야기를 나누게 됐죠. 20대 사원이 저뿐이라 이야기가 통할 만한 사람은 저밖에 없었거든요. 결국 요코 짱 어머니가 맹렬히 반대해서 요코 짱은 평범하게 고등학교에 진학했어요. 그 후에 간호학교에 들어가서 간호사가 됐고요. 간호사가 된 후에도 가끔 저희 집에 엽서가 왔어요. 사장님이 돌아가시고 회사가 해체된 후로 한동안 요코 짱도 소식이 끊겼는데, 어느 날 갑자기 요코하마에 산다면서 엽서를 보낸 거예요."

"요코하마요?"

"예. 히카와마루(1930년에 건조된 여객선으로 1960년대까지 북태평양 항로에서 운항하다 퇴역하여 요코하마 야마시타 공원 앞에 계류되어 있다—옮긴이 주) 사진이 들어간 엽서였으니까 틀림없어요. 저도 요코하마에 친구랑 놀러간 적이 있어서 반가운 마음에 간단하게 답장을 적어 보냈죠. 요코 짱 전화는 그 후에 왔어요. 마침 쓰게 씨에게 사장님의 유골을 봉안한다는 연락을 받은 터라 요코 짱에게도 알려줬죠. 원래는 친딸인 요코 짱이 유골을 모셔갔어야 했으니까요. 요코 짱은 조폭이 많이 오는 거 아니냐며 걱정했어요. 그래서 쓰게 씨에게 전화해서 확인해봤더니 조직에 관련된 사람은 아무도 안 온다기에 요코 짱에게 연락해서 그렇게 말해줬어요. 그랬더니 요코 짱이 봉안할 때 참석하고 싶다고 하더라고요."

"잠깐만요."

야마시타는 메모하던 손을 멈췄다.

"즉, 우메사키 씨는 당시 간다 씨의 전화번호를 알고 계셨던 거로군요?"

"엽서에 적혀 있었으니까요. 주소도요."

"그 엽서, 저희가 한 번 볼 수 있을까요?"

"집에 있으니까 내일이면 준비할 수 있을 거예요. 정리해뒀거든요."

"봉안 후에도 간다 씨와 만나신 적이 있습니까?"

"아니요."

미나코는 어깨를 움츠렸다.

"더 이상은 연락도 없더라고요. 제가 보낸 연하장은 수취인 불명으로 되돌아왔으니 틀림없이 이사 갔을 거예요. 봉안할 때는 여유가 생기면 무덤을 만들 테니까 사장님 유골을 나누어 모시자고까지 했는데 말이에요. 어머니 유골은 외가댁 묏자리에 모셨다고 하더라고요. 뭐, 정식으로 이혼했으니 아버지 유골이라고 해서 반드시 모셔야 할 의무는 없겠지만."

* * *

"바로 찾아낼 수 있다는 생각은 버리는 편이 낫겠군."

아소의 말에 야마시타는 고개를 끄덕였다.

"그러게요. 주소를 감출 생각이 없었다면 우편물을 전송받을 수 있는 절차 정도는 밟고서 이사를 갔을 테니까요. 다만 달아나듯이 이치케 산부인과를 그만두고 이사한 간다 요코가 우메사키 미나코에게 요코하마의 주소를 제대로 알려줬다는 점이 재미있습니다. 어떻게 된 걸까요?"

"모르겠어…… 하지만 병원을 그만뒀을 때는 분명 상당히 절박한 사정이 있었겠지. 요코하마에 정착한 후에는 적어도 병원과 연관이 없는 사람에게는 주소를 알려줘도 되겠다 싶을 만큼 여유가 생긴 거고."

"그런데 또 여유가 없어져서 달아났다…… 그런 걸까요?"

아소는 말없이 긍정하는 태도를 보였다.

"……쫓기고 있었던 걸까요?"

"야마시타, 배 안 고파?"

"……조금."

"먹고 갈까."

아소는 눈에 들어온 라면집 간판을 엄지손가락으로 가리켰다.

"계장님과 라면을 먹기는 처음이네요."

야마시타는 돌이라도 씹어 먹을 나이라서 그런지 차슈 라면을 곱빼기로 주문했다.

"왠지 기쁜데요."

"기뻐?"

"……아소 수사반에 배속됐을 때 돌다리의 류라는 사람이 어쩐지 무서웠거든요."

"내가 왜 무서워? 돌다리의 류는 날 깔보고 붙인 별명이라고."

"무슨 말씀이세요. 저, 안도 수사반에 있었잖아요. 안도 씨가 수사1과에서 유일하게 겁낸 사람이 계장님이었다고요."

"설마."

아소는 후추를 뿌릴지 칼칼한 된장을 넣을지 망설이다가 둘 다 넣었다.

"안도 씨는 수사과에서 제일 뛰어나서 논 커리어의 별이라고 불리는 사람이야. 이제 경정 승진이 눈앞이지 아마. 나 같은 사람은 비교도 안 돼."

"분명 안도 씨는 계장님 수사 방식에 비판적이었죠. 하지만 바로 그렇기 때문에 기적처럼 실적을 올리는 계장님 수사 방식이 두려웠을 겁니다. 계장님은…… 뭐랄까…… 일본 형사 같지 않아요. 확실해질 때까지 체포를 최대한 미루고, 형사의 감만 믿고 움직이지도 않죠."

"그래서 다들 깔보면서 돌다리의 류라고 부르는 거잖아. 실제로 내가 꾸물거리는 바람에 체포만 늦어진 사건도 제법 많아."

"하지만 그 반대의 경우는 더 많죠. 계장님이 체포하기를 망설이는 사람은 상당히 높은 확률로 진범이 아니에요."

"뭐, 아무려면 어때."

아소는 콧등에 맺힌 땀을 손가락으로 닦았다.

"방법은 형사마다 달라도 상관없어. 문제는 틀리지 않는 거야."

그리고 나는 틀렸다고 아소는 마음속으로 자조했다.

완벽하게 틀렸다. 돌다리의 류라면 돌다리의 류답게 그때도 좀 더 천천히 수사를 진행했다면 다른 결론에 도달할 가능성이 있었을지도 모르는데.

그래도 아직 인정하고 싶지 않다는 심정도 남아 있다.

오인체포. 형사의 최대 오점. 그 얼룩만은 묻히지 않고 끝내고 싶었다…… 형사 인생이 앞으로 몇 년 더 남았든 간에.

배를 채우고 나오자 오전 1시가 지났다. 야마시타는 신주쿠 서 무도장으로 돌아갔고, 아소는 택시를 잡았다. 손을 들었을 때까지만 해도 마키에게 갈 생각이었는데, 운전기사에게 행선지를 알릴 때 미나미아오야마라는 말이 튀어나와서 놀랐다.

맨션 입구 바로 앞에 서 있는 차를 본 기억이 났다. 신주쿠 서 차다. 오이카와의 부하라도 타고 있는 걸까. 아소는 괜스레 얼굴을 감추고 맨션으로 들어갔다. 집 호수로 호출했지만 대답이 없었다. 세 번 호출한 후에야 목소리가 들렸다.

"누구세요?"

"……혼자 있나 보네. 자고 있었어? 깨워서 미안해."

소리가 잠시 끊겼다. 그러고 나서 다시 목소리가 들렸다.

"무슨 일이야? 아까 전 이야기 때문에 왔다면 아직 기억 안 나."

"아니, 좀 걱정돼서 왔어. 열이 나는 것 같기에."

"그뿐이야?"

"응. 자고 있었으면 됐어. 나중에 전화할게."

"올라와."

짤막한 말소리 후에 철컥, 하는 소리가 들렸다. 투명한 유리문 자물쇠가 풀리는 소리였다.

"정말로 아무도 없군."

아소는 거실에 다다를 때까지 누구와도 마주치지 않아서 놀랐다.

"넌 경호원 없어?"

"난 조폭 아니거든요."

렌은 또 취했다. 테이블 위에 버번위스키가 놓여 있었다.

"열이 나는데 왜 술을 마시고 그러냐."

"저기."

렌은 아소의 말을 무시하고 술잔에 위스키를 따랐다.

"세이치를 죽인 범인, 밝혀낼 수 있을 것 같아?"

"어느 방향인지는 보이는 정도랄까."

아소는 렌의 술잔을 빼앗아서 술을 마시고 되돌려주었다. 렌도 그냥 그 술잔으로 마셨다. 서로 간에 귀찮았으므로 술잔은 하나로 족했다.

"아직 손댈 일이 산더미처럼 많아. 확인해야 할 사항도, 정리해야 할 문제도 넘쳐나지. 네가 입을 열어줘야 할 일도 있어. 뭐, 그건 나중에 출두했을 때의 즐거움으로 남겨두자."

"간자키의 우에다 씨 때문이겠지 뭐."

렌이 술을 쭉 들이켰다. 아소는 렌의 입가를 보았다.

"역시 그날 밤 니라사키와 가스가 다이조가 호텔에서 밀회한 상대
는 우에다였나. 너, 미리 알고 있었지?"

"총장이랑 만날 자리를 마련했다는 말만 들었어."

"왜 넌 동석하지 않았어?"

"흥미 없어서. 난 정치적인 문제에는 관여하지 않는 주의였거든.
뭐가 어찌 되든 세이치가 돈을 만들라고 하면 만들어내는 게 내 역할
이었어."

"너랑 니라사키, 가스가 다이조, 우에다 말고 그날 밤 밀회를 갖는
다는 걸 알고 있었던 사람이 또 있어?"

"글쎄."

렌은 손바닥 위에서 굴리듯이 술잔을 만지작거렸다.

"뭐, 나불나불 지껄일 만한 일은 아니니까 그 정도가 다겠지. 만약
사전에 새어나갔다면 우에다 씨 목숨이 위험했을걸. 그리고 가스가에
도 과격파는 있어. 특히 무토 씨네는 간자키를 증오하는 마음으로 일
치단결했으니까 분명 세이치를 배신자로 여기는 놈이 나왔을 거야."

"원래는 니라사키 아버지도 간자키에게 살해당했다면서."

"대판 싸우다 죽었으니 살해당했다기보다 자폭한 거지. 쇼와 초기
부터 적의를 품고 대립해왔는데 해묵은 원한이 그렇게 쉽게 풀릴 리
가 있나. 무토 씨 얼굴의 칼자국도 간자키의 잔챙이가 낸 거래."

"니라사키는 아버지의 원수와 손을 잡으려고 한 건가."

"시대가 변했으니까. 간자키도 가스가도 너무 커졌어. 의리만으로

조직을 유지할 수 있는 시대는 한참 전에 끝났고, 승룡회 같은 전형적인 폭력단이 외국 세력과 손을 잡고 신주쿠를 난장판으로 만들고 있잖아. 가스가도 선대 총장 때까지는 약을 취급하지 않았다나 봐. 그래서는 더 이상 못 해먹을 것 같으니까 결국 손을 댔지만, 총장은 싫어했지. 세이치도 가능하면 약 장사는 그만하고 싶다고 늘 그랬어. 약이 얽히면 이성과 논리로 대처할 수 없는 일이 일어나서 싫대."

"간자키의 주된 수입원은 약이잖아."

"간자키는 롯폰기가 세력권이니까 그럴 만도 하지. 그래도 우에다 씨는 머리가 좀 유연한 모양이라 약 장사에만 의존할 생각은 없는 듯하지만. 가스가는 신주쿠가 중심이잖아. 이미 약 장사를 하는 곳도 많고, 거기에다 외국 세력까지 한몫 끼는 통에 별 재미를 못 봐. 뭐, 그래도 현실적으로 따지자면 전혀 다루지 않을 수는 없겠지. 무토 씨네처럼 전통적으로 여자를 끼고 장사하는 곳에서는 약을 도구로 쓰기도 하니까 말이야."

"더는 못 들어주겠군."

아소는 잔에 남은 술을 비우고 다시 따랐다.

"야, 그 바닥에서 빨리 빠져나와. 이제 니라사키가 없으니 경제적 문제만 담당하겠다는 말은 더 이상 통하지 않을 거야. 아니면 진짜 조폭이 되고 싶은 거야? 여자를 팔아먹고 약을 유통시키는 짓을 해보고 싶어?"

"별로."

"그럼 기회는 지금밖에 없어. 더 이상 깊이 들어가면 정말로 빼도 박도 못한다고."

"손을 씻어도 별 수 없다는 점은 똑같아."

렌은 웃었다.

"당신 진심으로 앞으로 내 인생에 볕이 들 거라고 생각해?"

"물론이지. 아직 절망할 만한 나이는 아니잖아."

"당신 아직 모르는구나."

렌은 술잔에 반쯤 남은 위스키를 단숨에 꿀꺽꿀꺽 마셨다. 그리고 일어서서 넓은 거실 벽 앞에 자리한 오디오 장비로 다가갔다.

"더 쾰른 콘서트로군."

아소는 다시 술을 따랐다.

"금방 알겠어."

렌은 러그 위에 철퍽 주저앉았다.

"키스 재릿의 빼어난 점은 이 앨범의 첫 소절에 응축되어 있지."

아소도 일어섰다. 렌이 앉은 곳이 음악을 듣기에 가장 좋은 위치임을 깨달았다.

나란히 앉자 피아노 음색 하나하나가 아주 선명하게 귀에 와 닿았다. 오디오를 완벽하게 계산된 위치에 배치한 듯했다.

"당신은 몰라. 이미 늦었어."

렌은 중얼거렸다.

"낮에 부총장이 그러더라. 총장님이 살아 있는 동안에 맹세의 잔을 받으라고."

"거절해."

키스 재릿의 신음소리가 피아노 선율에 섞여 들려왔다.

"거절하면 죽일걸. 스와 씨는 날 안 믿으니까."

"내가 지켜줄게."

"지키지도 못할 약속을 하는 건 잔혹한 짓이야."

렌은 웃었다.

"당신에게 속는 건 한 번으로 족해."

아소는 숨을 깊이 들이마셨다가 내뱉었다.

"속일 생각은 아니었어."

"알아."

렌은 다시 웃었다. 아주 건조한 웃음이었다.

"당신은 그저 빨리 끝내고 싶었을 뿐이야. 한시라도 빨리 내 얼굴을 눈에 띄지 않는 곳으로 치워버리고 싶었겠지. 그런데 왜 그랬는지 알아?"

"……뭐라고?"

갑자기 렌이 손을 뻗어 아소의 머리를 잡았다. 그리고 긴 손가락으로 두피를 꽉 누른 채 힘껏 잡아당겼다. 아소는 끌려가다가 렌 쪽으로 쓰러졌다. 러그는 마 소재로 만들어진 모양이다. 셔츠를 통해 따가운 느낌이 희미하게 전해졌다.

렌은 아소의 허리 언저리에 올라앉았다.

"무거워. 내려와."

"이 자세가 좋아. 당신 얼굴이 잘 보이잖아? 당신 키가 더 크니까 평소에는 얼굴이 잘 안 보여."

"내 얼굴을 보는 게 뭐가 그리 재미있어서?"

"이제 그만하자."

렌은 배를 맞대듯이 상반신을 앞으로 구부렸다. 복근이 단단했다. 군살이 전혀 없었지만, 그렇다고 뼈가 느껴지는 것도 아니었다. 단련하고 또 단련하고 딱하리만큼 지독하게 단련한 배였다.

"답답해서 짜증나."

이번에는 가슴이 맞닿았다. 아소는 괴로울 만큼 심장 고동이 빨라졌다.

"처음부터 당신은 알고 있었어. 당신은 내가 좋았어. 그래서 내 얼굴을 시야에서 치워버리고 싶었지. 당신은 무서웠어…… 내가 무서웠던 거라고."

숨결에서 술 냄새가 풍겼다. 뜻밖일 만큼 부드러운 입술과는 대조적으로 턱에 난 수염은 뾰족하고 딱딱했다.

"제멋대로 해석하는군."

"하지만 정말인걸."

"네 입장은 쏙 빼놓기냐?"

"뭐 어때서."

여자가 이런다 해도 그저 어리게만 느껴질 것이라고 아소는 생각했다. 렌은 어린아이가 부모에게 그러듯이 뺨을 아소의 턱에 비볐다.

"당신은 자기가 뭐든지 다 안다고 생각하지만, 당신이 아는 건 전체의 요만큼에 지나지 않아."

"무슨 뜻인지 모르겠군."

"몰라도 돼. 조만간 실컷 알게 될 테니까. 그리고 그때가 오면 당신은 날 죽이고 싶을 거야. 그로써 비기는 셈이지. 피장파장이 되는 거야."

"너도 날 죽이고 싶었어?"

"응."

"역시 니라사키에게 날 죽여달라고 부탁한 거야?"

렌은 아소의 목에 머리를 대고 부정하듯이 고개를 저었다.

"세이치는 다른 이유로 당신을 죽이고 싶어 했어."

"다른 이유라니 그게 뭔데? 네 과거를 청산하기 위해서?"

"아니야."

렌은 웃으면서 입술을 아소의 턱 밑에 꼭 갖다 댔다. 몹시 간지러웠다.

"질투가 나서지."

"니라사키가 왜 날 질투해?"

"내가 당신을 못 잊어서. 세이치는 독심술을 할 줄 아나 싶을 만큼 남의 마음을 민감하게 알아차렸어. 세이치에게는 거짓말이 절대 통하지 않았지. 난 세이치를 사랑했어. 하지만 세이치는 내 마음속에 다른 사람도 있다는 걸 처음부터 알고 있었지. 난 계속 당신을 생각했어. 잊을 수가 없었거든."

"하지만 그건 질투를 유발할 만한 집착하고는 다른 감정이잖아. 넌 날 미워했어. 그래서 잊지 못한 거야."

"세이치한테는 똑같았어. 설령 증오를 품고 있다고 해도 내 마음이 늘 당신과 이어져 있다는 게 세이치는 못마땅했던 거야. 그리고 세이치는 알고 있었어."

렌의 입술이 다시 아소의 입술 위를 서성거렸다.

"때때로 증오와 사랑은 동전의 양면과도 같다는 것을."

"네 증오는 그렇게 쉽사리 뒤집어질 만한 게 아닐 텐데."

렌은 대답하지 않았다. 대신에 아소의 말이 끝나기가 무섭게 입술과 이 사이로 혀를 밀어 넣었다.

술 냄새와 남자의 체취가 합쳐져 두툼한 깃털 이불로 코를 누르는 것처럼 느껴졌다. 가슴이 답답한 가운데도 아소는 그 냄새를 맡았다.

달콤한 향기. 달콤하고 열기를 띤 것처럼 들러붙는 백단향 냄새.

역시 체취다. 그때도 이 냄새를 맡고 놀랐다. 그때…… 이 남자의 귓가에 대고 아무 걱정 말라고 속삭였던 그때도.

혀를 움직일 생각은 없었지만, 깊숙이 밀고 들어와서 엉키는 혀에 숨이 막혀 괴로운 나머지 움직인 혀끝이 렌의 혀끝에 닿은 후로는, 부드러운 감촉에서 전해지는 쾌감과 눈앞이 빙빙 돌 듯 아찔한 흥분에 속절없이 빠져들었다. 아소는 이러한 반응을 보이는 자신이 곤혹스러울 따름이었다.

렌의 말은 일부 옳았다. 그때 분명 아소는 이 남자가 '무서웠다'. 무슨 강력한 마법처럼 그 덥고 좁은 공간을 지배한 이 남자의 달콤한 향기가. 가녀린 울음소리와, 긴 속눈썹 아래에서 윤기가 흐르는 흑단처럼 빛나던 눈동자의 힘이.

렌은 마치 입으로 들어가서 아소와 한 몸이 되고 싶은 것이 아닐까 싶을 만큼 정신없이 혀를 탐했다. 형체 없는 뭔가에 몹시 굶주렸는지 혀끝이 불붙은 것처럼 뜨거웠다.

아소는 렌의 등을 손바닥으로 살짝 쓰다듬었다. 신경질적인 흥분을 가라앉히고자 양팔로 몸을 끌어안고 등을 탁탁 두드렸다. 마치 어린아이를 달래듯이.

렌은 그제야 입술을 떼고 아소의 품에 얼굴을 묻더니 어깨를 들썩이며 숨을 쉬었다.

"이쯤 해두자."

아소는 부드럽고 가느다란 렌의 머리칼을 손가락으로 쓸어주며 속삭였다.

"전에도 말했지. 난 니라사키를 대신할 수 없어."

"세이치 대신은 필요 없어."

렌은 떼를 쓰듯이 이마로 아소의 가슴을 꾹꾹 밀었다.

"아무도 세이치를 대신하진 못해. 난 당신을 원한다고. 당신이 좋아. 당신과 자고 싶어."

"그건 안 돼."

아소는 품에 얼굴을 묻은 렌의 머리를 안고 천천히 상체를 일으켰다.

"무리야."

"왜?"

"넌 여자가 아니잖아. 상대가 여자라면 어쩌다 그만 그런 일이 벌어질 수도 있고, 나중에 스스로에게 핑계를 댈 수도 있겠지. 넌 나와 오이카와가 어떤 관계였는지 알고서 조금 오해한 거야. 난 분명 오이카와랑 우정이라는 허울 좋은 말로는 넘어갈 수 없는 사이였어. 하지만 그렇게 된 데는 이유가 있었지. 난 착각에 빠졌고, 오이카와가 그 착각을 이용한 거야. 난 오이카와의 검도에 심취했어. 오이카와의 검도에 힘이 되기 위해서라면 무슨 일이든 할 수 있었고, 난 어찌 되든 상관없다고 여겼지. 그만큼 녀석의 검도는 멋지고, 완벽하고, 아름다웠어. 난 대학에 입학하자마자 오이카와의 시중꾼이 됐어. 그로부터 2년간 오이카와가 졸업할 때까지 온갖 잡일을 다 해줬지. 전부 다 오로지 검도만을 위해서였어. 그러다 보니 녀석의 검도에 반한 건지 녀석에게 반한 건지 헷갈리기 시작하더군. 녀석은 내가 착각한다는 걸 알면서 그 착각을 이용했어."

"역시 잤구나."

"그러니까."

아소는 렌의 머리를 가볍게 흔들었다.

"처음 한동안만. 운동부에서는 가끔 있는 일이야. 그러니까 그냥 넘어가기로 했어. 나 말고도 선배와 잔 사람은 얼마든지 있었거든. 오이카와의 검도에서 잡념이 사라진다면 그걸로 됐다고 만족했을 정도야. 분노는 느껴지지 않았고, 부자연스러운 일이라는 생각도 안 들었어. 하지만 마음으로는 받아들여도 생리적으로는 도저히 못 견디겠더라고. 그래서 행위가 끝난 후에 화장실에서 토했지. 그러다 오이카와한테 들켰고. 그 후로 녀석은 더 이상 그런 짓을 하자고 요구하지 않았어. 그렇지만 결국 우리는 오이카와가 학교를 졸업하고 나서도 계속 만났어. 난 오이카와의 검도를 보고 싶었을 뿐인지도 몰라. 하지만 그 무렵은 내가 원하는 게 뭔지 몹시 애매모호한 상태라 뭘 원하는지 굳이 정할 필요는 없다, 정하는 데는 아무 의미도 없다고 스스로를 타일렀지. 결국 오이카와의 검도는 오이카와 본인과 떼려야 뗄 수 없는 관계니까 오이카와 자체를 사랑해도 상관없지 않겠냐는 결론을 내렸어. 오이카와는 행위까지는 요구하지 않았지만, 그래도 난 녀석의 여자로서 역할을 다했어. 그걸 연애 관계라고 한다면 부정할 생각은 없었지. 하지만 착각은 역시 착각에 지나지 않더라고. 난 완전한 여자는 될 수 없었어. 난 어디까지나 나였으니까 오이카와 말고 다른 남자를 상대로는 분명 그런 착각에 빠지지 않았을 거야. 레이코를 만났을 때 마침내 착각은 끝나고 진정한 나 자신이 보였어."

"그게 잘못이었던 거 아니야?"

렌의 목소리에 차분함이 돌아왔다. 렌은 체중을 실 듯이 아소의 어깨에 턱을 맡긴 채 말했다.

"분명 착각이 끝났다고 생각한 게 착각이었을 거야."

"무슨 뜻이야?"

"당신은…… 방향을 잘못 잡았어."

"……방향?"

"당신 머릿속 세상에는 동성애자와 이성애자밖에 없어. 그래서 오이카와 씨의 여자가 될 수 없었으니 자신은 이성애자라고 믿은 거지. 하지만 실은 아닐 거야."

렌이 아소의 어깨에서 얼굴을 들었다.

"당신은 전형적인 양성애자야. 그리고 당신의 성적 방향성은 언제나 남자를 기점으로 해서 여자를 향하지. 즉 당신은 남자 입장에 있을 때 남자에게도 욕정을 느낄 수 있어. 그 남자가 여자 신호를 발하고 있다면 말이야."

"너무 복잡해서 무슨 소린지 모르겠어."

아소의 말에 렌은 살짝 웃었다.

"양성애자는 동성애자와 이성애자의 중간지점이 아니야. 전혀 다른 제3의 존재지. 동성애자와 이성애자는 뒤집으면 서로 똑같아. 하지만 양성애자는 달라. 양성애자는 상대가 동성인지 이성인지에는 전혀 구애받지 않아. 상대가 자신이 욕정을 느끼는 신호를 발하느냐, 오직 그것만으로 판단하거든. 당신은 오이카와 씨의 검도에만 반한 게 아니야. 오이카와 씨에게도 반했어. 오이카와 씨가 발하는 **여자** 신호를 포착한 거지. 그런데 오이카와 씨는 당신을 소유하고 싶은 마음에 즉시 당신을 여자로 다루었어. 당신은 오이카와 씨 내면의 **남자**에는 흥미가 없었는데 말이야. 그런데 남자를 받아들이도록 강요당했으니

거부반응을 일으킬 수밖에. 양성애자는 제일 까다로운 존재라서 자기 스스로도 오해하기 쉬워. 내 생각에 양성애자에는 세 종류가 있어. 남자 신호에도 여자 신호에도 반응하는 사람, 남자 신호에만 반응하는 사람, 여자 신호에만 반응하는 사람. 그런데 뒤쪽 두 종류는 자신의 성별 및 반응하는 신호에 따라 스스로를 이성애자로 생각하거나 동성애자로 생각하기도 해. 그리고 어느 순간 지금까지와는 다른 성별에게 성욕을 느끼고 당황하지. 그리하여 지금까지는 착각이었고 이번 사랑이 진짜라고 억지로 자신에게 주입시키며 과거의 사랑을 부정해. 하지만 성적 취향이 그렇게 간단히 변할 리 없거니와, 하물며 병도 아니니까 느닷없이 낫거나 하지도 않지. 그 때문에 당신을 포함한 양성애자들은 늘 혼란스러워하며 소동을 일으켜."

"잘도 아는구나. 니라사키가 그랬으니까?"

렌은 빙긋 웃으며 고개를 끄덕였다.

"세이치는 여자 신호에 반응하는 유형이었어. 그래서 덩치가 크고 우락부락한 곰 같은 남자하고는 안 자. 세이치가 좋아한 건 아직 풋내가 가시지 않은 어린애였지. 그리고 세이치는 여자하고도 잤어. 그냥 자기만 한 게 아니라 사랑했어."

"그것도 여럿을 동시에? 내가 보기에 니라사키는 자기 자신만 사랑한 것 같은데."

"그렇게 쉽게 단정할 수는 없지."

렌은 웃음을 띤 채 다시 아소의 어깨에 턱을 얹었다.

"당신은 만사를 단순히 오른쪽이나 왼쪽으로 분류하려고 들지만 인간이란 좀 더 복잡한 존재야, 그렇지? 세이치는 분명 에고이스트에 나르시스트였어. 하지만 그렇다고 해서 세이치가 사쓰키 누나나 나미, 또는 나를 눈곱만큼도 사랑하지 않은 건 아니야. 그런 점에서는 세이치가 당신보다 다정하지. 당신은 오이카와 씨를 사랑하지 않았다고 완전히 부정하고서 아내를 얻었고, 아내가 당신을 배신하자 이번에는 아내가 당신을 사랑하지 않았다고 전면 부정했어. 이렇듯 당신은 늘 과거의 흔적을 깡그리 지우면서 인생을 살아가. 그래서 당신은…… 늘 외톨이인 거야."

"너한테."

아소는 렌의 부드러운 머리칼을 뺨으로 느꼈다.

"인생을 배울 줄은 몰랐다."

"당신은 행복해질 수 없어."

렌은 긴 팔을 아소의 등에 둘렀다.

"이대로는 절대로."

"넌 행복해질 수 있어. 그딴 바닥에서 손을 씻고 니라사키보다 더 사랑할 수 있는 상대를 찾으면."

"불가능해."

"왜 포기하는 거지?"

"그러니까…… 당신이 알고 있는 건 전체의 한 줌에 불과해. 전부 다 알고 나면 당신도 이해가 갈 거야."

"수수께끼 놀이는 별로 안 좋아하는데."

"마음에 둘 것 없어. 조만간 당신도 알 거야. 그것보다, 안 할래?"

"아직도 그 소리야? 무리라고 했잖아. 그리고 나 이제 가봐야 할 데가 있어."

"여자 집?"

"응."

말을 마치자마자 어깻부들기에 격통이 느껴졌다.

"그만해."

아소가 렌의 머리칼을 잡고 끌어당겼지만 렌은 어깻부들기를 물고 늘어졌다.

"아프다니까…… 야, 그만하라고."

몇 번인가 머리를 흔들고 나서야 렌은 입을 뗐다. 손끝으로 만져보자 목에서 어깨로 이어지는 부분에서 미지근한 액체가 묻어났다. 렌은 입술에 빨간 피를 묻힌 채 웃었다.

"무슨 미친개도 아니고."

아소는 바지 호주머니에서 손수건을 꺼내서 상처를 눌렀다.

"야, 이 멍청아. 너무 세게 깨물었잖아."

"여자한테 가기 전에 들르니까 그렇지. 나 검사겸사 취급당하는 거 싫어하거든. 딴 사람 만나러 가는 김에 잠깐 들렀어, 이런 거."

"통화할 때 열이 있는 것 같기에 걱정돼서 온 거잖아. 원래 너희 집에 오려던 거 아니었어."

"하지만 수확은 있었잖아."

아소는 웃었다.

"이러쿵저러쿵 떠들지만 결국 너도 날 안 믿는구나. 우에다에 관한 정보가 필요하다면 널 서로 불러내서 달달 볶으면 될 일이야. 열이 나는 것 같아서 걱정돼서 왔어. 거짓말 아니라고."

"왜 걱정인데?"

"왜?"

"왜 내가 걱정이냐고."

"왜냐니."

아소는 손수건을 보았다. 선혈은 이렇게 빨갛구나 싶었다.

"그딴 건 나도 몰라."

아소는 일어섰다.

"당장 죽을 것 같지는 않으니 이만 간다."

렌은 일어설 낌새가 없었다. CD가 끝나자 관객의 박수 소리가 집 안에 울려 퍼졌다.

"어쨌든."

아소는 집을 나서기 전에 돌아보았다.

"맹세의 잔은 거절해. 손을 씻고 건실하게 살고 싶다고 스와한테 말하는 거야."

렌은 앉은 자세로 CD 재킷을 보면서 말했다.

"다음번에는 같이 자자."

10

오전 2시 반.

밑에서 올려다보자 마키의 집은 불이 꺼져 있었다.

아소는 몇 분 망설이다가 입속으로 잘 자라고 중얼거리고 택시를 타고 돌아갔다.

*＊＊

택시에서 내려 아파트 우편함이 있는 곳까지 왔을 때 사람이 있는
것을 알아차렸다.

"넌…… 분명."

아소는 그 남자의 얼굴을 기억해내려고 애썼지만 기억이 나지 않
았다.

"어디서 만난 적 있던가?"

"처음 뵙는 걸 겁니다."

남자는 짧게 깎아서 다듬은 머리에 손을 댔다.

"다무라라고 합니다."

아소는 그제야 생각났다. 무토 파의 다무라, 교도소에서 야마우치
와 같은 방에 있었던 남자다. 사진으로 얼굴을 보았다.

"왜 이런 곳에? 나한테 볼일이라도 있어?"

다무라는 머리를 숙였다.

"아무리 그래도 너무 늦었잖아. 날이 밝은 후에 서에서 보면 안 될
까? 아니면 밖에서 만나도 상관없어. 휴대전화 번호 가르쳐줄 테니까
전화하면…… 아니지."

아소는 고개를 끄덕이는 다무라에게 말했다.

"미안해, 그러고 보니 지금까지 여기서 기다렸겠군. 이야기를 듣도
록 하지. 요 부근에 24시간 영업하는 패밀리 레스토랑이 있어. 거기로
갈까?"

뜻밖에도 패밀리 레스토랑에는 손님이 많았다. 도대체 왜 이런 시

간에 이런 데서 밥을 먹고 있는지 아소는 의아했다. 신주쿠라면 모를까 여기는 오지마인데.

도쿄는 전체가 하나의 기묘한 생물이다. 잠도 자지 않고 그저 묵묵히 돈과 시간과 꿈을 먹어치우는 괴물이다.

"망설였습니다."

자세히 보니 다무라는 눈에 확 튀는 빨간색으로 물들인 짧은 머리가 어울리지 않을 만큼 앳되어 보였다.

"하지만…… 쓰카하라라는 아줌마 집에서 사람이 살해당했다는 신문 기사를 보고…… 역시 누군가한테 말하는 편이 낫지 않을까 싶어서요. 하지만…… 저희한테 신주쿠 서는 저승 입구니까요."

"응."

아소는 커피 두 잔을 주문했다.

"찾아오기에 문턱이 높다는 건 알아."

"게다가 시기가 좋지 않잖습니까. 경찰에 갔었다는 게 조직에 알려지면 배신했다고 오해받을지도 모르니까요."

"난 믿어도 돼."

다무라는 고개를 끄덕였다.

"니라사키 씨 사건을 담당하는 사람 중에 이름을 아는 건 그쪽뿐이라서……."

"그런데 우리 집 주소는 어디서?"

다무라는 쓴웃음 비슷한 표정을 지으며 눈을 내리깔더니, 알랑거리는 투로 말했다.

"녀석이…… 전에 말한 적이 있어요. 형사님이 그 아파트 단지에 산다고. 그래서 그…… 우편함의 이름을 찾아본 거죠."

"녀석이라면 야마우치?"

다무라는 고개를 끄덕였다.

"야마우치가 너한테 내 이야기까지 해? 도대체 녀석이랑 무슨 관계야?"

"무슨 관계라뇨."

다무라는 난감하다는 듯한 표정으로 입술을 핥았다.

"큰집에서 같은 방에 있었습니다."

"나오고 나서도 친하게 지내지?"

"친하다고 할까…… 저도 녀석이 무슨 생각을 하는지 잘 모르겠습니다. 그저 녀석은 밝히니까요."

"너하고도 놀아난다는 거야?"

아소는 어깨를 움츠렸다.

"니라사키가 죽기 전부터? 꽤나 강심장이로군."

"그게 말입니다."

다무라는 실실 웃었다.

"저도 니라사키 씨가 엄청 겁났거든요. 그래서 위험하니까 절대로 안 된다고 했는데…… 어찌된 일인지, 니라사키 씨가 공인했다고 할까요."

아소는 담배를 물며 다무라의 얼굴을 관찰했다.

"니라사키 씨가 저한테는 그…… 관대했다고 할까요. 늘 렌을 잘 돌봐달라고 했어요. 사실 니라사키 씨와 녀석이 무슨 관계인지도 잘 모르겠습니다. 뭐, 목숨에 관계되지만 않는다면야 녀석이랑 자는 건 특별히 좋지도 싫지도 않다고 할까."

"나 역시 니라사키와 야마우치는 복잡하고 기괴한 관계로 얽혀 있었다고 봐. 그건 그렇고 쓰카하라 도미코랑 넌 무슨 관계인데?"

"쓰카하라라는 아줌마…… 그 아줌마가 죽은 건 아니죠?"

"피해자는 근처 주부야."

"그 아줌마가 범인입니까?"

"통 모르겠어. 수사본부도 요요기에 있으니. 하지만 우리가 파악한 바에 따르면 쓰카하라 도미코가 범인일 가능성은 낮아."

"제 생각에는 말입니다…… 실수한 게 아닐까 싶어요."

"실수?"

"실은 쓰카하라라는 아줌마를 죽이려고 했는데 다른 아줌마를 죽이고 만 거죠."

"……누가?"

다무라는 천천히 입을 열었다.

"니라사키 씨를 죽인 범인…… 기타무라 씨 딸이요."

아소는 시간을 두고 담배를 피웠다. 다무라가 무슨 이유 때문에 수사를 혼란시키고자 거짓 정보를 넘길 가능성이 얼마나 될지 생각하면서.

"기타무라의 딸이라면 간다 요코 말이지? 간호사인."

"이름은 모릅니다. 얼굴이 예쁘다는 것밖에는 몰라요. 한 번밖에 못 봤거든요."

"만난 적 있나?"

다무라는 고개를 끄덕였다.

"저보다 기타무라 씨가 조금 먼저 나갔어요. 형기는 그 사람이 더 길었지만요. 유카와 파는 저희 조직과 견원지간이었으니까 밖에서 볼 줄이야 상상도 못했죠. 그런데 우연히 딱 마주쳤어요."

"신주쿠에서?"

"나카노에서요. 친구네 집에서 밤새 술 마시고 휘청휘청 돌아오다가 선플라자 호텔 부근에서 마주쳤죠. 그쪽이 먼저 말을 걸어서 놀랐어요. 여자를 데리고 있더라고요. 젊고 예쁜 여자라 애인인가 싶었는데 기타무라 씨가 딸이라고 하더군요."

"그 말을 믿었나?"

다무라는 고개를 끄덕였다.

"어쩐지 느낌이 오더라고요. 아버지와 딸은 남자와 여자하고는 그, 거리감이 다르니까요. 얼굴은 서로 안 닮았지만요. 몇 마디 나누고 갈 줄 알았는데 점심을 사겠다고 하더라고요. 어쩐지 거절할 수가 없어서 메밀국수를 같이 먹었습니다. 그게 다입니다만."

교코 말로는 간다 요코가 중학교를 졸업한 이후로 아버지와 만난 적이 없다고 했지만, 역시 기타무라가 출소한 후에 아버지와 딸은 만났다.

"딸과 사이가 어때 보였어?"

"글쎄요…… 딸은 말을 거의 안 해서. 당연히 제가 조폭인 걸 알고 무서웠는지도 모르지만요. 뭐, 저도 바깥에서는 기타무라 씨와 딱히 나눌 만한 이야기가 없었으니…… 밖에 나오면 안에 있을 때랑은 인간관계가 달라지니까요. 유카와 파는 가스가하고는 척을 진 곳이기도 하고요."

"안에 있었을 때 너도 기타무라와 잤어?"

다무라는 한숨을 쉬었다.

"어쩌겠어요. 기타무라 씨는 교도소를 들락날락하는 동안 관록이 붙어서 안에서는 방귀 꽤나 뀐다는 사람이었으니까요. 저나 렌처럼 젊은 놈은 따먹힐 각오를 하는 수밖에요. 특히나 저는 일반인도 아니었으니까. 안에서도 조직과 관계없는 사람은 의외로 안 따먹혀요. 상하관계가 확실해야 그런 짓을 시키기가 편하거든요. 게다가 그 사람은 그 짓을 좋아해서 젊은 놈은 모조리 따먹었다고 큰소리 뻥뻥 치던 사람이었으니까."

"딸 앞에서 괜히 민망했겠네."

"장난 아니었습니다. 메밀국수가 무슨 맛인지도 모를 지경이었다고요."

"이봐."

아소는 담배를 재떨이에 눌러 껐다.

"기타무라의 딸과 면식이 있다는 건 알겠는데, 쓰카하라 도미코는 언제 나와?"

"그게 말입니다."

다무라는 자세를 약간 바로 했다.

"다카야스 선생님이라고 아십니까. 변호사신데요."

"다카야스 하루오미? 가스가의 고문변호사잖아."

"저희 쪽 일도 봐주십니다. 그래서 큰형님이 접대 삼아 선생님과 식사하실 때 운전해드린 적이 몇 번 있어요. 다카야스 선생님이 즐겨 찾는 레스토랑이 이즈 고원에 있는데, 저녁을 먹으러 일부러 거기까지 갔죠."

"호사스럽군."

"솔직히 귀찮았습니다."

다무라는 어깨를 움츠렸다.

"우리 큰형님, 의리 넘치고 듬직한 일본남아치고는 그런 거에 약하셔서요. 하지만 그런 데를 잘 모르시니까 선생님이랑 같이 다니면 재미있으시겠죠. 하여튼 언젠가도 이즈의 그 레스토랑이랄까, 뭣이냐 식사를 할 수 있는 서양식 민박 같은 곳 있잖습니까."

"오베르주(Auberge)?"

"잘 모르지만 그런 곳이요. 거기에 큰형님을 모시고 갔습니다. 저희가 선생님보다 조금 일찍 도착해서 큰형님은 먼저 들어가셨고, 저는 주차장에서 차를 닦고 있었죠. 그때 선생님 벤츠가 들어오기에 인사하려고 기다리고 있는데, 다른 손님을 태운 콜택시도 도착했어요. 교통이 불편한 곳에 위치한 가게라 역에서 콜택시를 불러서 오는 손님이 많거든요. 어쨌거나 그 택시에서 내린 여자 일행과 선생님이 주차장 한복판에서 딱 마주쳤습니다. 그런데 여자 중에 한 명이 선생님에게 달려가서 팔을 붙잡고 소리를 지르며 난리를 치더라고요 그래서 제가 황급히 달려가서 이년이 무슨 짓이냐며 말렸죠."

"위협했나?"

"느닷없이 팔을 붙잡고 바락바락 소리를 질렀으니까요. 여자라도 뚜껑이 열리면 무슨 짓을 할지 모르잖습니까. 선생님이 찔리기라도 하면 큰일이라고요. 그때 선생님이 아무 일도 아니다, 사소한 오해라고 말씀하셨어요. 그리고 소리를 지르는 아줌마한테 이러시더군요. 쓰카하라 씨, 여기는 대화를 나누기에 합당한 장소가 아니니까 나중에 다시 연락드리겠습니다. 그때 제대로 이야기 나누시죠, 라고요."

"그 여자가 쓰카하라 도미코였다?"

다무라는 고개를 끄덕였다.

"여자들이 건물로 들어가자 선생님이 저한테 무토 씨에게는 지금 일을 비밀로 해달라고 하셨어요. 이유를 물어봤더니 방금 전 그 여자는 니라사키 씨에 대해 오해를 하고 있으니까 어쩌면 나중에 가스가파를 상대로 무슨 행동에 나설지도 모른다, 그런 일이 벌어지지 않도록 최대한 노력하겠지만 무토 씨 성격상 그런 이야기를 들으면 자기가 직접 대처하려고 할지도 모르니까 그런다고 하시더군요."

아소는 담배를 한 개비 꺼내서 불을 붙였다.

"무토는 민간인에게도 손을 쓰는 사람인가?"

"아니요. 큰형님은 협객 기질이 있으니까 기본적으로는 민간인에게 폐를 끼치지 않는 주의입니다. 하지만 그것도 민간인이 얌전하게 있는 동안만 그렇다고 할까…… 큰형님은 쉽게 울컥하는 성격이시거든요. 니라사키 씨하고는 사이가 안 좋았으니 그 아줌마가 니라사키 씨 개인을 고소한다면 아무 짓도 안 하시겠지만 조직을 고소한다면 이야기가 다릅니다. 그랬다가는 본가 총장님이 매스컴의 표적이 될 테니까요."

다무라도 담배를 피웠다.

"뭐, 그런 일이 있어서."

"그거 언제 이야기야?"

"언제였더라…… 제가 출소한 지 얼마 되지 않았을 무렵입니다. 그리고 그 후에도 그 아줌마를 한 번 봤죠. 그게…… 아주 최근이에요."

아소는 다리를 바꿔 꼬고 다무라의 목소리가 잘 들리도록 몸을 내밀었다.

"니라사키 씨 사건이 일어난 다음날인가, 다다음날인가."

"어디서!"

아소는 무심코 큰소리를 질렀다.

"니라사키가 죽은 후에 쓰카하라 도미코를 어디서 봤어!"

"배, 백화점에서요. 신주쿠의. 큰형님 심부름으로 물건을 사러 가는 김에…… 수선이 끝난 깔치의 옷을 찾으러 갔습니다. 그런데 쓰카하라라는 아줌마가 새파랗게 질린 얼굴로 엘리베이터를 기다리고 있더라고요. 제 얼굴을 기억하고 있으면 뭐라고 한마디 할 것 같아서 얼굴을 마주치지 않으려고 고개를 돌렸죠. 그때."

다무라는 일단 말을 끊고 잠시 생각에 잠겼다가 고개를 숙인 채 다시 입을 열었다.

"웬 여자가 눈에 들어왔어요…… 엘리베이터에서 조금 떨어진 곳에서 아줌마를 가만히 노려보고 있더군요. 복잡한 표정으로…… 뭐랄까…… 눈물을 흘릴 것 같은, 그러면서도 몹시 화가 난 표정으로 보고 있었어요. 그 여자가…… 기타무라 씨 딸이었습니다."

1993. 8

짤막한 꿈이라 여기고 싶었다. 언젠가 아침이 오면 깨어나서 아름다운 추억으로 가슴에 담아둘 꿈이라고.

양심이 아픈 것과는 조금 다르다. 정말 신기하게도 어째서인지 레이코는 남편에게 나쁜 짓을 한다는 의식이 없었다.

아마도 그 자체가 제일 큰 충격일 것이다.

지금까지 살아오면서 레이코는 자신이 윤리적으로 흠결이 있는 인간이라고 생각한 적이 없었다. 오히려 선량한 사고방식의 소유자라고 믿었다. 그런데 이렇게 쉽사리 남편을 배신하고, 그 사실을 털끝만큼도 후회하지 않는다.

분명 머리가 이상해진 거다.

레이코는 손을 뻗어 잠든 남자의 부드러운 머리칼을 만졌다.

이런 관계가 영원히 계속될 리는 없다. 언젠가는 망가진다. 그걸 알기에 더더욱 사랑스럽다.

잠든 남자의 얼굴은 천진난만했다. 레이코 앞에서 마치 갓난아이처럼 무방비하게 몸을 웅크리고 잠들었다.

레이코는 침대에서 일어나 지워진 화장을 고쳤다.

오늘 밤 남편은 당직이다. 서둘러 집에 돌아갈 필요는 없다. 그래도 시간이 신경 쓰였다. 일종의 습성 같은 것이리라. 레이코는 남편에게 미안해서가 아니라, 그냥 마음이 편하지 않아서 빨리 집에 돌아가고 싶었다.

남편에게 무슨 불만이 있는 것은 아니었다. 류타로의 사랑을 의심한 적은 없다. 다만 레이코는 자신이 결혼 생활에서 무슨 역할을 맡은 건지 도무지 짐작이 가지 않았다.

류타로는 언제나 혼자서 완결된 존재였다.

업무상 고민을 털어놓은 적도 없거니와, 레이코 앞에서 그 어떤 약한 모습을 보인 적도 없다. 늘 덤덤하고 냉정하면서도 온화하여 결혼한 이후로 레이코에게 감정을 분출한 적은 거의 없었다. 그렇다고 냉담하거나 불친절한 것은 아니다. 레이코에게 관심이 없는 것도 아니리라. 레이코가 원하면 언제나 힘을 빌려주었고 늘 다정하게 대했다.

편식도 하지 않고 지병도 없다.

레이코가 감기에 걸려 누워 있을 때는 일하는 틈틈이 집안일을 완벽하게 해낸다.

돈이 드는 취미도 없고, 월급을 전부 레이코가 관리해도 불만이 있는 것처럼 보이지 않는다.

도대체 자신은 뭣 때문에 류타로의 아내로 사는 걸까.

아이를 낳기 위해?

하지만 류타로는 아이를 빨리 가지고 싶다고 보챈 적도 없다.

집을 가지고 싶다. 그것이 레이코의 유일하고도 아주 큰 욕심이었다. 부모님을 일찍 여의고 삼촌 부부 집에서 자란 레이코는 누구 눈치도 보지 않고 스스럼없이 지낼 수 있는 '자기 집'을 가지는 것이 꿈이었다. 아무리 작아도 괜찮으니까 집세를 내고 빌리는 것이 아니라, 돈을 주고 사서 마음대로 쓸 수 있는 집을 원했다.

하지만 거품경제가 한창인 시기라 땅값이 점점 비싸져서 공무원 월급으로는 집을 구입하기가 하늘에 별 따기였다. 그래도 남편은 레이코의 마음을 헤아리고 무리를 하면서까지 아파트 단지에 집을 마련해주었다.

천벌 받을 년.

레이코는 스스로를 무서운 여자라고 생각했다. 도대체 류타로에게 무슨 잘못이 있단 말인가? 그는 하나도 나쁘지 않다. 그에게는 아무 책임도 없다. 그런데.

완벽한 남편. 완벽한 보호자. 완전한 애정.

레이코가 류타로에게 '해줄 수 있는 일'은 이제 어디에도 남아 있지 않다.

류타로는 이렇게 말할 것이다. 아무 것도 안 해도 돼. 그냥 거기에 있으면 돼.

류타로가 레이코에게 원한 일은 처음부터 그것 하나뿐이었다. 그냥 거기에 있어줘. 난 널 사랑하니까.

하지만 그걸 부부 생활이라고 부를 수 있을까.

자신이 남편으로 고른 남자는 완벽한 고독 속에서도 살 수 있는 사람이다. 단지 그뿐이다. 고민할 일은 아닌지도 모른다.

하지만 결혼뿐만 아니라 애당초 사람이 사람과 어떠한 형태로든 결합하는 이유는 서로 불완전한 부분을 보충하고 고독을 달래고 싶어서가 아닐까. 그런 의미에서 보자면 고독을 어렵지 않게 견뎌내고, 결국에는 자기 말고 아무도 필요로 하지 않는 인간과는 근본적으로 '결합'하기가 불가능하다.

언제나 기대기만 하는 아내와 그런 아내를 지탱하는 남편. 그것이 레이코와 류타로의 관계였다.

레이코는 누군가에게 필요한 존재가 되고 싶었다. 네가 없으면 못 산다는 말을 듣고 싶었다. 부모님을 일찍 여의고 남의 집에 얹혀산 레이코에게는 누군가가 자신을 필요로 한다는 실감이야말로 바로 행복이었다.

만약 자신이 죽는다면.

그 상상 속에서 레이코는 슬픔에 잠긴 류타로의 모습을 볼 수 있었다. 그 비탄은 진짜이리라. 류타로는 분명 나를 사랑한다. 하지만 레이코는 그 다음을 상상할 수가 없었다. 류타로는 슬퍼할 만큼 슬퍼하고, 홀가분해질 때까지 울고 나면 다시 덤덤하게 자기 인생을 살아갈 것임을 알고 있었으므로.

물론 실은 어떤 사람이라도 망각함으로써 슬픔을 극복하고 삶을 이어나가는 법이라는 것은 잘 안다. 류타로가 특별히 차가운 것은 아니다. 그래도 레이코는 류타로가 슬픔을 잊고 '평소와 다름없는 나날'

로 돌아가는 모습을 상상하자 몹시 서글펐다.

뭘 어찌해야 할지 계속 생각해왔지만 이제 레이코는 그 답을 안다.

뭘 어찌해도 안 된다. 류타로는 달라지지 않는다. 그가 나쁜 것은
아니다. 그의 완전함은 어떤 의미에서는 미덕이다. 그 미덕을 받아들
이지 못하는 레이코의 옹졸하고 넉넉하지 못한 마음이 문제였다. 하
지만 이제 와서 자신을 바꾸지 못한다는 사실도 레이코는 잘 알고 있
었다.

슬슬 결론을 내야 할 것이다. 이대로 시간만 흘러가면 서로 불행해
질 뿐이다.

"가려고?"

갑자기 목소리가 들려서 레이코는 깜짝 놀랐다. 잠에 빠진 줄 알았
던 남자가 누운 채 레이코를 보고 있었다.

"자고 가지 그래?"

"그건 안 된다고 했잖아."

"어차피 오늘 밤은 당직이지 않나?"

"그건 그렇지만…… 언제 전화가 올지 모르니까."

"남편이 일하다가도 집에 전화를 하는구나. 당신이 엄청 걱정되
나 봐."

류타로가 당직 날 밤에 전화를 한 적은 손으로 꼽을 정도밖에 안
된다. 분명 오늘 밤에도 전화하지 않을 것이다. 당연하다. 당직을 설
때마다 별일도 없이 아내에게 전화하는 게 더 이상하다. 하지만 만약
류타로에게 그렇듯 몰랑몰랑한 구석이 있었다면 모든 일은 좀 더 다

른 방향으로 나아갔을지도 모른다.

"다음번에 어디 여행이라도 가자."

남자가 뜬금없이 그런 말을 꺼냈다.

"온천 어때? 나 여자랑 온천 가서 맛난 요리를 먹는 게 꿈이거든."

이 남자는 모든 면에서 류타로와 정반대로 보인다. 어디로 튈지 모르는 공처럼 되는대로 말하고 행동하며, 이쪽 사정은 제대로 생각해보지도 않고 어린아이처럼 자기가 하고 싶은 것만 하려고 한다. 남편이 당직을 서는 밤에도 외박하지 못하는 여자에게 온천 여행을 가자니 너무 생각이 없다 싶어 무심코 웃음이 나왔다.

적어도 이 남자는 나를 사랑하지 않는다.

하지만 이 남자와 함께 시간을 보낼 때가 제일 편안하다.

"당신 정도면 같이 가줄 여자가 얼마든지 있을 것 같은데?"

"좋아하는 여자랑 가고 싶으니까 그러지."

남자는 벌렁 드러누운 채 담배를 물었다.

"잠자리에서 담배 피우면 안 돼."

레이코는 불이 붙은 담배를 슬쩍 낚아채서 재떨이에 눌러 껐다.

"잘못하면 불나."

"나, 당신의 그런 점이 좋아."

남자는 이불을 얼굴까지 끌어올리고 속삭였다.

"내 주변에는 너저분한 여자들뿐이었거든. 당신처럼 차분하고 청결하고 참한 여자를 만나니까 참 신선하게 느껴져."

레이코는 웃었다.

"바람 피우는 유부녀를 보고 청결하고 참하다니 어쩐지 웃기네."

"그런 뜻이 아니라…… 여러 남자의 손때가 묻지 않았다는 의미야. 나 같이 사는 놈이 당신처럼 참한 여자와 사귈 수 있을 줄은 몰랐어."

"그러니까."

레이코는 손을 뻗어 남자의 머리칼을 어루만졌다.

"난 참하지 않아. 최악의 여자야."

"나한테는 최고야."

남자가 팔로 레이코의 목을 따스하게 감쌌다.

"여행 가자. 응?"

"그럴까."

레이코는 눈을 감고 고개를 끄덕였다.

"갈까…… 그러자. 그게 분명…… 분명 좋을 거야. 그러는 게."

* * *

아침이라고 부르기에는 아직 어스름하다. 가로등 아래로 가지 않으면 시계도 제대로 볼 수 없을 정도다.

레이코는 다시 한 번 고개를 들어 둘이서 살았던 집의 창문을 바라보았다.

류타로는 어젯밤에 사건을 수사하러 나간 후 관할서에서 잘 거라고 연락을 주었다. 레이코는 안심했다. 잠든 류타로를 깨우지 않고 집을 나서려면 애를 먹을 것 같았기 때문이다.

지금 두 사람의 집에는 아무도 없다.

안녕. 그렇게 중얼거리고 레이코는 걸음을 옮겼다.

지하철 첫차를 타고 신주쿠 역에 도착해 주오 본선의 플랫폼으로 향했다. 같이 타기로 약속한 전철은 아직 플랫폼에 들어오지 않았다.

6년간의 결혼 생활에서 레이코가 가지고 나온 물건은 제일 마음에 드는 블라우스와 치마, 그리고 캐시미어 머플러 하나뿐이었다. 전부 류타로가 사준 것이었다. 류타로가 사준 것은 모두 두고 나올 작정이었지만, 그러면 걸치고 나갈 옷 한 벌조차 없다는 것을 알고서 레이코는 새삼스레 전적으로 류타로에게 기대어 살아온 6년의 시간을 되돌아보았다. 결혼 전에는 정말로 얼마 안 되는 돈이지만 스스로 벌어서 먹고살았다. 그 시절에 모은 자질구레한 세간과 옷은 결혼한 후 조금씩 처분했다. 어쩔 수 없었다. 경찰 관사는 결코 넓지 않으므로 불필요한 물건을 보관해둘 여유는 없었고, 옷도 6년을 지내는 동안 나이에 어울리지 않거나 치수가 맞지 않게 되었다. 그렇지만 처분한 물건 대신 구입한 것들을 전부 류타로가 사주었음을 깨닫고 레이코는 약간 충격을 받았다. 류타로 혼자 일을 해서 돈을 벌었고 자신은 전업주부였으니 당연하다. 머리로는 그렇게 생각하면서도 류타로와 결별하기로 결정한 순간, 온전히 자기 것이라고 주장할 수 있는 옷 한 벌도 없다는 현실에 레이코는 패배감을 맛보았다.

하지만 바로 그렇기 때문에 레이코는 작은 보스턴백에 당장 필요한 것만 챙겨서 지금 이 플랫폼에 서 있는 것이다.

남자는 올까?

솔직히 말하자면 아무래도 상관없었다. 남자가 약속을 지키든 어기든 레이코는 전철을 탈 생각이었고, 일단 타고 나면 다시는 돌아오지 않을 작정이었다. 물론 남자의 계획은 전혀 다를 것이다. 전철을 타고 온천에 가서 며칠 지내다가 다시 도쿄로 돌아올 생각이리라. 그렇다고 해도 정말로 이렇게 일찍 올지는 의심스럽지만.

표는 남자가 샀다. 목적지는 스와. 거기서 택시로 온천에 간다고 했다. 스와 호수의 이름은 알지만 가본 적은 없다. 아름다운 곳이기를 바랐다. 거기서 시작할 새 인생에 어울리도록 아름다운 곳이기를.

전철이 미끄러져 들어왔다. 거의 동시에 플랫폼 가장자리에 남자가 나타났다. 걸어오면서 하품을 했다. 머리도 부스스했다. 남자는 평소 이 시간이 되어서야 잠자리에 든다.

그래도 남자는 한 손에 작은 가방을 들고 있었다. 그것만으로도 레이코는 가슴이 뜨거워졌다.

자신과 여행을 떠나고자 무리해서 일찍 일어난 남자가 사랑스럽게 느껴졌다. 앞으로 며칠이면 이 남자와도 이별이다.

레이코는 그 며칠간 남자를 힘껏 사랑해줄 생각이었다. 여행을 떠날 결심을 할 수 있게 힘을 보태주어 고맙다는 마음을 담아.

1995. 10 (11)

1

"그 여자가 기타무라의 딸이었다고? 틀림없나?"

아소가 확인하듯이 묻자 다무라는 몇 번이고 고개를 끄덕였다.

"복잡한 표정이었다고 했잖아. 그 부분을 좀 더 자세하게 이야기
해봐."

"그게 그러니까…… 몹시 화가 났다고 할까, 아무튼 무시무시한 형
상이었어요."

"그런 표정으로 쓰카하라 도미코를 노려봤다?"

"그렇게 보였습니다."

"뭔가 말했나?"

"그 여자가요? 아니요, 아무 말도요. 쓰카하라라는 아줌마는 엘리

베이터를 타고 갔고, 저도 볼일 때문에 계속 보고 있을 수는 없었어요. 그리고 기타무라 씨 딸한테 들키면 어쩐지 성가실 것 같아서 얼른 자리를 피했습니다."

"백화점 이름은?"

"미나미신주쿠의 M이요."

"기타무라의 딸과 쓰카하라를 몇 층에서 봤지?"

"몇 층이었는지는 기억이 안 납니다. 하지만 여성복 매장이었어요. 저는 MISAKI라는 가게에 가는 중이었으니, 분명 그 가게가 있는 층일 겁니다."

아소는 손목시계를 보았다. 백화점이 문을 열려면 여섯 시간도 넘게 남았다.

"다무라, 미안하지만 당분간 나랑 같이 있어야겠어."

다무라는 놀란 표정으로 고개를 저었다.

"그, 그게 무슨 말씀이세요. 저, 이만 돌아가서 자고 싶은데요."

"널 혼자 놔둘 수는 없어. 기타무라의 딸이 널 알아보지 못했다고 자신할 수 있나?"

다무라의 얼굴에서 핏기가 가셨다.

"설마…… 그 계집년이 저를?"

"네 상상이 맞다면 기타무라의 딸은 더 이상 계집년이라고 깔볼 수 있는 존재가 아니야. 엄연한 살인자라고. 그것도 둘 혹은 세 명을 죽였을 가능성도 있어. 너 하나쯤은 눈 하나 깜박 않고 희생양 목록에 추가하겠지. 하지만 지금 네 증언만 가지고 네게 경호를 붙여줄 수는 없어. 너무 뜬구름 잡는 것 같은 이야기니까. 난 네 안전이 걱정돼서 그러는 게 아니야. 어차피 조폭은 장수와는 거리가 머니까. 하지만 지금 네가 죽으면 중요한 증인이 사라지는 셈이니 내 입장에서는 손해지. 현재로서 쓰카하라 도미코와 기타무라의 딸을 연결하는 접점은 지금 네가 들려준 이야기밖에 없거든."

"형사님이…… 저를 지켜주시겠다는 겁니까?"

"네 이야기가 확인될 때까지는. 확인 후 네가 희망하면 수사본부와 교섭해서 신변을 보호할 인원을 붙여줄 수도 있어. 뭐, 신주쿠 서 조직폭력반에게 감시당해도 상관없다면 말이야."

"그건 절대로 싫습니다. 형사님을 만난 것도 들키면 위험한데 조직폭력반이라니."

"하지만 목숨은 아깝지? 적어도 여자한테 찔려 죽고 싶지는 않을 텐데. 그래도 명색이 조폭인데 그렇게 죽으면 쪽팔리잖아."

"쪽팔리고 뭐고 일단 죽고 나면 뒷일은 내 알 바 아니지만."

다무라가 입속으로 중얼중얼했다.

"그런데 그 여자가 정말로 그렇게까지 할까요?"

"만약 기타무라의 딸이 일련의 사건을 저지른 범인이라면 그러겠지. 기타무라의 딸은 니라사키뿐만 아니라 조폭 전반을 증오할 테니까. 너도 물론 그 대상에 포함되고. 아무튼 오늘 밤은 우리 집에서 자. 아침에 해가 떠서 밝아지고 나면 살인귀도 제멋대로 설치지 못하겠지. 백화점이 열면 여성복 매장에 가보자. 뭔가 알아낼 수 있을지도 몰라."

오전 5시가 다 되어서야 다무라를 데리고 집에 돌아왔다. 다무라에게는 눈 좀 붙이라고 권했지만, 아소는 잠자기를 포기하고 커피를 내렸다. 다무라도 잠이 오지 않는지 결국 일어나서 함께 커피를 마셨다.

"야마우치 이야기 좀 해봐."

아소는 머그컵을 들고 벽에 등을 댔다.

"녀석이 담장 안에서 어떻게 생활했고, 나오고 나서는 니라사키와 무슨 일이 있었는지. 뭐든지 괜찮으니 네가 아는 범위에서 들려줘."

"역시 궁금하세요?"

다무라는 희미한 웃음을 지으며 고개를 끄덕였다.

"그야 궁금하시겠죠. 하지만…… 주제넘게 말씀드리자면, 너무 마음에 두실 것 없습니다. 잘못도 없이 은팔찌를 찼으니 녀석도 불쌍하기는 하지만 판결은 형사님이 내린 게 아니잖아요."

"날 동정하는 건가?"

"동정하고는 다르죠."

다무라는 한숨을 한 번 내쉬었다.

"아무튼…… 불가능합니다."

"불가능?"

"예. 인간인걸요. 절대로 틀리지 않기는 불가능하죠. 형사님이 틀렸어도 검찰과 판사가 잘못을 알아차렸으면 됐을 테니, 형사님 혼자 책임은 아니에요. 실은…… 렌도 그걸 알 겁니다. 녀석은 형사님이 밉다기보다…… 자기 자신이 제일 밉지 않으려나. 녀석도 알아요. 자신이 좀 더 정신을 바짝 차리고 똑똑하게 굴었다면 그 정도까지 나락으로 굴러떨어지지는 않았으리라는 걸요. 녀석은 사실 아주 온순하다고 할까, 마음씨가 착해요. 그리고 겁이 많죠. 형사님, 그거 아세요? 그 녀석, 자기를 범인으로 지목한 여자한테 꽃을 보내요."

아소는 머그컵에서 얼굴을 들었다.

"……뭐라고? 처음 듣는 이야기인데."

"세타가야 사건의 피해자 있잖아요. 당시는 대학생인가 그랬을 텐데. 그 여자, 머리가 이상해져서 지금 병원에 있어요. 저 멀리 다마 쪽이랬나. 아무튼 해마다 그 여자 생일에 꽃을 보낸대요. 그 여자 때문에 볼 꼴 못 볼 꼴 다 봤는데 왜 그러느냐고 물어봤더니…… 아무래도 니라사키 씨 때문에 머리가 이상해진 모양이더라고요."

"설마."

아소는 저도 모르게 언성이 높아졌다.

"니라사키가 그 여자한테 무슨 짓이라도 한 건가!"

다무라는 어깨를 움츠렸다.

"자세하게는 몰라요. 하지만 폭력을 휘두르거나 하지는 않은 것 같더라고요…… 니라사키 씨는…… 렌이 연관된 과거의 사건을 조사했어요. 저한테도 이것저것 물었는데, 저도 그 사건의 세부사항까지는 모르니까요. 어쨌든 니라사키 씨는 렌이 자기 손으로 복수하려고 들지 않아서 몹시 언짢아했어요. 당한 만큼 갚아줘라, 그렇지 않으면 평생 싸움에 진 개새끼 꼴을 면하지 못한다. 그게 니라사키 씨의 말버릇이었거든요. 그래서 니라사키 씨는 렌에게 말도 않고…… 몇몇 사람에게 복수를 한 모양인데……."

"누구한테? 누구한테 무슨 짓을 했는데?"

"그러니까 잘 모른다고요. 다만…… 녀석을 기소한 검사랑 재판을 담당한 검사 둘 다 이제 검찰에 없을걸요. 어떻게 됐는지는 모르지만. 그리고 판결을 내린 판사는…… 기억 안 나세요? 몇 년인가 전에 자기가 담당한 사건의 여자 피고인과 호텔에 들어가는 장면을 사진으로 찍혀서 파면된 판사가 있었잖아요. 그 사람이에요."

아소는 잠시 아무 말도 없이 커피만 마셨다. 니라사키가 얼마나 집요하고 잔혹한 인간이었는지를 새삼 깨닫자 등골이 오싹했다. 니라사키가 자기 목숨을 노린 적이 있다는 사실이 떠올랐다. 살아남은 것은 기적이었을지도 모른다.

"렌이 범인이라고 증언한 사람이 한 명 더 있잖아요. 그 남자는 지금 휠체어 생활을 하고 있어요. 음주운전을 하다가 벽을 들이받았다는데, 목숨이 붙어 있는 게 다행이라고…… 하지만 형사님, 그건 단순한 음주운전 사고로 처리됐고 본인도 그렇다고 인정했으니까 아무리 조사해본들 형사사건으로 끌고 갈 수는 없을 겁니다."

"그게."

아소는 목에서 말을 쥐어짜내듯이 중얼거렸다.

"니라사키의 수법인가."

"뭐, 그런 셈이죠. 무슨 마법을 썼는지는 아무도 모르지만, 니라사키 씨는 마음만 먹으면 자기가 절대로 체포되지 않을 방법으로 얼마든지 복수를 할 수 있어요. 저희 모두 그걸 아니까 니라사키 씨를 두려워했죠. 솔직히 말하자면 저희 큰형님도 니라사키 씨를 겁냈습니다."

"렌은 니라사키가 자기를 대신해 복수했다는 걸 알고 있었나?"

"음…… 그럴걸요. 니라사키 씨가 일부러 렌이 알게끔 했으니까요. 니라사키 씨는 렌이 이제 그만해라, 이제 자기가 할 테니까 내버려둬라, 라고 말하길 기다렸겠죠. 그래도 렌은 모르는 척하는 태도로 일관했습니다. 그래서 결국 니라사키 씨는…… 형사님을 죽이겠다고 했죠."

"하지만…… 난 안 죽었어."

"아아, 그렇죠…… 하지만 저…… 니라사키 씨한테 직접 들었는데요."

"뭐라고 했는데?"

"렌이…… 형사님한테는 해야 할 일을 제대로 했으니까…… 목숨을 노리는 걸 그만두기로 했대요."

"나한테…… 해야 할 일을 했다고?"

아소는 머그컵을 다다미에 내려놓았다.

"그게 도대체 무슨 뜻이야?"

"안 물어봤는데요."

다무라는 고개를 숙이고 말했다.

"니라사키 씨한테 꼬치꼬치 물어볼 수는 없잖습니까…… 니라사키 씨가 그렇다니까 아아, 그렇구나, 하고 넘어갔죠. 그 말이 진심이었는지 형사님이 살해당했다는 소문은 들리지 않더군요. 그래서 뭐가 어떻게 됐나 궁금한 적은 있었지만. 형사님, 뭐 좀 짚이는 거 없으십니까?"

아소는 고개를 저었다.

"보다시피 난 멀쩡하고, 업무상으로도 큰 문제는 없었어. 좌천당한 것도 아니고…… 니라사키는 도대체 무슨 뜻으로 그런 말을 한 걸까? 야마우치한테 아무 이야기도 못 들었어?"

다무라는 다시 고개를 저었다.

"사실 렌은…… 형사님 이야기를 거의 안 해요. 아주 가끔…… 이야기를 하다가 툭 튀어나오는 게 다죠. 이 집 주소도 어쩌다 딱 한 번 들었을 뿐이에요."

"영문을 모르겠군."

아소는 술이라도 마시고 싶은 기분을 억눌렀다.

"녀석도 수수께끼 같은 소리만 늘어놔…… 내가 알고 있는 건 극히 일부분일 뿐, 진실은 하나도 모른다는 거야. 난 니라사키와 녀석이 무슨 관계인지 이해가 안 돼. 야마우치의 말을 빌리자면 자기가 언제까지고 날 미워하며 잊지 못해서 니라사키가 질투했다더군. 미워한다는데 왜 질투하는 거야? 도무지 갈피를 못 잡겠어."

아소는 숨을 크게 내뱉었다.

"어쩐지 죽은 사람한테 휘둘리는 기분이라 마음이 불편해. 니라사키는 이제 이 세상에 없는데, 앞으로도 계속 코뚜레를 꿴 것처럼 그의 환영에 끌려다녀야 하나 싶어 섬뜩하군. 이제 그만 무덤 속에서 얌전하게 잠들면 좋겠어."

"그 사람의 영향력은 경찰들이 생각하는 것보다 훨씬 컸습니다."

다무라가 한심하게 들릴 만큼 가냘픈 목소리로 속삭였다.

"이런 이야기를 공공연하게 할 수는 없지만…… 가스가 파 본가도, 동일본연합회도 니라사키 씨가 갑자기 죽는 바람에 앞으로 어떻게 해야 할지 몰라…… 다들 전전긍긍할 따름이에요."

"무토 휘하에 있는 너희들은 눈엣가시가 사라져서 속이 시원하지?"

"그렇게 간단한 문제가 아닙니다…… 저는 큰형님을 좋아하니까 무슨 일이 있든 큰형님을 모실 각오를 했지만, 큰형님 사고방식으로는 동일본연합회 같은 거대한 조직을 끌고 나갈 수 없어요. 큰형님은 경제에는 까막눈입니다…… 거품경제 시절에는 아마추어도 땅만 잘 굴리면 이득을 낼 수 있었으니 괜찮았지만, 이제 그런 시절은 지나갔잖아요. 큰형님은 아직 주가표도 볼 줄 모르십니다. 그러니 여자와 약으로 돈을 버는 수밖에요. 하지만 여자 장사고 약 장사고 지금 신주쿠

에서는 외국 세력이 압도적으로 강세예요. 놈들은 저희랑 달리 서슴
없이 강도질을 해서 번 돈으로 여자를 배에 잔뜩 실어옵니다. 약도 본
국에서 공짜나 다름없는 가격으로 구입할 수 있고요. 어떻게 손을 쓸
수 없는 상황이에요. 앞으로는 경제를 알아야 그놈들에게 대항할 수
있습니다. 그러니까 큰형님은 안 됩니다. 그렇다고……."

"스와도 안 된다?"

"스와 씨는…… 그릇이 작습니다. 눈앞의 이익밖에 못 봐요."

"다무라."

아소는 담배에 불을 붙였다.

"너, 제법 똑똑하구나."

다무라가 실실 웃었다.

"약하니까 강한 사람을 판별하는 감이 발달했을 뿐이죠."

"그럼 물어보자. 네가 보기에 니라사키의 후임으로 적합한 사람은
누구야? 그럴 만한 인재가 지금 가스가에 있나?"

다무라는 또 웃었다. 공허한 웃음이었다.

"왜 저한테 물어보세요? 형사님도 답은 아실 텐데."

"말해봐."

다무라는 어깨를 으쓱했다.

"니라사키 씨를 대신할 만한 사람이라면…… 렌밖에 없겠죠. 사실
은 모두 다 압니다. 니라사키 씨의 애인이었던 렌을 간부로 추천할 만
큼 도량이 넓은 사람이 없을 뿐이죠. 하지만…… 아마도 총장님은 고
려하고 있을 겁니다. 심장병 때문에 여생이 얼마 남지 않았다고 하니
까요. 돌아가시기 전에 후계자 문제를 처리하려고 하겠죠."

"스와가 야마우치에게 맹세의 잔을 받으라고 했대."

다무라는 고개를 들었다가 다시 숙였다.

"그럼 결정이네요. 렌은 도망 못 칠 거예요…… 녀석은 조폭이 되고 싶지 않다고 했지만. 어쩔 수 없어요…… 거절하면 죽을 테니까."

2

"잔을 받게 놔둘 수는 없지."

아소는 도전적인 투로 말했다.

"절대 안 돼. 그냥 놔두면 난 평생 후회하며 살 거야."

"하지만."

다무라는 고개를 저었다.

"어쩌겠어요. 렌이 잔을 받기를 거부하면…… 스와 씨가 렌을 죽일지도 모르는데……."

"스와에게 그만한 배짱이 있을까?"

"니라사키 씨가 세상을 떠난 이상, 이제 스와 씨에게 대놓고 반대하는 사람은 없습니다. 뭐, 지금은 총장님이 렌을 귀여워하니까 당장 무슨 일이 생기지는 않겠지만, 맹세의 잔을 거부하면 스와 씨는 렌이 간자키에게 붙어서 적으로 돌아설 가능성도 염두에 두겠죠. 그럼 엄청 위험해요."

"야마우치가 그렇게 쉽게 가스가를 배신할까?"

"아니요."

다무라는 어깨를 움츠렸다.

"렌은 여기 붙었다 저기 붙었다 하는 귀찮은 짓은 안 해요. 그렇다기보다 녀석은 원래 암흑가에 흥미가 없어요. 저는 그걸 알지만, 스와 씨와 조직 간부들은 모르겠죠. 렌이 겨우 몇 년 사이에 가스가에 돈을 얼마나 많이 벌어다 줬는지…… 그 돈이 고스란히 간자키에게 흘러 들어가기라도 한다면, 가스가와 간자키의 힘 관계는 단숨에 역전되겠죠. 스와 씨는 그럴 바에야 렌을 죽이는 게 낫겠다고 생각할 거예요. 스와 씨는 만사를 부정적으로 보는 사람이라고 저희 큰형님도 늘 말씀하세요."

"손을 씻으면 되잖아? 스와 앞에서 이제 이 바닥에서 빠지겠다고 맹세하면 돼."

"그걸 누가 보증할 겁니까? 형사님이?"

다무라는 공허하게 웃었다.

"애당초 렌은 누구의 아우도 아닙니다. 손을 씻다니, 정식 조직원도 아닌데 뭘 어떻게 해서 형식을 갖출 건데요? 스와 씨한테 그런 말을 해봤자 그럼 그 전에 일단 맹세의 잔을 받고 일가의 구성원이 되라고 할걸요. 요컨대 스와 씨는 렌이 가스가 파의 일원이 되었음을 간자키 놈들한테 알리는 게 중요하다고 생각하는 겁니다. 여기서만 하는 이야기인데…… 동일본연합회 간부 중에는 니라사키 씨가 간자키에 붙은 것 아니냐고 의심하는 사람도 있었어요. 니라사키 씨 아버지가 간자키에게 살해당했으니까 설마 간자키와 내통해서 가스가를 배신하지는 않을 거라고 저희 큰형님은 말씀하셨지만, 사람 속을 어떻게 압니까. 니라사키 씨는 머리가 아주 좋은 사람이었으니까 자신에게 유리하다면 아버지 원수와 손을 잡았을지도 모릅니다."

아소는 절망적인 피로감을 느꼈다. 렌에게 손을 씻고 건실하게 살라고 쉽게 말했지만, 실제로는 렌에게 죽으라고 말한 것과 크게 다를 바 없었다.

그래도 렌이 맹세의 잔을 받고 가스가 파에 들어가면 모든 것이 끝장난다는 기분이 들었다.

지금밖에 없다. 지금 돌아서지 않으면 다시는 되돌릴 수 없다.

"형사님."

다무라가 작게 하품을 하고 말했다.

"이제 더 이상 렌에게 관여하지 않는 게 나을 겁니다. 녀석은 맹세의 잔을 받을 거예요."

"왜 그렇게 생각하지?"

"왜냐니요?"

다무라는 바닥에 드러누웠다.

"니라사키 씨는 죽고 싶어서 죽은 게 아닙니다. 니라사키 씨 나름대로 뭔가 하고 싶은 일이랄까, 달성하고 싶은 목표가 있었을 거예요. 렌은 분명 그걸 이어받을 겁니다. 원래 녀석은 죽었을 신세니까요. 그런데 니라사키 씨가 구해줬죠. 즉 녀석은 자신의 목숨을 니라사키 씨 것이라고 여기는 경향이 있어요. 그러니 가끔가다 엄청 싸우고, 한 번은 한동안 입원할 만큼 얻어터졌는데도 도망치지 않은 거겠죠."

"도망쳐도 허사라고 체념했기 때문 아닐까? 니라사키는 도망쳐도 끝까지 쫓아와서 앙갚음을 할 놈이잖아. 그래서 달아나지 않았을 뿐이야."

"니라사키 씨의 속내는 저도 모르니까요. 그리고 렌도 무슨 생각을 하는지 거의 이야기하지 않고. 그러니까 부정은 하지 않겠지만……
제 생각에 만약 렌이 진심으로 달아났다면 니라사키 씨는 뒤쫓지 않
았을 것 같아요."

"그건 또 무슨 소리야?"

아소는 상상했던 것보다 훨씬 섬세하게 니라사키와 렌의 관계를
분석하는 다무라에게 질투와도 비슷한 신경질이 나기 시작했다.

"니라사키는 그렇게 복잡한 놈이었나?"

"……복잡하다기보다…… 니라사키 씨는 아마도 태어나서 처음으
로…… 그 사람한테 그런 표현은 어쩐지 어울리지 않지만…… 달리
설명할 수가 없으니까요. 즉, 렌에게 그때까지와는 다른 감정이랄까."

"반했다고?"

"……아니요, 그동안도 반한 사람이라면 있었겠죠. 나미 선생님이
나 사쓰키 씨처럼요. 그보다는…… 스스로 어떻게 할 수 있는 게 아
니라."

"무슨 말인지 모르겠군."

"가방끈이 짧아서 어쩔 수가 없네요. 어휘력이 모자라요. 아무튼
푹 빠져들었다고 할까. 니라사키 씨처럼 냉철하고 무슨 일이 있어도
자제력을 잃지 않는 유형의 사람이 스스로를 통제할 수 없다면 괴롭
겠죠. 그래서 그 사람이 짜증을 부린 게 아닐까 싶어요. 렌도 그걸 잘
알고 있었지만, 결국 렌도 비슷한 성격이라 대판 싸우기만 하면서도
헤어지지 못한 거죠. 니라사키 씨는 마음속 한구석으로 렌이 정말로
사라지면 편해지지 않을까 생각했을 거예요."

"그거…… 사랑에 빠졌다…… 그런 뜻이야?"

다무라는 잠시 침묵을 지키다가 큭큭 웃었다.

"예, 정답이네요. 결국 그런 거예요."

"그래서 니라사키는 렌을 죽이려고 한 건가."

아소는 한숨을 쉬었다.

"자기가 편해지려고."

"니라사키 씨는 자존심이 강했습니다. 미칠 것 같이 질투하거나 조바심이 나서 발을 동동 구르는 건 싫어하는 유형이었을 거예요. 그래도 저는 인정했는지 렌과 무슨 짓을 하더라도 봐줬지만요. 니라사키 씨는 경제형 조폭의 전형으로 일컬어지지만, 역시 피는 속일 수 없는 모양인지 의리나 은의 같은 걸 상당히 중시했죠. 아무래도 니라사키 씨는 제가 돌보아준 덕분에 렌이 감방에서 자살하지 않았다고 생각한 모양이에요. 뭐, 그렇다보니 니라사키 씨와 술을 마실 기회도 제법 많았죠. 원래 저 같은 말단은 같이 술을 마실 엄두도 못 낼 만한 사람이지만."

"네 앞에서는 니라사키도 본심을 털어놨다 그건가?"

"그런 건 아니고요. 그 사람은 남에게 약한 모습을 보이는 사람이 아니었거든요. 그래도 인간이니까 그냥 한두 마디 툭툭 꺼내놓을 때가 있잖아요. 그럴 때 이 사람은 진짜로 렌에게 뻑 갔구나 하는 생각이 들더라고요."

"정상이 아니야."

아소는 중얼거렸다.

"사랑하는 사람을 일부러 상처 입혀서 멀어지도록 하질 않나, 죽이려고 하질 않나…… 난 이해가 안 가.”

“형사님은 어떤데요?”

다무라는 다시 하품을 하더니 졸린 표정으로 말했다.

“형사님은 사랑하는 여자를 죽이고 싶었던 적 없습니까?”

“응.”

아소는 말했다.

“없어.”

잠에 빠진 다무라의 숨소리가 들려왔다.

이상한 놈이다. 자세한 경력은 모르지만, 10대 때부터 감별소와 소년원을 제집처럼 들락거렸고, 지금은 여자 장사를 전문으로 하는 잔챙이 조폭이다. 그러나 실은 머리가 아주 좋을지도 모르겠다. 만약 어릴 때 잘못된 길로 들어서지 않고 똑바로 나아갔다면 의외로 변호사 같은 일을 하고 있었을지도 모른다. 남의 마음을 세심하게 잘 읽을 뿐아니라 니라사키 같은 인간도 호감을 가졌을 정도니까. 니라사키도 그저 의리 때문에 이 녀석을 술자리에 불러서 본심을 털어놓지는 않았을 것이다. 이 남자가 마음에 든 것이 틀림없다.

그리고 렌도 그저 교도소 시절의 은혜를 갚고자 이 남자와 관계를 유지하는 것은 아니리라.

어쩌면 렌에게는 이 남자가 유일한 친구일지도 모른다.

나는 사랑한 여자를 죽이고 싶었던 적이 없다.

아소는 담배를 고쳐 물었다.

왜 그런 마음을 먹지 않았을까.

어째서 그렇게도 갑작스레, 그리고 일방적으로 배신당했는데 레이코를 증오하지 않았을까.

날이 새자 낡은 커튼을 친 방이 점점 밝아졌다. 아소는 얼굴을 씻으러 세면실에 갔다.

찬물로 몇 번이고 얼굴을 때리자 관자놀이 언저리에 묵직하게 고여 있던 졸음이 가셨다.

니라사키를 죽인 범인의 윤곽이 보였다.

이 단계가 되면 수사 종결을 염두에 두고 체포극 시나리오를 머릿속에 그리는 작업에 들어가야 한다. 어떻게 범인을 추적할 것인가. 어떻게 물적 증거를 수집할 것인가. 언제, 어디서, 어떻게 범인을 체포할 것인가.

지금부터가 중요하다. 여기서 놓치면 사건이 오히려 미궁에 빠질 가능성이 아주 높아진다. 혹은 범인을 찾아내도 혼이 이미 육체를 떠난 뒤일 수도 있다. 아무튼 지금부터는 신속하게 마무리를 향해 나아가야 한다.

어째서인지 도주자는 자신이 쫓기고 있다는 것을, 즉 자신의 정체가 들통났다는 것을 별다른 이유도 없이 알아차리는 모양이니까.

간다 요코. 니라사키가 불태워 죽인 연예기획사 사장의 딸.

하지만 그녀가 니라사키를 죽인 실행범은 아니다. 물론 사건에 관여한 건 확실하지만, 그녀가 호텔방에서 니라사키와 함께 욕조에 들어가 의료용 메스로 목을 그었다고 보기는 힘들다. 니라사키가 간다 요코의 얼굴을 몰랐을 가능성은 낮으리라. 요코는 연예계에 진출해도 될 만큼 예쁘게 생겼다고 하고, 실제로 이나무라 예능에서 요코를 데 뷔시키려고 한 적도 있었다. 그러므로 이나무라 예능을 흡수한 가케 카와 에이전시 사장과 친했던 니라사키도 기타무라의 딸에 관한 소 문은 들어보았으리라. 그리고 소문을 들었다면 기타무라를 그런 방법 으로 죽이고자 했을 때 딸이 어디서 뭘 하는지 정도는 조사했을 것이 다. 니라사키는 남들보다 훨씬 조심성이 많았으니까.

실행범은 누구일까? 요코와 인연이 있는 인물이리라. 어디서 어떻 게 인연이 생겼을까?

사고로 죽은 여자아이. 요요기 5초메에서 자취를 감춘 아이 어머니. 간다 요코는 아버지의 유골을 봉안할 때 누구 차를 타고 갔을까? 그 차 주인에게는 아이가 있었다고 한다. ……만약 그 아이가 허상이 었다면? 자식의 죽음을 받아들이지 못한 여자가 형체 없는 죽은 아이 를 위해 아기 카시트를 좌석에 설치했다면…… 그 정도로 그 여자가 망가진 상태였다면…….

아니, 아직 이어지지 않는다. 선입관은 금물이다. 이야기를 너무 급 하게 만들다보면 그 줄거리에 질질 끌려가서 진실에서 멀어질 때가 있다. 점과 점을 이을 때는 보이는 점 외에도 숨겨져 있는 점 또한 놓 치지 말아야 한다. 만약 놓치면 본래 나타나야 할 그림과는 완전히 다 른 그림이 눈앞에 나타난다. 그리하여 그 그림에 뛰어들면 세타가야 의 악몽이 되풀이될 것이다.

아소는 수염을 깎고 텔레비전을 켰다. 아침 뉴스를 보았지만 요요기에서 발생한 살인 사건의 속보에 이렇다 할 알맹이는 없었다. 오전 8시에는 요요기 서에서 기자 클럽을 대상으로 한 수사본부 회견을 열 것이다. 과연 요요기 서는 자취를 감춘 불행한 아이 어머니에 대해 얼마나 파악하고 있을까?

3

"피해자 야마다 노리코는 분명 예전부터 쓰카하라 도미코와 친하게 지낸 모양이더군요."

요요기 서 수사본부에서 정보 교환을 위해 찾아온 무라키라는 형사는 시즈카의 얼굴을 힐끔거리며 말했다.

"하지만 정말로 착각해서 죽였을까요? 쓰카하라 도미코와 야마다 노리코는 사진으로 비교해봐도 그렇고, 주변 사람들 이야기를 들어봐도 그렇고, 별로 안 닮았습니다. 야마다 노리코는 몸집이 작은 편이었고 쓰카하라 도미코는 덩치가 큰 편이었죠. 외관상으로도 노리코의 나이가 더 많아 보이고요."

"두 사람의 얼굴을 모르는 사람의 범행이라면 어떨까요?"

"청부살인이라고요?"

"다른 일을 의뢰받고 갔다가 우발적으로 살인을 저질렀을지도 모르죠. 예를 들어 쓰카하라 도미코를 데려오라는 의뢰를 받고 갔다가 야마다 노리코와 마주쳤고, 뭔가 문제가 벌어져 살해한 거죠. 하지만 범인은 그 집에 있던 노리코를 도미코로 착각했는지도 몰라요."

"아무래도 이쪽에서는 어떻게든 이번 사건을 니라사키 살해 사건과 결부시키고 싶은 모양이군요."

무라키는 신중한 투로 말했다.

"너무 조급하게 결론을 내리다가는 큰코다칠 텐데요."

"아무 관계도 없다고 여기는 게 더 부자연스럽죠, 무라키 씨."

시즈카는 짜증이 치밀었다.

"쓰카하라 도미코는 니라사키 살해 사건의 중요참고인이에요. 아직 수배는 하지 않았지만, 니라사키 살해 사건에 대해 뭔가 알고 있는 게 틀림없다고요."

"듣자 하니 중요참고인이지만 범인은 아니라고 생각하나 본데요?"

"수사본부의 정식 견해는 아니지만요."

시즈카는 말을 얼버무렸다.

"어쨌거나 니라사키 살해 사건을 해결하기 위해서는 쓰카하라 도미코의 소재를 꼭 파악해야 해요."

"그 점은 이해했습니다. 오늘 아침에 야마다 노리코 살해 사건의 수사본부가 설치됐으니, 오늘 밤 수사회의 때 이쪽 수사원이 참고 의견을 발표할 시간을 드리면 되겠습니까?"

"잘 부탁드립니다."

"저희야말로요. 안도 계장님이 신주쿠 쪽은 아소 계장님이 담당하고 있으니까 밀접한 연계를 통해 그쪽 생각을 잘 이해하고 수사를 진행하라고 지시하셨습니다."

무라키는 의미심장한 웃음을 남기고 나갔다.

"도대체 무슨 뜻일까요, 주임님."

시즈카가 고개를 갸웃거렸지만 야마세는 웃음을 참느라 애를 먹

221

었다.

"아소 계장님이 담당하고 있으니까 밀접하게 연계하라니."

"아소 계장은 무슨 생각을 하는지 도무지 모르겠고, 아소 수사반은 예측이 불가능한 짓을 벌이니까 뭘 어떻게 할 건지 제대로 설명하라고 해라. 그런 지시를 받은 거지."

"어머나."

시즈카가 불퉁한 표정을 지었다.

"안도 씨는 정말 무례한 분이로군요."

"이야기해본 적 있던가?"

"얼굴만 잠깐 본 적 있어요. 늘 자리를 비우시고 안 계시더라고요."

"그 사람도 어떤 의미에서는 우리 계장님과 비슷한 구석이 있거든. 기본적으로는 자기가 나서서 돌아다니는 걸 좋아하는 모양이야. 하지만 어떤 유형의 형사인지 따지자면 서로 정반대일지도 모르겠군."

"주임님은 같이 일해보신 적 있으세요?"

"곤도 씨 밑에 있었을 때. 아무튼 머리가 좋은 사람이라 그릇된 판단을 내린 적이 거의 없었어. 맡은 업무를 재빨리 해치우는 데다 알아서 부지런히 움직이는 사람이라 같이 일하기 편했지. 다만 류 씨, 우리 계장님과는 자주 충돌했어. 뭐, 충돌했다고 해도 계장님은 옛날이나 지금이나 다를 바 없으니 늘 안도 씨가 먼저 울컥해서 덤벼들곤 했지. 안도 씨처럼 냉정한 인간의 속을 뒤집어놓을 수 있다니, 생각해보면 우리 계장님은 참 대단한 양반이야."

"계장님은."

시즈카는 혼잣말하듯이 입을 열었다.

"과연 형사라는 직업을 좋아하시는 걸까요?"

"넌 어떻게 생각하는데? 류 씨가 형사라는 직업을 싫어한다고 생각할 만한 증거라도 찾았어?"

"구체적으로 뭔가 찾아낸 건 아니고요…… 방법이 별나다고는 해도 계장님의 검거율은 아주 높고, 체포까지 걸리는 시간도 정말 짧잖아요. 계장님은 형사로서 아주 우수한 분이세요."

"그야 물론 수사1과 사람들 모두 잘 알지. 다만 너무나 초연하게 자기 입장을 고수하니까, 왜 그런 식인데도 성적만큼은 좋은지 이해가 가지 않아서 질투하는 거야. 하지만 결국은 결과가 전부니까. 류씨는 형사로서 확실한 결과를 냈어. 그 사실은 아무도 뒤집을 수 없지. 그게 제일 중요해."

"그렇게 압도적으로 우수한데 왜 계장님은 늘 허전해 보이시는 걸까요?"

"허전해 보인다고?"

"주임님은 그렇게 생각지 않으세요? 주임님, 계장님이랑 계속 친구로 지내셨죠?"

"응, 그렇다고 할 수 있지. 지금도 마찬가지고."

"계장님은 옛날부터 그런 분위기셨어요?"

"그런 분위기가 어떤 분위기인지 영 감이 안 잡히네. 미안해, 난 시즈카 너처럼 섬세하지 않다 보니 네가 느낀 걸 느끼지 못하는지도 모르겠다. 다만 류 씨가 감정을 별로 드러내지 않는 걸 보고 허전함을 느꼈다면, 내 생각은 조금 달라. 그건 허전함 때문이 아니야. 아주 거창한 말로 들릴지도 모르겠다만."

야마세는 담배를 물었다.

"류 씨는…… 이 일의 한계를 늘 체감하며 살고 있다는 기분이 들어."

"이 일의 한계……."

"응. 시즈카, 생각해본 적 없어? 우리가 하는 일은 현대사회에 반드시 필요해. 그런 점에서는 나도 이 직업에 자부심을 느끼지. 세상 사람들이 개새끼 취급을 하든 뭘 어쩌든, 나쁜 짓을 한 인간이 있고 그인간 때문에 슬퍼하고 고통스러워하는 인간이 생기는 이상은 나쁜 짓을 한 인간을 붙잡아서 죗값을 치르게 할 필요가 있어. 그런 기능이 제대로 작동하지 않으면 사회질서가 파괴되어 못돼먹은 놈들만 살판 나는 지옥 같은 세상이 되겠지. 나쁜 짓을 하면 죗값을 치른다. 우리는 언제 어느 때라도 그 원칙을 지키고자 존재하는 거야."

"옳으신 말씀이에요. 저도 저희 일에 자부심을 느낍니다."

"그런데 말이야, 시즈카. 현실을 살펴봤을 때 나쁜 짓을 한 인간이 과연 정말로 전부 다 벌을 받는지 의심스러운 적 없었어? 예를 들어 가부키 초를 걸어간다고 치자. 저기 조폭이 어깨로 바람을 가르며 위풍당당하게 걸어가고 있네. 나쁜 짓이라고는 해본 적 없는 선량한 시민이 조폭을 피해 길가로 걸어가고, 눈 하나 깜박 않고 법률을 위반하는 놈들이 길 한복판을 활보해. 왜 그런 모순이 생길까? 만약 나쁜 짓을 한 인간이 반드시 벌을 받는 세상이라면 그런 일은 없어야 마땅하지 않을까? 나가타 초를 봐봐. 직권남용이니, 뇌물수수니, 이권개입 같은 나쁜 짓은 한 번도 한 적 없다고 떳떳하게 가슴을 펼 수 있는 정치가가 도대체 몇 명이나 될까? 관공서는 어때. 어려운 시험에 합격한 엘리트 관료도 우리가 낸 세금을 도둑질해서 단물을 쪽쪽 빨아 처먹는다고. 우리 귀에 들어오는 범위에서만 따져도 놈들이 하는 짓은 상당히 악랄해. 그런데도 놈들은 체포되지 않고, 비난받는 모습을 보기도 힘들어. 한편 먹고살기가 힘들어서 고작 수천 엔을 훔친 놈은 체포돼서 교도소에 수감되지. 경찰이 공개적으로 이런 소리를 하면 야단날 테니 우리끼리만 하는 이야기지만 말이야, 시즈카. 정의가 언제나 이긴다는 건 환상이야. 그렇지? 우리는 알아. 정의도 질 때가 있어. 나쁜 짓을 해도 벌을 받기는커녕 맛있는 걸 먹고, 좋은 옷을 입으며, 재미있고 즐겁게 살아가는 인간들이 이 세상에는 넘쳐나. 그리고 솔직히 말해 너도 나도 다른 경찰관들도, 우리가 아무리 애쓴들 그런 현실이 근본적으로 바뀔 거라고는 생각 안 해. 우리가 뼈 빠지게 일해봤자 나쁜 짓 한 인간을 전부 체포해서 죗값을 치르게 하기는 불가능하다고. 어느 시대, 어떤 정치 아래서도 악은 항상 살아남아. 인간이 있는 한 악은 사라지지 않지."

"하지만."
시즈카는 어째서인지 흘러내린 눈물을 손가락으로 닦아냈다.
"하지만 저희가 믿음을 가지고 맞서지 않으면 지금보다 더 나빠지겠죠? 만약 강도, 살인, 강간, 유괴 같은 극악무도한 범죄를 저지른 범죄자들을 그냥 내버려두면 이 세상은 진짜 생지옥이 되지 않을까요?"
"그래, 시즈카. 그래서 우리는 쥐꼬리만 한 월급을 받으며 제대로 쉬지도 못하고 일하지만 이 직업에 자부심까지 느끼는 거야. 안 그러면 일을 해먹을 수가 없거든. 하지만 자부심만으로 모든 단점을 못 본 척하고, 모순의 존재까지 잊고서 일하려면 아주 둔감해져야 하지 않겠어? 우리 가까이에도 부정과 태만은 만연해 있어. 설마하니 너도 우리 동료 중에는 뇌물을 받고 수사를 대충 하는 파렴치한 놈이 한 명도 없다고 생각하는 건 아니지? 사극에 나오는 악덕 관리가 요즘 세상에도 있다는 걸 우리 모두 알아. 만약 정의가 항상 이겨야 한다면 우리는 부정과 악행을 저지르는 동료부터 제일 먼저 처벌해야겠지. 하지만 우리는 그러지 않아. 적어도 난 못해. 한심하게도 그럴 만한 용기도, 그럴 용기를 지속시킬 만한 숭고한 사명감도 없어. 이 직업에 자부심을 품고 있는 한편으로 이 직업이 얼마나 한심하고 더러운지도 잘 아는 거지. 알면서 모르는 척 시치미를 뚝 떼고 있어. 왤까?"

야마세는 하얀 담배연기를 길게 뿜어냈다.

"먹고살기 위해 내 한 몸 챙기기도 바쁘니까."

야마세의 눈동자도 빛났다. 담배연기가 스며든 탓만은 아닐 것이라고 시즈카는 생각했다.

"류 씨는 사실 나보다 훨씬 섬세한 남자야. 너무나 섬세해서 상처 입기 쉽지. 만약 지금 이야기한 모순과 딜레마에 일일이 정면으로 맞섰다면 류 씨 같은 사람은 바로 망가졌을걸. 류 씨가 언제나 자기 입장을 고수하는 건, 그러지 않으면 자신이 망가진다는 걸 알기 때문이야. 류 씨는 형사라는 직업의 숙명적인 한계를 깨달았어. 사람은 악과 무관하게 살아갈 수 없지. 사람이 존재하는 곳에는 항상 악도 태어나. 그리고 형사도 사람인 이상 그러한 악과 무관하게 살아가기는 힘들어. ……결국 사람이 사람을 심판하기는 사실 불가능하지. 어렸을 때 신의 부름을 받은 순진무구한 사람을 제외하면, 태어나서 죽을 때까지 나쁜 짓을 단 한 번도 저지르지 않는 사람은 거의 없을 거야. 시즈카. 넌 나에 비하면 훨씬 깨끗한 인생을 살아왔겠지? 하지만 어때? 윤리와 도덕에 등을 돌린 적이 단 한 번도 없다고 단언할 수 있겠어?"

"알고 계신 건가요, 주임님?"

시즈카는 속삭이듯이 말했다. 야마세는 미소 지었다.

"아니. 소문은 들었지만 그런 건 아무래도 상관없어. 내가 지금 하는 이야기는 좀 더 본질적인 문제니까. 네가 너 자신의 마음에 물어봤을 때 어떤 대답이 돌아오느냐, 그런 문제야."

"저는 깨끗하지 않아요."

시즈카도 웃으려고 했지만 눈물이 멎지 않았다.

"욕망을 억누를 수가 없어서 윤리에 등을 돌렸어요. 소문은 사실이에요…… 저, 연애를 한다고 생각했어요…… 코치님과. 처자가 있는 사람이었지만 순수하게 사랑이라고 믿었죠. 하지만 다 허상이었어요. 코치님께 저는 사격이라는 특기를 빼면 아무 존재가치도 없는 여자였죠. 하지만, 하지만 복수하려고 일부러 과녁을 빗맞힌 건 아니에요. 저도 올림픽에 나가고 싶었어요. 제 마음도 타산으로 가득했다고요. 진심으로 도전했는데…… 총알이 빗나갔어요. 그때 천벌을 받았다고 생각했죠."

"그냥 우연이야. 승부니까 질 때도 있지."

"예."

시즈카는 고개를 끄덕였다.

"그 말씀이 맞아요. 천벌이라고 생각한 것 자체가, 제가 약하다는 증거겠죠. 결국은 연습 부족, 집중력 단련 부족, 실력 부족이었을 뿐이에요. 지금은 그걸 알아요. 사격을 그만둔 지금은. 하지만 그때는……

천벌이라고 생각했어요. 그런데 저…… 또 같은 감정의 포로가 됐어요. 그리고 지금은 그걸 숨기고 싶지도 않아요."

시즈카는 고개를 들어 야마세를 쳐다보았다.

"저…… 계장님을."

"미안하다, 시즈카."

야마세는 시즈카의 말을 막고 일어섰다.

"수사본부장님을 뵈러 가야 해서."

"안 들어주시는군요."

"응."

야마세는 고개를 끄덕였다.

"난 비겁자거든. 그 이야기는 안 듣는 편이 낫겠어. 그래도 한마디만 하자면, 시즈카. 류 씨는 허전한 게 아니야…… 그 사람은 기본적으로 언제든 홀로 살아가는 사람이지. 시즈카, 그 사람이 허전해 보인다면, 정말로 허전한 건 류 씨가 아니라 네 마음일 거야."

4

잠이 덜 깨 눈이 흐리멍덩한 다무라와 함께 택시를 타고 신주쿠 서로 향했다. 서로 들어가는 모습을 누가 볼까 봐 다무라가 하도 걱정하기에 택시로 주차장까지 가서 직원 전용 엘리베이터로 수사본부에 올라갔다. 쭈뼛쭈뼛하는 다무라의 긴장을 풀어주고자 부하를 시켜 근처 고급 호텔 빵집의 샌드위치를 사왔고, 커피는 아소가 직접 내려주었다. 페이퍼드립 커피라도 자판기 커피보다는 훨씬 맛있다.

다무라는 아소에게 들려준 것과 거의 같은 이야기를 수사원에게 한 후, 만약을 위해 사진으로 쓰카하라와 가타무라의 딸 얼굴을 확인하고 나서야 해방됐다. 돌아갈 때도 부하에게 자가용으로 신주쿠 역까지 바래다주라고 지시를 내렸다. 그들의 세계에서 고자질쟁이라는 꼬리표는 죽음이나 다름없는 의미이기 때문이다.

영업 시작 시간이 되자 수사원이 미나미신주쿠의 M백화점으로 급행했다. 아소는 수사회의에서 기타무라의 딸에 대해 간략하게 설명했다. 왜 지금까지 숨기고 있었느냐는 비난은 들리지 않는 척했다.

기타무라의 딸. 그녀가 중요참고인이라는 것은 의심할 여지가 없는 사실이었다.

하지만 왜 굳이 이제 와서 니라사키를 죽였을까. 가령 기타무라의 딸이 범인이라고 해도 동기에는 석연치 않은 부분이 많다. 또한 가장 중요한 의문이 남는다. 니라사키는 기타무라의 딸 얼굴을 알고 있었을 것이다. 그런데 왜 그렇게 무방비한 상태로 자신을 미워할 가능성이 있는 여자와 밀회했을까. 그것도 극비로 간자키 파 간부와 정치적인 거래를 마친 직후에.

아소가 수사본부에 얼굴을 내밀자마자 수사반원들이 둘러싸고 잇달아 보고했다. 어떤 사건을 수사하든 대단원이 가까워지면 들고 있는 퍼즐 조각이 단숨에 늘어나서 지금까지는 짐작도 가지 않았던 그림이 보이는 법이다.

"별 것 아닙니다만."

아이카와는 부스스한 머리와 까슬까슬하게 돋은 수염으로 무장하고 있었다.

"호텔 벨캡틴에게 확인했습니다. 왜, 이쿠타 사키코가 손수건을 잃어버렸다고 하지 않았습니까."

"응."

"거짓말이 아니었습니다. 벨캡틴 이름이 뭐더라." 아이카와는 수첩을 보았다. "이마모토가 똑똑히 기억하고 있었어요."

"이쿠타 사키코가 미나가와 사치코를 함정에 빠뜨리고자 거짓말을 했을 가능성은 사라진 셈이로군."

"뭐, 미나가와 사치코 본인이 나카조와 밀회했다는 걸 인정했으니 아무래도 상관없지만요. 그런데 좀 재미있는 사실이 밝혀졌습니다."

아이카와는 목소리를 낮추었다.

"이마모토가 이쿠타 사키코 같은 여자를 그날 밤에 한 번 더 봤답니다."

"어디서?"

"호텔 지하 주차장에서요. 문제는 시간인데요. 이마모토 말로는 오전 1시경이었답니다."

"이마모토는 그 시간까지 근무 중이었나?"

"예. 밤 8시부터 다음날 아침 6시까지 근무하는 야간반인데요. 중간에 수면 시간이 두 시간, 휴식 시간이 한 시간 포함되어 있답니다. 아무튼 나리타 공항에 비행기가 많이 연착해서 한밤중에 체크인을 하게 된 손님의 짐을 주차장에서 객실로 옮기려고 오전 1시경에 손수레를 가지고 주차장에 내려갔다가 몇 시간 전에 손수건을 찾으러 온 예쁜 여자를 본 거죠. 빨간 BMW 운전석에 앉아 있었다고 합니다."

"틀림없어?"

"스카프를 머리띠처럼 두르고 있어서 금방 알아봤다고 하니까 사람을 잘못 본 건 아니겠죠. 손수건을 찾으러 왔을 때와 똑같은 헤어스타일이었대요. 옛날 청춘영화의 여주인공 같은 모습이라 인상에 남았다고 하더군요."

아소는 소리 없이 웃었다. 원래 연예인이었던 만큼 보통 여자는 우스꽝스러워 보일 헤어스타일을 해도 근사해 보이는 것이리라.

하지만 오전 1시경이라고 하면 니라사키가 살해당한 시간과 아슬아슬하게 겹친다.

"이쿠타 사키코는 오전 1시까지 니라사키가 데이트를 신청하길 기다렸지만 결국 전화가 오지 않아서 드라이브를 갔다고 했죠? 하지만 실제로는 호텔 지하에 있었네요."

"뭐, 확실히 드라이브 중이었던 것 같기는 한데."

아이카와는 씩 웃었다.

"그것도 남자를 데리고요."

"뭐라고?"

"이마모토가 봤답니다. 빨간 BMW 조수석에 남자가 타고 있었대요. 혹시나 싶어서 사진으로 확인해봤는데 니라사키는 아니었습니다. 몸이 좀 더 통통하고 안경을 쓴 중년남자였던 모양입니다."

아소는 쌓아둔 자료를 뒤적였다. 오이카와에게 받은 자료 중에 있었다.

약간 비만한 체형에 안경을 낀 중년남자.

"이거 누굽니까?"

아이카와는 사진이 붙은 자료를 읽었다.

"간자키 파의 우에다!"

"이마모토한테 다시 가서 확인해봐."

아이카와는 대답도 하지 않고 방을 뛰쳐나갔다.

* * *

"안 돼."

오이카와는 고개를 젓더니 신문으로 얼굴을 가렸다.

"포기해."

"쓸모없기는."

"너한테 그딴 소리 듣기 싫어. 너희 1과는 어디에 고개를 디밀든 경찰수첩만 보여주면 끝이겠지만, 우리는 그렇게 안 된다고. 간자키의 우에다랑 네가 직접 만나면 그날 밤에 가스가 다이조와 우에다가 밀회했다고 까발리는 셈이나 마찬가지잖아. 지금 단계에서 그랬다가는 우에다는 세상 하직하고, 간자키와 가스가는 전쟁을 시작할걸."

"어쨌거나 이대로 수사가 진행되면 결국 우에다에게 진술을 들어야 해. 이르든 늦든 우에다가 배신했다는 사실은 간자키에게 알려질 거야."

"그 이르냐 늦느냐가 큰 문제라는 걸 모르겠냐, 이 멍청아. 우리는 지금 니라사키가 죽어서 정신 못 차리는 가스가를 박살내는 작전을 수행하는 데 온 힘을 쏟고 있어. 지금 전쟁이 터지면 골치 아프단 말이야."

"우에다에게 이야기를 듣고 싶어."

아소는 고집을 꺾지 않았다.

"당신이 자리를 마련해주지 않는다면 직접 우에다한테 갈 거야."

"적당히 좀 해라."

오이카와가 신문을 내렸다.

"야, 내가 엿 먹는 게 그렇게 재미있냐?"

"누가 니라사키를 죽였느냐, 그게 제일 중요해."

"우에다는 아니야."

"그건 알아. 하지만 우에다가 아는 여자였을 가능성은 있어."

오이카와는 눈도 깜박이지 않고 아소를 쳐다보았다.

"그게 무슨 뜻이야? 설마 우에다가 니라사키를 죽이려고……?"

"아니, 우에다는 물론 몰랐겠지. 그러니까 지금쯤 우에다는 얼굴이 새파랗게 질렸을 거야. 오이카와."

아소는 의자를 오이카와의 책상 가까이에 붙였다.

"누가 니라사키를 죽였는지 정답이 나왔는지도 모르겠어."

아소는 잠깐 뜸을 들인 후에 말했다.

"우에다의 여자야."

오이카와는 천천히 숨을 내쉬고 나서 고개를 끄덕였다.

"과연……."

아소도 고개를 끄덕였다.

"우에다는 그날 밤, 밀담을 준비해준 사례로 하룻밤 수청을 들 여자를 니라사키에게 보냈어. 분명 우에다가 제일 아끼던 여자였겠지. 물론 니라사키도 답례를 했을 테고. 니라사키의 애인을 한 번 더 한 명씩 조사하면 그날 밤 우에다에게 간 여자를 찾아낼 수 있을 테지. 그 일에 관해 아까 우리 수사반의 젊은 녀석이 재미있는 단서를 물고 왔어. 예전에 아이돌이었던 이쿠타 사키코라고 들어봤어?"

"수사회의 때 나왔잖아."

"그 여자는 니라사키의 애인일까, 아니면 그냥 니라사키와 가끔 만나서 정을 통하는 사이였을까. 당신은 어떻게 생각해?"

오이카와는 고개를 갸웃했다.

"솔직히 말하자면…… 확실치 않아."

"확실치 않다고? 당신들 정보망으로도 그걸 몰라?"

"이쿠타 사키코와 니라사키의 관계가 의외로 오래됐다는 건 알아. 이쿠타 사키코가 가케카와 에이전시에서 연예인으로 데뷔했을 무렵 니라사키가 팬클럽 발족 파티에 꽤 많은 돈을 지원해줬대. 하지만 그 후에 애인으로서 공공연하게 니라사키의 곁에 붙어 있었던 흔적은 없어. 집을 마련해준 것도 아니고, 매달 돈을 줬는지도 불확실해."

"뭐야, 너무 애매하잖아."

"별 것 아니라고 생각했거든. 가케카와의 소개로 한두 번 같이 잔 정도가 아닐까 싶었지."

"아무래도 그게 그렇지 않은가 봐. 니라사키가 살해당한 16일 심야 1시에 이쿠타 사키코는 빨간 차를 타고 호텔 주차장에 있었어. 게다가 조수석에 탄 사람은 간자키의 우에다일 가능성이 있고. 지금 확인하러 보냈지."

오이카와의 눈이 휘둥그레졌다.

"정말이야?"

"금방 확인되겠지. 만약 이쿠타 사키코가 운전하는 차 조수석에 탄 남자가 우에다라면 가설은 입증되는 것 아닌가? 아까 말한 니라사키의 답례가 바로 이쿠타 사키코였던 거야. 니라사키와 우에다에게 이

번 밀회는 일생일대의 도박이었어. 둘 중 하나가 배신하면 전쟁이 벌어지지. 가스가 다이조와 우에다의 밀회가 무사히 끝난 후 니라사키는 일단 다이조를 병원에 바래다주고 호텔로 돌아와서 우에다와 술이라도 한 잔 했겠지. 그리고 우에다는 니라사키가 부른 이쿠타 사키코의 차를 타고 호텔을 나섰고, 그 다음은 사키코가 진술한 대로 이즈의 별장에 갔든지 그 전에 러브호텔에 갔든지 했을 거야. 한편 니라사키 옆에는 우에다의 여자가 남았어. 조심성이 많은 니라사키답게 당연히 우에다의 여자에 관해 미리 조사했겠지. 그러니까 신용하고 그 여자와 알몸으로 욕조에 들어간 거야. 그만큼 그 여자는 우에다와 깊은 관계였다는 뜻이지. 그런데 그 여자가 니라사키의 목을 그었어. 우에다는 새파랗게 질려서 여자를 처리하려고 했겠지. 하지만 물론 여자는 우에다에게 돌아가지 않았어."

"……하지만 그건…… 간다 요코가 아니야."

"응. 우에다의 여자에 대한 정보는 가지고 있어?"

"롯폰기의 조직폭력반이 파악하고 있을 거야."

"즉시 알아봐. 만약을 위해 과거에 간호사로 일한 적이 있거나 의료 지식이 있는지도. 아아, 그리고."

아소는 한순간 주저하다가 말했다.

"16일 밤, 야마우치가 신바시의 〈사와노〉에서 밀회한 상대가 혹시 그 여자였을 가능성 말인데."

"그건 아니야."

오이카와는 양손을 펼쳤다.

"딱히 감추려던 건 아닌데, 이번 사건과 직접 관계가 없는 것 같아서 말하지 않았어. 야마우치가 〈사와노〉에서 만난 사람은 제약회사 중역이었어."

"제약회사 중역?"

"이토야 제약. 조그마한 회사지만 도쿄증권거래소 2부에 상장되어 있지."

"야마우치가 왜 그 남자를?"

"그게 2과도 흥미진진하게 여기는가 봐. 일단 본인에게 변명은 들어놨어. 이스트흥업에서 야나기다라는 그 남자의 본가 땅을 사고 싶어서 교섭하려고 만났대. 진술의 진위 여부도 확인했지. 하지만 잘 보라고. 이토야 제약의 주가가 앞으로 어떤 움직임을 보일지 기대되는군."

"그게…… 야마우치의 본업이야?"

오이카와는 고개를 끄덕였다.

"땅은 이제 글렀다면 다음은 주식이겠지."

그때 아소의 안주머니에서 휴대전화가 진동했다.

"어, 전화다."

아소는 발신자 번호를 확인했다. 비통지번호였다.

"여보세요?"

"……아소 씨?"

잠긴 목소리였다. 마치 주변 사람들에게 들릴까 봐 겁난다는 듯이 목소리를 낮게 억눌렀다.

들어본 적 있는 목소리였다. 바로 누군지 생각났다.

"……하세가와 다마키?"

휴대전화에서 흐느끼는 소리인지 한숨 소리인지 모를 소리가 흘러나왔다.

"하세가와! 지금 어디 있어?"

"니라사키를 죽인 거 저 아니에요."

"알아. 아무도 그런 의심 안 해."

"그 시체도 제가……."

"하세가와, 지금 어디 있어? 아무 걱정할 필요 없으니까 어디 있는지 알려줘. 데리러 갈게. 나 혼자 갈게."

아소는 휴대전화에 대고 애원하듯이 말했다.

"너도 알지? 왜 도망쳤는지 정확한 이유는 모르지만 위험하다고 생각했으니까 도망친 거 아니야? 이야기를 들어줄게. 절대로 너한테 해가 되게는 안 할 게. 그러니까 말해, 어디 있어!"

"긴자."

"……긴자?"

"옛날 지인이 하는 가게예요. 7초메의 〈하얀 은하〉라는 곳. 가게 문을 열 때까지는 거기 있을게요. 하지만 4시가 되면 나갈 거예요."

"지금 당장 갈게. 어디 가지 말고 꼭 거기 있어, 알겠지!"

아소는 전화를 끊자마자 달려 나갔다. 뒤에서 오이카와가 뭐라고 소리를 질렀지만 신경 쓸 여유는 없었다.

* * *

"하세가와?"

클로즈드 팻말이 달린 가게 문을 두드리며 아소는 작은 목소리로 불렀다.

"나야, 아소. 있으면 문 열어줘."

문은 바로 열렸다. 가게 안은 깜깜해서 한 치 앞도 제대로 보이지 않았다.

"어디 있어?"

"여기."

바로 귀 옆에서 소리가 나더니 누가 팔을 잡았다.

"얼른 들어와요!"

아소가 몸을 들여놓자 뒤에서 문이 닫히고 불이 켜졌다.

하세가와 다마키가 캠프장 같은 곳에서 쓰는 랜턴을 들고 서 있었다.

"미안해요. 미터기가 많이 돌아가면 티 날까 봐 전기를 못 써요."

다마키는 떨리는 목소리로 말했다. 불빛이 약한 탓도 있겠지만 마지막으로 봤을 때와는 마치 다른 사람처럼 변했다. 삐쩍 마른 데다 화장기가 없는 얼굴은 가면처럼 하얗고 눈이 쑥 들어갔다. 그리고 놀랍게도 희미하게 수염이 났다. 고환을 제거했지만 극도의 스트레스 탓에 남성이었던 시절의 흔적이 표면으로 드러난 걸까.

"소파에 앉아요. 냉장고는 켜놨으니까 마실 것 정도는 대접할 수 있어요."

"아무 것도 필요 없어. 그것보다 이야기나 들려줘."

다마키는 그래도 냉장고에서 캔 맥주를 두 개 꺼내와서 아소 앞에 앉았다. 아직 한낮이었지만 다마키의 긴장을 풀어주기 위해 캔을 따서 한 모금 마셨다. 다마키는 그 모습을 보고서야 미소를 짓더니 캔을 따서 맥주를 꿀꺽꿀꺽 마셨다.

"그렇게 술만 마시면 몸 망가져."

"마시지 않으면 무서워서…… 정신이 이상해질 것 같아요."

다마키는 훌쩍훌쩍 울었다. 유들유들하고 대담하고 머리가 잘 돌아가던 예전 모습은 어디에도 없었다.

"도대체 무슨 일에 휘말린 거야? 니라사키 살해 사건과 관련된 일이야?"

다마키가 한숨을 후 내쉬었다.

"전 니라사키를 안 죽였어요."

"그건 알아. 아무도 의심 안 해."

"정말요?"

"응." 아소는 웃음을 지었다. "니라사키는 아주 조심스러운 놈이었어. 그리고 당신을 정말로 믿었던 건 아니야. 맞지? 니라사키는 네가 머리가 좋다는 것을 높이 평가하지 않았나? 즉 널 믿지는 않았다는 뜻이야. 니라사키는 무방비한 알몸으로 욕조에 들어가서 살해당했어. 네가 상대였다면 그렇게 무방비한 모습을 보이지는 않았겠지. 그렇다고 에자키라는 어린애가 니라사키를 죽인 것도 아니야. 넌 수사를 혼란시키고자 내게 쓸데없는 소리를 늘어놨어. 즉, 니라사키를 죽인 진범이 누군지 아는 거지?"

다마키는 고개를 천천히 끄덕였다.

"다쓰야한테 전화가 왔다는 건 거짓말이에요. 다쓰야는 그날 밤 니라사키가 어디에 있는지 몰랐을 거예요."

"이름을 가르쳐줘. 니라사키를 죽인 범인은 누구지?"

"주범이 누구인지는 저도 몰라요."

다마키는 여전히 떨리는 목소리로 속삭이듯이 말했다.

"……니라사키가 살해당한 날 밤…… 저, 사장님 집에 있다가 사장님이 먼저 잠드는 바람에 심심해서…… 나갔어요."

"몇 시에?"

"새벽…… 2시 반쯤이었나. 니시신주쿠에 아침까지 여는 보이즈클럽이 있어서 가끔 놀러가요."

"호스트클럽이랑 비슷한 건가?"

"예. 더 싸지만. 택시로…… 니라사키가 살해당한 호텔 근처를 지나갔어요. 정말 우연이었죠. 그러다 길을 걸어가는 그 사람이 보여서 말을 걸었어요. 택시를 세우고 창문을 열고요. 그런데 목소리가 안 들리는지 그냥 가버리더라고요. 코트를 입고 있었는데 어쩐지 좀 이상해 보였어요. 하지만 뭐 그냥 넘어갔죠. 그리고 클럽에 갔는데, 저랑 친한 애가 쉬어서 재미가 없더라고요. 그래서 4시쯤에 사장님 집으로 돌아갔어요. 그런데 아침에 니라사키가 살해당했다는 연락이 와서…… 처음에는 그 사람과 니라사키를 결부시키지 못했어요. 항쟁 사건인 줄 알았거든요. 누구든지 승룡회나 간자키 파가 그랬다고 생각할 거예요. 하지만 당신들이 나서서 항쟁 사건이 아니라 살인 사건이라고 결론을 지었잖아요? 그제야 그날 밤 그 사람과 사건이 연결된 거예요."

"일단 그 사람 이름을 알려주지 않겠어?"

아소는 수첩을 꺼내서 메모할 준비를 했다.

"혹시 간다 요코 아니야?"

"간다 요코? ……그런 사람은 몰라요."

아소는 놀랐지만 태연한 척했다.

"그렇군. 어, 그냥 수사하다 부각된 여자라서 물어봤어. 그런데 그 사람 이름은?"

"지금 성씨는 몰라요. 옛날에는 모치즈키라는 사람의 아내였죠. 남편은 이미 병으로 죽었지만요. 이름은 미치코. 하지만 뭔가 다른 이름을 썼던 것 같은데."

이름을 적는 손이 떨려서 아소는 작게 심호흡을 했다.

모치즈키 미치코.

니라사키의 부하가 운전하던 차에 치여 딸을 잃은 어머니.

"아는 사람?"

다마키가 불안한 듯이 작은 목소리로 물었다.

"응…… 수사선상에 이름은 올랐어. 니라사키의 차가 이 사람과 딸을 치었는데 딸만 죽었지. 하지만 그 차는 니라사키가 운전하지 않았어."

"맞아요, 그 여자예요."

"넌 어떻게 모치즈키 미치코를 알지?"

다마키는 후후 웃었다.

"옛날에 근처에 살았거든요…… 지금처럼 되기 전이지만."

"지금처럼이라니…… 성전환수술을 받기 전?"

다마키는 고개를 끄덕였다.

"저, 어렸을 때부터 별났어요. 여자아이처럼 꾸미는 걸 정말 좋아해서 치마를 입거나 머리에 꽃을 달기도 했죠. 그래서 별난 아이라는 말을 듣고 자랐어요. 하지만 싸움을 잘해서 괴롭힘을 당한 적은 별로 없네요. 문제는 부모였어요. 사내놈이 계집애처럼 하고 다니고 싶어 하니 부모 입장에서는 역겹고 한심해서 차라리 낳지 말 걸 그랬다 싶었겠죠. 그래서 부모랑 늘 대판 싸웠어요. 마지막에는 아버지를 때려서 입원시키고 집을 나왔죠. ……하세가와 다마키는 본명이 아니에요. 성전환수술을 하고 긴자로 나오기 조금 전, 자지가 달린 채로 가슴만 크게 만들어서 아사쿠사에서 1년 정도 댄서로 일한 적이 있었죠. 그때 스트리퍼로 일하는 여자랑 친하게 지냈는데, 걔가…… 각성제를 맞다가…… 정신이 이상해져서 어느 날 밤에 스미다가와 강에 뛰어들었어요."

"목숨을 잃었나?"

"몰라요."

다마키는 희미하게 웃었다.

"시체가 떠오르질 않았어요. 하지만 걔를 관리하던 사무소에서는 귀찮은 일은 딱 질색이라며 경찰에 신고도 하지 않았죠. 수사에 들어가면 각성제 때문에 위험할 테니까…… 시체는 분명 며칠 지나서 떠올랐겠지만, 마침 7월이라 태풍이 계속 올라오는 바람에…… 바다로 떠내려가면 찾을 방도가 없죠."

"하세가와 다마키는 그 여자 이름이었나?"

다마키는 고개를 끄덕였다.

"동갑이었고, 고향은 먼 간사이 지방인 데다 의절당했다고 했어요. 그래서 사무소에 있던 이력서를 복사해서 그 후로 쭉 하세가와 다마키로 행세했죠. 버리고 싶었거든요…… 남자였던 시절의 역사를 모조리 버리고 싶었어요. 하세가와 다마키라는 이름을 손에 넣고 나자 자지를 떼어낼 결심이 서더군요. 당신은 그 기분 모를 거야."

"본명이 뭔지 알려주겠어?"

"싫다고 해도 경찰이니 조사하겠죠."

"뭐, 그렇겠지만. 하지만 사람 이름은 보통 조사해서 밝혀내는 게 아닌데. 친구라면 이름 정도는 알고 싶은 게 당연하잖아."

"……싫어해요, 본명."

"그렇군."

아소는 고개를 끄덕였다.

"그럼 지금은 말 안 해도 돼. 하지만 나중에는 꼭 말해주기를 바래."

"마쓰모토 다카유키."

다마키는 알아듣지 못할 만큼 작은 목소리로 말했다.

"이게 저한테 어울린다고 생각해요?"

아소는 웃었다.

"안 어울려…… 다마키가 좋아. 이제 잊어버릴게."

"고마워요."

"그건 그렇고."

아소는 다마키 쪽으로 몸을 가까이 했다.

"모치즈키 미치코에 대해 이야기해줘. 옛날에 넌 요요기 5초메 근처에 살았어. 그때 모치즈키 미치코와 알고 지낸 거지?"

"그렇게 친한 사이는 아니었지만요. 저기, 신문에 아줌마가 살해당했다는 기사가 났잖아요."

"야마다 노리코 씨?"

"예. 그 사람이랑 실종된 쓰카하라 도미코라는 사람은 사이가 좋았어요. 그리고 쓰카하라 아줌마는…… 저를 살갑게 대해줬죠. 부모보다 다정했어요. 절 보고 변태라고 비웃지도 않았고요. 어머니는 그나마 이해심이 있는 편이었지만 아버지가 최악이었죠. 오카마라느니, 병신이라느니 욕을 퍼부으니까 저도 울컥해서 막 싸웠어요. 그래서 집을 뛰쳐나올 때마다 쓰카하라 아줌마가 자기 집에 데려가서 단팥죽 같은 걸 만들어줬는데……."

"착한 사람이었군."

"서민 동네의 오지랖 넓은 아줌마였지만, 다들 그 사람을 좋아했어요. 야마다 아줌마는 절 바보 취급했지만, 그래도 감기에 걸리면 생강차를 타줬죠."

다마키는 또 훌쩍훌쩍 울었다.

"……좀 더 빨리 쓰카하라 아줌마한테 상의할 걸 그랬어…… 아줌마, 이미 죽었으려나……."

"저기, 좀 더 차근차근 정리해서 이야기해주지 않겠어? 넌 마쓰모토 아무개라는 이름을 쓰던 시절에 야마다 노리코 씨와 쓰카하라 도미코 씨 집 근처에 살았고, 두 사람은 너한테 잘해줬어. 그리고?"

"예, 그리고 저한테 그런 것처럼 그 두 사람은 모치즈키 미치코에게도 친절했어요. 특히 쓰카하라 아줌마는 모치즈키 미치코를 딸처럼 귀여워하며 이래저래 잘 돌봐줬죠. 그래서 저도 모치즈키 미치코하고 안면이 있었고요. 하지만 전 7년 전에 가출한 후 3년쯤 전에 딱 한 번 갔던 걸 빼면 그 동네에 돌아간 적이 없으니까 모치즈키 미치코가 어떻게 됐는지는 전혀 몰랐어요. 하지만 아이가 교통사고로 죽었다는 건 신문에서 읽었죠. 그래서 3년 전에 잠깐 돌아갔을 때 니라사키가 교통사고 가해자라는 이야기를 듣고 몹시 놀랐어요. 그때 이미 니라사키를 알고 있었거든요."

"남편이 병으로 죽은 후 미치코도 동네를 떠난 모양이야. 3년 전에는 왜 갑자기 집에 돌아갔지?"

"집에 돌아간 게 아니에요. 이 꼴로 집에 가면 아버지가 입에 거품을 물고 쓰러질걸요."

다마키는 웃음을 지었다.

"그 동네에 사는 중학생 때 친구가 오토바이 사고로 세상을 떠나서 장례식에 참석하려고 갔어요. 다들 너무 놀랄 것 같아서 가슴을 천으로 동여매고, 머리도 짧게 깎고, 남자용 예복을 입었죠."

다마키는 웃으면서 어깨를 으쓱했다.

"뭐랄까, 그래도 다카라즈카(여성으로만 이루어진 가극단 — 옮긴이 주)의 변변치 못한 남자 역할 배우 같더라고요. 그래서 아버지가 일로 집을 비운 틈에 어머니만 잠깐 보고 왔죠. 그게 다예요. 어머니가 너도 물장사를 하면 조폭이 손님으로 오는 것 아니냐, 부탁이니 그런 놈들은 가까이 하지 말라고 하더군요. 뭐, 이미 늦었지만. 그때 어머니가 니라사키 이야기를 꺼냈어요. 니라사키라는 조폭이 모치즈키 씨네 마코짱을 차로 치어 죽여놓고 자기 부하를 대신 교도소에 보냈다고요."

다마키가 남은 맥주를 쭉 들이켰다. 아소도 갈증이 느껴져서 한 모금 더 마셨다.

"하지만 그 후로는 모치즈키 미치코를 잊고 지냈죠. 어디 있는지도 모르니까 당연하죠. 그런데…… 반년쯤 전에 신주쿠의 백화점에서 우연히 봤어요."

"신주쿠의 백화점? 거기 미나미신주쿠의 M백화점 아니야?"

"맞아요. 어떻게 알았어요?"

아소는 입술을 핥았다. 아무래도 다무라의 증언과 다마키의 이야기는 하나로 연결될 모양이다.

"나중에 설명할게. 그래서?"

"미치코는 여성복 매장에서 일하고 있었어요. 어머나, 이렇게 가까이 있었구나 싶어서 말을 걸었죠. 그랬더니 그쪽도 옛날 생각이 났는지 차나 한 잔 하자더라고요. 계속 요코하마 쪽에 살다가 1년 전에 도쿄로 나와서 파트타임으로 일하고 있다고 하더군요. 소문으로는 딸이 죽은 후 폭력단과 합의를 봐서 돈을 제법 많이 받았다던데, 그래서 파트타임 일만으로도 먹고살 수 있는 거구나 했죠."

"그 후로 몇 번 더 만났어?"

"두 번인가…… 미치코가 일하는 매장에는 제법 괜찮은 옷이 많았거든요. 아는 사이라 10퍼센트는 깎아주기도 하고. 그런데…… 그날 밤 니라사키가 살해당한 호텔 바로 근처를, 사망 추정 시각에 미치코가 걸어갔어요…… 제가 부르는 소리를 듣지도 못할 만큼 급하게. 간자키 파나 승룡회가 사건을 저지른 게 아니라는 이야기를 들었을 때 비로소 그게 뭘 뜻하는지 알아차렸죠. 그래서…… 그래서……."

다마키는 양손으로 얼굴을 덮었다.

아소가 대신 말을 끝맺었다.

"그래서 모치즈키 미치코에게 돈을 뜯었다."

다마키는 얼굴을 가린 채 고개를 끄덕였다.

"바보 같은 짓을 했어. 상대는 살인범이라고. 위험하다는 생각은 안 들었어?"

"……모치즈키 미치코 하나 정도는 감당할 수 있을 것 같았어요. 원래 보통 주부였으니…… 뭔가 기적이 일어나서 니라사키를 죽이는 데 성공했다 쳐도, 다른 사람까지 죽일 수 있는 여자는 아니라고 생각했죠."

"왜 미치코가 혼자 범행을 저질렀다고 착각했지?"

"그게."

다마키는 양손을 내리고 힘없이 웃었다.

"백화점에서 일하는 그 여자를 보고서 누가 그런 상상을 하겠어요? 아이가 죽었으니 니라사키에게 원한을 품는 건 당연하지만, 그렇다고 동료를 구해서 복수할 줄은 꿈에도 몰랐어요."

"너 아까, 간다 요코는 모른다고 했지?"

"몰라요. 이름을 들어본 적도 없어요. 그 여자가 미치코의 동료인가요?"

"아무래도 그런 것 같아. 그렇지만 아직 그 둘이 연결되어 있다는 증거가 나온 건 아니고. 하지만 한 목격자가 M백화점 여성복 매장에서 간다 요코를 봤어."

"즉, 간다라는 여자가 미치코를 만나러 갔다는 뜻?"

"두 사람이 니라사키 살해 사건의 공범, 즉 동료라면 간다 요코가 미치코 직장에 들르는 건 부자연스러운 일이 아니야. 하지만 간다 요코가 목격된 건 니라사키 살해 사건이 벌어진 직후야. 보통 공범자들은 사건을 일으킨 후에 함께 있는 모습이 눈에 띄지 않도록 주의해. 분명 두 사람도 니라사키를 죽이고 나서 한동안 떨어져 있을 예정이었겠지. 그런데 긴급사태가 발생해서 미치코가 요코에게 연락을 취한 걸 거야."

"긴급…… 사태……."

"그래."

아소는 고개를 끄덕였다.

"너야. 네게 협박을 당해서 미치코가 위기감을 품은 거지. 언제 처음으로 미치코를 협박했어?"

"사건…… 다음날. 사장이 입원한 사이에 백화점에 전화했어요."

"느닷없이 돈을 요구했나?"

"에둘러서 말해봤자 아무 소용없잖아요. 하지만 급하게 돈을 준비할 수 있는 상태인지 몰라서, 상황을 보려고 2백만 엔을 빌려주면 고맙겠다고 운을 띄웠죠. 그랬더니 내일 백화점으로 오라고 하더라고요."

"백화점에서 돈을 받았나?"

"미치코의 여동생으로 위장해서 매장으로 갔죠. 그리고 백화점 안의 카페에서 돈이 든 종이봉투를 받았어요. 솔직히 말해 깜짝 놀랐어요. 미치코가 생명보험금과 가스가 파의 합의금을 받아서 부자가 됐다는 소문은 진짜였구나 싶었죠."

"그래서 더 큰돈을 요구한 거로군. 그 자리에서 바로 그랬나?"

다마키는 고개를 한 번 끄덕이고 다시 얼굴을 가렸다.

"그게…… 가스가한테 고작 수백만 엔을 받고 치우지는 않았을 거잖아요? 돈을 받아놓고 니라사키를 죽였으니 미치코는 가스가에게 사기를 친 거나 마찬가지예요. 그렇다면…… 그렇다면 우려내도 괜찮겠다고 생각했죠…… 어차피 조폭의 돈이니까……."

"얼마나 요구했지?"

"……8백만 엔."

"합쳐서 천만 엔이라."

아소는 어깨를 움츠렸다.

"상처 입고 굶주린 사자에게 앞발을 올리는 재주를 부리라며 손을 내민 셈이나 마찬가지군."

"많은 건 아닌 것 같은데…… 살인을 모른 체해주는 입막음 비용이니까."

"그런 요구가 언제까지 계속될지 미치코 입장에서는 판단이 불가능했다는 게 문제야. 딱 한 번으로 끝난다면 공갈은 대부분 성공하지. 돈을 뜯기는 쪽도 딱 한 번이라면 무리를 해서라도 요구에 응해. 하지만 두 번째가 있으면 보통은 세 번째도 있다고 받아들이겠지? 넌 두 번째로 요구를 하고 말았어. 미치코와 그녀의 동료가 몇 번이나 계속될지 모르는 협박에 굴복할 수는 없다고 결론을 내리는 것도 무리는 아니지. 그건 그렇고 왜 돈이 그렇게 필요했던 거야?"

다마키는 잠깐 침묵을 지키다가 흐느껴 울기 시작했다. 그리고 눈물을 흘리면서도 얼굴에 미소를 띤 채 입을 열었다.

"……저…… 좋아하는 남자가 있어요."

"야마우치 말고?"

다마키는 울음과 웃음이 뒤섞인 표정으로 고개를 저었다.

"사장님은 귀엽게 생겼고, 속궁합도 나쁘지 않지만…… 그 사람은 인간을 사랑하면 안 되는 사람인걸요. 처음에는 반할 뻔했지만 금방 알아차렸어요. 사장님 마음은 빙하에 갇힌 맘모스나 다름없어요. 썩지 않지만 녹지도 않죠. 녹았을 때는…… 분명 썩을 테고요. 다른 남자예요…… 평범한 바텐더인데, 절 희귀한 생물 보듯이 대하지 않고 여자로 사랑해줘요. 하지만 그 남자…… 빚이 있어요. 도박을 좋아하지만 실력은 별로라, 여기저기서 8백만 엔이나 빌려 썼죠."

"야마우치에게 부탁해보지 그랬어."

다마키는 아소를 보며 쓴웃음을 지었다.

"아소 씨, 사장님이 얼마나 무서운 사람인지 전혀 모르는군요. 그 사람은 돈이 얽히면 진짜 귀신이 돼요. 온 세상 사람이 돈을 꾸어주기를 거절해도 사장님에게만은 두 번 다시 손을 벌리고 싶지 않아요. 만약 돈을 못 갚으면…… 그 사람 목숨이 달아날 테니까요."

"말을 듣자 하니 야마우치한테 돈을 빌렸나 본데."

"사장님한테 들었을 텐데요. 빚을 갚을 수 없어서 〈심해〉를 그만두고 소프랜드로 옮기려고 했을 때 사장님한테 스카우트됐어요. 하지만…… 지금도 소프랜드에서 일하는 편이 편하지 않았을까 하는 생각이 드네요."

"그거, 야마우치가 뭔가 강요하고 있다는 뜻인가?"

다마키는 입을 다물고 아소 얼굴을 잠깐 노려보았다.

"야마우치를 비호할 의리는 없잖아? 만약 도움이 필요하다면 말해. 정보를 제공했으니 보답으로 놈에게서 해방시켜줄게."

그래도 다마키는 입을 열지 않았다.

아소는 손을 내저었다.

"알았어. 입을 함부로 놀렸다가는 목숨이 달아날지도 모른다는 뜻이라면 지금 이야기는 안 들은 걸로 칠게."

"그런 이유 때문만은 아니에요."

다마키가 불쑥 말했다.

"……사장님은 무서운 사람이지만 좋은 점도 있어요. 그러니까 경찰에 팔고 싶지는 않다고요."

"니라사키는 그다지 좋지 않았던 모양이지?"

다마키는 웃었다.

"싫어요. 그딴 놈은 진짜 싫어. 죽어서 속이 시원해요. 만약 정말로 미치코가 니라사키를 죽였다면 감사 인사 정도는 해둘 걸 그랬네."

"왜 니라사키를 그렇게 싫어하지? 네가 내게 들려준 옛날이야기는 전부 거짓말이잖아? 니라사키가 직접 무슨 피해라도 준 적 있었어?"

"그건 아니지만…… 하지만 니라사키는…… 자기 손을 더럽히지 않고 악마 같은 짓을 저질렀어요. 빡치면 폭발하니까 다들 사장님이 더 위험하다고 말하지만, 제 생각은 달라요. 적어도 사장님은 자기가 나선다고요. 분명 사장님은 폭발하면 손도 댈 수 없는 사람이지만, 그래도 자기 손으로 때리죠. 하지만 니라사키는 아니에요. 놈은 자기 손은 안 써요. 절대로요. 미치코의 딸이 죽었을 때도 그랬잖아요? 니라사키가 운전하지 않았다니 그걸 누가 믿겠어요? 전 미치코가 니라사키를 죽이고 싶어 한 기분을 이해해요. 손에 피 한 방울 묻히지 않고 사람을 죽이고도 난 모르쇠로 일관하다니 최악이잖아요. 들어본 적 없어요? 꽤 예전 일인데, 니라사키를 죽이려 한 여자가 한 명 더 있었대요."

아소는 이야기가 뜻밖의 방향으로 흘러가서 놀랐다.

"니라사키를 죽이려고 한 여자가 한 명 더 있었다고? 모치즈키 미치코 같은 일반인이었나?"

"모르는구나. 하긴 꽤나 예전 일인 데다 니라사키만 노린 것도 아니니까. 무토가 표적이었다는 이야기도 있거든요."

"도대체 무슨 일인데?"

"자세한 내용은 저도 몰라요. 그 사건이 일어났을 무렵에는 아직 긴자에 있었나 그래서요. 아무튼 각성제 중독자에게 자식인가 남편을 살해당한 여자가 복수를 하려고 권총을 들고 동일본연합회 간부가 모인 곳에 쳐들어갔대요. 무토 파가 각성제를 판 탓에 그런 일이 벌어졌으니 보스 무토에게 복수할 작정이었다나 뭐라나. 하지만 그 여자를 그런 지경까지 몰아넣은 건 니라사키였다고 다들 그래요. 물론 증거는 하나도 없지만요."

"그 여자 이름은 기억나?"

"전혀요. 하지만 오이카와는 알걸요. 물어봐요. 아, 하지만 그 여자는 니라사키를 못 죽여요."

다마키는 건조한 웃음소리를 흘려냈다.

"쳐들어갔을 때 총알 세례를 받아 벌집이 돼서 죽었거든요."

아소는 메모를 하면서 기묘한 흥분을 억눌렀다. 왜 지금까지 이 사실을 보고받지 못했을까? 분명 오이카와 쪽에서 아무 관계도 없다고 판단한 탓이다. 니라사키와 얽힌 피비린내 나는 사건은 그 수가 너무 많으므로 결국 오이카와와 수사4과의 필터로 걸러서 남은 것만 수사 대상으로 선정된다. 하지만 아무래도 필터를 통과한 더러운 물에 니라사키의 목을 그은 메스가 숨겨져 있었던 것 같다. 모치즈키 모녀가 당한 교통사고도 그중 하나였다.

"넌 목숨을 천만 엔에 팔아넘길 뻔했어."

아소는 수첩에서 다시 다마키에게 시선을 옮겼다.

"늦지 않아서 다행이야."

"설마…… 날 죽이려 들 줄은 몰랐어요! 방금도 말했지만 모치즈키 미치코 혼자 니라사키를 죽인 줄 알았거든요. 그리고 니라사키가 총에 맞아 죽은 것도 아니니까 미치코한테는 총이 없다고 생각했죠. 그러니까 설령 미치코와 치고 박고 싸운다고 해도 지지 않을 자신이 있었는데…… 제 생각이 틀렸어요. 미치코에게는 동료가 있었죠. ……그래도 일단 주의는 했다고요. 그야 큰돈이 걸린 문제니까요. 혹시 반격하지는 않을까 걱정이 되기는 했어요."

"그래서 대리를 내세웠군."

다마키는 고개를 끄덕였다.

"저랑 얼굴이 닮았고 몸집도 비슷한 옛날 친구를 불렀죠. 얼굴이 닮은 건 당연하지만."

다마키는 웃었다.

"같은 병원에서 수술을 받았거든요. 몸집도 비슷해야 한다고 생각하니까 역시 성전환자인 친구가 떠오르더군요. 미나코라는 이름을 쓰던 애인데, 마작에 미쳐서 빚이 꽤 많았어요. 모치즈키 미치코에게 돈을 받아오면 백만 엔 주겠다고 약속했더니 자기가 받아오겠다고 냉큼 나서더라고요."

"살인범을 공갈했다고 제대로 설명했어?"

"다 알면서 심술궂기는."

다마키는 크게 한숨을 쉬었다.

"알아요…… 걔한테 미안한 짓을 했죠. 하지만…… 미치코가 반격해봤자 별일이야 있겠냐 싶었어요. 정말이에요. 처음부터 불태워 죽일 줄 알고 걔를 끌어들인 건 아니라고요. 걔는 가라테 검은 띠였어요. 그러니까 혹시 싸움이 벌어져서 상대가 칼을 꺼내도 그 정도는 문제없을 거라고 생각했고, 여차하면 저도 물론 가세할 작정이었죠. 아무튼 대리를 내세웠으니까 일부러 어두워서 얼굴이 잘 보이지 않는 곳을 약속 장소로 정했어요."

"에도가와 강 강변 말이지?"

다마키는 고개를 끄덕였다.

"오래 전에 아사쿠사의 성전환자 클럽에 있었을 때 종업원들이랑 거기서 소프트볼을 한 적이 있어서 아는 곳이거든요. 미나코에게 제 코트를 입혀서 약속 시간에 맞춰 보냈어요."

"시체는 〈심해〉에서 쓰는 라이터를 쥐고 있었어. 네가 미나코에게 준 거야?"

"라이터?"

"은색 라이터. 〈심해〉의 호스티스들이 손님 담배에 불을 붙일 때 쓰는 거야."

다마키는 잠시 생각하다가 짚이는 구석이 있는지 고개를 끄덕였다.

"아아…… 미나코가 우리 집에서 가져갔을 거예요. 돈을 받아오면 백만 엔을 주겠다고 미나코에게 제안했을 때 걔를 우리 집으로 불렀는데, 집에 그 라이터가 몇 개 있거든요. 골초인 미나코는 긴장하면 담배를 피워야 마음이 진정되는 성격이었죠."

"미치코가 눈앞에 섰을 때 미나코는 담배를 피우려고 라이터를 꺼냈다 그건가?"

"그랬을 거예요. 저는 떨어진 곳에 있어서 잘 안 보였지만 담배도 물고 있지 않았으려나."

그 담배는 불길에 휩싸여 사라졌을 것이다. 느닷없이 휘발유를 뒤집어써서 미나코는 한순간 어리벙벙해졌다. 그리고 다음 순간 불길이 얼굴을 태워버렸다.

"미나코의 본명은?"

"구마가이, 마사오였는지 마사토시였는지 잊어버렸네. 우리는 남자였을 때의 이름을 남에게 밝히는 일이 거의 없거든요."

"주소는?"

"세타가야 가라스야마. 전화번호는 여기 적혀 있어요."

다마키는 웃옷 호주머니에서 빨간색 체크무늬 수첩을 꺼내서 아소에게 주었다.

"불쌍하니까 신원을 확인해서 시신이 집도 절도 없이 방치되지 않도록 신경 좀 써줘요. 그게 마음에 걸려서 경찰에 익명으로 정보를 제공할까 계속 고민했다고요."

"강변에서 불탄 채 발견된 시체 사건은 내 선배였던 형사의 팀이 맡아. 아주 우수한 사람이야. 지금쯤이면 신원을 확인했을지도 모르겠군. 하지만 물론 이 수첩 덕분에 당장 미나코의 장례식을 치를 수 있겠지."

다마키는 어깨를 축 늘어뜨렸다. 아무리 유들유들하게 굴어도 다마키는 분명 니라사키와 다르다고 아소는 생각했다. 자기 탓에 사람이 죽은 것에 큰 책임과 후회를 느끼고 있다.

아소는 손을 뻗어 다마키의 손을 다정하게 잡아주었다.

다마키는 안심한 듯 고개를 끄덕였다.

"저…… 모치즈키 미치코를 너무 만만하게 봤어요. 그렇게 잔혹한 짓을 태연하게 저지르는 여자일 줄은……. 아이를 잃은 여자는 물불 안 가린다고 하더니 사실이었군요."

다마키는 콧물을 훌쩍이며 눈물을 흘렸다.

"약속 시간에 미치코가 왔어요. 저는 강가에 버려진 책상 밑에 숨어서 보고 있었죠. 미치코는 강둑 계단을 내려와서 미나코가 서 있는 곳으로 다가왔어요. 그런데…… 미나코 앞에 서자마자 인사도 나누지 않고 페트병을 꺼내서 내용물을 미나코에게 확 끼얹더라고요. 냄새를 맡고 위험하다 싶어서 미나코한테 도망치라고 소리를 질렀죠. 하지만 늦었어요. 미치코가 뛰어서 달아나자 불덩어리 같은 게 획 날아왔죠. 어딘가에 숨어 있던 미치코의 동료가 불붙은 뭔가를 미나코에게 던진 거예요!"

다마키는 다시 얼굴을 가리고 꺼이꺼이 울었다.

"미나코는 얼굴을 누른 채 비명을 꽥꽥 지르며 비틀비틀하다가 위를 보고 쓰러졌어요. 순식간에 불이 번졌죠. 저래서야 이제 살기는 글렀다 싶더군요. ……그렇지만 사람을 착각했다는 걸 알아차리면 분명 저를 다시 죽이려고 하겠죠. 너무 무서워서 달아나야겠다는 생각밖에 없었어요."

"동료의 얼굴은 봤어?"

다마키는 고개를 세차게 저었다.

"누가 풀숲에서 뛰쳐나와서 달아나는 모습을 본 것 같기는 한데, 잘 모르겠어요. 아무튼 무서워서 미나코가 보이지 않도록 눈을 돌리고 책상 밑에서 기어 나와 정신없이 도망쳤어요. 하지만 집으로 돌아가면 위험할 것 같아서 이 가게 마담한테 숨겨달라고 부탁했죠. 하지만 미나코 이야기는 안 했어요. 그냥 좀 골치 아픈 일에 휘말렸으니까 2, 3일 숨어 있고 싶다고 했죠. 낮에는 여기 가만히 숨어 지내고, 영업을 시작하면 마담 집에 가 있어요. 마담은 옛날에 긴자에 있었을 때 알고 지낸 사이인데, 쓰키지에 살아요. 한군데에 가만히 있으면 오히려 위험할 것 같아서…….”

“한 가지 중요한 질문이 있어. 모치즈키 미치코가 니라사키를 죽였다고 너한테 털어놨어?”

“그게…… 죽이지 않았다면 돈을 낼 이유가 없잖아요?”

“즉, 죽였다고 본인이 직접 말해서 범행을 인정한 건 아니구나?”

“그렇게 말한 적은…… 없어요.”

아소는 숨을 크게 내쉬었다.

아직이다. 아직 결론은 나지 않았다.

“야마다 아줌마도 미치코가 죽였을 거예요. 쓰카하라 아줌마를 죽이러 갔다가 야마다 아줌마가 소란을 떨어서 죽인 거라고요!”

“왜 미치코가 쓰카하라 씨를 죽일 필요가 있지? 쓰카하라 씨는 미치코를 잘 보살펴줬다면서?”

“쓰카하라 아줌마는…… 저랑 미치코가 백화점 카페에서 이야기하는 걸 봤어요.”

다마키는 무릎을 끌어안았다.

“제가…… 협박하는 걸 들은 것 아닐까요. 저, 눈이 안 좋아요. 그래서 평소 콘택트렌즈를 끼는데, 미치코를 카페로 불러냈을 때 먼지가 들어가는 바람에 아파서 콘택트렌즈를 뺐어요. 그래서 쓰카하라 아줌마가 보고 있었던 줄도 몰랐죠. 아줌마가 카페에서 나간 후에 미치코가…… 불쑥 말했어요…… 방금 쓰카하라 씨가 저기 있었어, 라고요. 야마다 아줌마가 살해당했다는 뉴스를 봤을 때 미치코의 그 목소리가 떠올라서……. 쓰카하라 아줌마가 미치코에게 연락해서 자수하라고 한 것 아닐까요? 그 여자는…… 미치코는 제정신이 아니에요. 신주쿠에서 얼쩡거리면 옛날에 알고 지낸 사람의 눈에 띄는 게 당연한데, 아무렇지도 않게 살인을 저지르고, 그걸 눈치 챈 사람도 차례차례 죽이다니! ……아소 씨, 저 어쩌면 좋아요? 도대체 언제까지 숨어 지내야 할지 모르겠으니 불안해서……."

"날 믿을 수 있겠어?"

"……그러니까 연락했죠. 과거에 사장님과 당신 사이에 무슨 일이 있었는지는 들었지만, 그래도 당신이 갱생하라고 끈덕지게 사장님을 타이르는 걸 보고 제대로 된 인간이다 싶었거든요."

"그럼 지금 여기서 널 체포할게."

다마키는 놀라서 고개를 들었다.

"……어째서요!"

"넌 공갈을 쳤다고 자백했어. 우리가 공갈 혐의로 널 수사하고 있던 건 아니니까 자수라고 받아들일 수 있겠지. 그러니 정상참작이 될 테고 피해자는 살인범일 가능성이 높아. 기소돼도 집행유예, 뭐 분명 기소도 되지 않겠지만. 그래도 체포한 이상 유치가 가능해. 지금 네게 유치장만큼 안전한 곳은 없어. 아니면 선택지가 하나 더 있지. 널 미끼 삼아 모치즈키 미치코를 끌어내기 위해 너한테 인원을 붙여서 감시하는 거야. 대신에 숨어 있으면 안 돼. 미치코가 표적으로 삼을 수 있도록 밖을 돌아다녀야지. 체포되는 게 싫다면 그쪽을 골라도 상관없어. 하지만 미치코는 어떤 의미에서 붙잡히는 걸 두려워하지 않을 거야. 경찰도 애는 쓰겠지만 진심으로 죽이려 덤벼드는 사람한테서 과연 널 지킬 수 있을지 자신이 없군."

"붙잡히는 걸 두려워하지 않다니…… 그럼 왜 몸을 숨기고 있어요?"

"이유는 분명 하나뿐이야."

아소는 다마키의 얼굴을 가만히 보았다.

"모치즈키 미치코의 복수는 아직 끝나지 않았어."

5

아소는 하세가와 다마키를 신주쿠 서로 데려가서 수사본부에 맡겼다.

사건은 막바지에 다다랐다. 니라사키를 죽인 것은 두 여자…… 모치즈키 미치코와 간다 요코다. 두 사람의 접점이 어디에 있는지는 모르지만 그 둘에게는 니라사키를 죽일 동기가 있다. 요코는 아버지가 불타 죽었고, 미치코는 아이가 차에 치여 죽었다. 하지만 사실 교통사고는 니라사키의 책임이 아니다. 그렇지만 미치코는 그걸 믿으려 하지 않는다.

어쨌거나 두 여자는 니라사키를 죽일 목적으로 힘을 합쳤다.

다만 이해가 되지 않는 점이 하나 있다. 니라사키는 모치즈키 미치코와 간다 요코의 얼굴을 안다. 그런데 과연 두 사람 앞에서 무방비하게 알몸을 드러냈을까. 가령 무슨 변덕이 생겨서 자신을 증오하는 여자를 범하고 싶었다 치더라도, 알몸으로 목을 그이는 꼴은 당하지 않을 것이다. 니라사키는 아주 조심성이 많은 성격이었으니까.

세 번째 인물이 있는 걸까. 세 번째 여자가.

니라사키를 죽인 범인은 여자다. 그건 틀림없다. 현장 상황으로 보건대 확실하다.

세 번째 여자. 그 여자는 아직 내 앞에 나타나지 않았을까, 아니면 나타났을까.

다무라가 보았다는 간다 요코의 표정도 마음에 걸렸다. 날짜와 시간을 따져보면 다무라는 다마키가 미치코에게 돈을 받은 날에 간다 요코와 쓰카하라 도미코를 동시에 목격했을 것이다. 간다 요코가 미치코의 공범자라고 가정하자.

전날 다마키가 전화로 협박하자 미치코는 위기감을 느끼고 동료 간다 요코를 백화점으로 불렀다. 공갈범 다마키의 얼굴을 알려주기 위해서다. 덧붙여 다마키에게 동료가 있는지 없는지 확인해볼 작정이었으리라. 미치코가 다마키에게 돈을 넘기는 카페를 감시하다 다마키의 동료인 듯한 인물이 눈에 띄면 그 정체를 알아내는 것이 간다 요코의 역할이었다. 그렇게 생각하면 간다 요코가 쓰카하라 도미코를 이상한 눈으로 보고 있던 것도 설명이 된다. 쓰카하라 도미코가 왜 그때 M백화점에 있었는지는 모르지만 하여튼 도미코는 미치코와 다마키가 이야기를 나누는 카페에 있었고, 어쩌면 두 사람의 이야기를 들었을지도 모른다. 도미코는 놀라서 달아나듯 카페를 떠났고, 미치코도 그 모습을 보았다. 또한 카페를 감시하던 간다 요코는 도미코가 미치코와 다마키의 모습에 동요했음을 알아차리고 도미코를 다마키의 동료로 착각했다. 혹은 사정은 모르지만 위험한 인물로 판단했는지도 모른다.

그렇구나!

아소는 그제야 납득이 갔다.

다무라는 급한 볼일이 있어 미처 보지 못하고 지나쳤지만, 그 후에 간다 요코가 쓰카하라 도미코의 정체를 알아내기 위해 그녀를 미행한 것이다. 도미코의 집은 신주쿠에서 멀지 않으니 어디 사는지 간단히 알아낼 수 있다. 그리고 그 다음이 문제였다. 귀가한 도미코는 다시 집을 나서서 하필이면 신주쿠 서로 향했다. 요코가 미행을 계속했다면 도미코가 경찰에 가는 모습도 보았을 것이다.

요코는 쓰카하라 도미코를 위험인물이라 판단했다.

그리고…….

미치코에게 상의했는지는 모르겠다. 어쩌면 미치코에게 알리지 않고 무단으로 일을 저질렀을 가능성도 있다. 어쨌거나 요코는 쓰카하라 도미코의 집을 습격해 마침 거기에 있던 야마다 노리코를…….

"계장님."

야마시타가 팩스 용지를 들고 뛰어 들어왔다.

"이치케 산부인과에서 방금 전화가 왔는데요. 간다 요코가 면접 때 제출한 이력서를 찾았다고 하기에 팩스로 보내달라고 했습니다. 재미 있네요, 이거!"

아소는 야마시타가 펼친 종이를 뚫어져라 들여다보았다.

1987년 7월, 간다 요코는 아이세이카이 병원을 그만뒀다. 그리고 89년 3월에 이치케 산부인과에 이력서를 제출했다. 하지만 아이세이카이 병원을 그만두고 나서 아무 일도 하지 않고 지낸 것은 아니었다. 87년 9월 요코는 이시즈카 기념 병원 외과에 취직하여 이치케 산부인과로 옮기기 직전까지 거기서 일했다.

"이시즈카 기념 병원 말인데요."

야마시타가 목소리를 낮추었다.

"요요기에 있는 모양입니다."

"요요기……."

아소는 턱살을 꼬집었다.

"이 해에 요코의 아버지가 살해당했고, 얼마 지나지 않아 요코는 실종됐습니다. 어쩐지 연결될 것 같은 기분도 드는데요."

"이시즈카 기념 병원에 가봐. 일단 혼자서."

"알겠습니다."

야마시타는 고개를 끄덕이고 뛰어나갔다.

퍼즐이 맞추어진다. 그림이 보인다. 하지만 아직 그 그림이 무엇을 의미하는지 모르겠다.

아소는 오이카와를 찾았다. 하지만 경찰서 어디에도 없었다. 외출한 장소는 불명. 휴대전화도 받지 않았다.

아소는 욕을 내뱉고 나서 잠시 생각하다 수화기를 들어 본청에 전화를 걸었다.

* * *

"풀어주겠다니 무슨 소리야?"

수화기 너머에서 여자가 신경질적인 목소리로 외쳤다.

"지금 풀어주면 그년은 당장 경찰에 달려갈 거야!"

"가도 상관없잖아."

그녀는 한숨 섞인 목소리로 말했다.

"경찰은 이미 우리 정체를 알아."

"아직 모를 텐데. 그년은 경찰에 아무 말도 안 했잖아?"

"야마다 노리코 사건으로 전부 다 발각됐어."

"어째서? 노리코는 즉사했어. 입도 벙긋 못해."

"니라사키 살해 사건을 수사하는 신주쿠 서 수사원이 이 사람 얼굴을 알아. 그리고 야마다 노리코의 시체가 이 사람 집에서 발견됐지. 이 사람은 실종됐고. 이 사람 사진은 그 집에 얼마든지 있었을 거야."

"그래서? 그게 우리 정체가 발각되는 거랑 무슨 상관인데?"

"이 사람은 변호사와 직접 담판까지 했어. 다카야스라는 그 변호사와 만나서 니라사키가 마코를 치어 죽인 걸 인정하라고 난리를 친 적이 있다고."

수화기 너머에서 여자가 입을 다물었다.

이 여자의 복수심은 끝이 없다. 여자는 계속하고 싶은 것이다. 영원히 복수하고 싶어 한다.

여자의 마음은 이해가 갔다. 여자는 니라사키나 그 밖의 특정 대상이 증오스러운 게 아니다. 여자의 증오는 폭력단이라는 존재 그 자체를 향했다. 가능한 한 한 명이라도 많은 폭력단원을 죽이는 것이 이 여자의 복수다. 그러므로 결코 붙잡히고 싶지 않으리라.

하지만 나는 다르다.

그녀는 눈을 감았다.

어떤 의미에서 내 복수는 이미 끝났다.

야마다 노리코를 죽인 것은 믿을 수 없는 실수였다. 노리코에게는 아무 죄도 없는데.

손은 수화기 너머에 있는 여자가 썼지만, 그 자리에 있었던 나도 물론 같은 죄다.

이만 끝내고 싶었다. 이쯤 했으니 된 것 아닌가.

그런데.

돌아오지 않는다. 니라사키만 죽이면 돌아올 줄 알았던…… 내 그리운 세상. 소리와 맛과 기쁨으로 가득했던 그 세상은 아직 돌아오지 않는다.

역시 계속해야 하는 것이다. 계속해야…….

"아무튼 이 사람은 풀어줄게."

그녀는 말했다.

"어차피 이 사람은 우리가 어디 있는지 모르니까, 경찰에 간다고 해도 하루 이틀은 시간을 벌 수 있잖아? 경찰이 우리 정체를 안다면 더 이상 시간이 없어. 결판을 내자."

"어떻게?"

여자의 목소리에 불안감이 섞였다.

"놈은 악마야. 니라사키보다 다루기가 까다로워. 좀 더 준비하지 않으면 승산이 없다고."

"꼭 이기지 않아도 돼."

그녀는 나지막하게 웃었다.

"놈이 이겨도 경찰이 놈을 붙잡아줄 테지. 그럼 됐잖아. 그래도 효과는 충분하다고 그 여자도 그랬잖아? 만약 아직 죽기 싫다면 당신은 어디 숨어 있다가 결판이 난 후에 경찰에 가면 돼."

수화기 너머에서 여자가 흐느끼는 듯한 소리가 들렸다. 하지만 우는 것은 아니리라. 그렇게 약해 빠진 여자는 아니다.

"지옥까지 따라갈 거야."

여자가 그렇게 말하고 웃었다.

"살아남아서 교도소로 달아나봤자 출소하면 가스가가 가만 놔두지 않을 테니. 그래, 결판을 내자. 그런데 어떻게 하려고? 이쪽에서 놈을 끌어낼 거야?"

"도발을 해줄래? 어쩌면 놈은 널 알고 있지 않을까?"

"알았어."

여자는 깔깔 웃었다.

"아빠 옛날 **여자**한테는 내가 전화할게."

* * *

신주쿠 1초메의 요 부근은 요쓰야 서 관할이지만, 이스트홍업 건물은 가스가 파와 연관된 시설로 인정받아 신주쿠 서 조직폭력반에서도 감시하고 있다. 얼굴을 본 적 있는 남자가 위장경찰차 안에서 아소를 쏘아보았다. 아소는 그 남자에게 다가갔다.

"야마우치는?"

"안에 있습니다."

"니라사키 살해 사건 수사본부의 아소야."

"압니다. 고생 많으시네요."

"만나러 가도 될까?"

"보고해도 괜찮겠습니까?"

"상관없어."

아소는 건물로 들어갔다.

1층 안내데스크는 아주 튼튼하게 생겼다. 방탄유리가 틀림없는 반원형 유리 덮개 안쪽에 아르바이트생인 듯한 여직원이 멍한 얼굴로 앉아 있었다.

"사장을 만나고 싶은데. 아소라고 하면 알 거야."

"약속하고 오셨나요?"

"아니."

"사장님은 약속 없이 오신 분은 안 뵙십니다."

"전화 걸어서 내가 왔다고 전해."

아소는 그렇게 말하며 경찰수첩을 꺼냈다.

야마우치는 사장실에 있었다. 웬일로 은테 안경을 끼고 있었다.

아소의 머릿속에서 또 매미가 울었다.

그해 여름 좁은 방의 공기, 그 냄새가 콧속에 들러붙었다.

"무슨 일이야?"

야마우치는 잡지로 보이는 책에서 고개를 들지 않았다. 영어로 된 경제지인 듯했다. 사전도 없이 쭉쭉 읽어나갔다.

"만날 땡땡이만 치고 돌아다니는군. 세이치를 죽인 범인을 쫓고 있기는 한 거야?"

"그 일 때문에 왔어."

아소는 야마우치의 책상 옆으로 다가가서 몸을 구부렸다.

"니라사키를 죽인 범인이 누군지는 알아냈어."

야마우치가 고개를 들었다.

"……정말이야?"

"응."

"누군데?"

"그건 말 못해. 아직 신병을 확보하지 못했거든. 너희들이 먼저 손을 쓰면 곤란해."

"조직에는 말 안 할게. 가르쳐줘."

"안 돼."

아소는 얼굴을 야마우치의 얼굴 가까이로 가져갔다.

"너도 표적이야."

"나?"

야마우치가 한쪽 눈썹을 움찔했다.

"역시…… 조폭이 관련된 건가?"

"아니, 전혀 아니야. 하지만 너 말고는 없어. 일당은 다음 표적을 너로 정했을 거야."

"일당이라니……."

"니라사키에게 사랑하는 사람을 잃은 사람들이지. 일당은 그 보복으로 니라사키의 목숨과 니라사키가 사랑한 사람의 목숨을 빼앗을 작정이야. 니라사키의 애인들과 너 말이지. 그중에서도 분명 네가 궁극적인 목표일 거고."

아소는 말을 끊었다. 야마우치는 눈도 깜박이지 않고 아소를 쳐다보았다.

"애인들은 경찰이 보호할 수 있어. 그런데 넌 어떻게 할래? 유감스럽게도 네 신변은 공공연하게 보호할 수 없어. 조폭의 생명을 지키고자 세금을 썼다는 게 세간에 알려지면 본부장의 목이 날아갈 테지."

"아주 위험한 일당이야?"

"글쎄."

아소는 고개를 저었다.

"솔직히 잘 모르겠어. 아직 모두의 신원을 알아낸 건 아니라서. 그들에게는 특별한 조직력도 무기도 없어. 하지만 그렇듯 약한 면모가 최대의 무기일지도 모르지."

"이름을 말해주면 내 몸은 내가 알아서 지킬게."

"말해줄 수 있다면 전화 한 통으로 끝냈겠지. 내가 이름을 알려주고 혹시 네가 그들을 죽였다 치자. 네가 정당방위를 했다는 걸 입증하려면 내가 정보를 누설했다는 사실을 밝혀야 하잖아."

"내 목숨보다 자기 몸이 더 소중하다 그거로군."

"그것도 그렇지만 네가 사람을 죽이는 걸 원치 않아."

"모순이야."

야마우치는 웃었다.

"내가 사람을 죽이는 걸 원치 않으니 내가 살해당해도 하는 수 없다?"

"널 지킬 방법은 생각했어."

"이야."

야마우치는 안경을 벗었다.

"당신이 24시간 내내 찰싹 붙어 있으려고?"

"미안하지만 그건 안 돼. 대신에 널 초대할게."

"어디에?"

"유치장에."

아소는 담배를 꺼냈다.

"하세가와 다마키도 같은 방법으로 보호했어."

"다마키를 찾아냈어?"

"살아 있더군. 다행이야. 다마키는 내가 시키는 대로 고분고분하게 유치장에 들어갔어."

"혐의는?"

"공갈. 연인의 도박 빚을 탕감하려고 니라사키를 죽인 범인을 협박했어. 목숨 아까운 줄도 모르고 말이야. 다마키 대신 돈을 받으러 간 성전환자는 불타 죽었고. 네가 본 그 시체 말이야. 범인들은 분명 연약해. 하지만 흉포하지. 널 처치하기 위해서라면 남이 휘말려서 죽는다 해도 어쩔 수 없다는 생각인지도 몰라. 범인들은 분명 니라사키로 대표되는 폭력단과 그 주변 세계 전체에 증오를 불태우고 있겠지. 그 세계의 사람이 몇 명 죽든 그들은 전혀 개의치 않을 거야. 물론 마지막에는 자신들도 죽을 생각이고. 그러니까 손을 쓸 방법이 없어."

아소는 야마우치의 턱을 잡고 흔들었다.

"농담이 아니라, 목숨을 버리기로 각오한 자들에게서 몸을 지키기는 결코 쉽지 않아. 뭐든지 좋으니 네가 저지른 죄 중 하나를 털어놓고 자수해서 경찰이 범인들을 체포할 때까지 안에 들어가 있어."

"싫어."

야마우치는 턱을 잡힌 채 말했다.

"난 이제 두 번 다시 내 발로는 그 안에 안 들어갈 거야."

"그렇게 나오면 체포영장을 받으라고 2과를 부추길 거다."

"그러시든가."

아소는 야마우치의 턱을 놓았다.

"나 지금 부탁하는 거야. 안에 들어가 있어. 수사가 막판에 접어들면 널 돌봐줄 수가 없다고."

"멋대로 집적거린 거잖아. 난 돌봐달라고 부탁한 적 없어."

"야마우치, 이건 농담이 아니야. 그들은 그토록 조심성이 많았던 니라사키를 간단히 죽였어. 어디서 어떻게 봐도 살인범으로는 보이지 않는다는 뜻이야. 바로 옆에 서 있어도 넌 모를걸."

"그러니까 내가 걱정되면 이름을 알려달라고."

"그건 안 돼. 넌 분명 직접 결판을 내려고 할 거야."

"다람쥐 쳇바퀴 돌리는 꼴이로군."

야마우치는 웃으며 그렇게 말하더니 안경을 호주머니에 넣고 일어섰다.

"당신과 이야기하면 늘 이래. 뭐, 당신과 말장난하는 게 싫지는 않지만. 그럼 난 이만 나가봐야겠다."

"야마우치, 너 가스가 파가 주는 맹세의 잔을 받을 생각은 아니지?"

"글쎄, 모르겠네. 조폭의 법도에는 아무 흥미도 없지만, 이런저런 사정이 있으니 쉽게 거절하기는 힘들겠지. 어떻게 할래? 사무소에 갈 건데 차 타고 갈래?"

"아니, 난 됐어. 어쨌거나 가능한 한 차로 이동해. 전철은 타지 말고. 밤에 어슬렁어슬렁 놀러 나가는 것도 금물이야."

"알았어, 알았어. 품행방정하게 지낼게."

야마우치는 웃으며 아소의 몸을 치우듯이 밀어내고 방에서 나갔다. 아소는 그 자리에서 즉시 휴대전화를 꺼냈다.

＊＊＊

"연락은 받았는데 무슨 일이야, 류 씨."

본청 2과 가지와라는 평소처럼 껌을 짝짝 씹으면서 말했다.

"야마우치를 지금 당장 체포하라니, 너무 갑작스럽잖아. 오이카와는 알아?"

"아니. 이야기하려고 했는데 어딜 갔는지 모르겠어. 그 인간, 전원도 안 켜놓을 거면서 휴대전화는 왜 가지고 다니는지 몰라. 그건 그렇고 어때, 가지 씨. 건수는 있지?"

"그야 산더미처럼 많지만 그 썩을 놈을 잡아넣기에는 증거가 불충분해."

"괜찮아, 증거가 불충분해도."

"에이, 그건 안 되지. 일사부재리의 원칙이 있잖아. 섣불리 체포했다가 무죄로 방면되면 손해가 막심하다고."

"기소만 안 되면 되지. 불기소되면 같은 건으로 다시 체포할 수 있어. 아무튼 아슬아슬하게 시간을 끌면서 48시간 구류를 되풀이해서 네댓새 처박아두면 돼."

"48시간 구류로 시간을 끌어서 네댓새라니, 그럼 대여섯 건은 필요할 텐데. 손에 쥔 패를 그렇게 많이 버리라고?"

"부탁할게."

아소는 가지와라에게 고개를 숙였다.

"나흘이면 돼. 나흘 안에 마무리를 지을게."

"니라사키 살해 사건의 범인을 알아낸 거구나?"

아소는 고개를 끄덕였다.

"그렇군."

가지와라는 과장되게 한숨을 쉬었다.

"그런데 야마우치만 붙잡아놓는다고 될 일일까. 범인의 이름이 나오면 가스가가 체포극을 가만히 구경만 하고 있지는 않을 텐데."

"항쟁이 아니었어."

아소는 작은 목소리로 속삭였다.

"일반인의 짓이었지."

가지와라가 휘파람을 휙 불었다.

"도쿄에서 제일 흉악한 놈을 저세상으로 보내다니 요즘 일반인은 무섭다니까. 뭐, 알았어. 하지만 난 그 자식 영 거북해. 세 번쯤 불러서 취조한 적이 있는데, 고함을 지르든 쥐어박든 인형 같은 얼굴로 실실 웃기만 하고 입도 벙긋 안 하더라고. 그러다 가끔 입을 열면 얼마나 밉살스러운 소리를 지껄이는지 몰라."

"옛날에는 그렇지 않았는데."

"예전에 류 씨가 그 자식을 체포한 적이 있다면서. 진짜야?"

"응."

아소는 니라사키 살해 사건과 관련된 파일을 펼치며 말했다.

"세타가야 서에 연수 가 있었을 때였지. 문방구에서 지우개를 훔쳐오라고만 시켜도 눈물을 줄줄 흘리지 않을까 싶을 만큼 유약한 샌님 대학원생이었어."

"10년이면 강산도 변한다 그건가. 하지만 여자를 덮쳐서 실형을 살았잖아. 그렇게 귀여운 구석은 없을 것 같은데."

아소는 대답이 나오지 않았다. 대답을 못하는 자신이 비겁하게 느겨졌다. 내가 잘못해서 오인체포를 했다, 그러니까 원죄라고 말하지 못하는 자신이 한심했다. 아소는 아직 자신의 잘못을 진심으로 인정하지 않는다. 후지우라의 이야기는 너무나도 충격적이었지만, 구체적인 증거는 하나도 없다. 야마우치의 사촌형이라는 실행범을 확보하여 증인석에 앉히지 않는 한, 재심청구는 받아들여지지 않을 테고 무죄 판결도 나지 않을 것이다.

나는 어느 쪽을 바라는 걸까.

후지우라와 히나코가 승리하기를, 아니면 패배하기를.

어쨌거나 야마우치의 재심청구가 받아들여지면 아소는 경찰을 그만둬야 한다. 그것만은 확실했다.

"하여튼 이놈의 나라의 교도소는 싹 뜯어고쳐야 해. 안에 들어갔다가 나왔는데 전보다 더 나빠지면 아무 의미도 없잖아."

"대부분은 교정돼서 나와."

아소는 한숨을 쉬었다.

"가끔 악운이 들러붙는 사람도 있지만."

"악운이라."

가지와라는 웃었다.

"내가 보기에 야마우치 그 자식은 악당 자질을 타고난 것 같은데."

"왜 그렇게 생각해?"

"배짱이 너무 두둑해. 나도 지능범을 여럿 봐왔지만, 그 자식만큼 묘한 위압감이 느껴지는 놈은 거의 없었어."

가지와라는 아소의 담배를 한 개비 뽑아서 불을 붙였다.

"야마우치는 그저 그런 자잘한 악당이 아니야, 류 씨. 의리나 법도를 따지지 않는 만큼 니라사키보다 무서울지도 몰라."

"손을 씻게 해야지. 원래 니라사키만 아니었다면 그 바닥에 발을 들여놓을 일도 없었어."

"야마우치는 호모가 아니야, 류 씨."

아소는 파일을 넘기는 손을 멈췄다.

"어떻게 알아?"

"여자를 범하거든. 지금까지 피해신고서는 두 건밖에 제출되지 않았고 둘 다 다카야스 그 망할 놈이 여자에게 돈을 쥐여주고 고소를 취하시켰지만, 그런 적이 아주 많았다는 이야기야. 게다가 여자를 때리기까지 해."

가지와라는 캐비닛을 걷어찼다.

"쓰레기야! 여자를 때리고 범하다니 최악이라고. 류 씨, 옛날에 체포한 적이 있으니 그 새끼를 갱생시키고 싶어 하는 마음은 이해해. 체포한 놈이 갱생해서 성실하게 살아가는 모습을 보는 게 이 일의 유일한 보람이니까. 하지만 자질이라는 게 있다고. 타고난 악당이 있어. 놈은 글렀어. 그 눈빛은 진짜라고. 얽히지 않는 편이 좋을 거야."

가지와라가 아소 곁에서 물러나 수사1과실을 나간 후에도 아소는 파일을 덮은 채 가만히 앉아 있었다.

한낮의 수사1과는 썰렁했다. 그저 넓기만 한 방에 아소까지 포함하여 고작 세 명이 자기 책상에 앉아 서류작업을 하고 있을 뿐이다. 도쿄에서 매일 무슨 사건이 발생하여 수사본부가 설치될 때마다 이방 사람들은 불려나간다.

왜 사람은 범죄를 저지를까.

그게 나쁜 짓임은 어린아이도 안다. 그런데도 사람은 범죄를 저지른다.

이 세상에는 이성보다 강하고, 윤리보다 앞서는 것이 있다.

하지만 그것이 자질이라는 사고방식을 아소는 도저히 받아들일 수가 없었다. 나면서부터 범죄자인 사람은 없다. 아무리 반사회적이고 폭력적인 자질을 지니고 태어나더라도, 주변 사람들이 그 자질을 경감시키고 사회에 동화시키고자 노력하면 결국은 이성이 승리를 거두지 않을까.

넌 물렁해. 이 일을 시작한 후 계속 그런 소리를 들어왔다.

사고방식을 바꿀 필요가 있을까.

야마우치가 폭력을 휘두른다는 것은 오이카와에게 들어서 알고 있었다. 하지만 여자에게도 그런다는 것을 다른 사람에게 듣자 충격을 받았다. 게다가 강간까지. 어째서?

야마우치는 이성애자가 아니다. 아소는 그걸 안다. 니라사키와 야마우치는 틀림없이 연애를 하는 사이였다. 몹시 삐뚤어져서 주변 사람들은 이해하기 어려운 형태였을지도 모르지만, 니라사키는 야마우치에게 반했고 야마우치도 니라사키를 사랑한다, 지금도.

그런데 왜 굳이, 그다지 흥미도 없을 여자에게 그런 짓을 한단 말인가, 그 자식은!

아소는 주먹으로 벽을 후려갈기고 싶다는 충동을 꾹 눌러 참았다.

야마우치를 모르겠다. 이해가 가지 않는다.

왜 다들 녀석을 괴물이라고 하는 걸까.

나흘밖에 없다.

아소는 자기 두 뺨을 철썩 소리가 나도록 세게 때리고 파일에 의식을 집중했다.

니라사키가 얼굴을 모르는 세 번째 '여자'가 존재한다면, 그건 과연 누구일까.

당연히 미치코나 요코와 마찬가지로 니라사키를 증오하는 사람들 중 하나다. 게다가 폭력단과는 관계가 없다.

니라사키는 이익과 관계된 일이 아니면 민간인을 적대한 적이 거의 없는 조폭이었다. 사람 가리지 않고 아무에게나 위압적으로 구는 양아치가 아니었다. 생전에 살았던 아카사카의 맨션에서도 평판은 특별히 나쁘지 않았고, 입주자 중 누구도 니라사키가 지정폭력단의 간부인 줄 몰랐다.

그래도 놈은 조폭이다. 실제로 민간인의 원한을 샀으며, 증오의 대상이었다.

"류 씨!"

내선 전화에서 기운찬 목소리가 울려 퍼졌다.

"전화로 찾아달라고 한 거, 찾았어. 어떻게 할까, 거기로 갖다 줄까?"

"아니, 내가 갈게!"

아소는 급히 수화기를 내려놓고 수사1과를 뛰쳐나갔다.

6

"왜 오이카와는 이 사건을 나한테 이야기해주지 않았을까."

"음."

동기 이타노는 오이카와가 소속된 수사4과의 경위다.

"오이카와 씨, 마침 이 무렵에 본청을 떠나서 연수를 받고 있었을 거야. 그래서 기억에 남아 있지 않았겠지. 그리고 이 사건은 니라사키 와 연관된 사건으로 기록되어 있지 않아. 총알에 벌집이 된 여자의 목 표는 니라사키였을지도 모르지만, 니라사키는 발포하지 않았어. 주로 니라사키와 함께 있던 동일본연합회 간부 사쿠라이의 수하들이 총을 쐈지. 그래서 사쿠라이와 관련된 사건으로 다루어졌어. 오이카와 씨 는 니라사키가 아니라 무토를 노린 사건으로 인식했을걸."

하세가와 다마키가 말한 사건.

각성제 중독자에게 아이를 살해당한 여자가 동일본연합회 간부가 모인 곳에 쳐들어갔다가 총알에 벌집이 되어 죽은 사건의 자료를 철 한 파일이 눈앞에 있었다.

사건이 발생한 연월은 1989년 7월.

7월 13일.

그리고 이 해의 밸런타인데이 다음날 니라사키와 야마우치는 만 났다. 그날 아침에 모치즈키 마코가 죽었다.

"하지만 그 여자의 목표물은 니라사키가 틀림없지?"

"그게 꼭 그렇다고만은 할 수 없어서 말이야."

이타노는 자료를 넘겼다.

"발단은 1986년 10월 다쓰미 서 관내에서 발생한 사건이었어. 각성제 중독자가 초등학생을 칼로 찔러 죽였지. 중증의 각성제 중독으로 인해 강박성 망상에 사로잡힌 남자가 칼을 들고 동네를 돌아다니다가 단체 등교 중이었던 초등학생들을 덮쳐서 아이 두 명을 죽이고 네 명에게 부상을 입혔어. 아주 끔찍한 사건이었지."

"가엾어라…… 그 천진난만한 애들을."

"응, 딱하지. 나도 아이가 있잖아. 만약 이런 사건으로 아이를 잃으면 미쳐 날뛸 만도 할 거야. 죽은 아이는 3학년 여학생과 1학년 남학생이었어. 둘 다 목과 얼굴을 난도질당했지. 범인 가와카미 겐조라는 남자는 칼을 든 채 도주하다가 쫓아온 지역과 순경에게도 칼을 휘둘렀어. 순경은 하는 수 없이 권총을 발포했고, 복부를 관통당한 가와카미는 병원으로 이송되는 도중에 숨졌어. 재판조차 열리지 않았지. 최악이야."

"그리고 가와카미에게 각성제를 판 게 가스가 파다?"

"아니, 직접적인 판매는 분명 무토 파에서 했을 거야. 하지만 무토 파는 가스가의 분가로 이름이 높았고, 당시는 가스가도 약을 팔았으니까 뭐. 그 후에 니라사키가 산하의 작은 조직에게 약 장사를 떠넘겨서 현재 가스가는 직접 약을 다루지 않아. 무토는 여자 장사를 하니까 아직 약에서 손을 못 떼는 모양이지만."

이타노는 이야기를 계속 이어나갔다.

"이 사건의 불쌍한 피해자 부모 중 한 명이 바로 89년에 총에 맞아 사망한 세오 요시에야. 이혼하고 여자 혼자 힘으로 애지중지 키운 딸을 잃자 세오는 목놓아 울고 있지만은 않았어. 가와카미가 각성제에 중독된 건 각성제를 판 폭력단의 책임이라며 87년에 무토에게 소송을 걸었지. 당시는 폭력단 두목에게 사용자 책임이 있다는 사고방식이 일반적이지 않았을 때라 획기적인 소송으로서 주목을 받았어."

"그러고 보니 그런 이야기를 들은 적이 있어."

아소는 고개를 끄덕였다.

"그게 이 사건이었군."

"인권파 변호사 몇 명과 각성제의 폐해를 호소하며 활동하던 민간 단체가 세오 요시에를 지원했지. 처음에는 세상 사람들도 그들을 응원해서 폭력단을 쳐부수라는 분위기가 형성됐는데, 그때 니라사키가 암약하기 시작했어."

아소는 저도 모르게 침을 꿀꺽 삼켰다.

"니라사키가 나섰다는 증거는 없지만, 니라사키가 아니라면 그렇게 비상하고 고약한 방법은 생각해내지도 못했을 거야. 니라사키는 일단 변호인단을 와해시키는 데 착수했어. 지원하겠다고 나선 변호사들의 자잘한 스캔들이 조금씩 표면에 드러나기 시작했지. 주임변호사는 아내를 때리고 달아난 과거가 있는 폭력 남편이었고, 그 밖에도 여자를 때려서 문제를 일으킨 적이 있었어. 다른 변호사들도 예외는 아니었지. 유부녀와 불륜 행각을 벌였다는 둥 SM클럽의 단골이라는 둥 하잘것없지만 상스러워서 대중이 눈에 불을 켜고 물어뜯을 가십거리가 외설스러운 주간지에 차례차례 실렸어. 그리고 세오 요시에 본인의 과거도 폭로됐지. 요시에한테 남자가 생겨서 이혼했다는 사실이 공개됐고 변호사와 눈이 맞았다는 이야기가 나돌았지. 근처 주부에게 돈을 꾸고 갚지 않았다거나, 딸의 담임 선생님에게 꼬리를 쳤다는 풍문도 떠돌았고. 결정적인 한 방은 딸이 죽자 보험금으로 2천만 엔을 받았다는 사실이 세간에 알려진 거야. 폭력단을 상대로 소송을 걸었으니 물론 그 2천만 엔은 이런저런 비용에 충당됐겠지. 딸이 죽고 보험금을 받았다고 해서 우아하게 생활한 건 아니야. 하지만 세상 사람들은 그렇게 세심한 부분까지는 고려하지는 않는 법이니까 말이야. 세오 요시에가 합의금을 노린다는 그럴싸한 소문이 퍼졌고, 매스컴의 논조도 그쪽으로 기울었어. 당연히 비난이 시작됐어. 변호사가 한 명씩 몸을 뺐고, 민간단체도 슬쩍 한 발 물러났어. 요시에는 점차 고립됐어."

이타노는 고개를 설레설레 저었다. 아소는 등골이 오싹해졌다.

"그뿐만이 아니었어. 조폭답게 지금 이야기한 두뇌적인 함정과는 별개로 전통적인 방법으로도 괴롭혔지. 세오 요시에는 조그마한 회계사무소의 사무원이었는데, 추심꾼이 직장을 찾아와서 빌린 적도 없는 돈을 갚으라며 소란을 부렸고 장난전화도 끊이지 않았어. 회계사의 자택에도 협박전화가 왔고. 결국 말려들어서 피해를 당할까 봐 겁먹은 회계사가 그럴 듯한 이유를 붙여서 세오를 해고했어. 그 후에 세오는 슈퍼와 도시락집에서 일한 모양인데, 똑같은 꼴을 당했지. 거기에다 살고 있던 연립주택에도 장난질을 쳤다니까. 결국 방화 소동이 벌어져서 더 이상 거기서 살 수 없게 됐어. 마지막까지 요시에를 떠나지 않은 변호사가 사무실 한 칸을 제공해주기는 했지만."

이타노는 크게 한숨을 쉬고 양손으로 얼굴을 문질렀다.

"어느 날 밤, 복면을 쓴 강도가 들어서 사무실 금고가 털렸어. 그리고…… 요시에는 윤간당한 모양이야. 물론 요시에가 살아 있을 때는 그런 일이 있었는지 몰랐어. 알았다면 경찰이 움직였을 텐데…… 요시에는 경찰도 더 이상은 믿을 수 없었던 거겠지. 이러한 사실들은 전부 요시에의 유서에 적혀 있었어."

분노가 뱃속에서 조용히 밀려 올라왔다. 손이 떨려서 주먹을 꽉 쥐었지만, 주먹도 벌벌 떨렸다. 아소는 무심코 주먹을 입에 대고 깨물어서 떨림을 멈췄다.

"요시에는 결국 법률로는 악마를 심판할 수 없다는 걸 깨닫고 스스로 심판을 내리기로 결심했어. 어느 날 가스가 패밀리가 회합을 마치고 호텔 현관으로 나왔을 때 요시에는 니라사키와 무토 패거리들 사이로 뛰어들었다가 사쿠라이의 부하가 쏜 총에 맞아 사망했지. 어떻게 입수했는지 요시에는 싸구려 토카레프를 쥐고 있었어. 총알은 장전되어 있었지만 방아쇠를 당길 틈도 없었던 거겠지. 사실 토카레프는 여자가 다룰 수 있을 만한 총이 아니야. 쐈어도 빗나갔을 테고 반동으로 어깨뼈가 부러졌을지도 몰라. 그래도 하다못해 한 방 정도는 쐈으면 속이라도 후련했을 텐데."

하지만 그 총 때문에 사쿠라이의 부하가 한 짓은 정당방위로 인정됐다. 총포 도검류 소지 등 단속법을 위반한 죄는 물을 수 있지만 요시에를 죽인 것은 무죄다.

이번 분노는 진짜였다.

지금까지 아소에게 니라사키는 전설 속 존재처럼 실체가 없는 사망자에 지나지 않았다. 기타무라를 불태워 죽였다는 사실을 알았을 때도 그저 잔인한 놈이라고 생각했을 뿐이었다.

니라사키는 용서를 모르는 인간이었다. 조직을 지키기 위해 한 여자를 궁지에 몰아넣어 파멸시켰으면서도 자기 손은 전혀 더럽히지 않았다.

"요시에가 누구를 노렸는지는 결국 알아내지 못했어. 당시 사건 현장에는 가와카미에게 각성제를 판매한 원흉인 무토 파의 무토뿐만 아니라, 가스가, 스와, 니라사키도 있었거든. 뭐, 전부 통틀어서 목표라고 할 수도 있겠지만 요시에의 유서에는 악마 하나를 죽이고 저도 죽겠습니다, 라는 내용이 적혀 있었어. 구체적으로 죽이고 싶은 사람을 한 명 정했다면 그 대상은 아마 니라사키가 아니었을까 싶어. 일련의 일들을 니라사키가 꾸몄다는 걸 요시에는 알고 있었는지도 몰라."

"어쨌거나 오이카와는 니라사키가 이 사건으로 누군가의 원한을 샀으리라는 판단을 내리지 않았다는 거지?"

"제법 오래 전 사건이잖아? 게다가 요시에 본인은 죽었고. 물론 요시에한테도 친족은 있었겠지만, 부모라면 또 모를까 보통은 폭력단 간부를 상대로 복수할 마음은 안 먹겠지. 이봐, 류 씨. 도대체 이 사건이 니라사키 살해 사건과 무슨 관계가 있는 건데? 요시에의 부모가 범인이라고 생각하는 거야?"

"세오 요시에의 부모님은 건재하신가?"

"그건 모르겠지만 요시에는 89년에 서른다섯 살이었어. 부모라면 당시 예순 살은 됐겠지. 지금은 살아 있어도 60대 후반, 까딱하면 일흔 살이야. 직접 니라사키의 목을 그을 수 있을 것 같지는 않은데."

"초등학생 피해자가 한 명 더 있었지."

"마키하라 요스케. 그해 입학한 신입생이었지. 가엾기 짝이 없어…… 정말로 불쌍해."

"세오 요시에가 무토에게 소송을 걸었을 때 마키하라네 가족은 아무 반응도 보이지 않았어?"

"그것까지는 모르겠지만, 그야 모르는 척할 수야 없었겠지. 그런 의미에서는 오히려 안됐다고도 할 수 있어. 일시적이기는 해도 요시에한테 협력하지 않으면 세상 사람들의 따가운 눈총을 받을 상황에 처했을 테니까. 뭐, 당시 주간지 기사를 찾아보면 마키하라네 가족이 어떻게 대응했는지 어느 정도는 알아낼 수 있겠지."

"지금도 여기 적힌 주소에 살까?"

"글쎄. 궁금하면 당장 조사해보라고 할게."

"잘 부탁한다."

"알았어. 그런데 류 씨. 얼굴을 보아하니."

"응? 얼굴이 어쨌는데?"

"범인을 알아냈지?"

아소는 아무 대답도 하지 않았지만 이타노는 웃음을 지었다.

"역시 돌다리의 류야. 알아냈는데도 바로 체포하지 않는구나."

"아직 소재를 파악하지 못했어."

"수배할 거지?"

"응. 오늘 밤 수사회의에서 결정할 거야."

"안도 씨가 이를 갈겠군."

"왜?"

"류 씨와 안도 씨 중에 누가 먼저 경정으로 승진할지를 두고 내기하는 녀석들도 있어."

"논 커리어인 내가 승진할 수 있을 리 없잖아."

"그건 안도 씨도 마찬가지야. 뭐, 여자에 얽힌 스캔들이 났었으니까 미끄러질지도 모르지만 그 사람은 결국 승진하겠지. 하지만 난 동기인 네가 승진하면 좋겠어. 경찰에 너 같은 간부가 한 명쯤은 있어도 되잖아."

"어쩌다 나 같은 게 위로 올라가봤자 발언권도 없을 텐데 다 무슨 소용이야. 경감 나리 자리에 앉아 있는 것도 고역이라고. 현장에서 돌아다니고 싶어서 몸이 근질근질해."

"니라사키 사건이 종결되고 나면 오랜만에 동기끼리 어때?"

이타노는 술잔을 드는 시늉을 했다. 아소는 웃으며 고개를 끄덕였다.

그때 이타노 책상 위의 전화가 울렸다.

"류 씨, 널 찾는다."

"여보세요? 류 씨?"

"야마 씨였군. 미안해, 이쪽에 돌아와서 뭐 좀 조사하느라고."

"신변 보호 말인데."

"응."

"가네무라 사쓰키한테는 세 명을 붙였어. 본처였던 여자라 목표물이 될 가능성이 제일 높을 것 같아서. 노조에 나미한테는 두 명. 그 여자는 하루 종일 병원에 있느라 어지간해서는 외출하지 않으니까 범인이 손님으로 위장해서 숨어들 위험성이 있겠지. 그래서 한 명은 간호사로 위장시켜서 병원 안에 배치해뒀어. 에자키는 원래부터 감시하고 있었지만, 좀 더 주의 깊게 지켜보라고 했고. 문제는 미나가와 사치코인데."

"왜?"

"남자한테 가고 싶다고 난리야. 아직 그럴 시기가 아니니까 집에 있으라고 말리기는 했는데, 뛰쳐나갈지도 모르겠어."

"밧줄로 의자에 묶어서라도 집에 잡아놔."

"그럴 생각이야. 뭐, 일단 그런 상황이야."

"다 떠맡겨서 미안해."

"류 씨는 마음대로 움직이는 편이 나아. 결국 이번에도 류 씨가 범인을 알아냈잖아."

"아직 남았어."

"남았다고?"

"범행을 실행한 여자가 한 명 남았어."

"현재 드러난 여자 두 명은 실행범이 아니야? 하세가와 다마키는 그 두 명한테 죽을 뻔했다고 했는데."

"니라사키는 그 두 명의 얼굴을 알아. 무슨 일이 있어도 그 두 여자 앞에서는 무방비하게 알몸을 드러내지 않을걸. 자신을 증오하는 여자를 범할 생각이었다면 일단 묶고 나서 시작했을 거야."

"하지만…… 니라사키는 잡식성이야. 여자라는 보장은 없잖아."

"아니, 여자야. 니라사키를 죽인 건 여자라고. 야마 씨, 조사할 게 좀 남았는데 그쪽을 맡겨도 될까?"

"물론이지."

"이제 곧 가지와라가 야마우치를 체포할 거야."

"무슨 혐의로?"

"그건 몰라. 가지와라가 적당히 알아서 하겠지. 유예기간을 나흘 얻었어. 야마우치는 그동안 유치장에 갇혀 보호를 받을 거야."

"그건 상관없지만…… 만약 야마우치가 실행범이라면 어쩌지?"

"뭐라고?"

"류 씨…… 지금 생각났는데. 결국 하세가와 다마키는 야마우치의 맨션에서 놀러 나간 거잖아? 야마우치의 알리바이는 무너졌어."

"야마우치는 아니야."

"근거는?"

"범인은 여자라고 했잖아."

"어째서 그렇게 단언하는 건데?"

"수술용 메스는 그렇게 작지 않아. 어느 정도 길이가 있다고. 귓구멍에는 안 들어가."

"그야 당연하지."

"그래 당연해. 그럼 범인은 도대체 어떻게 메스를 들고 니라사키에게 접근했을까?"

"호주머니에라도 넣고 갔겠지."

"니라사키는 알몸으로 욕조에 들어가 있었어. 그런데 범인은 옷을 입고 있었다고? 니라사키는 욕실 문을 걸어 잠갔을 거야…… 함께 목욕한 게 아니라면 말이지."

"니라사키는 남자와도 함께 목욕을 할 만한 녀석이잖아."

"알아."

아소는 차분히 말했다.

"내 말은 그런 뜻이 아니야. 니라사키는 샤워 부스 쪽을 향한 상태로 욕조에 앉아 있었어. 그렇지?"

"응, 맞아."

"니라사키는 조심성이 많아. 여자와 잘 예정이었다고 해서 무방비하게 남에게 등을 돌리고 있지는 않을 거야. 그런데 문 반대쪽을 보고 앉아 있었다면 그럴 만한 이유가 있었겠지. 즉 여자는 샤워 부스에 있었어."

"과연. 그래서?"

"여자가 샤워를 마치고 나왔어. 여자는 수건으로 앞을 가리고 있었겠지."

"그야 보통 그렇겠지…… 앗, 즉 수건으로 메스를 감춘 건가!"

"그런 셈이지. 하지만 만약 남자라면 앞을 가린다고 해도 하반신뿐이야. 한 손이면 족해. 양손으로 가리면 의심받겠지. 여자는 수건 한 장을 세로로 세워서 앞을 가려. 한 팔로 가슴 언저리를 눌러서 말이야. 이때 다른 한 손을 수건 아래쪽에 대고 있어도 그리 부자연스럽지는 않지. 수술용 메스는 길이가 기니까 손바닥 밖으로 비어져 나오지만, 수건을 잡는 시늉을 하면 메스 자루 부분이 수건에 가려져서 니라사키의 눈에 보이지 않아. 남자는 한 손만 써야 하니까 앞을 가린 손으로 메스를 잡아야 해. 손이 큰 남자라면 감출 수 있겠지만 마술사처럼 손놀림이 정교하지 않으면 니라사키에게 간파당할 우려가 있어. 만약 범인이 남자라면 굳이 그런 상황에서 메스를 쥐지는 않았겠지. 여자니까 샤워 부스에서 알몸으로 나오는 그 한순간에 메스를 감출 수 있음을 알고 거기에 모든 걸 건 거야."

"하지만…… 샤워 부스에 가기 전에도 알몸이잖아? 계속 메스를 감추고 있으면 아무래도 손동작이 부자연스러워져서 의심받을 텐데."

"자세한 상황은 모르지만 아마 이렇지 않았을까 싶어. 니라사키는 조심성이 많으니까 여자 앞에서도 먼저 옷을 벗지 않았을 거야. 일단

287

여자한테 샤워를 하라고 시키고 여자가 샤워 부스에 있는 동안 욕실에서 옷을 벗고 욕조에 들어갔겠지. 여자는 속옷 같은 데다 메스를 숨겼을 거야. 화장솜으로 날을 덮고 브래지어 끈에다 꿰매서 고정시키면 잠깐은 어떻게든 숨길 수 있지 않겠어? 여자는 옷을 벗고 메스를 샤워 부스에 가지고 들어가. 니라사키가 들어와서 알몸으로 욕조에 들어가지. 부스에서 나온 여자는 정면에서 니라사키에게 다가가서 욕조에 들어가는 척하며 수건을 니라사키의 얼굴에 던지고 메스로 단숨에 목을 그은 거야."

수화기에서 야마세가 탄식하는 소리가 들렸다.

"너무 위험한데. 니라사키가 메스를 봤다면 목을 그이는 건 범인이었을 거야."
"위험은 각오했겠지. 니라사키를 죽이려면 그가 제일 무방비해지는 순간을 노리는 수밖에 없었어. 그런 계획을 세운 것만 봐도 범인은 여자야. 야마우치는 안 그러지. 그렇게 번거로운 상황을 노리지 않아도 기회가 있을 테니까. 그리고 야마우치라면 니라사키 앞에서 자기 물건을 가릴 리 없어. 또한 하세가와 다마키가 우연히 놀러 나간 상황에서 야마우치처럼 머리가 좋은 녀석이 알리바이도 만들지 않고 행동했다? 그건 이상해."
"하지만 류 씨."
야마세는 어쩐지 주저하는 목소리로 말했다.
"오이카와 씨는 야마우치를 범인으로 점찍은 것 같던데."
"뭐라고?"

아소는 수화기를 움켜쥐었다.

"무슨 소리야!"

"자세한 사정은 모르지만…… 오이카와 씨 쪽에서 움직이기 시작했어. 한 시간쯤 전부터 야마우치를 찾더라고."

"찾는다니…… 없어? 조직 사무소에는?"

"없나 봐. 아무 데도…… 도망친 거야, 류 씨."

7

오이카와의 휴대전화는 여전히 전원이 꺼져 있었다.

오이카와는 진심으로 행동에 나서면 그때까지 야단법석을 떨었던 것이 거짓말로 느껴질 만큼 쥐 죽은 듯이 조용하게, 살그머니 움직인다. 표범이 사냥감을 노릴 때처럼 소리도 없이 화살처럼 날아가서 덤벼든다.

확실한 정보망과 탁월한 행동력으로 도쿄의 폭력단에게 공포를 선사하는 남자지만, 신속하고 정확한 체포로도 정평이 났다. 폭력단을 대상으로 한 가택 수색과 일제 검거는 정밀한 정보와 타이밍이 생명이다.

그런데 이번에는 대상이 야마우치 하나뿐인데 왜 오이카와가 직접 나선 거지?

아소는 자기 자신에게 화가 났다. 너무 얕봤다. 야마우치는 그 정도의 힌트만으로도 니라사키를 죽인 범인의 정체를 알아낸 것이다.

게다가 그 범인이 어디에 있는지 아는지도 모른다.

붙잡아야 한다. 무슨 짓을 해서라도 야마우치가 제 손으로 니라사키의 원수를 갚기 전에 붙잡아서 보호해야 한다!

아소는 머릿속이 불안으로 가득 찼다. 이렇게 동요하기는 정말로 오랜만이었다. 그렇다, 동요했다. 몹시 동요해서 허둥거리고 있다.

아소는 심호흡을 몇 번 하고 차를 벌컥벌컥 마신 후 일어섰다.

* * *

다카야스 하루오미의 변호사 사무실에 발을 들여놓는 것은 처음이었다. 다카야스의 사무실은 변호사 수임료가 턱없이 높은 것으로 유명하다. 수사1과에 체포되는 놈들이 아무렇지도 않게 부릴 수 있는 변호사들이 아니다.

다카야스에 대한 다양한 소문은 알고 있었다. 폭력단, 그것도 주로 가스가 파에 관련된 변호를 거의 도맡고 있으며, 형사 사건 법정에 다카야스가 나타나면 검사가 망했다고 중얼거린다고 한다. 유죄를 무죄로 바꾸는 천재. 하지만 물론 다카야스도, 그의 사무실에서 일하는 변호사들도 형사 사건은 전문이 아니다. 그들이 정말로 암약하는 분야는 원고와 피고 어느 쪽도 악으로 규정되지 않는, 돈이 걸린 추잡한 민사재판이다.

도쿄대학교였나 교토대학교였나 아무튼 국립대 재학 중에 사법시험에 합격하고, 서른 살이 되기 전에 사무실을 차려 수많은 변호사를 거느렸다. 나이는 자신과 비슷하다고 들은 기억이 있지만, 참으로 동떨어진 인생이다. 그리고 그러한 감상은 다카야스의 실물을 눈앞에 두자 한층 강해졌다.

긴 머리를 뒤로 모아서 묶었고 한쪽 귀에 작은 피어스를 두 개 달 았다. 고급 양복과 셔츠를 쫙 빼입었지만, 일부러 옥에 티를 내겠다는 듯이 동물 무늬가 들어간 넥타이를 맸다. 그야말로 기생오라비 같은 남자였다. 당연하다는 듯이 이목구비가 단정하니 잘생겼고 키도 컸 다. 이 남자가 갖추지 못한 것은 양심뿐일지도 모른다. 아니면 양심을 악마에게 팔아서 다른 것들을 전부 손에 넣었든지.

다만 지금 이 남자와 아소에게는 공통점이 딱 하나 있었다.

다카야스도 초췌했다. 탁해진 흰자위에 핏발이 선 것으로 보아 며 칠이나 잠을 푹 자지 못한 것이 확실했다. 수염은 깎았지만 턱 끝이 날카로워 보이는 것은 피곤한 탓에 피부가 탄력을 잃었다는 증거이 리라.

"약속도 없이, 그것도 혼자 오셨군요."

다카야스는 아소 정면에 편안히 앉아서 말했다.

"그게 무슨 의미인지 생각하는 참입니다만."

"특별한 의미는 없습니다."

아소는 담담하게 대답하려고 애썼다.

"그저 칠칠맞지 못하고 삐뚤어진 성격이라서요."

다카야스는 가볍게 웃었지만 목소리에는 생기가 없었다.

"솔직히 말해 이제 한계입니다. 니라사키 세이치 씨를 살해한 범인 이 누구인지 경찰은 짐작이 갑니까? 사건이 터졌다는 소식을 들은 후 로 잠을 거의 못 잤습니다. 끊임없이 전화가 와요. 뭐, 무리도 아닙니다만. 니라사키 씨의 죽음이 제 의뢰인의 대부분에게 큰 영향을 끼쳤으니까요. 경찰 수사에 휘말려서 변호사를 필요로 하는 사람도 늘어났고요."

"저희가 불법적인 별건 체포라도 했다는 겁니까?"

"그런 말씀은 드린 적이 없는데요."

다카야스는 돌려 말하는 데도 지친 모양이었다.

"저는 그저 니라사키 씨를 살해한 범인을 빨리 체포해주기를 바랄 뿐입니다."

"저희도 일부러 늦장을 부리는 건 아닙니다. 한시라도 빨리 체포하고 싶은 마음이에요."

"그 말씀을 들으니 안심이 되는군요. 시간이나 때우러 여기 왔나 싶어서 짜증이 조금 치밀었거든요."

적의라고 할 정도는 아니지만 친밀하다고는 하기 어려운 분위기가 다카야스와 아소 사이의 좁은 공간에 들어찼다. 아무래도 다카야스는 원래부터 경찰을 싫어하는 모양이었다.

"이것도 중요한 수사의 일환입니다. 니라사키를 죽인 범인을 알아내는 데 꼭 필요한 일이죠."

"피해자 이름에 경칭을 붙이지 않는군요."

다카야스는 씩 웃었다.

"그게 당신들의 수사방침입니까?"

아소는 대답하지 않았다. 다카야스의 짜증을 받아주어야 할 의리는 없다.

"본론에 들어가도 되겠습니까?"

아소는 다카야스의 표정에는 아랑곳없이 말했다.

"쓰카하라 도미코라는 여자 아시죠?"

"쓰카하라 도미코? 인상이 강하지 않은 이름이군요. 제 의뢰인하고 관계가 있습니까?"

"그저께 요요기에서 일어난 살인 사건에 관한 기사는 신문에서 보셨습니까?"

"요요기에서 일어난 살인 사건이라면…… 반찬 가게인가 뭔가에서 근처에 사는 여자의 시체가 발견됐고, 그 집 주인은 실종됐다는 그거 말인가요?"

다카야스는 지금까지 입가에 머금고 있던 냉소를 거두고 진지한 표정을 지었다.

"보도된 내용 말고는 모릅니다만."

"실종된 사람은 쓰카하라 도미코, 살해당한 야마다 노리코 씨와는 친구 사이였습니다."

"그 쓰카하라라는 여자가 범인입니까?"

"저희는 그렇게 생각지 않습니다. 당신은 쓰카하라 도미코 씨를 아실 텐데요. 만난 적도 있을 겁니다."

"시간을 좀 주셔야 생각이 날 것 같은데요. 어쨌거나 처음 보는 사람을 매일 서너 명은 만나는 게 일이니까요. 그 여자가 저희 사무실에 일을 의뢰한 적이 있다는 말씀입니까?"

"아니요, 그때 당신 의뢰인은 니라사키가 아니었을까 싶습니다."

다카야스는 눈을 가늘게 뜨고 신중한 시선을 던졌다.

"그러니까…… 니라사키 씨와 쓰카하라라는 여자 사이에 무슨 문제라도?"

"1989년 2월, 니라사키가 소유한 재규어가 하쓰다이 근처 야마테 길에서 여자와 아이를 치었습니다. 여자는 경상에 그쳤지만 아이는 죽었죠. 차를 운전한 니라사키의 부하 가미카와는 도로교통법 위반으로 교통사범 전담 교도소에 수감됐습니다. 당신 사무실은 가미카와의 변호와 민사합의 교섭을 맡았을 겁니다. 그 일은 기억나십니까?"

다카야스는 천천히 고개를 끄덕였다.

"맞습니다…… 맞아요. 그렇구나…… 기억났습니다. 쓰카하라 도미코, 그 사람 이름이 분명 쓰카하라였어요. 그때 피해자…… 어…… 이름이 모치즈키 씨였던가요? 부인 쪽은 딸을 잃은 충격으로 교섭이 거의 불가능한 상황이었습니다. 그래서 주로 남편 분과 이야기를 나누었는데, 처음에는 남편 분도 저희 이야기를 들으려 하지 않고 완고하게 나왔죠. 그래서 모치즈키 씨 댁과 친하게 지내던 쓰카하라 씨와 상의했습니다. 니라사키 씨는 자기 고용인이 과실을 저질렀으니 최대한 배상하고 싶다면서 파격적인 배상금을 준비했어요. 하지만 난감하게도 모치즈키 씨도 쓰카하라 씨도 니라사키 씨가 차를 운전했다고 오해해서 교섭은 난항을 겪었습니다. 그렇군요…… 그 쓰카하라 씨가 살인 사건에 휘말렸다…… 그런데 설마 그 사건이 니라사키 씨 살해 사건과 뭔가 관계가?"

아소는 고개를 끄덕였다.

"그럼 설마…… 하지만 결국 모치즈키 씨가 저희 제안을 받아들여서 합의는 성립됐습니다!"

"합의했다고 해서 당사자가 완전히 납득했다고 할 수는 없죠."

"뭐, 그야 그렇지만 그렇게 치면 이 세상은 풀지 못한 해묵은 원한으로 가득할걸요. 저희도 죽은 아이의 목숨에 값을 매겨서 돈으로 해결하려 한 건 아닙니다. 당사자의 슬픈 마음을 최대한 위로하고자 노력했다고요. 니라사키 씨는 정말로 신사적으로 그 사건을 처리했습니다. 자기가 운전한 것도 아닌데 거액의 배상금을 지불했고 애차도 폐차시켰어요. 설마 그 일 때문에 이번 사건이 일어났다니, 정말 어처구니가 없군요!"

"범죄는 대부분 그런 법입니다. 특히 살인은요. 어쨌거나 다카야스 씨, 아직 수사 중이니까 더 이상 자세하게 말씀드릴 수는 없습니다만 당신에게 질문하는 건 전부 니라사키 세이치 살해 사건의 진상을 해명하기 위해 불가결한 아주 중요한 사항입니다."

"알겠습니다."

다카야스는 고개를 끄덕였다.

"유의해서 정확하게 대답하겠습니다."

"협력에 감사드립니다. 쓰카하라 도미코는 당신 사무실 사람과 몇 번 이야기를 나누었어요. 그렇죠?"

"틀림없습니다."

"결국 쓰카하라 도미코는 당신들의 이야기를 받아들였습니까?"

다카야스는 눈살을 조금 찌푸렸다.

"사실부터 말씀드리자면 쓰카하라 씨를 설득하는 데 시간을 몹시 많이 잡아먹었습니다. 하지만 합의 교섭 자체에는 협력적이었다고 기억합니다. 모치즈키 씨 부인의 정신상태가 몹시 불안정하니 교섭이 길어지면 부인의 건강에 좋지 않으리라는 이유에서였죠. 남편 분도 비슷한 느낌이었습니다. 2월에 사고가 발생한 후 가을에야 최종적으로 합의가 성립되어 모치즈키 씨에게 배상금을 지급한 것으로 기억합니다."

"89년 가을이군요. 그 후에 쓰카하라 도미코와는?"

"그게…… 뵀군요. 분명 쓰카하라 씨가 연락을 주셔서 저희 사무실 사람이 이야기를 들은 적이 있었을 겁니다. 한 번인가 두 번요. 아아, 그리고 뜻밖의 장소에서 한 번 뵌 적이 있습니다. 교외의 레스토랑 주차장에서요."

"기억력이 대단하시군요. 저희도 당신이 어느 오베르주의 주차장에서 쓰카하라 도미코와 옥신각신한 적이 있다는 사실은 알고 있습니다."

"하하, 그것 참."

다카야스는 어깨를 움츠렸다.

"낮말은 새가 듣고 밤말은 쥐가 듣는다더니만. 하지만 옥신각신했다는 부분은 과장됐군요. 쓰카하라 씨는 니라사키 씨가 운전하지 않았다는 것을 아무래도 받아들일 수 없었는지 탐정 같은 활동을 벌였어요."

"탐정이요?"

다카야스는 고개를 끄덕이며 웃었다.

"행동력이 있는 분이셨죠. 니라사키 씨가 평소 재규어 운전을 남에게 맡긴 적이 거의 없었다는 것과 단골로 다니는 정비소가 바로 근처에 있었다는 걸 주부의 몸으로 어떻게 조사했는지 모르겠지만, 아무튼 그러한 정보를 열거하며 저를 추궁했죠. 하지만 쓰카하라 씨가 알아낸 정보가 전부 사실이라고 해도 진실은 흔들리지 않습니다. 그때 차는 니라사키 씨가 운전하지 않았어요."

"그렇게 확신하시는 근거는?"

"경찰에서는 아직 파악하지 못하셨습니까?"

다카야스는 씩 웃었다.

"야마우치 군에게 들으신 거 아니에요?"

"당신은 이스트흥업 일도?"

"물론이죠. 고문변호사입니다. 야마우치 군과는 친구고요. 그러고 보니 요 며칠 야마우치 군과 빈번하게 만나신 것 같더군요."

"야마우치는 사건 관계자니까요."

다카야스는 어깨를 한 번 으쓱했다.

"어쨌거나 꼭 제게 듣고 싶으시다면 말씀드리죠. 사고가 일어난 날 아침, 정확하게는 2월 15일 미명에 니라사키 씨는 차를 가미카와에게 맡기고 걸어서 사쓰키 씨 집으로 향했습니다. 도중에 오다큐 선 선로에 누워 있던 야마우치 군을 봤습니다. 니라사키 씨는 야마우치 군을 데리고 사쓰키 씨 집에 갔어요. 야마우치 군은 선로에서 뭘 하고 있었을까요. 그의 말을 빌리자면 **첫 전철**을 기다리고 있었답니다. 그게 뭘 의미하는지는 제게 묻지 마시고요. 야마우치 군밖에 모를 테니까요. 아무튼 야마우치 군이 첫 전철을 기다리고 있었다고 말한 이상, 첫 전철은 아직 지나가지 않았습니다. 그리고 두 사람이 선로를 벗어났을 때 문제의 첫 전철이 산구바시 역을 지나갔죠. 즉 오다큐 선 첫 전철이 산구바시 역을 지나가기 직전부터 니라사키 씨는 야마우치 군과 계속 함께 있었습니다. 차에는 타지 않았고 아이를 치어 죽이지도 않았어요. 한편 모치즈키 씨와 따님이 사고를 당한 건 오다큐 선 첫 전철이 산구바시 역을 지나간 후입니다. 물리적으로 니라사키 씨는 사고를 일으킬 수 없었습니다. 물론."

다카야스는 숨을 고르듯이 말을 잠깐 멈췄다.

"물론, 야마우치 군의 이야기가 전부 거짓말일 가능성을 문제 삼는다면 저로서는 달리 드릴 말씀이 없습니다. 하지만 사쓰키 씨도 두 사람의 행동에 대해 사실을 뒷받침하는 이야기를 했고, 야마우치 군이 선로에 드러눕기 전에 어디서 뭘 했는지와 연결해서 생각하면 그의 이야기는 거짓말로 치부하기에는 너무나…… 너무나 실감이 넘칩니다. 저는 야마우치 군의 이야기가 진실이라고 확신합니다. 따라서 니라사키 씨가 그 사고를 일으키지 않았다는 것도 확신하고요."

다카야스는 말을 끊고 한숨을 크게 쉬었다.
"야마우치 군이 당신한테 해줬죠? 밸런타인데이였으니까, 라는 그 이야기."
"왜."
아소는 조용히 물었다.
"왜 그가 저한테 그 이야기를 했다고 생각하시죠?"
다카야스는 소리 없이 웃었다.
"이유는 없습니다. 다만 그가 당신에게 이야기했을 거라는 생각이 들었을 뿐이에요. ……그렇다기보다 저는 당신이 그 이야기를 들을 의무가 있다고 생각합니다. 그래서요."
아소는 다카야스의 얼굴에 시선을 고정한 채 잠시 침묵을 지켰다. 하지만 다카야스는 세타가야 사건에 대해 더 이상 언급할 마음이 없는지 테이블 위의 담배 케이스에서 담배를 꺼내서 물었다.
"결국 쓰카하라 씨를 설득하기 위해 니라사키 씨에게 들었던 그 당시 경위를 쓰카하라 씨께 간단하게 설명했습니다. 야마우치 군이 선로에 누워 있었다는 이야기는 하지 않았지만, 그 시각에 니라사키 씨가 야마우치 군을 만나 함께 사쓰키 씨 집에 갔다는 사실을 말씀드렸어요."

"쓰카하라 도미코는 그 설명을 듣고 납득했고요?"

"사쓰키 씨 집까지 간 모양이더라고요."

다카야스가 쓴웃음을 지었다.

"언제였는지는 확실치 않지만 사쓰키 씨가 전화로 이상한 아줌마가 그날 아침 일을 물으러 왔는데, 사고 때문에 아직도 다투고 있느냐고 물어보셨습니다. 하지만 그 후로는 아무 일도 없었으니 결국 납득하신 거겠죠."

"확인하고 싶은 사항이 하나 더 있습니다."

"뭐든지 물어보시죠."

"니라사키는 89년 7월에도 재난을 당했죠?"

"재난이라니요?"

"동일본연합회 간부 모임을 마친 후 권총을 든 여자에게 습격당했죠."

다카야스는 담배를 손에 든 채 아소의 얼굴을 빤히 쳐다보며 고개를 끄덕였다.

"그 사건 말씀이시군요. 그러고 보니 같은 해였네요. 하지만 니라사키 씨는 같이 있다가 말려들었을 뿐입니다. 목표는 무토 씨였고 습격한 여자를 정당방위로 살해한 건 사쿠라이 씨의 부하였을 텐데요."

"세오 요시에. 사망한 여자의 이름입니다. 세오 요시에는 무토에게 소송을 걸었어요. 무토가 일반시민에게 소송을 당하는 건 가스가 패밀리 입장에서 그리 바람직한 일이 아니었겠죠. 니라사키는 세오 요시에의 소송을 취하시키고자 여러모로 암약했습니다."

"말조심하십시오, 아소 씨. 상대가 세상을 떠났기로서니 증거도 없이 비난하는 거 아닙니다."

"당신 사무실에서도 한몫한 거 아닙니까?"

"뭐에 한몫했다는 겁니까? 물론 무토 씨가 고소당했으니까 변호인단에 끼기는 했지만, 무토 씨도 따로 고문변호사를 두고 있었어요. 저희가 중심이었던 건 아닙니다."

"세오 요시에가 니라사키를 원망했다고는 생각지 않습니까. 원망을 품고 죽었다고 말입니다."

"아소 씨."

다카야스는 짜증이 치민다는 듯이 담배를 재떨이에 눌러 껐다.

"전 오컬트는 안 좋아합니다. 설마 세오 요시에의 망령이 니라사키 씨를 죽였다는 건 아니겠죠?"

"어쩌면 그럴지도 모르죠."

아소는 진지하게 말했다.

"가능성은 있다고 봅니다. 세오 요시에에게 일어난 일을 어떻게 생각하는지 당신 감상을 들려주시죠. 만약…… 만약 세오 요시에가 당신 아내였다면 당신은 어떻게 했을까요?"

"저는."

다카야스는 가슴 깊이 들이마신 숨을 후 내뱉었다.

"독신입니다. 아소 씨, 제가 참회라도 하기를 바라시나 본데 소용없는 짓입니다. 저는 세오 요시에가 어리석게 느껴질 뿐이에요. 제가 그 여자의 친구였다면 무모하게 홀로 법적 투쟁을 벌이지 말고 무토 씨와 적당히 합의해서 받은 돈으로 프로를 고용해 니라사키 씨를 죽이라고 충고할 겁니다."

"역시."

아소는 나지막한 목소리로 말했다.

"세오 요시에는 니라사키를 죽이려고 한 거였군."

다카야스는 관자놀이를 움찔했지만 아무 말도 하지 않았다.

아소는 자리에서 일어섰다.

"실례 많았습니다. 크게 참고가 됐어요."

"용의자가 망령이면 체포하기 힘들지 않겠습니까?"

"딱히 그렇지도 않습니다. 니라사키를 살해한 범인은 앞으로 나흘 이내에 반드시 체포할 겁니다."

"나흘? 그게 무슨 말씀이신지?"

"아무 것도 아닙니다. 이쪽 사정이에요. 그럼 저는 이만."

"아소 씨."

문에 손을 댔을 때 여전히 앉아 있는 다카야스의 목소리가 등에 와 닿았다.

"후지우라는 제 대학 동창입니다. 사법시험에 합격한 연도는 다릅니다만. 녀석은 좋은 사람이에요. 정의감도 책임감도 투철하죠. 그리고 무엇보다 아주 끈질겨요. 저희 사무실에도 여러 번 왔습니다…… 혹시 언젠가 후지우라가 바라는 재판이 정말로 열린다면."

다카야스의 목소리는 묘하게 조용했다.

"저는 꼭 당신을 증인으로 법정에 세우고 싶군요."

"서겠습니다."

아소는 문을 열고 방을 나섰다.

큰길에서 택시를 잡으려고 했을 때 휴대전화가 울렸다.

"류 씨!"

잠시 전에 통화한 야마세의 절박한 목소리가 울려 퍼졌다.

"미안해! 내 실수야!"

"무슨 일인데?"

"미나가와 사치코가 습격당했어."

"뭐라고!"

아소는 소리를 질렀다.

"죽었나?!"

"아니, 그렇게 심하게 다치지는 않았어. 하지만 입원은 시켰고. 다 관할서에 맡긴 내 잘못이야."

"뭐가 어떻게 된 거야?"

아소는 미나가와 사치코의 부상이 심하지 않다는 말을 듣고 안도하여 다리가 풀릴 뻔했다.

"사치코는 사건이 해결되면 가스가 놈들이 제재를 가할 거라고 믿은 모양이야…… 니라사키가 죽기 전부터 다른 남자와 바람을 피운 데다 니라사키가 살해당한 밤에 그 남자와 정을 통했으니 제재를 가하는 것도 당연하다면 당연한 일이지만. 어쨌든 죽도록 얻어맞고 윤락업소에 팔릴 바에야 남자와 달아나고 싶었나 봐. 그런데 오늘부터 경찰이 감시를 시작해서 마음이 초조해졌겠지. 집 안에서 경호를 담당한 여자경관의 빈틈을 노려 창밖으로 뛰어내렸어."

"창밖으로? 사치코의 집은 1층이 아닐 텐데."

"7층이야. 그래서 방심한 거지. 내 잘못이야. 철저히 확인하라는 지시를 내렸어야 했는데. 사치코의 집 바로 아래 6층의 발코니에 철쭉 화단이 있었어. 화단에 심은 철쭉 덤불을 노리고 뛰어내린 거지. 그리고 비상계단으로 달아났어. 내려가서 택시를 잡기 직전에 따라잡았는데, 그때 사치코에게 화염병이 날아왔어."

"화염병……."

"우유병으로 만든 것 같아. 왜, 휘발유에 가루비누를 섞어서 병에 담는 간단한 방식 있잖아. 화염병이 사치코의 발치에서 깨져서 불길이 솟구쳤지만, 뒤쫓아 간 관할서 녀석들이 재빨리 사치코를 끌어안고 뒤로 잡아당겨서 가벼운 화상으로 그쳤어. 긴급수배했지만 화염병을 던진 범인은 아직 붙잡지 못했어. 하세가와 다마키도 두 여자가 화염병을 사용한다고 했던가?"

"아니, 휘발유를 뿌리고 불덩어리를 던졌다고 했어. 하지만 똑같은 발상이로군. 원거리에서 불덩어리를 던져서 태워 죽인다. 다만 왜 미나가와 사치코를 첫 번째 목표물로 삼았는지 모르겠군."

"그야 밖에서 감시하고 있는데 마침 사치코가 뛰쳐나왔으니까."

"아니, 그게 아니라. 야마 씨, 범인은 현재 두 명 내지 세 명이고 니라사키의 애인은 전부 합쳐서 다섯 명이야. 그중에 누가 집 밖으로 나올지 사전에는 절대로 몰라. 그런데 사치코가 뛰쳐나왔을 때를 노려서 화염병을 던졌다고. 이게 우연일 리 없어."

"범인이 다섯 명 이상의 조직이라는 거야?"

"그럴 가능성이 없다고는 할 수 없겠지. 하지만 그것보다는 범인이 사치코가 밖으로 뛰쳐나올 걸 미리 알고 있었을 가능성이 더 높아."

"설마…… 미나가와 사치코가 범인 일당의?"

"아무리 그래도 그건 아니겠지. 아무튼 사치코한테 물어봐. 언제 그렇게 뛰어내려서 달아날 마음을 먹었는지. 왜 오늘 실행에 옮겼는지."

***

본청에 돌아가자마자 가지와라가 수사1과실로 뛰어들어 왔다.

"어떻게 된 거야!"

가지와라가 아소의 팔을 잡았다.

"간신히 영장을 받아왔더니 야마우치가 내뺀 모양이던데. 오이카와 씨가 쫓고 있다면서? 혐의는 뭐야? 설마 니라사키를 살해한 혐의는 아니지? 그 사건의 범인을 알아냈다고 했잖아."

"오이카와는 나와 견해가 다를지도 모르지."

"지금 그렇게 속 편한 소리 할 때야? 난 류 씨 부탁으로 일부러 몇 몇 건수를 내던져서 영장을 받아왔다고. 어떻게 할 거야, 응? 니라사키를 죽인 혐의로 잡아넣을 수 있다면 이딴 건 필요 없잖아."

"가지와라 씨."

이번에는 아소가 가지와라의 팔을 잡았다.

"먼저 붙잡아."

"뭐?"

"야마우치를 오이카와보다 먼저 붙잡아줘!"

"그건 불가능해."

가지와라는 웃음을 터뜨렸다.

"오이카와 군단을 어떻게 이겨? 녀석들은 조폭에 관한 정보라면 얼마든지 얻을 수 있는 입장이라고."

"내 부하를 빌려줄게."

아소는 목소리를 낮추었다.

"그쪽에 협력할게. 오이카와보다 먼저 야마우치를 붙잡아서 2과가 쥐고 있는 혐의로 먼저 쪼아봐."

"우리 건수는 시간벌이다 그건가. 그런데 기소가 가능할 것 같으면 어쩌지?"

"어쩌긴 뭘 어째. 기소하면 되지. 야마우치는 니라사키를 안 죽였어. 그러니까 절대 니라사키를 죽인 혐의로는 체포하고 싶지 않아. 그뿐이야. 다른 혐의에 관해서는 본인에게 책임을 물어도 상관없어."

가지와라는 팔짱을 꼈다. 아소는 가지와라가 결심을 굳히기를 기다렸다.

"야마우치가 니라사키를 죽인 거 아니지?"

가지와라가 조용히 입을 열었다.

"그건 틀림없지? 만일 니라사키를 죽인 진범이 야마우치라면 난 오이카와 씨 일을 방해한 셈이야. 그럼 더 이상 여기 못 있어."

"날 믿어. 니라사키를 죽인 건 야마우치가 아니야."

"돌다리의 류가 그렇게 단언한다면야 믿어주는 수밖에 없겠군."

가지와라는 웃으며 고개를 끄덕였다.

"이왕 할 바에는 본격적으로 해야겠지. 사실 우리도 야마우치 그 썩을 놈을 잡아넣을 계기를 원했거든. 증거가 불충분해도 어떻게든 기소까지 끌고 갈 만한 건수를 갖춰놨으니, 빨리 붙잡으러 가야겠다."

"내 부하는 어디를 지원하면 될까?"

가지와라는 웃으면서 아소의 어깨를 툭 쳤다.

"수사2과를 얕보지 마. 우리한테도 사냥할 줄 아는 형사는 있다고. 뭐, 일손이 부족해지면 부탁할게. 우리한테는 오이카와 씨 같은 조직력은 없지만, 대신에 이게 있잖아 이게."

가지와라는 집게손가락으로 관자놀이를 톡톡 두드렸다.

부탁할게. 아소는 마음속으로 두 손을 모아 가지와라에게 빌었다. 너만 믿는다.

8

선글라스는 내게 잘 안 어울리는군.

렌은 운전대에 얹은 턱을 들고 선글라스를 벗었다.

여자는 아주 천천히 걷고 있었다. 마치 발바닥에 가시가 박혀서 걸음을 내디딜 때마다 고통이 느껴지는 것처럼.

어디서 그런 이야기를 읽었는데. 무슨 이야기였더라.

떠올리기도 힘들 만큼 옛날, 초등학생 시절에 읽은 이야기. 분명 동화였을 것이다. 걸을 때마다 아픈 다리. 동화치고는 무자비한 내용이었던 것 같다.

여자는 예뻤다. 미인이라 할 수 있을지 없을지 미묘한 얼굴이지만, 지금 여자의 몸에 감도는 반쯤 투명한 허무감이 여자에게 어쩐지 장엄한 색기를 더해주고 있었다.

저 여자의 몸에서는 분명 죽음이나 절망 따위에서 풍기는 특별한 향기가 날 것이다.

렌은 한숨을 흘려냈다. 증오는 느끼지 않았다. 그저 운명은 참으로 비정하구나 싶었다.

천천히 차를 몰아 여자를 미행했다. 여자는 아주 일상적인 쇼핑을 계속했다. 약국 앞 진열대에서 할인 판매하던 휴지를 든 손에서 분홍색 돌이 박힌 반지가 빛났다.

죽음을 각오했어도 여자는 담담히 하루하루를 살기 위한 물건을 산다. 내일이 오지 않을지도 모른다고 생각하면서도 내일을 준비한다.

분명하다.

여자는 벌써 몇 년도 전에 각오를 다졌다. 그리고 세이치를 죽이는 그 순간만을 위해 조금씩 준비를 해왔다. 목적을 달성한 지금, 여자는 왜 계속 살아가는 걸까.

류타로가 말하길 여자의 목적은 나라고 했다.

반은 정답이지만 반은 오답이다.

여자는 내게 막을 내리는 역할을 맡기고자 한다. 렌은 다시 한 번 한숨을 쉬었다.

여자는 교묘한 방법을 준비했다. 자신은 죽고, 나는 다시 교도소에 들어간다.

들어가면 10년은 못 나온다. 그 사이에 총장은 병으로 죽을 테고, 후계자의 그릇이 작으므로 가스가 파는 쇠퇴한다.

여자는 번화가를 빠져나와 자신의 집으로 향했다. 여자가 사는 건물 앞에서 길은 골목으로 이어진다. 일방통행. 렌은 개의치 않고 골목으로 들어가서 여자를 앞지른 후에 차를 세웠다.

사이드 미러에 입을 꾹 다문 채 차를 노려보는 여자의 얼굴이 비쳤다.

여자는 그래도 서슴없이 걸음을 옮겨 차 옆을 지나치려고 했다.

렌은 스위치 블레이드의 칼날을 창문으로 내밀었다.

여자가 멈춰 섰다.

"날 해치울 생각이라면서."

렌이 말을 꺼냈지만 여자는 대답하지 않았다.

"놀랐어? 전화를 한 건 당신이 아닌데 내가 당신을 알고 있어서 신기해?"

렌은 웃었다. 하지만 여자는 도발에 응하지 않고 그저 무표정하게 서 있을 뿐이었다.

"나도 당신을 살려둘 생각 없어. 하지만 여기서는 안 죽일 거야. 무기도 없는 상대를 기습하는 건 정당한 보복이 아니니까."

렌은 칼을 집어넣었다.

"당신들은 조직도 아닌데 세이치를 죽였어. 간자키와 승룡회 놈들도 못 해낸 일을 해냈으니 대단해. 당신들의 대단한 배짱에 경의를 표해야 마땅하겠지. 기회를 줄 테니 결투로 승부를 내자."

렌은 글이 적힌 종이를 내밀었다. 여자가 종이를 받아들었다.

"무기는 알아서 준비해. 머리를 써서 날 확실하게 죽여. 아니면 당신은 내게 능욕을 당하고 죽을 거야. 당신 계획은 알아. 하지만 이 세상이 그렇게 만만치는 않지. 난 안 붙잡혀. 당신을 죽인 흔적도 남지 않을 테니까. 경찰은 아직 당신의 존재를 확인하지 못했어. 당신은 개

죽음 당할 거야. 당신 동료도 마찬가지고."

렌은 창문을 닫고 가속 페달을 밟았다. 일방통행 길을 거꾸로 달려서 골목을 빠져나갔다.

우두커니 서서 차를 바라보는 여자의 모습이 백미러 속에서 작아지다가 모퉁이를 꺾자 사라졌다.

갑자기 생각났다. 그래, 그 동화는 〈인어공주〉다.

사랑을 이루고자 목소리를 잃고 걸을 때마다 격통에 시달리는 몸이 되었지만, 받아들여지지 못하고 물거품이 되어 사라진 인어.

* * *

"대박입니다!"

수화기에서 흘러나오는 야마시타의 목소리는 흥분으로 들떠 있었다.

"지금 이시즈카 기념 병원의 사무실에서 거는 건데요. 예상이 적중했습니다! 모치즈키 마코는 여기 실려와서 사망했어요!"

역시 그랬나.

아소는 퍼즐의 그림이 눈앞에 똑똑히 보였다.

"간다 요코는 모치즈키 마코와 미치코의 치료에 관여했을 가능성이 있습니다. 당시 근무 일정이 어땠는지는 이제 알 수 없는 모양이지만, 요코는 외과에서 근무했으니까 야근이었다면 당연히 긴급 이송된 모치즈키 모녀의 치료를 맡았겠죠. 미치코는 이틀 정도 입원했으니까 야근이 아니더라도 그동안 접촉했을 가능성은 아주 높습니다!"

"잘했어."

아소는 야마시타를 칭찬하면서 눈을 감고 고개를 끄덕였다.

"보인다…… 완전히 보여."

"요코는 무슨 문제를 일으켜서 여기를 그만둔 건 아닌 모양입니다. 오모리에서 통근하려면 시간이 많이 걸리니까 집 근처에 직장을 구하고 싶다는 말을 당시 동료에게 했다는 증언을 얻었습니다. 이치케 산부인과는 요코가 살던 연립주택에서 걸어서 금방이니까 모순되는 이야기는 아니죠. 어떻게 할까요. 뭔가 좀 더 나오는지 파볼까요?"

"아니, 이제 막바지에 다다랐으니까 그만 됐어. 야마 씨와 합류해. 미나가와 사치코가 도주를 꾀하다가 범인에게 습격당했어."

"정말입니까!"

"본인은 무사하지만 범인은 놓쳤어. 현장수사에 힘을 보태도록 해. 그리고 이제 간다 요코에 관해 공개할 거야. 본부에는 내가 전부 이야기할게. 정보제공자와 거래한 건 오이카와에게 양해를 구했어. 기타무라 살해 사건을 재수사할지 말지는 본부의 견해를 기다린다."

신주쿠 서 수사본부와 긴 통화를 마치는 것과 동시에 이타노가 나타났다.

"늦어서 미안해. 마키하라 요스케의 부모 말인데, 이혼했어."

이타노는 복사용지 몇 장을 아소 앞에 내려놓았다. 관할서에 요청해서 얻은 정보였다.

"외동아들 요스케가 죽은 지 1년쯤 후였지. 아버지 고스케는 다니던 가전제품 제조사를 그만두고 고향에 돌아갔어. 고향은 시코쿠의 가가와 현, 본가가 농가라서 지금도 농사일을 하는가 봐. 몇 년 전에 재혼해서 아이도 있지. 마키하라 고스케는 세오 요시에가 제기한 소송에 끼지 않았어. 분명 사건과도 아무 관계없겠지."

"응."

아소는 복사용지를 바라보았다.

"문제는 어머니 쪽이로군."

"옛날 성은 요시카와. 요시카와 사나에는 세오 요시에가 제기한 소송에 협력한 흔적이 있어. 적극적으로 앞에 나선 건 아니지만, 재판에서는 당연히 아이를 잃은 어머니의 심정을 증언할 예정이었겠지. 그당시 법률로 법정에서 가스가와 무토 파 두목의 책임을 묻기 위해서는 피해자의 비통한 심정을 절절히 호소해서 판사가 의분을 느끼도록 하는 게 제일이었을 거야. 판사가 법률을 확대해석해서라도 폭력단의 괴멸에 도움이 되는, 획기적인 판결을 내리도록 만들 수 있느냐가 관건이었지."

"니라사키에게는 요시카와 사나에도 눈엣가시였겠군."

"응. 하지만 요시카와 사나에는 세오 요시에가 죽기 전에 이혼하고 일본을 떠났어. 행선지는 하와이. 취업비자를 받아서 와이키키의 대형 일본 음식점에 취직했지. 사나에는 전업주부가 아니라 신바시의 〈쓰타이치〉라는 일식집에서 종업원으로 일하고 있었으니까 스카우트됐는지도 모르겠군."

"아니면…… 니라사키가 손을 써서 파격적인 조건으로 취직을 시켜주는 대신 일본을 떠나도록 종용했든지."

"거기까지는 조사할 방도가 없어. 니라사키가 흔적을 남길 만한 인간도 아니고. 그런데 류 씨, 만약 그랬다면 요시카와 사나에가 니라사키에게 원한을 품을 이유는 없지 않나?"

"세오 요시에의 비참한 최후와 거기에 니라사키가 어떻게 관여했는지를…… 나중에 알았는지도 몰라. 그리고 마지막까지 세오 요시에와 함께하지 않은 것을 후회하고 요시에 대신 니라사키에게 복수를 꿈꿨다면? 어때?"

"음."

이타노는 팔짱을 끼고 고개를 끄덕였다.

"하긴 어떻게 보면 자기 아들도 니라사키 패거리들에게 살해당한 셈이니까. 하지만 아무래도…… 류 씨, 정말로 요시카와 사나에가 세 번째 여자라고 생각하는 거야? 니라사키는 이 여자 얼굴도 알고 있었을 텐데?"

"얼굴을 바꿨다면?"

아소의 말에 이타노가 눈썹을 획 추켜올렸다.

"얼굴을…… 바꿨다."

"요시카와 사나에는 일본을 떠났어. 그리고 그 후로는 분명 니라사키와 만난 적이 없을 거야. 그러니 성형수술을 해서 얼굴을 바꾸면 니라사키도 못 알아보겠지. 니라사키가 요시카와 사나에의 얼굴을 본 적이 있다고 해도, 세오 요시에만큼 많이 보지는 않았을 테니까."

아소는 복사용지를 모아서 정리했다.

"무엇보다 현재 요시카와 사나에의 소재가 불확실한 게 마음에 걸려."

"귀국한 건 틀림없는 모양인데. 사나에의 부모님은 이미 돌아가셨고, 본가는 사나에의 오빠가 물려받았어. 오빠에게도 연락해봤는데 사나에와 연락이 끊긴 지 오래됐다는군. 귀국하고 니시아사부의 〈후네〉라는 일식집에서 일했는데 그 이후의 행방은 몰라."

"일단 〈후네〉라는 가게에 가볼게."

"류 씨가 직접 움직이려고? 상부가 알면 잔소리를 할 텐데."

"부탁할게."

아소는 이타노에게 웃음을 지었다.

"못 본 척해줘. 여기까지 온 이상 직접 확인하고 싶어…… 전부 다."

* * *

니시아사부의 교차로에서 골목으로 들어서자 주택 사이사이에 술집과 일식집이 점점이 자리 잡고 있었다. 〈후네〉는 그중 하나였다.

아직 영업시간이 아니었다. 그래도 미닫이문은 잠겨 있지 않았다.

"실례합니다."

소리쳐서 부르자 입구에 깔린 포석 안쪽에서 인기척이 나더니 기모노를 입은 나이 지긋한 여자가 나왔다.

"아까 전화드린 아소라고 합니다만."

"경찰에서 나오신 분이로군요. 들어오세요."

여자는 안주인 이시다 사치요라고 자신을 소개했다.

포석을 일곱 발짝 걸어가서 미닫이문을 하나 더 열자 넓은 현관이 나왔다. 요릿집이라기보다는 보통 일본 가옥의 현관으로 보였다. 신발을 벗고 들어가서 안주인의 안내를 받아 복도를 걸었다. 도착한 곳은 응접실 같은 방이었다.

"가게가 참 크군요. 요정 같습니다."

"그 정도로 격이 높지는 않답니다."

안주인은 웃는 얼굴로 차를 권했다.

"저도 오랫동안 요정에서 일하기는 했지만 좀 더 마음 편히 일식을 즐길 수 있는 가게를 해보고 싶어서 여기를 시작했어요. 안쪽에 의자가 딸린 카운터가 있고, 방은 겨우 세 개밖에 없어요."

"저한테는 충분히 고급입니다. 늘 선술집에 가는 게 고작이니까요."

"선술집에는 선술집 나름의 장점이 있죠. 저도 영업이 끝나고 나면 사무장이랑 요리사들이랑 함께 늦게까지 여는 선술집에 가는걸요."

이시다 사치요는 싹싹한 성격인 것 같았다. 아소는 차 맛이 좋다고 칭찬하고 나서 본론으로 들어갔다.

"전화로 말씀드렸다시피 어떤 사건의 수사차 요시카와 사나에 씨의 행방을 찾고 있는데요, 여기를 그만둔 후 요시카와 씨가 어디로 갔는지 모르겠습니다. 본가에도 연락이 없다고 하더군요."

"사나에 씨라. 아직도 기억이 생생하네요."

사치요는 응접실 벽에 걸린 사진을 손으로 가리켰다.

"저거, 가게를 시작한 지 10주년 되던 해에 찍은 기념사진이에요. 오른쪽에서 두 번째가 사나에 씨죠."

아소는 사진을 보았다. 기모노를 입은 여자 네 명과 요리사로 보이는 남자가 세 명, 그리고 안주인과 양복차림 남자가 찍혀 있었다. 가게 안에서 찍었는지 뒤편에 원목으로 된 카운터가 보였다.

요시카와 사나에는 통통하고 귀여운 얼굴에 둥그스름한 코가 특징적인 여자였다.

물론 처음 보는 얼굴이다. 하지만 아소는 뭐라고도 표현하기 어려운, 신기한 기분으로 사진을 바라보았다.

뭔가…… 뭔가 알 것 같았다. 목구멍에 생선 가시라도 박힌 것 같은 위화감과 답답함이 느껴졌다.

아소는 머릿속에서 소용돌이치는 애매모호한 뭔가의 형체를 파악하고자 애썼다. 하지만 형체를 파악하기 전에 어딘가로 사라져버렸다.

"정말 일도 잘하고 좋은 사람이었죠. 원래 〈쓰타이치〉라는 유서 깊은 가게에서 일하다가 하와이의 〈히메지〉라는 가게에서 접객 업무를 총괄하는 일을 했다고 했던가, 아무튼 손님을 다루는 솜씨가 뛰어나서 기분이 별로인 손님도 사나에 씨한테 맡기면 반드시 웃음을 되찾았어요. 믿음직한 사람이었죠. 그래서 느닷없이 그만두겠다고 했을 때는 놀라서…… 마음을 돌려달라고 몇 번이나 부탁했지만……."

"그만둔 이유는 짐작이 가십니까?"

"당시는 대우 문제라고 생각했어요. 일솜씨가 그만큼 뛰어난 사람이잖아요. 하와이의 〈히메지〉에서는 상당히 좋은 조건으로 일했다고 들었어요. 하지만 우리 가게의 규모와 매상을 고려할 때 지출할 수 있는 인건비에는 한계가 있잖아요. 사나에 씨가 계속 머물러줬으면 했지만 〈히메지〉와 같은 수준의 대우를 바란다고 해서 급여를 그 정도로 인상해줄 수는 없었어요."

"요시카와 씨가 그렇게 말했습니까?"

"아니요, 아니에요. 급여에 대해서는 한마디도 안 했어요. 조금 올려주겠다고 제가 먼저 제안해도 월급은 과분할 정도로 많다, 그게 이유가 아니라는 말만 할 뿐이었죠. 아무리 그래도 남의 사생활까지 미주알고주알 캐물을 수는 없으니 결국은 포기한 거예요. 하지만 지금 생각해보니…… 그때부터 사나에 씨의 태도가 이상해진 게 아닌가 싶은 일이 있었네요."

사치요는 차를 홀짝이고 심호흡이라도 하듯이 숨을 내쉬었다.

"사나에 씨가 우리 가게에서 3년을 일하는 동안 딱 한 번 빈틈을 드러낸 적이 있어요."

"빈틈?"

"실수를 했어요. 하기야 다른 종업원들은 밥 먹듯이 실수를 하니까 3년에 딱 한 번 실수한 것만 봐도 그 사람이 얼마나 우수했는지 아시 겠죠. 어느 날 예약 없이 오신 손님이 카운터에 앉으셨어요. 저희 가게는 예약하고 오시는 손님이 대부분이지만, 잡지에 소개된 적이 있어서 그런지 가끔은 예약 없이 오시는 분도 계세요. 남자 분이 혼자 오셨죠. 분명…… 가이세키 요리(작은 그릇에 다양한 음식이 조금씩 순차적으로 담겨 나오는 일본식 정찬-옮긴이 주) 코스를 소자로 주문하시지 않았던가…… 확실히는 기억이 안 나네요. 첫 번째 요리를 내놓았을 때 안쪽 방에서 손님의 시중을 들던 사나에 씨가 뭔가 가지러 카운터에 왔어요. 제가 그 남자 손님께 차를 따라드리고 있는데 와장창하고 요란스러운 소리가 들려서 돌아봤더니, 우두커니 서 있는 사나에 씨 발치에 쟁반과 컵이 어지럽게 흩어져 있더라고요…… 뒤처리를 하려고 제가 허둥지둥 뛰어갔죠. 그때 사나에 씨는 멍한 얼굴로 남자 손님 얼굴만 쳐다보고 있었어요. 그런 적은 처음이었죠. 평소에는 정말로 세심하고 완벽하게 일을 처리하는 사람이라 저도 놀랐어요. 이름을 몇 번 부르고 나서야 정신을 차리더라고요."

"그 남자 손님과 요시카와 씨는 아는 사이였던 거군요."

"그랬을 거예요…… 하지만 이상하게도 사나에 씨는 뒷정리도 하지 않고 안쪽으로 뛰어 들어갔고, 손님은 아무 일도 없었다는 듯한 얼굴로 식사를 계속하셨죠. 식사를 마치자 사나에 씨를 부르거나 전언을 부탁하시지도 않고 조용히 돌아가셨어요. 한참 후에야 사나에 씨가 사과하러 왔는데…… 눈이 새빨갛더라고요."

"울었다는 뜻입니까?"

안주인은 고개를 끄덕였다.

"그래서…… 아무 것도 못 물어봤어요. 뭔가 복잡한 사정이 있는 것 같았지만, 살다보면 다들 그런 사연이 한두 개쯤은 생기는 법이잖아요. 그리고 사나에 씨도 다음날에는 평소와 다름없는 모습으로 돌아왔고요. 그런데 그 일이 있고 이주일쯤 후에 느닷없이 그만두고 싶다는 말을 꺼냈어요."

아소는 메모를 마치고 사치요의 얼굴을 보았다.

"그 남자 손님 때문에 요시카와 씨가 여기를 그만뒀다고 생각하시는 거로군요."

"지금은."

사치요는 고개를 끄덕였다.

"그렇게 생각해요…… 어쩌면 사나에 씨는 그 남자에게서 도망치기 위해 그만둔 게 아닐까 싶은 생각도 들고요. 아니면…… 그 남자가 우리 가게에 해를 끼칠 거라 생각했든지……."

"협박 같은 걸 당했다 그겁니까?"

"증거는 전혀 없어요. 근거도 딱히 없고요. 다만 그때 사나에 씨의 표정이…… 뭐라고 해야 할까 아주 무서운 걸 봤다, 믿기지 않는 걸 봤다는 느낌이었거든요."

믿기지 않는 걸 봤다.

사나에한테 얼굴만 보여주고 사라진 손님은 과연 누구일까.

아소는 웃옷 안주머니에서 봉투를 꺼냈다. 사건 관계자의 사진이
담긴 봉투다.

남자 관계자의 사진만 추려서 사치요에게 주자 사치요는 한 장씩
꼼꼼히 살펴보았다.

사치요가 손을 멈추었다. 컬러 복사된 사진이었다. 4과에서 넘겨
준 얼굴 사진이다.

"죄송해요, 확실히 이 사람이라고 단언할 수는 없지만."

사치요는 그 사진을 아소에게 내밀었다.

"이런 느낌의 사람이었던 것 같은데…… 이렇게 땅딸막하다고 할
까, 키는 그렇게 크지 않지만 몸집이 실팍했어요. 안경을 끼고 아주
좋아 보이는 양복을 입은 게 인상에 남았는데요. 다만 얼굴은…… 손
님 얼굴을 말똥말똥 쳐다볼 수는 없잖아요?"

아소는 저도 모르게 목소리를 낼 뻔했다. 놀랐다기보다는 감탄의
한숨에 가까웠다.

간자키 파의 우에다.

퍼즐 조각이 하나 더 달칵 맞추어졌다.

"그 사람은 누군가요?"

사치요가 물었다.

"요시카와 씨의 지인입니다."

아소는 대충 얼버무렸다.

사치요는 조금 미심쩍다는 얼굴로 아소를 쳐다보다가 작은 목소리로 속삭였다.

"저기…… 이런 건 물어보면 안 되는지도 모르지만."

"뭔가요? 대답할 수 있는 사항이라면 말씀드리겠습니다."

"사나에 씨 행방을 찾고 있다고 하셨는데 혹시…… 요즘 텔레비전이나 신문에서 떠들썩하게 보도하는, 신주쿠의 조폭이 살해당한 사건과 무슨 관계가 있나요?"

"어째서."

아소는 평온한 표정이 무너지지 않도록 노력하며 물었다.

"그렇게 생각하시죠?"

"그게…… 그러니까 경찰은 물론 아시겠죠. 사나에 씨 아들에 대해서 말이에요."

아소는 고개를 끄덕였다.

"요시카와 씨가 사장님께도 말했군요."

사치요는 슬픈 기색으로 고개를 끄덕였다.

"이야기해줬어요…… 실은 저도 아들을 잃었거든요. 장남을……일곱 살 때 인플루엔자 뇌염으로요. 기침이 멎질 않아서 좀 심한 감기에 걸렸나 싶었는데 혼수상태에 빠져서 세상을 떠났죠. 정말 덧없이 가버려서 한동안은 꿈을 꾸는 기분이었어요. 전혀 실감이 나지 않더라고요. 설마 감기로 죽을 줄은 상상도 못했거든요. 지금이야 인플루엔자와 감기가 전혀 다른 병이라는 걸 알지만, 그 당시는 그런 지식이 없었으니까요. 그런 과거가 있어서 사나에 씨도 아이 이야기를 꺼내기 쉬웠던 게 아닌가 싶어요. ……사나에 씨 아들은 각성제 중독자한테 살해당했죠? 그래서 각성제를 판 조폭이 고소당했다고 들었는데."

아소는 다시 고개를 끄덕였다.

"하지만 이번에 살해당한 사람은 그 조폭이 아닙니다."

"그런가요…… 그럼 다행이네요. 그런 사건에 또 휘말렸다면 사나에 씨가 너무 불쌍하잖아요."

사치요는 깊은 한숨을 내쉬었다.

"사나에 씨는 늘 아들 사진을 봤어요…… 입학식 때 찍은 사진이요. 눈이 동글동글하니 귀엽게 생긴 남자애가 새 책가방을 메고 아주 기쁜 얼굴로 웃는 모습이었죠. 개는 고양이를 정말 좋아했대요. 하지만 아들을 잃고 이혼이니 뭐니 정신없는 와중에, 아들이 귀여워하던 고양이를 남편이 시골로 데려갔다고 하더군요. 맞다, 맞다. 그 이야기를 듣고 얼마 지나지 않아서 근처에 사시는 단골손님이 사나에 씨에게 고양이를 선물했어요."

사치요는 그리움이 깃든 얼굴로 웃었다.

"해외로 부임하시게 돼서 기르던 고양이를 거두어줄 사람이 없을까 찾고 계셨죠. 아주 얌전하고 사람을 잘 따르는 고양이였어요. 분명 나이가 제법 많았는데. 보통은 아기 고양이를 입양하니까 데려가려는 사람이 없었던 거겠죠. 가게에서 그 이야기를 했더니 사나에 씨가 별안간 자기가 그 고양이를 키우면 안 되겠느냐는 거예요. 아들이 고양이를 좋아했다는 이야기도 그때 들었죠."

사치요는 사나에의 모습이 떠올랐는지 갑자기 눈물을 글썽거렸다.

"정말이지…… 사나에 씨는 어디로 간 걸까요…… 우리 가게를 그만둔 후로 연락도 한 번 없고. 형사님, 혹시 사나에 씨를 찾으면 알려주시지 않겠어요? 사나에 씨가 행복하다면 다행이지만, 그렇지 않다면 다시 우리 가게에 와도 되니까요."

9

"요시카와 사나에가 우에다와 아는 사이였다고?"

이타노의 목소리에 당혹감이 서렸다.

"그건 또 뭐가 어떻게 된 거야?"

"나도 몰라. 하지만 사나에는 하와이에서 돌아오자마자 〈후네〉에 취직한 모양이니 우에다와 안면을 텄다면 분명 하와이에서였겠지."

"간자키가 하와이 마피아와 밀접한 관계라는 소문은 있어. 간자키 놈들은 골프를 친답시고 늘 하와이로 간다는군."

"사나에가 일하던 곳은 하와이에서도 제법 유명한 일본 음식점이 었대. 우에다라면 그런 곳에서 밥을 먹겠지?"

"조폭도 간부쯤 되면 입맛이 깐깐해져서 맛집을 찾아다니니까."

이타노는 코웃음을 쳤다.

"하지만 그렇다면 사나에가 니라사키의 입김으로 그 음식점에 취 직한 건 아니겠는데."

"응…… 아마 우에다는 자신이 드나드는 하와이의 음식점에서 사 나에를 보고 첫눈에 반했겠지."

"사나에는 우에다가 폭력단 간부인 줄 모르고 사귀다가 사실을 알 고서 일본으로 도망쳐온 건가."

"그렇다면 딱 들어맞아. 그러니까 우에다의 얼굴을 보고 들고 있던 쟁반을 떨어뜨릴 만큼 놀랐겠지. 분명 우에다에게 해코지를 당하는 게 아닐까 겁을 먹었을 거야."

"뭔가 복잡하군…… 류 씨, 도대체 뭐가 어떻게 된 거야? 넌 벌써 진상을 파악했지?"

"생각이 없는 건 아니야."

아소는 신경질적으로 휴대전화를 꺼냈다.

"문제는 오이카와인데. 그 자식 도대체 어디를 싸돌아다니는 거야."

"야마우치를 쫓고 있다면 가스가와 관련된 놈들의 별장이나 가스가와 의리로 맺어진 놈들의 집을 살펴보고 있겠지."

"이타노, 넌 간자키 파의 우에다에 대해 정보를 얼마나 가지고 있어?"

"대강은 알아. 하지만 오이카와 씨네 수사반은 비밀주의라서 말이야. 우리도 특급 정보에는 손을 못 대."

"특급 정보라고 할 정도는 아닌데. 우에다의 여자에 대해 알고 싶어."

"여자라면 깔치? 우에다는 평범해. 니라사키처럼 독특한 취향은 없어."

"제일 예뻐하는 여자의 얼굴 사진은 있어?"

"우에다가 제일 예뻐하는 여자라…… 그놈은 뜻밖에도 그쪽 방면으로는 고지식하다는 평판이야. 나이 차이가 많이 나는 지금 마누라와의 사이에서 아이를 얻은 지 얼마 안 돼. 그러니까 요즘은 마누라를 제일 예뻐하지 않을까."

"지금 마누라? 우에다는 이혼한 적이 있어?"

"응. 1년하고 조금 더 전에."

"전처는 몇 살인데?"

이타노는 고개를 저었다.

"난 잘 몰라. 우에다는 생긴 것도 보통 회사원처럼 생겼고, 자기 처자식한테 암흑가의 때가 묻는 걸 싫어하는 유형이거든. 요즘은 조폭 간부 중에 그런 놈들이 많아. 어머니는 아주 평범한 전업주부고 아들은 유명 사립학교에 다니는데, 알고 보니 아버지는 조폭인 거지. 뭐, 조사하면 알아낼 수야 있겠지만. 하마마쓰 시에 조폭 계보상 간자키의 친척뻘인 니와사코 파라는 조직이 있는데, 우에다의 지금 마누라는 그 조직 두목의 딸이라서 얼굴을 알지. 아직 20대 중반인데, 가슴이 빵빵하고 그라비아 아이돌처럼 생겼어. 전처는 우에다랑 나이가 비슷했다니까 한창때는 지났겠군."

"뭐든지 좋으니 우에다의 전처에 대한 정보를 좀 모아줘."

"어떻게든 해볼 테니 시간을 좀 줘. 그런데 그것도 니라사키 살해 사건과 뭔가 관계가 있어?"

"아직 모르겠어. 하지만 이제 표면장력의 단계야."

"뭐라고?"

"컵에 담긴 물이 넘치기 직전이라는 뜻. 이제 몇 가지 요소만 더하면 단숨에 쏟아져 내리겠지."

이타노는 건조한 목소리로 웃었다. 그리고 자기 뒤통수를 몇 번 두드렸다.

"천재라 불리는 돌다리의 류가 막바지에 접어들었다고 하는 걸 보니, 이제 사건 종결도 머지않았군. 알았어, 우리 같이 평범한 사람은 재료나 제공해줘야겠지. 하지만 오이카와 씨가 눈치 채고 나 몰래 뭐 하는 짓이냐고 불호령을 내리면 전부 다 털어놓을 거야."

"오이카와가 그렇게 무서워?"

"사쿠라다몬(일본 경시청이 위치한 곳. 경시청의 별칭이기도 하다―옮긴이 주)에서 오이카와 씨를 무서워하지 않는 사람은 너뿐일걸. 높은 자리에 있는 양반들도 오이카와 씨가 째려보면 입을 다문다고."

본청에서 알아볼 수 있는 정보는 다 알아봤다. 아소는 야마세가 대기하고 있는 병원 주소를 확인하고 택시를 잡았다.

휴대전화가 울렸다.

야마세인가?

"여보세요?"

전화에서 한숨을 쉬는 듯한 소리가 흘러나왔다.

"있잖아."

렌의 목소리.

"당신 지금 어디야?"

"너야말로 어디 있어!"

아소는 고함을 질렀다.

"지금 당장 가지와라한테 가! 오이카와한테 붙잡히면 넌 살인 혐의로 체포될 거야!"

"살인은 당신 분야잖아. 왜 그 사람이 날 살인 혐의로 체포해?"

"피해자가 조폭이니까. 잔말 말고 가지와라에게 가든지, 아니면 거기 가만히 있어! 내가 갈 때까지 꼼짝도 하지 마!"

"에이, 그건 너무하다."

렌은 웃었다

"전화 끊으면 화장실에 갈래. 오줌 마렵단 말이야."

"그냥 거기서 싸. 지금 어디 있어! 네가 타인 명의로 구입한 맨션에 있다면 오이카와가 금방 냄새를 맡을걸."

"그런 곳 아닌데."

"그럼 어디야!"

"당신 집."

아소는 어안이 벙벙해졌다.

"뭐라고?"

"여기가 제일 안전할 것 같아서."

"내…… 집에 있다는 거야?"

"당신, 별장은 없잖아."

"어떻게 들어갔어?"

"그걸 질문이라고 하냐. 이렇게 허름한 분양 아파트의 문은 철사 한 가닥만 있으면 얼마든지 열 수 있어."

아소는 귀에서 휴대전화를 떼고 심호흡을 크게 한 번 했다.

"알았어. 지금 당장 갈게. 절대로 밖에 나오지 마."

"여기서 오줌 눠도 돼?"

"화장실에 가!"

아소는 전화를 끊고 운전기사에게 말했다.

"미안합니다. 행선지를 바꿀게요. 오지마로 가주세요."

* * *

열쇠 구멍에 열쇠를 꽂아 문을 열었지만 도어체인이 걸려 있어서 들어갈 수 없었다. 초인종을 세 번이나 누르고 나서야 렌이 나왔다.

문이 열렸다. 아소는 냅다 뛰어들자마자 문을 닫았다.

"무슨 범죄자 같다."

"어엿한 범죄자지."

아소는 구두를 벗어던졌다.

"체포영장이 발부됐다는 걸 알면서 숨겨났으니까 엄연한 범인은 녀석이야. 야, 적당히 좀 해. 내가 직장을 잃는 꼴을 그렇게 보고 싶냐."

"다른 곳에 있으면 오이카와 씨한테 들켜. 하지만 오이카와 씨도 여기만은 오지 않아. 그렇지?"

"왜 그렇게 단언하지?"

"여기, 당신이 아내와 함께 살았던 곳이잖아."

"오이카와한테 그렇게 질투 많은 여자 같은 면은 없어."

"마음에도 없는 소리 하기는."

렌은 어째서인지 국자를 들고 있었다.

"그 사람은 여자야. 당신이 그걸 제일 잘 알 텐데."

아소는 대답하지 않았다.

"그 국자는 뭐야."

"밥 짓는 중이라서. 아침부터 아무 것도 못 먹어서 배고파."

아소는 렌이 들고 있는 국자를 빼앗았다.

"가지와라한테 가면 돈가스 덮밥을 먹을 수 있어."

"뻥치시네. 녀석한테 몇 번 불려간 적이 있는데 아무 대접도 안 해주고 얼굴에 차만 끼얹었더라."

"그야 네가 순순하게 굴지 않으니까 그렇지. 지금 가지와라에게 데리러 오라고 연락할게. 체포영장이 나왔으니까 자수는 성립되지 않겠지만, 죄를 인정하고 우리 집에 왔다고 해서 조금이라도 점수를 따. 그럼 3년이 2년 6개월로 줄어들지도 몰라."

"과연 기소가 가능할까."

렌은 조롱하듯이 웃었다.

"날 유치장에 가두려고 당신이 가지와라를 부추긴 거지? 기소할수 있을 만한 건수를 가지고 있다면 벌써 체포하고도 남았을걸."

"가지와라를 얕보는 모양인데, 그는 네 생각보다 훨씬 유능해. 이번에야말로 네 머리를 빡빡 밀어서 감방에 처넣을 거야. 그래도 니라사키를 죽인 혐의로 체포되는 것보다는 훨씬 낫겠지."

"똑같아."

렌은 아소의 손에서 국자를 낚아채서 부엌으로 걸어갔다.

"가지와라한테 붙잡혀도 도중에 오이카와 씨한테 인도될 테니까."

"가지와라는 널 오이카와에게 안 넘겨."

"그걸 어떻게 알아?"

"네가 니라사키를 죽이지 않았다고 내가 보증했거든."

렌은 말없이 부엌으로 들어갔다. 아소는 넥타이를 풀어서 내던진 후 양복 윗도리도 벗어서 침실에 내팽개쳤다. 그리고 수화기를 들었다.

"그거 알아?"

부엌에서 렌의 목소리가 들렸다.

"오늘, 세이치의 생일이야."

전화번호를 누를 수가 없었다.

"세이치는 천칭자리야. 나랑은 상성이 나빴지."

아소는 작게 한숨을 쉬고 나서 수화기를 내려놓았다.

부엌에 들어가자 식욕을 자극하는 냄새가 풍겼다.

"뭘 만든 거야?"

"부야베스(생선과 각종 채소를 넣어 끓인 스튜의 일종. 프랑스 마르세유 지방의 명물 요리다 — 옮긴이 주)."

"거기 있는 그 노란 거?"

"냉장고가 텅 비어 있을 것 같아서 재료를 사왔지."

"살인범으로 체포될지도 모르는데 아주 여유가 넘치는군."

"세이치가 좋아하던 요리야. 생일에는 외식을 하지 않고 집에서 부야베스를 먹었지. 왜일 것 같아?"

"몰라."

"생일에 제사상을 받기 싫어서. 생일에 밖에 나갔다가 총 맞고 죽기는 싫다고 했어."

렌은 웃었다.

"하마터면 이번에 그렇게 될 뻔했지. 아슬아슬하게 비껴 나가서 다행이야."

렌 옆에 서서 냄비를 내려다보았다. 그리운 냄비였다. 레이코가 집을 나가고 나서 제일 큰 이 냄비로 뭔가 만들어 먹은 기억은 없다.

"노란색은 카레 가루로 낸 건가?"

"사프란으로. 사프란 꽃의 암술을 따서 만든 향신료야."

"맛있어 보이네."

"맛 좀 볼래?"

렌이 국자로 황갈색 국물을 떠서 작은 접시에 담아주었다. 아소는 국물을 후루룩 마셨다.

복잡한 맛이었다. 해산물 육수와 채소의 감칠맛이 한데 뭉쳤다. 하지만 어쩐지 그리운 맛이기도 했다. 된장국과 비슷한 느낌이었다.

"맛있다."

"사쓰키 누나의 요리법이야."

"그 사람은 요리 솜씨도 좋군."

"노래를 잘하는 사람은 요리도 잘하나 보더라고."

"이거 먹고 나서 가지와라한테 연락할 거야. 알았지?"

렌은 고개를 끄덕였다.

"넌 별자리가 뭔데?"

"응?"

"천칭자리와 상성이 안 좋다면서. 뭐야?"

"산양자리. 당신 별자리는 알아?"

"아니. 산양자리는 몇 월생인데?"

"12월 말부터 1월. 당신하고도 상성이 별로 안 좋아."

"내 생일을 알아?"

"당연하지."

"그게 어째서 당연해?"

렌은 웃기만 할 뿐 대답하지 않았다.

"하지만…… 운명적인 상성이기도 하지."

"뭐?"

"천칭자리와 산양자리. 기본적으로는 상성이 안 좋지만 서로의 인생을 변화시키는 역할을 하기도 해."

"별자리 운세를 믿어?"

"전혀."

렌은 키득키득 웃었다.

"나 실은 물병자리거든."

"어느 쪽이야."

"양쪽 다야."

"뭐라고?"

"경계에 걸치거든. 그래서 늘 괜찮은 쪽의 운세를 보지."

렌은 국자를 내려놓고 아소 쪽으로 몸을 돌렸다.

"운세풀이는 아무 것도 가르쳐주지 않아. 타로카드, 별자리, 손금, 그 어떤 운세풀이도 세이치가 언제 살해당할지 맞히지 못했어."

"사람의 죽음은 점치는 게 아니야. 운명이라면 피할 수 없을 테고, 피할 수 없다면 모르는 편이 행복하겠지."

"난 알고 싶은데."

"왜?"

"잡지를 확인해서 죽기 전에 보고 싶은 라이브 무대 표를 사려고."

"그런 건 평소에 확인하면 되잖아."

"당신은 확인해?"

"확인해도 바빠서 어차피 못 가."

"그렇지? 나도 그래. 내가 언제 죽는지 알면 사쓰키 누나 노래를 앞으로 몇 번 더 들을 수 있는지 헤아릴 수 있을 텐데."

"너, 그 사람을 좋아하는구나."

"엄청 좋아해."

"그 사람도 네가 건실한 인생을 살기를 바라. 가지와라에게 체포되는 걸 계기로 손을 씻어. 가스가 다이조가 죽기 전에 조직과 관계를 청산하는 거야. 네가 두 번 다시 경제 게임에 손을 대지 않겠다고 맹세하면 가스가 다이조가 널 자유롭게 풀어주지 않겠어?"

렌은 가스레인지 불을 껐다. 그리고 아소를 밀쳐내듯이 옆을 지나쳐 부엌에서 나갔다.

아소가 뒤를 따라 거실로 가자 렌이 일본식 방 맹장지문을 열었다.

"양복 윗도리 정도는 옷걸이에다 걸어라, 이 아저씨야."

"내버려둬, 내 옷이야."

"싸구려니까 깔끔하게라도 입어야 그나마 봐줄 만하지."

"잔소리는. 회사원한테 양복은 작업복이야."

"만약."

렌이 아소가 내던져둔 넥타이를 주웠다.

"내가 가스가와 관계를 끊으면."

"응?"

"여기서 살아도 될까…… 평생."

"이렇게."

아소는 렌이 주운 넥타이를 받아들고 옷장을 열었다.

"좁고 허름한 곳에서?"

"여기가 제일 안전하니까."

렌은 아소의 양복 윗도리를 주워들었다.

"여기에는 아무도 들어오지 않아. 여기에는 추억이 한 조각도 없어…… 세이치의 흔적도 없고."

"난 대역지장보살(재난이나 액운을 대신 당해서 사람들을 지켜준다고 하는 지장보살-옮긴이 주)이 아니야. 죽은 사람을 잊는 일은 그 사람을 기억하는 사람밖에 못해. 내 옆에 붙어 있어도 니라사키의 환영에서 달아날 수는 없어. 전에도 말했잖아. 넌 도피하고 있어. 날 니라사키처럼 생각하며 도망치려는 거야."

"나도 말했을 텐데. 당신은 아무 것도 모른다고."

"그게 무슨 뜻이야?"

뭔가가 휙 날아온 것처럼 보였다.

너무 민첩하면서도 부드러운 움직임이었으므로 의식하고 피할 수가 없었다. 아소는 덮쳐누르는 렌의 무게를 부지불식간에 팔로 지탱하며 다다미에 무릎을 꿇었다. 그리고 그대로 옆으로 쓰러졌다.

목에 압박감이 느껴졌다. 렌이 엄지손가락을 목의 부드러운 부분에 대자 칼을 들이댄 것 같은 공포심이 솟아올랐다. 렌의 악력과 팔힘은 보통을 넘는다.

똑바로 누운 채 양팔로 렌의 팔을 잡았지만 목에서 손가락을 떼어낼 수는 없었다.

"왜?"

아소는 물었다. 렌은 대답하지 않았다. 목에 느껴지는 압박감이 조금씩 강해졌다.

"내가 밉다면 왜 단칼에 끝장을 보지 않는 거야?"

"망설여져서."

렌은 말했다.

"죽이고 싶은 건지, 범하고 싶은 건지 모르겠어. 당신이 골라주지 않을래?"

"양쪽 다 사양하겠어."

"호사스런 소리를 하는군."

목에 아픔이 느껴지고 숨쉬기가 힘들어졌다.

상반신이 젖혀졌다. 아소는 자기 목에서 끅끅, 하고 기묘한 소리가 새어나오는 것을 들었다.

"이제 망설이기도 지겨워. 결정해주라."

대답하고 싶어도 말이 나오지 않았다. 아소는 혼신의 힘을 다해 렌의 팔을 밀어내려고 했다.

그 순간 갑자기 압력이 사라지고 몸이 휙 뒤집어졌다. 품속에 가느다랗고 부드러운 머리칼이 있다는 걸 알았을 때, 그리고 그것이 자신을 죽이려고 했지만 그러지 못한 사람의 머리임을 의식한 순간 주체할 수 없는 욕망이 아소를 덮쳤다.

아소는 가느다란 머리칼 속에 집어넣은 손가락으로 따뜻한 머리의 살결을 누른 채 다른 손으로 더듬더듬하여 간신히 벨트를 푼 후, 벌떡 선 성기를 아직 벌어지지 않은 옅은 빨간색 입술 사이에 욱여넣고 신기한 안도감에 몸을 맡겼다.

모든 것이 이제야 겨우 시작됐다. 그런 기분이었다.

아소는 몹시 뜨겁고 축축하면서 아주 부드러운 렌의 입속과 그 안쪽 목구멍으로 자신을 천천히 밀어 넣었다.

쾌감보다도 슬픔과 비슷한 느낌의 행복이 아소를 사로잡았다.

괴롭지는 않을까.

이런 자세로 밀어 넣은 것은 처음이었으므로 자신이 얼마나 움직여도 되는지 알 수가 없었다. 하지만 혀가 움찔움찔 움직이는 탓에 가만히 있으면 끊임없는 쾌감으로 허리가 풀릴 것 같았다.

쾌락과 쾌락 사이에 띄엄띄엄 떠오르는 기억이 주마등처럼 아소의 주위를 내달렸다.

그 기억은 반드시 시끄럽게 우는 매미 소리와 함께였다.

몹시 더워서 힘들었던 그해 여름.

문이 열렸을 때 처음으로 마주한 청년의 얼굴은 아주 앳되어 보였다. 자다 일어났는지 머리가 여기저기 뻗쳤고, 들춰 올라간 티셔츠 자락 밑으로 배와 사각팬티가 보였다.

컴퓨터 말고는 시선을 끄는 물건이 하나도 없는 방. 목조 연립주택의 다다미 여섯 장짜리 방.

키우던 새끼 거북이는 누가 맡았을까?

아마 히나코이리라.

쓰다 만 논문은 어디로 갔을까?

시가 현의 본가로 보내졌다면 이미 버려졌을지도 모른다.

허리를 앞뒤로 움직이면서 렌의 입속 감촉을 잠깐 맛보았다. 괴로울지도 모르겠다 싶었지만 혀는 잠시도 멈추지 않고 쉴 새 없이 움직였다. 그렇지만 안쪽으로 힘껏 밀어 넣자 렌이 상반신을 젖혔다. 아소는 당황하여 허리를 뺐다.

괴롭힐 생각은 없었다. 하지만 어디까지는 편하게 받아들일 수 있고, 어디서부터 고통을 느끼는지 판단하기 힘들었다. 어떤 여자와 잘 때도 이런 자세로 입에 물린 적은 없었다.

아소는 허리를 천천히 뒤로 물려 렌의 입에서 성기를 빼냈다.

렌이 숨을 가다듬을 때까지 기다리지 않고 청바지 지퍼를 내렸다.

주저하는 순간 끝날 것 같은 기분이 들었다. 레이코와 만났을 때 이제 두 번 다시 이런 짓은 하지 않으리라 결심했으니까.

논문과 새끼 거북이.

자살한 형.

내가 이 남자에게서 빼앗은 갖가지 행복.

나락으로 떨어지자. 내게는 행복해질 권리가 없다.

이 남자가 떨어진 곳까지 떨어져 어둠 속에서 길을 찾는 것 말고는 이제 어떤 방도도 없다.

성기의 모양은 아주 반듯했다. 남창으로 일하며 몸을 혹사하고 괴롭혔을 텐데도 그 어떤 흠이나 티도 느껴지지 않아 마치 성인이 되기 전 소년의 그것 같았다.

하지만 입에 넣자 그것은 힘을 과시하듯 팽팽하게 부풀어 올랐다. 아무래도 쉽게는 농락할 수 있을 것 같지 않았다. 아소는 팽팽해진 성기를 한동안 장난치듯이 희롱하다가 입에서 빼내서 오른손으로 잡았다. 좀 더 즐기게 해주고 싶은 마음도 있었지만, 자신의 흥분이 가라앉기 전에 갈 데까지 가지 않으면 후회가 흥분을 앞지를 것이다.

아직 절정에 다다르기 싫다고 거부하듯이 비비 꼬는 렌의 다리를 누르고 손을 점차 빨리 움직이다가 작은 신음소리와 함께 뿜어져 나온 것을 손바닥에 받아서 렌의 몸 중심에 문질렀다.

매미 소리가 계속 울려 퍼졌다.

그 여름은 아직 끝나지 않았다.

아소는 조용히 호흡을 가다듬은 후 천천히 렌의 몸속으로 빠져들었다.

"귓속에서 매미가 울었어."

아소는 이마의 땀이 렌의 머리칼에 떨어져서 튕겨 나오는 것을 보았다.

"널 생각하면 늘 매미가 울기 시작했지. 하지만 지금은 울음소리가 그쳐서 조용해."

"그냥 귀울음이겠지."
렌은 다다미에 얼굴을 댄 채 웃었다.
"나이를 먹어서 그래."
"그때의 매미야."
"그때라니?"
"그해 여름…… 에어컨이 고장 나서 창문을 열어놨어. 기억나?"
"아무 기억도 안 나는데."
렌은 몸을 반쯤 비틀어서 옆을 향했다.
"기억해내고 싶지도 않고."

"미안해."
아소가 사과하자 렌은 다시 웃었다.
"당신이 무신경한 거에는 이미 익숙해졌어. 이제 제멋대로인 것과 난폭한 거에 익숙해지면 되겠네."

"미안."

아소는 렌의 목 밑으로 팔을 둘러서 등을 끌어안았다.

"멈출 수 없었어…… 역시 참고 있었나 봐. 너한테 그런 흥미는 없다며 자신의 감정을 억누른 거야."

"당신은 그 밖에도 전부 억누르고 있어. 늘 억누르고 또 억누르지. 그리고 억누르는 동안 그 감정이 어딘가로 사라지는 유형이야."

"이왕 이렇게 될 거였다면…… 좀 더 즐겁게 할 걸 그랬네."

"괜찮아."

렌은 자기 몸 아래에 있는 아소의 팔을 끌어올려서 거기에 매달리는 시늉을 했다.

"난 좋았는걸."

"난폭했어."

"그 정도는 아무 것도 아니야. 내가 어떤 가게에서 일했는지 알잖아."

"그런 게 아니라."

아소는 렌의 등에 얼굴을 댔다. 그러자 달콤하게 느껴지는 그 신기한 향기가 코에 와닿았다.

"말이나 행동을 좀 더 다정하게 하는 편이 좋잖아? 네가 어떤 연애를 하고 어떤 식으로 관계를 가져왔는지는 모르겠지만."

"당신은 늘 다정했어?"

"……아마도. 적어도 다정하게 굴려고는 했어. 자기만족이었을지도 모르지만…… 남과 몸을 섞을 때 상대에게 다정하게 대하지 않으면 상대도 다정하게 대해주지 않을 테니까."

"즉, 본인이 다정하게 대접받고 싶어서 그런 거구나."

"그렇겠지…… 실은 이렇게 남의 열기를 느끼는 걸 좋아해. 무엇보다도 좋아."

"진심."

렌은 한숨을 작게 내쉬었다.

"당신의 진심을 어쩌면 처음으로 들은 게 아닌가 싶어."

"늘 거짓말만 늘어놓지는 않았는데."

"그렇다고 진심을 말한 것도 아니지. 당신은 몹시 완고해. 있지."

렌이 아소의 팔을 축으로 몸을 돌려서 아소의 가슴에 코를 묻었다.

"진심을 털어놓은 김에 한마디만 더 해줘."

"뭐라고 해줄까?"

"좋아한다고."

"그런 거 영 거북한데. 마주 보고는 말 못하겠어."

"체면 때문에?"

"그렇다기보다 나한테 안 어울리는 짓이라는 걸 아니까. 어쩌다가 말이 툭 튀어나오는 건 상관없지만."

"범했으니까 변상해야지. 안 그러면 그냥 쓰레기야."

"말로 변상이 되겠어?"

"말이 그 첫걸음이야."

렌이 몸을 들어올렸다.

"말을 하지 않고 회피하려는 게 제일 비겁해. 증거를 남기지 않으려는 건 더러운 짓이야."

"회피할 생각은 없어."

아소는 두 팔로 렌을 꼭 끌어안았다.

"네게서 달아나지 않을 거야."

"그럼 도망치지 말고 말해."

"왜 그렇게 그 말에 연연하는 거야?"

"당신이야말로."

렌은 웃었다.

"왜 그렇게 입이 무거운 건데. 어디 도청장치라도 숨겨놨을까 봐?"

"으이그."

아소는 렌의 양쪽 관자놀이를 손바닥으로 꾹꾹 눌렀다.

"말하면 되잖아, 말하면. 널 좋아해. 좋아한다고. 화장실에서 웩웩 토하는 네게 반했어. 토하는 모습과 끙끙 앓는 소리와 내 엄지손가락을 빠는 네 혀 놀림에 뻑 갔어."

"최악이야."

렌이 눈을 가늘게 떴다.

아소는 아래를 향한 그 속눈썹에 살짝 입을 맞추었다.

"나한테 무드라든가 그런 유의 달콤한 환상은 기대하지 마. 난 내가 얼마나 촌스러운 놈인지 잘 알아. 얼마나 무신경한지도 알고, 배려도 염려도 못하는 인간이라는 것도 자각하고 있어."

"완전히 배 째라는 식으로 나오는구나."

"그래, 그런 셈이지."

아소는 웃었다. 렌의 눈꺼풀에서 코로 입을 맞추어 내려가면서.

"오래 전에 난 그저 나일뿐, 뭘 어떻게 해도 바뀌지 않는다는 걸 알아차렸을 때부터 그랬어. 고민이 많았던 시기도 있었지만…… 이래봬도 왜 주변 사람들은 늘 나를 못마땅한 눈으로 볼까, 왜 나는 여자에게 전혀 인기가 없을까, 그런 고민을 한 적도 있었다고. 눈치가 없어서 그래…… 난 남의 마음을 민감하게 알아차리는 데 서툴러."

"그렇다고 해서."

렌이 긴 팔을 아소의 목에 둘렀다.

"남을 상처 입혀도 되는 건 아닐 텐데? 당신의 그런 배 째라는 식의 태도가 아내를 몰아붙인 것 아니야?"

"그럴지도 모르지."

아소는 순순히 인정했다.

"아마 그렇겠지…… 내가 조금이라도 변하려고 했다면…… 아내를 위해서 변하고 싶어 한다는 마음을 아내에게 전했다면 집을 나가지 않았을지도 모르지."

"그렇게나."

렌의 코가 아소의 턱을 찔렀다.

"좋아했구나…… 푹 빠졌었어."

"응."

아소는 길게 숨을 내쉬었다.

"하지만 이제 끝났어. 절대로 끝나지 않을 거라 생각했는데…… 시간이 약이라더니, 사람은 어떻게든 마음을 추스르는 법인가 보다."

"마키라는 여자와 만났으니까?"

아소는 렌의 얼굴을 보았다.

"그 이름을 어떻게 알지? 내가 말했던가?"

렌은 팔을 뻗어 벽 한 곳을 가리켰다. 달력이 걸려 있었다.

"생일. 마키, B라고 써놨네. Birthday의 B. 뭔가 사줬어?"

아소는 고개를 들어 달력을 보았다. 그제야 마키가 생각났다.

그러고 보니 마키에게서 연락이 없다.

"……싸구려 반지."

"왜 값싼 걸 사? 지금이라도 빼서 비싼 걸 사주지 그랬어?"

"그냥 기념품이야. 그렇게 비싼 건 안 받아줄걸."

"결혼 안 해?"

아소는 다시 한 번 렌의 얼굴을 보았다. 그리고 입을 열었다.

"안 해. 이제 누구와도 결혼은 안 할 거야."

"여자가 그래도 된대?"

"상대가 바라지 않는다는 건 알고 있었어."

아소는 쓴웃음을 지었다.

"그녀는 처음부터 나와 결혼할 생각이 없었어. 내가 점차 기대 비슷한 걸 품게 됐을 뿐이야. 레이코 일 때문에 이제 다시는 결혼하지 않겠다고 마음먹었는데, 깨가 쏟아지던 시절이 떠올라서 그리움을 느낀 거겠지…… 오늘 네가 사용한 냄비, 어쩌면 레이코가 나간 뒤로 한 번도 쓰지 않았을 거야. 이 집에는 그런 물건이 산더미처럼 많다. 난 지금까지 모르고 지내왔어. 내가 마음속에 미련과 후회, 여자가 따뜻한 밥을 해놓고 기다리는 집으로 돌아오는 생활에 대한 동경 따위를 품고 있다는 걸 말이야. 그리고 마키는 분명…… 한참 전에 그런 감정을 전부 버렸을 거야."

"뭐 하던 여자야?"

"몰라…… 본인이 이야기하지 않으니까 나도 못 물어봐."

렌은 아소의 어깨에 자기 턱을 얹었다.

"헤어져."

"……누구랑."

"알면서 물어보기는. 마키라는 여자랑."

"네가 그런 소리를 하다니 뜻밖이군. 넌 신경 쓰지 않을 줄 알았어. 니라사키한테 그렇게 애인이 많았어도 애인들과 헤어지라는 말은 안 했잖아?"

"세이치는 내 것이 아니었으니까."

아소는 웃었다.

"마치 난 네 것이라는 소리로 들리는데."

"그래, 맞아."

렌의 말투가 너무나 덤덤하여 전혀 농담으로 느껴지지 않았다.

"당신은 내 거야…… 아무한테도 못 줘. 그 여자랑은 헤어지는 게 낫겠어."

"그런 제안을 받아들일 이유는 없는데."

"제안 아니야."

렌은 셔츠 밖으로 드러난 아소의 어깨를 깨물었다.

"명령이지. 헤어져. 헤어지지 않는다면 그 여자를 죽이겠어."

"떼를 쓰는 꼬맹이 같군."

아소는 렌의 몸을 다다미에 수평으로 눕히고 다시 배에 걸터앉았다.

"나도 돈 후안이나 된 것처럼 여기저기 집적댈 생각은 없어. 네가 싫다면 마키와 헤어질 수 있을지 없을지 시도는 해볼게. 하지만…… 마키를 좋아하는 것도 사실이야. 마키와 헤어질 생각을 하면 가슴이 아파. 잘 헤어질 수 있을지 자신이 없어. 하기야…… 마키는 분명 내게 집착하지 않겠지만, 내가 헤어지고 싶다고 하면 그저 고개를 끄덕이겠지…… 분명."

"애당초 그런 관계로 만족했다는 것 자체가 이상하지 않아?"

"넌 항상 속박할 거야? 내 거니 니 거니 따지면서 속박하는 게 재미있어?"

"난 내 위주거든."

렌은 아소의 등에 팔을 두르고 깍지를 꼈다.

"난 누구의 것도 아니지만, 내가 원하는 건 다 내 거야. 딱 하나 손에 넣지 못한 게 세이치였어. 왜인 줄 알아? 내가 세이치 거였거든."

"무슨 소린지 통 못 알아먹겠어."

아소는 렌의 앞머리를 쓸어 올리고 눈을 들여다보았다. 변함없이 주눅이 들어 주뼛주뼛하는 눈으로 보였다. 이 눈을 보고 가지와라는 타고난 악당의 눈이라고 했다. 얽히지 않는 편이 나은 인간이라고, 어둠으로 가득한 세상에 사는 생물의 눈이라고.

이 남자의 내면에는 다른 인격이 하나 더 있는 걸까.

그렇게 생각해야 깔끔하게 이해가 갈 것 같았다. 지금 자신의 몸 밑에서 여자가 그러듯이 영문 모를 억지를 부리며 떼를 쓰는 이 사람과, 가지와라와 오이카와가 이 세상에서 말살하고 싶어 하는 사람은 다른 존재라고 생각해야.

하지만 안타깝게도 렌의 인격이 단 하나임을 아소는 알고 있었다.

그 암흑은 이 천진난만하고 사랑스럽게까지 느껴지는 눈동자와 다른 곳에 자리 잡고 있는 것이 아니라 그 속에 깃들어 있었다.

"못 알아들을 것 같았어. 그냥 당신이 내 것이라는 사실만 잊지 마."

"그런 순 억지소리는 처음 듣는군."

아소는 백단향과도 비슷한 향기를 맡고 싶어서 렌의 겨드랑이 밑에 코를 들이밀었다. 비에 젖은 정원에 감도는 치자나무 향기와도 약간 비슷한 것 같았다. 어쨌거나 사람의 체취라는 것이 믿기지 않을 만큼 달콤한 향기였다.

여자에게서 격리되어 망상 속에서만 성욕을 처리할 수밖에 없는 남자들 사이에 이런 냄새가 풍기는 사람을 놓아두었으니 기타무라를 비롯한 수감자들이 정신을 못 차린 것도 당연하다. 하지만 기타무라는 바깥세상에서도 렌과 접촉하고자 했다. 그래서 니라사키의 역린을 건드린 것이다. 교도소 안에서만 일어난 일이었다면 니라사키는 별 반응을 보이지 않았으리라.

니라사키는 용서하지 않았다. 남이 자기 소유물에 접근하는 것도, 그리고 남이 우선권을 주장하거나 이건 원래 내 소유물이었다고 투덜거리는 것도.

"한 번 더 할까?"

렌은 아소의 머리를 쓰다듬었다.

"밥 먹고 나서 어때? 부야베스는 너무 오래 놔두면 오징어가 딱딱해져서 맛이 없어."

"밥 먹고 나면 작별이야. 가지와라한테 전화하기로 약속했잖아."

"왜 날 그렇게 유치장에 처넣고 싶어서 안달하는 건데? 여기 있으면 오이카와 씨도 안 올 테니까 안전해. 한 발짝도 안 나가고 얌전히 지낼게."

"그 말을 어떻게 믿어? 그리고 단지 네 안전을 위해서만 네 신병을 구속하려는 게 아니야. 니라사키를 죽인 자들의 안전을 위해서이기도 하지. 내버려두면 넌 그들을 죽일 테니까.”

“세이치의 원수를 갚는다고 돈이 나와, 쌀이 나와? 난 아무 짓도 안 할 거야.”

“아니, 넌 죽일 거야.”

“묘한 확신을 품고 있구나.”

아소는 대답 없이 렌이 어중간하게 걸치고 있는 셔츠 앞자락을 확 벌렸다.

나비.

거기에 나비가 있었다.

왼쪽 가슴, 심장 위쪽 언저리에 다른 색깔 없이 청색으로만 새긴 나비였다.

“……몰랐군. 문신인가.”

아소는 손끝으로 나비를 만지작거렸다. 나비는 날개를 반쯤 접은 채 유두 위에 앉아 있었다.

“예쁘기는 하지만…… 왜 이런 걸 새겼지? 니라사키가 새겼나?”

집게손가락으로 누르자 나비 날개가 떨렸다. 아주 섬세한 솜씨였다. 단색으로 새겼는데도 진짜 나비 날개보다 부드러운 광택을 발하는 것처럼 보였다.

“호랑나비?”

렌은 고개를 살짝 저었다.

“호랑나비 종류인 것 같은데…… 얘는 색깔이 없어.”

"색깔이 없다고?"

"투명해."

"정말로 있는 나비야?"

이번에는 고개를 살짝 끄덕였다.

"문신이라니…… 너 조폭들 세상은 좋아하지 않았잖아?"

"응."

"그런데 왜 이런 걸 새겼어?"

"도망친 벌로."

렌은 말을 끝내자마자 아소의 입술 사이에 혀를 집어넣었다. 문신에 대해 더 이상 질문을 받기도, 대답하기도 싫어서이리라.

잠시 서로 혀를 섞는 사이에 다시 욕구가 불끈 솟아올랐다. 요즘은 짧은 시간에 회복되는 경우가 거의 없었으므로 아소는 스스로도 놀랐다.

렌의 몸에는 군살이 전혀 없어서 어디에 손을 대도 탄력 있는 근육만 만져진다. 그런데도 몸을 밀착시키면 여자를 안고 있을 때처럼 밀도 높은 부드러움이 느껴져서 신기했다. 아마 피부의 성질이 남자보다 여자에 가까운 것이리라. 살결이 곱고 피부 자체도 얇다.

턱 주변에만 조금 자라서 따끔따끔한 수염이 얼굴에 닿자 아소는 인상을 살짝 썼다. 마음속에 상대가 남자임을 인정하고 싶지 않다는 망설임과 머뭇거림이 아직 남아 있다. 그래도 이제 돌이키기는 불가능하고, 돌이킬 생각도 없었다.

재회한 그 순간부터 이렇게 되기로 정해져 있었다.

입술을 목에서부터 조금씩 움직여 나비가 앉아 있는 유두까지 내려갔을 때, 렌이 아소의 머리를 잡고 다시 위로 끌어올렸다. 그리고 다시 입속에 혀를 넣더니 아소의 머리를 잡은 채 몸을 일으켰다. 이번에는 아소가 다다미에 눕고 렌이 배에 걸터앉았다.

밑에서 올려다보자 맵시 있는 콧날이 아주 조금 꺾였다는 것을 알 수 있었다. 얻어맞아서 연골이 변형된 것이다.

이렇게 예쁜 얼굴인데.

폭력과는 무관하게 여겨지는 그 얼굴을 보고 있자니 아소는 어째서인지 측은함이 샘솟았다. 이 얼굴이 부어서 일그러질 만큼 계속 얻어맞은 것이다.

그런데도 어째서 사랑했다고 말할 수 있는 걸까.

결국 자신은 니라사키와 이 남자 사이에 가로놓인 감정의 바다를 건널 수 없다고 아소는 생각했다.

니라사키는 렌을 싸늘한 2월의 선로에서 구해냈다.

그게 전부였다.

전부 다 그때 결정되고 말았다.

운명의 성스러운 밤.

그날 밤에 나는 어디서 뭘 했더라?

기억이 나지 않았다. 그날 밤이 자신의 인생에 이렇게나 중대한 밤이 될 줄도 모르고 잠에 취해 있었을까, 아니면 어디 잠복이라도 했을까.

렌의 혀는 통통하고 매끄러우며 아주 가벼웠다. 혀가 닿는 곳에서 깃털 끄트머리로 쓰다듬는 듯한 간지러움이 느껴졌고, 그 간지러움이 미묘한 쾌감으로 변해 발끝까지 전해졌다. 유두를 애무당하는 건 좋아하지 않는데도, 혀끝으로 닿을락 말락 애를 태우며 자극하자 사정하는 게 아닐까 싶을 만큼 짜릿한 감각에 사로잡혔다.

이대로 나락에 빠져드는 거겠지.

아소는 남의 일처럼 생각했다.

사정한 지 얼마 지나지 않았는데 다시 발기하는 자신의 강한 욕망이 일반적이지 않다는 것은 스스로도 잘 알고 있었다.

어쩌면 이렇게 전락하기를 계속 바라왔는지도 모른다…… 마음속 한구석으로 계속.

마키는 아소를 전락시켜주지 않았다. 마키와 있는 시간은 행복하지만 아주 고요하고, 이성과 배려로 가득했다. 마키하고라면 미래를 꿈꿀 수 있을 것 같은 기분마저 들었다. 하지만 그것은 전락과는 제일 거리가 멀었다.

아소는 이렇게 전락하는 것이 자신의 진짜 바람이라는 사실을 지금 새삼 깨달았다.

렌은 부드럽고 느릿느릿하게 아소의 가슴에서 배로 혀를 움직였다. 이윽고 혀가 아소의 중심에 도달하자 더 이상 뭔가 생각하는 것 자체가 고통스럽고 부질없이 느껴졌다. 쾌감은 잔물결 같기도 했고, 해일 같기도 했다. 밀려드는 감각에 농락당한 아소는 기어 다니는 혀의 노예가 된 것처럼 순종적으로 열락(悅樂)의 시간이 찾아오기를 기다렸다.

마침내 절정이 가까워졌다.

"……넣고 싶어."

아소는 렌의 머리를 양손으로 잡았다.

"안이 좋아…… 안 돼? 두 번은 힘들어?"

렌은 웃기다는 듯이 키득키득 웃더니 상반신을 일으키려고 한 아소의 어깨를 다다미에 내리눌렀다.

"그 짓으로 먹고살았으니까 몸은 단련되어 있어. 일단 저질러놓고 나중에 걱정하며 머뭇머뭇 망설이다니 당신답네. 착한 사람인 척한다기보다, 착한 사람에서 벗어나는 걸 무서워하는 느낌이랄까? 그런데도 나를 범할 수는 있고 말이야."

"넌 늘 내 정신을 분석하지만, 솔직히 말해 난 내가 어떤 인간인지 전혀 모르겠어. 난 그저 연이어 하면 나중에 아프지 않을까 걱정됐을 뿐이야."

"당신은 연이어 당한 적이 없구나…… 그렇다기보다 고통에 익숙해지지 않았던 거겠지."

"익숙해질 만큼 경험이 많지 않아."

"오이카와 씨랑 그렇게 오래 관계를 유지했는데?"

"그러니까."

아소는 지금 오이카와 생각을 하는 게 괴로웠다.

"도중에 녀석은 녀석 본래의 취향을 우선했어."

"취향의 문제가 아니야. 성질의 문제지. 그 사람은 분명 특수한 경우일걸. 그 사람 내면의 중심부는 여성이야. 하지만 그 사실을 감추려고 중심부 주변을 남성성으로 과도하게 둘러쌌어. 저기, 실은 무슨 일이 있었는지 말해봐."

"무슨 소리야?"

"당신들이 헤어진 진짜 이유 말이야."

"진짜고 뭐고…… 내가 레이코에게 푹 빠져서 결혼하고 싶다고 오이카와에게 말했어. 그렇게 끝났지."

"그 말을 들은 오이카와 씨가 죽여버리겠다고 했고 당신이 그럼 그러라고 세게 나갔지만 오이카와 씨는 당신을 차마 죽일 수 없었다?"

"그래. 그렇다고 했잖아."

"거짓말."

렌은 끌어내린 속옷 밖으로 드러난 아소의 성기를 잡았다.

"거짓말하면 손으로 싸게 한다."

"야, 그만둬."

아소는 렌의 오른손을 붙잡았다.

"하기 싫으면 안 해도 돼."

"하고 싶어."

렌은 손을 천천히 움직였다.

"하고 싶지만 그 전에 진실을 알고 싶어. 오이카와 씨의 성격 잘 알잖아. 당신을 죽일 수 없어서 얌전하게 물러났다는 게 도저히 이해가 안 가더라고. 무슨 마법을 써서 그 사람을 얌전하게 만들었어? 그 사람은 지금도 당신을 사랑해. 다른 남자와 같이 사는 모양이지만, 그렇다고 해서 당신을 잊은 건 아니야."

"이제, 그만하자. 오이카와의 마음속에 뭐가 있든 녀석은 표면상 나와 그냥 친구로 지내기로 정했어. 나도 그러기로 했으니까 질긴 인연을 이어나가고 있는 거고. 지나간 일을 다시 문제 삼으면 이제 두 번 다시 녀석과 말도 할 수 없게 돼. 한 번 선을 넘었던 관계를 우정이라는 지점으로 되돌리기 위해서는 서로 추억을 봉인하고 아무 일도 없었던 듯 지내는 것 말고는 다른 방법이 없다고. 나랑 녀석의 관계는 결국 나랑 녀석밖에 이해 못해. 설명해봤자 네가 수긍할 만한 답은 나오지 않겠지."

"그 사람은 날 싫어해."

렌은 잔뜩 토라진 아이 같은 투로 말했다.

"그러니까 분명 우리 사이를 방해할 거야. 이번 일로 잘 알았지? 그 사람은 처음부터 날 살인범으로 꾸며서 처리할 작정이었어."

"처리하다니……"

"죽일 거야."

렌은 아소를 가만히 바라보았다.

"무슨 핑계를 대서든 날 쏴 죽이겠지. 4과는 당신들과 달리 총기 휴대 허가를 받기 쉬워. 평소에 양복 밑에다 방탄조끼를 입고 다니는 놈들이라고. 난 세이치를 안 죽였어. 그러니까 내가 세이치를 죽였다는 증거가 나올 리 없지. 그래도 오이카와 씨는 날 이 세상에서 없애기 위해서 움직일 거야. 전부 당신을 위해서."

"오이카와는 일할 때 사사로운 감정에 휘둘리는 사람이 아니야. 그가 진심으로 널 죽이고자 한다면…… 네가 맹세의 잔을 받고 가스가의 일원이 되기로 했다는 사실을 알았기 때문이겠지. 녀석은 네가…… 니라사키를 넘어서는 괴물이 될 거라고 생각해. 도쿄를 위협하는 존재가 될 거라고 말이지."

"무슨 마법을 썼는지 가르쳐줘."

렌은 부드럽게 손을 움직이면서 말했다.

"그 사람한테 죽고 싶지 않아."

"마법은 필요 없어. 가지와라에게 전화해서 2과에 맡기면 돼. 오이카와 패거리도 경찰서 안에서는 총질을 못할 테니까."

"알고 싶어…… 당신은 언젠가 날 버리려고 할 거야. 날 떠나려고 하겠지. 오이카와 씨를 얌전하게 만든 방법을 나한테 쓸지도 몰라."

"왜 그렇게 생각하지? 난 이제…… 이제 두 번 다시 네게서 달아나지 않을 거야."

"당신은 아직 나를 모르니까."

렌은 아주 쓸쓸해 보이는 웃음을 지었다.

"알면 도망치고 싶어질걸."

"아는데…… 네가 얼마나 악당이고, 못돼먹은 놈이고, 살아 있을 가치가 없는 인간인가 정도는."

"그걸로는 아직 모자라. 날 안다고 할 수 없지. 자, 가르쳐줘. 어떻게 오이카와 씨와 헤어졌는지…… 가르쳐줘…… 알고 싶어. 알고 싶어, 알고 싶어, 알고 싶다고."

"……4과가 한창 밀조 권총을 추적하고 있을 때."

아소는 위에 올라탄 렌의 둥그스름한 무릎을 어루만지면서 봉인해둔 과거를 회상했다.

"부녀자 연쇄 성폭행 사건에서 결국 사망자가 나왔지. 한겨울인 1월에 수면제를 먹인 여자를 범하고 바깥에 방치하는 악랄한 수법이었는데, 기어이 동사자가 나오는 바람에 합동수사본부가 설치됐어. 현장에 유류품도 많았고 목숨을 건진 피해자가 범인의 특징을 증언해준 덕분에 마침내 범인이 누구인지 알아냈어. 그런데 이게 무슨 우연인지 그놈은 오이카와의 수사반이 개조 권총의 출처 중 하나로 보고 쫓고 있던 인물과 교류하던 총기 마니아이기도 했어. 하지만 우리랑 오이카와는 서로 수평적인 연락을 취하지 않았고, 애당초 전혀 별개의 사건이라 설마 범인이 사는 연립주택에서 딱 마주칠 줄은 몰랐지…… 우리가 진입해서 범인을 확보한 직후에 오이카와 수사반이 몰려와서 현장은 난장판이 됐어. 우리가 살인 사건의 증거를 압수하고자 가택 수색을 시작하자 오이카와의 부하가 덤벼들어 범인의 소지품을 두고 쟁탈전이 벌어졌지. 오이카와의 부하는 다른 부서 사람과 협력해서 수사를 해야겠다는 생각이 손톱만큼도 없는 놈들이거든. 그렇게 혼란스러운 와중에 오이카와가 범인의 책상 서랍에서 모델건을 찾아냈어."

아소는 천천히 숨을 쉬었다. 숨을 쉴 때마다 심장이 아팠다.

"장난감이다. 오이카와는 그렇게 말하고 총을 겨눴어. 화려한 금색으로 반짝반짝하게 칠한, 척 보기에도 싸구려 티가 나는 모델건이었지. 누구 눈에도 모델건으로 보였을 거야. 하지만 난 알아차렸지…… 그게 개조가 끝나서 총알이 나간다는 걸. 오이카와의 눈빛을 보고 알았어. 오이카와의 관자놀이가 희미하게 떨리더군. 총구가 내 심장을 향했어. 오이카와는 부자연스럽게 웃고서 큰 소리로 말했지. 이것 봐, 장난감이야. 낮살이나 처먹고 이런 걸 책상에 넣어놓다니."

아소는 자신이 울고 있음을 깨달았다. 눈물이 넘쳐서 뺨에서 귀 언저리로 흘러내리는데도 말은 끊어지지 않고 계속 나왔다.

"주변 사람들이 총구를 봤어. 모두 오이카와의 말을 믿었지. 방아쇠를 당겨서 개조 권총이 발사됐어도 분명 죄를 물을 수는 없었을 거야. 그 방에는 오이카와의 부하들밖에 없었으니까. 아무도 오이카와에게 살의가 있었다고는 생각지 않겠지. 완전범죄야. 부하들이 거짓

으로 증언하면 오이카와의 과실이었다는 사실마저 덮을 수 있어. 그
때 나는 겨우 알아차렸지. 오이카와가 진심으로 날 죽일 작정이라는
걸. 그 총의 묵직함을 아는 사람은 오이카와뿐이야. 그게 진짜 총이라
서 방아쇠를 당기면 총알이 나간다는 걸 아는 사람은…… 난 망설였
어. 공포보다 당혹감이 강했지. 지금 여기서? 지금 여기서 날 죽이겠
다고? 한순간 여러 생각을 했어. 한 번에 수많은 생각을 한 끝에 결국
단 하나의 결론만 남았지. 여기서 날 죽이면 오이카와의 인생은 끝난
다. 설령 처벌을 받지 않는다고 해도 더 이상 멀쩡한 인간으로 살아가
기는 불가능하다…… 오이카와는 그런 녀석이거든. 그게 내가 분명히
알고 있는 단 하나의 사실이었어. 그때 죽기 싫다는 기분은 어딘가로
완전히 날아가고 없었어. 신기하지? 위선적으로 들려? 하지만 사실이
야. 오이카와가 떨리는 총구를 조금 들어올리고, 팔에 전해질 충격에
대비하고자 무의식적으로 준비를 시작한 바로 그때, 난 옆으로 몸을
날렸어."

숨을 내쉬는 것과 동시에 마지막 눈물 한 방울이 흘러 떨어졌다.
이야기를 하자 이렇게 마음이 편해질 줄은 아소 스스로도 몰랐다.

"나와 오이카와만 아는 비밀이야. 총이 발포됐지만 내가 옆으로 몸
을 날린 덕분에 벽에 명중했어. 녀석의 부하들은 깜짝 놀랐지만 무슨
일이 있었는지 함구하고, 그냥 수사 중에 총이 발포됐다고만 보고해
서 유야무야 처리했지. 오이카와는 날 죽이려고 했어. 죽여보라고 내
가 세게 나갔지만 죽일 수 없었던 게 아니야. 그리고 나는 그저 오이
카와가 살인자가 되는 꼴을 보기 싫지 않아서 몸을 날렸고, 오이카와

354

는 그걸 알아. 그 후에 오이카와의 심경에 무슨 변화가 생겼는지는 못 들었어. 들을 필요도 없다고 생각했지. 우리는 일시적으로 서로를 무시했어. 내가 결혼한 지 2년쯤 지나서 우리는 다시 말을 나누게 됐지. 그게 전부야. 마법은 어디에도 없어…… 우리는 서로 사랑했지만, 내가 변심했고 녀석은 날 증오했어. 일어난 일은 그게 다야. 그다지 드문 일도 아니지. 난 죽기 싫어서 총알을 피했을 뿐이야…… 단지 그뿐이었다고 나도 녀석도 스스로에게 그렇게 해명하며 그 일을 과거로 바꿨어."

11

"울고만 있으면 일이 해결됩니까."

야마세는 손으로 얼굴을 가리고 우는 미나가와 사치코에게 얼굴을 가까이 댔다.

"당신은 죽을 뻔했어요. 그리고 범인은 아직 붙잡히지 않았고요. 잘 들어요. 당신이 다시 표적이 됐을 때 경찰이 당신을 지킬 수 있다는 보장은 솔직히 말해 없습니다. 이런 소리를 공공연하게 할 수는 없지만, 우리는 어디까지나 형사지 특수훈련을 받은 경찰특공대가 아니니까요. 자, 다시 한 번 묻겠습니다. 왜 우리를 속이고 맨션에서 달아나려고 했죠? 범인이 당신 목숨도 노리고 있을 가능성이 있다고 분명히 설명했을 텐데요. 니라사키를 죽인 자들은 니라사키에게 강한 원한을 품고 있어서 그의 목숨을 빼앗은 것만으로는 만족하지 못해요. 그래서 니라사키가 아낀 것들을 몽땅 빼앗으려고 하죠. 당신도 그중 하나고요. 그러니까 우리가 당신을 감시한 겁니다. 그런데 당신은 우리를 속이면서까지 달아나려고 했어요. 목숨이 위험하다는 말을 듣고도 경찰을 속이고 멋대로 밖으로 나가려는 사람은 보통 없을 겁니다. 그러니 그럴 만한 이유가 있었을 거예요. 당신은 꼭 맨션 밖으로 나가야 했어요. 왜 그랬습니까? 이유를 말해주십시오."

미나가와 사치코는 그래도 입술을 깨물고 고개를 숙인 채 흐느낄 뿐이었다.

입이 상당히 무거운 여자다. 게다가 야마세는 원래 여자를 신문하는 데 서툴렀다.

"사이토, 미야지마는 어디 있어?"

병실에서 나온 야마세는 복도에 있던 형사에게 속삭였다.

"요요기 서에 갔습니다. 야마다 노리코 살해 사건의 수사본부에서 불렀어요."

"빨리 돌아오라고 해! 왜 자꾸 미야지마를 부르고 지랄이야. 야마다 노리코 살해 사건과 니라사키 살해 사건이 동일범의 소행이라는 것 정도는 알 텐데. 젠장, 합동수사본부를 설치해달라고 그렇게 말했건만."

"요요기 쪽에서 받아들이지 않는 모양이에요. 야마다 노리코 살해 사건과 니라사키 살해 사건이 결부되어 있다는 증거는 전혀 없으니까요."

"무슨 꿍꿍이인지는 알겠어."

야마세는 한숨을 크게 내쉬었다.

"저쪽도 두 사건이 결부되어 있다는 것쯤은 알아. 야마다 노리코를 살해한 범인을 먼저 체포하면 니라사키 살해 사건도 요요기 쪽이 해결한 셈이 되겠지. 요요기 서 수사본부에는 안도 씨가 갔지?"

사이토는 쓴웃음을 지으며 고개를 끄덕였다.

"맡고 있던 아다치 쪽 사건을 조속하게 미궁에 빠진 걸로 처리하고 수사본부를 축소했다더군요. 그래 놓고 요요기로 넘어온 거랍니다. 여자 문제로 찌뿌듯했으니 빨리 점수를 따고 싶은 것 아니겠습니까."

"그런 짓 안 해도 여자 문제 정도로 그 사람의 평가는 흔들리지 않아. 안도 씨가 요요기로 달려간 이유는 따로 있어."

"그게 뭔데요?"

"류 씨야."

야마세는 어깨를 으쓱했다.

"우리 계장님. 안도 씨에게는 우리 계장님 콧대를 꺾는 게 경정으로 승진하는 것보다 중요한지도 몰라."

"안도 씨는 왜 그렇게 계장님을 신경 쓰는 걸까요?"

"류 씨의 수사 방식은 어떤 의미에서 안도 씨의 형사철학을 정면으로 부정하거든. 안도 씨가 제일 중요하게 여기는 건 범인의 자백이야. 범인이 범행을 인정하기 전에는 수사가 끝난 게 아니라고 입버릇처럼 말하지."

"틀린 말은 아닌데요. 저도 그렇게 생각합니다만."

"응, 나도 그 자체는 틀렸다고 생각 안 해. 하지만 만약 수사를 종결시키기 위해 범행 자백을 받아내고자 한다면 어떨까?"

사이토는 고개를 갸우뚱했다.

"……뭐가 어떻게 다른가요?"

"글쎄."

야마세는 다시 어깨를 으쓱했다.

"어떤 유의 형사에게는 둘 다 같은 의미지만, 그렇지 않은 형사에게 그 둘은 전혀 다른 의미지. 류 씨는 자백을 싫어해. 자백을 그다지 중시하지 않지. 진실은 하나, 범행을 저지른 자가 범인이며 자백을 한 사람이 꼭 범인은 아니다."

"어쩐지…… 저한테는 선문답처럼 들리는데요."

"응, 솔직히 나도 혼란스러워. 안도 씨도 류 씨도 같은 일을 다른 방법으로 하려는 것 아닐까 싶을 때도 있어. 하지만 어쩌면 두 사람이 하려는 일은 전혀 다를지도 모르겠다는 생각이 들 때도 있고. 어쨌거나 안도 씨 밑에서도 류 씨 밑에서도 일해본 적이 있으니까 하는 말인데, 둘 다 천재이자 괴짜야. 뭐, 그건 그렇고 미야지마를 돌려보내달라고 부탁해. 미야지마라도 데려와야지 입이 무거운 저 여자가 사실을 털어놓을 것 같아."

"역시 뭔가 숨기고 있는 걸까요?"

"뭔가 정도가 아니야."

야마세는 문을 노려보았다.

"어쩌면…… 범인과 접촉한 게 아닐까? 하지만 저 얼굴은 두드려 팬다고 해서 순순히 불 얼굴이 아니야. 저 얼굴은 목숨을 걸고 자신의 보물을 지키려는 얼굴이라고. 즉, 저 여자가 아는 사실을 말하면 남자 친구 목숨이 위험하거나, 적어도 그런 협박을 받았을 가능성이 농후하다는 뜻……."

야마세는 말을 끊고 복도 구석의 엘리베이터에서 나온 남자를 보았다.

남자는 무표정하게 한 손을 가볍게 들더니 아무 말도 없이 야마세

앞에 섰다. 그 후에야 나지막한 목소리로 입을 열었다.

"들어간다. 괜찮지?"

"류 씨는 없는데요."

"알아. 자네가 류 대신 있는 거잖아."

야마세가 고개를 끄덕이자 오이카와는 문손잡이를 잡았다.

"금방 끝날 거야. 여자에게 뭐 좀 물어볼 게 있어서 그래."

"잠깐만요, 오이카와 계장님."

야마세는 억지로 오이카와 앞에 끼어들었다.

"신문하실 거면 입회하겠습니다."

"나중에 보고할게."

"괜히 그러실 것 없죠."

야마세는 문을 열고 먼저 병실로 들어갔다.

"들어오시죠, 오이카와 씨."

오이카와는 말없이 야마세를 몇 초 노려보다가 코웃음을 흥 치더니 병실로 들어왔다.

"미나가와 사치코 씨."

오이카와는 팔짱을 낀 채 말했다.

"나 기억나나?"

사치코는 침대에서 상반신을 일으켜 오이카와를 보고 고개를 끄덕였다.

"당신 집에도 가택 수사를 하러 간 적이 있었지."

오이카와는 웃었다.

"니라사키가 당신 집에 뭔가 숨겨놨을 거라고 생각한 건 아니지만. 뭐, 그냥 심술 좀 부려본 거야."

사치코의 표정에는 아무 변화도 없었다.

"니라사키가 뼛가루가 됐으니 당신은 떳떳한 자유의 몸이야. 잘됐네, 이제 좋아하는 남자와 함께 살 수 있잖아?"

"저는."

사치코는 천천히 말을 꺼냈다.

"세이치 씨를 안 죽였어요."

"그건 알아. 당신한테 그럴 만한 배짱은 없어. 하지만 니라사키가 죽어주면 횡재하는 건 사실이지."

"세이치 씨한테는 고마운 마음뿐이에요…… 배신하는 결과가 돼서 괴로웠어요…… 정말이에요."

"그렇게 말하며 사과했다면 니라사키는 용서해주었을까?"

오이카와는 여전히 얼굴에 웃음을 띤 채 말했다.

"아니면…… 배신자에게는 반드시 제재를 가한다는 방침을 당신한테도 적용했을까? 이제는 더 이상 니라사키의 도량을 알 방법이 없군 그래. 이왕 죽일 거면 그 전에 니라사키에게 모조리 털어놓고 용서를 구하는 방법도 있었을 텐데. 어쩌면 당신은 손을 더럽히지 않고 자유를 얻을 수 있었을지도 몰라. 니라사키 아버지가 니라사키와 그의 어머니가 도망쳤을 때 뒤쫓지 않았던 것처럼 말이야. 니라사키는 몇 번 사형당해도 싼 악당이지만, 마지막에 남자로서 도량이 얼마나 되는지 확인받을 기회를 놓친 건 좀 불쌍하기도 하군."

"무."

사치코가 잠긴 목소리로 말했다.

"무슨 말씀을 하시는 건지…… 모르겠어요……."

"당신은 바보가 아니야."

오이카와의 얼굴에서 웃음이 사라졌다.

"니라사키를 배신하고 다른 남자와 바람을 피우는데 하필이면 가스가 파의 영역인 신주쿠, 그것도 니라사키가 몇 번이나 이용한 적 있는 호텔에 방을 잡다니 무슨 핑계를 대도 기묘하다는 느낌을 지울 수가 없어. 왜 그딴 짓을 한 거지? 이유를 말해봐."

"그러니까."

사치코의 목소리는 꺼져들 것처럼 가늘었다.

"그냥 생각이 얕았을 뿐이에요…… 니라사키가 지바에 간 줄 알았거든요. 그래서……."

"수첩에 지바라고 쓰여 있었다면서, 정말이야?"

"정말이에요."

"그렇군. 하지만 니라사키가 도쿄에 없다는 게 굳이 신주쿠를 고를 이유는 못 돼."

오이카와가 침대로 다가갔다. 사치코는 긴장하는 기색이 역력했다.

"누구 지시였어?"

오이카와의 목소리가 아주 냉혹하게 울려 퍼졌다.

"누가 당신한테 그날 밤 니시신주쿠의 그 호텔에 방을 잡으라고 지시했냐고!"

오이카와가 고함을 지르자 사치코는 몸을 벌벌 떨었다. 하지만 입을 꾹 다문 채 아무 대답도 하지 않았다.

"말 못하겠다 그건가."

오이카와는 팔짱을 끼고 사치코의 얼굴을 가만히 들여다보았다.

"당신 남자친구한테 위해를 가하겠다는 협박을 받았지? 그래서 말을 못하는 거야. 그야 그렇겠지, 실제로 당신도 죽을 뻔했으니까. 하지만 당신은 아직 우리한테 아무 말도 안 했어. 배신하지 않았다고. 그런데도 죽을 뻔했어. 이건 무슨 뜻일까? 당신이 아니라 당신을 협박하는 자들이 먼저 배신했다는 뜻 아니야? 그렇지?"

오이카와가 느닷없이 침대에 걸터앉았다. 야마세는 항의하려다가 오이카와와 눈이 마주쳐서 말을 꿀꺽 삼켰다. 오이카와의 눈빛은 무서우리만큼 진지했다.

"알겠나."

오이카와는 사치코의 어깨에 팔을 두르고 속삭였다.

"잘 생각해보라고. 그들에게 당신은 골치 아픈 존재야. 당신이 우리한테 이런저런 말을 늘어놓으면 엿을 먹을 테니까. 하지만 당신은 아직 아무 말도 안 했어. 그런데도 그들은 당신을 죽이려고 했어. 즉…… 어찌 됐든 그들은 당신을 죽일 작정이라는 뜻이야. 말을 하든 말든 관계없이. 하지만 당신이 말해주지 않으면 우리는 당신을 지킬 수가 없어. 누구로부터 지켜야 하는지 짐작이 안 가니까. 당신이 말해주면 당신과 당신 남자친구의 안전은 내가 지킬게. 내 형사 생명을 걸고 지켜내겠어. 난 그렇게 정직한 놈이 아니야. 하지만 이런 상황에서 꼼수를 써서 거래하지는 않아. 당신이 살해당하는 건 내게 엄청난 굴욕이야. 결코 있어서는 안 되는 일이라고. 그러니까 당신을 위해서가 아니라, 내 자존심을 위해서 범인들이 당신과 당신 남자친구의 손가락 하나도 못 건드리도록 하겠어. 지금 내 부하가 당신 남자친구한테 가 있어. 당신 남자친구를 경호하고 있지. 수사본부나 본청의 허가도 없이 말이야. 허가가 나기를 기다리면 늦을 테니까 내 독단으로 지시했어. 날 믿든지 말든지 당신 자유지만, 경찰은 말만 번지르르할 뿐 시민을 지켜주지 않는다는, 흔한 농담을 이 자리에서만은 잊어주기 바라."

사치코는 눈을 감고 있었다. 하지만 오이카와의 말을 한마디도 빠뜨리지 않고 귀 기울여 들은 것은 확실했다. 야마세도 침대 옆으로 다가갔다. 인기척을 느꼈는지 사치코가 눈을 떴다. 야마세는 사치코에게 살짝 미소를 지어주었다.

사치코의 예쁘게 생긴 눈에서 다시 눈물이 넘쳐흘렀다. 뭔가를 말하려고 입술을 달싹였지만, 목소리는 나오지 않았다.

"지금부터 이름을 말할게."

오이카와가 말했다.

"당신을 협박한 자나, 그자와 관계있는 자가 포함되어 있으면 고개를 끄덕여. 아무 말도 안 해도 돼."

사치코가 고개를 위아래로 움직였다. 너무나 어색하고 딱딱한 동작이라 마치 인형처럼 느껴졌다.

"야마우치."

오이카와는 그 이름을 제일 먼저 꺼냈다.

"알지? 그놈이야."

사치코가 고개를 저어서 확실하게 부정했다.

오이카와의 표정에는 전혀 변화가 없었다.

"이자와 게이지."

야마세는 그 이름을 들은 적이 있었지만, 누구인지는 금방 생각이

나지 않았다.

사치코는 다시 부정했다. 오이카와는 희미하게 콧김을 내뿜었다.

"우에다 요스케."

야마세는 그 이름을 듣고 놀라서 목소리를 낼 뻔했다.

우에다 요스케. 아소에게 들은 바로는 간자키 파의 삼인자로, 니라사키가 살해당한 밤에 니라사키의 호텔방에서 가스가 다이조와 밀회했을 가능성이 있는 인물이다. 그리고 지금 현재 그 사실은 절대로 비밀이다.

사치코의 몸이 크게 휘청했다. 야마세는 믿기지 않는 기분으로 그 모습을 바라보았다. 사치코는 마지막까지 고개를 끄덕이지 않았지만, 갑자기 엉엉 울음을 터뜨린 것만 봐도 대답은 명백했다.

"우에다한테 언제부터 협박당했어?"

오이카와는 사치코의 반응을 보고도 안색이 거의 변하지 않았다.

"당신과 나카조의 관계를 알고 우에다가 당신한테 직접 연락했나? 우에다가 당신이 바람을 피우는 줄 어떻게 알았지? 스파이라도 심었나? 응? 걱정 말고 이야기해. 당신한테 아무 탈도 없도록 하겠다고 맹세할게."

"……긴자에서 만나는 걸 들켰어요."

사치코는 얼굴을 덮은 채 어깨를 들먹였다.

"전화가 왔는데 우에다 씨의…… 지인이라고 했어요. 우에다 씨와 니라사키 씨는 사이가 좋으니까 우에다 씨에게 이야기하면 재미있는 일이 벌어질지도 모르겠다고…… 그렇게 말했어요."

"언제쯤 그 전화가 왔지?"

"한 달쯤 전에요."

"우에다 본인한테 전화가 온 적은?"

"없어요. 네 번 전화가 왔는데 다 같은 여자였어요."

"여자?"

"예…… 같은 여자요. 지금 생각해보니 첫 번째 전화는 제 반응을 보려고 걸었는지도 모르겠네요. 제게 켕기는 구석이 없다면, 긴자에서 남자와 커피를 같이 마신 것만으로는 협박의 재료가 되지 않겠죠. 하지만 연예인이었던 나카조 씨의 얼굴은 세간에 많이 알려져 있어요. 텔레비전에 나오던 시절보다 살이 붙었고, 늘 선글라스를 끼지만 그 여자는 한눈에 알아봤다고 하더군요."

"그래서 두 번째 전화부터 협박을 당한 건가."

"부탁이 있으니 들어달라고 했어요. 간단한 일이고, 당신한테도 즐거운 일이라면서요. 날짜와 호텔을 지정하더니, 예약해서 그날 밤에 나카조 씨와 함께 지내라고 했어요. 하지만 절대로 불가능한 일이라서 거절했죠. 그러자 그 여자는 불가능하지 않다, 이제 곧 알 거라면서 전화를 끊었어요. 그 다음날, 맨션의 보안 시스템을 점검한다는 통지서가 왔고…… 세 번째 전화도 왔어요. 그 여자는 그날 니라사키가 우에다 씨와 지바에서 만날 예정이니 걱정 말라고 했어요. 그래도 불안해서 니라사키가 집에 왔을 때 수첩을 훔쳐봤죠. 그러자 그 여자 말대로 그날 밤 지바에서 모임을 가질 예정이더군요. 그리고 네 번째 전화가 와서 부탁을 들어줄지 말지 대답하라고…… 함정일지도 모르겠다 싶었어요. 니라사키가 판 함정일지도…… 하지만 만약 정말이라면 그 여자는 우에다 씨의 일정까지 꿰고 있는 셈이잖아요. 승낙하는 수밖에 없었어요. 니라사키는 그렇게 공들여 함정을 파지 않더라도 마음만 먹으면 저와 나카조 씨의 관계를 알아낼 수 있을 거라고 스스로를 설득했죠. 하지만 나카조 씨에게는 협박받았다는 이야기를 하지 않았고요. 이야기하면 저를 지키려고 직접 우에다 씨에게 연락할지도 모르는 사람이거든요."

"역시 같은 여자인가?"

오이카와는 다시 팔짱을 꼈다.

"오늘 밤, 경찰을 떼어내고 집에서 달아나라고 지시한 사람 말이야."

사치코는 고개를 끄덕였다.

"도대체 어떻게 연락을 취한 겁니까?"

야마세는 더 이상 참지 못하고 끼어들었다.

"당신은 휴대전화가 없어요. 집에 오는 전화 내용은 수사원도 전부 듣고 있었고요. 그런데 어떻게 그 여자의 지시를 받은 거냐고요!"

사치코는 길게 한숨을 쉬고 나서 침대 옆 테이블에 놓아둔 화장품 파우치에 손을 뻗었다. 사치코의 부탁으로 여자 수사원이 사치코 집에서 가져온 물건이었다. 사치코는 그 파우치에서 두툼한 콤팩트 케이스를 꺼냈다. 야마세는 여자 화장품에 관해서 잘 몰랐지만 그것이 스펀지가 함께 들어 있는 파운데이션인 줄은 알았다. 사치코가 뚜껑을 연 케이스를 야마세 쪽으로 돌렸다. 케이스 안에는 스펀지와 파운데이션 대신 삐삐가 하나 들어 있었다. 액정이 달려서 숫자를 확인할 수 있는 삐삐였다.

"네 번째 전화를 받은 후에 우편으로 배달됐어요. 그리고 48947이라고 삐삐가 왔죠. 요야쿠시나, 라고 읽혔어요. 예약해라, 호텔에 예약하라는 의미죠. 나카조 씨와 상의해서 예약을 마치자 44라고 왔고요. 요시, 잘했다는 거죠. 상대는 호텔에 확인까지 한 거예요. 가명을 썼는데 어떻게 알았는지…… 그 후로는 이 삐삐의 노예가 되고 말았어

요…… 당일 저녁에는 804. 야레요. 해라, 배신하지 말고 호텔에 가라
는 뜻이에요. 새벽 3시에 집에 돌아오자 또 44. 아침에 니라사키가 살
해당했다는 걸 알고 정신이 나갈 만큼 충격을 받았어요. 그러자 그런
제 모습을 보고 있었다는 듯이 4810이라고.”

“신파이나시. 걱정 마라, 그건가.”

오이카와는 메마른 목소리로 웃었다.

“완전히 애새끼들 장난이로군. 그래서, 오늘 밤에는 뭐라고 왔는데?”

“88951.”

“뭐야 그건.”

“하야쿠코이, 예요. 빨리 와라. 그 다음에 바로 5151.”

“빨리 와라, 와라, 와라? 아주 지랄을 하는군!”

“아니에요. 5151은 나카조 씨가 경영하는 샌드위치 가게 체인점에
서 공통으로 쓰는 전화번호예요. 전부 5151로 끝나죠. 그 전화번호라
는 걸 확실히 알리기 위해 88951이라고 보낸 후에 잠깐 뜸을 들인 거
예요. 나카조 씨한테 빨리 가라는 의미구나 싶었죠. 하지만 경찰이 있
으니 어쩌면 좋을까…… 고민하고 있는데 또 88951과 5151이라고
오더군요. 집을 나서서 나카조 씨한테 꼭 가야겠다고 마음먹었어요.
그래서 될 대로 되라, 하고 창밖으로 뛰어내린 거예요. 다행히 창문
아래에는 경찰이 없었으니까…….”

“위험하다는 생각은 없었나? 밖에 나가면 죽을지도 모르잖아. 당
신도 니라사키가 살해당한 시점에 상대의 목적이 뭔지는 눈치챘을
텐데? 그자는 당신에게 누명을 씌우려고 한 거야. 만에 하나 경찰이
이른 단계에서 조직 간의 문제로 니라사키가 살해당한 것이 아니라
는 판단을 내렸을 때 시간을 벌기 위해서 말이야. 결국 당신과 나카조

씨가 무고하다는 사실은 밝혀지겠지만, 수사를 교란시킨다는 목적을 달성하기에는 충분하겠지. 다만 상대는 당신이 삐삐를 가지고 있다는 걸 우리가 알기 전에 당신을 죽일 필요가 있었어. 당신이 죽고 나면 삐삐가 발견돼도 무슨 목적으로 사용했는지 알 수가 없으니까."

"하지만 삐삐는 계약자를 쉽게 알아낼 수 있는데요."

야마세의 말에 오이카와는 어깨를 움츠렸다.

"남으로 위장해서 계약해도 되고, 남이 계약한 걸 빌려도 되고, 방법은 얼마든지 있어. 어차피 삐삐도 공중전화로 보냈을 테지. 어쨌거나 미나가와 씨, 당신은 자살하려고 한 거나 마찬가지야."

"차라리 그게 나아요!"

사치코가 소리를 질렀다.

"전 죽어도 상관없어요! ……정말 무서웠다고요. 그 사람이 죽을까 봐, 이대로는 그 사람이 해를 입을까 봐! 니라사키를 그렇게 손쉽게 죽였잖아요. 마음만 먹으면 그 사람 죽이는 것 정도는 식은 죽 먹기겠죠? 빨리 그 사람한테 가라는 명령을 받았을 때, 밖에 나가면 죽을지도 모른다는 생각은 들었어요. 하지만 가지 않으면 그 사람이 먼저 죽겠죠. 그럴 바에야 내가 먼저 죽는 게 낫잖아요. 그러면 경찰이 그 사람을 진심으로 보호해주겠죠? 이제 지쳤어요…… 다 지긋지긋해요! 빨리 해방되고 싶었어요…… 이 삐삐에서 빨리 해방되고 싶었다고요!"

사치코가 삐삐를 바닥에 내팽개치려고 하기에 야마세가 급히 달려들어서 만류했다.

"증거품으로 맡아두겠습니다."

야마세의 말에 오이카와는 가볍게 고개를 끄덕였다.

"일단 계약자를 알아보고, 안에 남아 있는 메모리 데이터도 확인해봐."

그제야 오이카와는 침대에서 내려왔다.

"아무튼 아까 전 약속은 유효해."

오이카와는 사치코를 위로하듯이 말했다.

"그러니까 당신이랑 당신 남자친구는 이제 안전해. 내가 지킬게. 다만 남자친구한테 말해서 합의금을 준비하는 편이 좋겠지. 이건 경찰관으로서 하는 말이 아니니까, 경찰이 권했다고 받아들이지는 마. 니라사키에게는 가까운 친척도 후계자도 없지만, 부하들은 아주 많아. 놈들이 당신의 배신을 어떻게 받아들일지는 나도 모르겠어. 하지만 니라사키의 부하들은 대부분 가스가에 남아 스와의 휘하에 들어갈 거야. 스와하고 돈으로 이야기를 매듭짓기는 간단하지. 스와에게는 죽은 니라사키의 체면보다 돈이 더 중요하거든. 니라사키를 잃어서 앞으로 당분간 가스가는 동요할 테고, 대외적으로도 골치 꽤나 아플 거야. 고작 여자 하나 때문에 쓸데없는 짓을 해서 감방에 들어가는 조직원을 늘리고 싶지는 않을걸. 당신 남자친구는 사업가야. 스와라면 자기가 먼저 돈으로 해결하자고 요청할 테지."

오이카와가 턱짓을 했다. 오이카와를 따라 병실을 나선 야마세는 복도에 있던 부하를 대신 병실에 들여보내 사치코를 감시하게 했다.

"날 경멸하나?"

오이카와는 웃었다.

"경찰관이 폭력단에게 돈을 주라고 일반 시민에게 권했어. 어때?"

"지금 단계에서는 현실적인 해결 방법이 그것밖에 없으니 적절한 충고였겠죠."

"역시 불만인 모양인데."

"아니요, 불만이라기보다 결국 사회가 이렇게 놈들의 존재를 용인해가는구나 싶었을 뿐입니다."

"용기를 가지고 맞서 싸워라, 그건가."

오이카와는 한숨을 푹 내쉬었다.

"맞서 싸우는 시민을 정말로 지켜줄 수 있다는 확신이 없는 상황에서 그런 말을 할 용기가 내게는 없어. 그러니 내 방식으로 놈들을 때려 부수는 수밖에. 그게 내가 할 수 있는 속죄야."

야마세는 고개를 끄덕여주는 것이 고작이었다.

"그럼 오이카와 씨는 간자키의 우에다가 니라사키를 배신하고 죽였다고 보신 겁니까?"

"그럴 가능성은 있다고 생각했어. 아니면 승룡회의 이자와 게이지거나."

"역시 승룡회의 이자와였군요. 어디서 들어본 이름이다 싶었습니다."

"어느 쪽이든 야마우치가 관여하지 않았다는 보장은 없지만."

오이카와는 비아냥거림이 담긴 웃음을 야마세에게 지었다.

"그건 그렇고 수사1과의 베테랑 수사관 입장에서 어떻게 생각해? 범인이 진심으로 사치코를 죽이려 한 것 같나?"

"보통 멀리서 화염병을 던지는 것만으로 목표를 확실히 살해할 수 있다고는 생각지 않겠죠."

"하지만 한 번 성공했어."

"에도가와 강 강변에서는 피해자에게 직접 휘발유를 끼얹었었습니다. 그리고 불을 붙였으니 확실하죠. 하지만 이번에는 달라요. 화염병이 정통으로 명중했다면 또 모르지만, 수사원이 바로 쫓아가도 놓칠 만큼 멀리서 던졌으니까요. 누구든지 맞지 않을 가능성이 높다고 생각할 겁니다."

"그럼 왜 일부러 미나가와 사치코를 불러내서 습격한 걸까."

"범인에게 사치코는 처음부터 끝까지 미끼입니다. 니라사키를 살해한 16일 밤에 그 호텔로 보낸 건 방금 계장님 말씀대로 수사를 교란시켜 시간을 벌 목적이었겠죠. 범인은 계획을 세운 당초부터 니라사키를 죽이는 것만으로 사건을 끝낼 생각이 없었다는 뜻입니다."

"그럼 오늘 밤에 사치코를 죽이려고 한 건 속임수겠군."

"그런 것 같습니다. 문제는 뭣 때문에 그랬느냐죠."

"자네 생각은?"

야마세는 팔짱을 끼고 생각한 후에 입을 열었다.

"수사원을 사치코에게 집중시켜두기 위해서일까요?"

"내 생각과 비슷하군."

오이카와는 고개를 끄덕였다.

"하지만 좀 더 한정할 수 있겠지. 범인은 류타로를 여기에, 미나가와 사치코 곁에 못 박아두고 싶었던 거야. 상식적으로 볼 때 지금 여기에 자네가 있고 류가 없는 건 부자연스럽지? 녀석은 수사본부의 현장 책임자니까."

"어째서."

야마세는 입술을 핥았다.

"범인이 저희 계장님을 개인적으로 알고 있는 겁니까?"

오이카와는 대답 없이 복도 벽에 등을 맡기고 눈을 감았다.

"야마우치는 범인이 아닙니다."

야마세는 오이카와의 대답을 기다리지 못하고 말했다.

"저희 계장님이 단언하셨어요."

"류타로가 은닉했나, 야마우치를."

"설마요."

야마세는 어이가 없어서 고개를 설레설레 내저었다.

"계장님이 야마우치를 숨길 필요가 어디 있습니까."

"글쎄. 하지만 난 야마우치가 몸을 숨길 가능성이 있는 곳을 거의 다 뒤졌어. 그런데도 쥐새끼가 나오지 않은 이상, 내 생각이 미치는 곳에서 쥐새끼가 숨어 있을 만한 곳은 한 군데밖에 없지. 류타로 집이야."

"말도 안 됩니다."

"자네한테 부탁이 있어. 지금 당장 류타로 집을 기습해. 류타로가 자네를 집에 들여놓기 싫어하면 빙고야."

"그럴 리 없습니다. 의심스러우면 직접 가보시든가요."

"내가 갔다가 만약 빙고라면 류타로는 직장을 잃어. 자네라면 못 본 척도 가능하겠지. 그 대신 가지와라에게 넘기지 말고 나한테 야마우치를 넘기라고 설득해줘."

"계장님은 범인이 여자라고 단정하셨습니다. 근거도 있고요. 왜 야마우치에게 그렇게 집착하시는 겁니까?"

"실행범이 여자든 외계인이든, 니라사키를 죽이라고 그자에게 지시한 게 야마우치가 아니라고 어떻게 장담하지? 잘 들어, 야마세. 류타로는 야마우치와 관련된 일에는 냉정함을 잃어. 실행범이 여자라고 해서 야마우치가 살인에 관여하지 않았다고 대번에 믿는 게 그 증거지. 류타로는 10년 전 세타가야 사건 때문에 야마우치에게 큰 빚을

졌다고 생각해. 그래서 자꾸 잘못된 판단을 내리는 거라고. 니라사키와 야마우치의 관계는 한참 옛날에 삐꺼덕했어. 니라사키는 자기가 기르던 야마우치라는 애완동물의 본성을 알고 공포를 느끼기 시작했지. 언젠가 자신을 거역하고, 자신을 제거할 거라고 믿고 진심으로 두려워했어. 니라사키는 야마우치를 몇 번이나 죽이려고 했지. 그렇지만 니라사키는 더 이상 야마우치에게서 벗어날 수 없는 상태였어. 마지막 일격을 가하지 못한 건 그 때문이야. 그리고 야마우치는 늘 니라사키의 살의를 느끼며 사는 데 지쳤지. 니라사키가 없어져주는 게 편했을 거야. 야마우치는 원래 가스가 파의 장래에 흥미가 없었어. 니라사키가 죽으면 가스가는 고비에 처하겠지만, 야마우치 입장에서는 어찌 되든 상관없는 일이었지. 야마우치는…… 자유로워지고 싶었던 거야. 선로에서 자기 목숨을 구해준 남자가 얽어맨 사슬에서 말이야. 만약 야마우치가 그 때문에 우에다의 이름도 이용하고자 했다면, 우에다의 지인이라고 한 그 여자가 어떻게 니라사키의 일정을 자세하게 알고 있었는지 설명이 돼. 야마우치라면 누구보다도 니라사키의 일정을 잘 알고 있었겠지. 수첩에 지바라고 적어둔 것도 알고 있었을 가능성이 높아. 지바란 니라사키 패거리가 골프를 치러 가는 지바의 그린힐 컨트리클럽을 뜻해. 실제로 놈들은 골프를 치는 김에 클럽하우스에서 모임을 가지기도 해. 니라사키는 우에다와 밀회하기로 한 약속이 만에 하나라도 남에게 들통나지 않도록 수첩도 위장한 거야. 그게 거짓말임을 아는 건 그날 밤에 니라사키가 우에다와 만난다는 사실을 아는 사람뿐이야. 그리고 야마우치라면 그 사실을 알고 있어도 이상할 것 없지. 그리고 니라사키는 왜 그렇게 쉽사리 여자에게 살해당했을까? 경호원도 없이 신원을 모르는 여자와 잠자리를 가질 만큼 니라사키가 신중하지 못한 놈이었나? 예를 들어 야마우치가 소개해준 여자가 니라사키를 죽인 실행범이었다면 어때?"

야마세는 말문이 막혔다. 무턱대고 야마우치가 범인이 아니라고 주장하는 아소의 말보다는 오이카와의 설명이 더 설득력 있었다.

오이카와가 야마세의 등을 두드렸다.

"자네나 나나 류타로를 아껴. 그래서 자네한테 부탁하는 거야. 류타로 집에 가서 쥐새끼를 나한테 넘기라고 설득해줘. 가지와라한테 넘기면 살인의 주범으로 기소하는 데 시간이 너무 많이 걸려. 그동안 야마우치는 증거 인멸을 꾀하겠지. 아니, 벌써 그러기 위한 준비에 들어갔을 거야."

"하세가와 다마키의 증언은 뭡니까? 다마키를 죽이려고 한 모치즈키 미치코는요!"

"그 여자가 야마우치와 한패가 아니라는 보장이 어디 있나?"

"아니, 하지만⋯⋯."

"류타로는 야마우치를 용의선상에서 제외할 생각만 해. 그래서 모든 일의 배후에 야마우치가 있을 가능성은 일부러 못 본 척하는 거야. 일반인 여자가 니라사키에게 원한을 품은 게 사실이라고 치더라도, 일반인들의 힘으로만 니라사키를 죽인다는 게 말이 돼? 하지만 그 여자들이 야마우치와 손을 잡으면 전부 다 가능해지지. 냉정한 판단력이 있으면 그렇게 생각하는 게 당연해."

"하지만 말입니다."

야마세는 안간힘을 다해 머리를 굴렸다.

"가령 진범이 야마우치라면 니라사키를 죽인 시점에서 사건은 끝났겠죠. 왜 이제 와서 사치코를 죽이는 척까지 하며 계장님을 사치코 옆에 붙들어둘 필요가 있습니까?"

"야마우치에게 지금 제일 위험한 인물은 누구지?"

"제일 위험……."

"실행범이잖아."

오이카와는 험악하게 눈살을 찌푸렸다.

"실행범이 야마우치가 모든 일의 흑막이었다고 까발리는 게 제일 위험해. 그렇지? 놈은 결판을 낼 작정이야. 수사원들과 류타로를 멀찍이 떨어뜨려놓고 내부 분열이 일어난 것처럼 꾸미든지 해서 공범자를 죽일 생각이라고."

"비약이 너무 심하십니다. 흑막이 야마우치라는 직접적인 증거는 없어요."

"자네도 제법 완고하군 그래."

오이카와는 웃었다.

"부러워. 내 부하 중에 자네만큼 충성심이 강한 녀석이 과연 있을지 모르겠어."

"충성하는 게 아닙니다. 저는 계장님 친구예요."

"더더욱 부러워. 난 직장에 친구가 없거든."

오이카와는 야마세에게 등을 돌렸다.

"뭐, 됐어. 자네가 류타로 집에 갈 생각이 없다면 내가 가지. 그래…… 앞으로 30분 후에. 30분이면 자네가 마음을 바꾸어 류타로를 설득하러 가기에 충분할 시간일 거야. 그 이상은 못 기다려. 야마우치는 원래 수사를 교란하기 위해서라는 핑계로 동료에게 사치코를 습격시켜 류타로와 수사원들을 이쪽에 모아놓고, 그 동료를 어딘가로 불러내서 죽일 작정이었을 거야. 그런데 류타로가 오지랖 넓게도 야마우치를 찾아낸 거지. 그리고 야마우치를 설득하고자 자기 집에 숨겼어. 뭐, 그렇게 된 걸 거야. 야마우치는 계획이 틀어져서 초조할 테지. 참다못해 자네의 소중한 친구를 두드려 패고 도주할 때까지 앞으로 시간이 얼마나 남았을까. 사실 30분도 모험이야. 야마우치가 달아나면 또 시체가 늘어날걸."

오이카와는 웃옷 호주머니에 손을 찔러 넣고 복도를 걸어 사라졌다.

10

"저게 수배 차량입니다!"

세타가야 서 형사가 손가락으로 차를 가리켰다. 사이토는 번호판을 확인했다. 분명 두 시간쯤 전에 미나가와 사치코에게 화염병이 투척된 현장 근처에서 엄청난 속도로 질주하다가 간선도로에서 속도위반 단속 카메라에 촬영된 번호판과 일치했다. 그 차는 번화한 산겐자야 거리와는 동떨어져 보이는 낡은 목조 모르타르 연립주택 앞에 아무렇게나 세워져 있었다.

"연립주택 입주자 이야기로는 2층 3호실에 혼자 사는 여자가 저 차를 타고 다녔는데, 다른 여자 몇 명이 요 몇 달 그 여자 집에 드나들었답니다. 일단 다른 집도 전부 확인했는데요. 전부 가족들과 함께 사는 사람들이고 수상한 점은 없었습니다."

차는 도난 차량이었다. 도난 신고서는 벌써 보름이나 전에 제출됐다.

"3호실 문을 두드려봤지만, 응답은 없고 안에서 잠겨 있었습니다. 문틈으로 들여다봤는데 슬라이드식 자물쇠라서 문을 부수지 않고는 열 수가 없겠더군요. 그래서 그쪽 수사본부의 지시를 기다리고 있었습니다."

"열지."

사이토의 말에 세타가야 서 형사는 고개를 끄덕였다.

문패에는 딱딱한 글씨체로 다카야마라고 적혀 있었다. 문 밖에서 몇 번이고 이름을 불렀지만 응답은 없었다. 하지만 분명 인기척이 났다. 게다가 고양이 울음소리도 들렸다.

"고양이가 있어."

사이토가 중얼거리자 곁에 있던 미야지마 시즈카가 눈썹을 움찔했다.

"쓰카하라 도미코의 집에 고양이를 기르던 흔적이 있었어요."

"죄송하지만!"

사이토는 고함을 질렀다.

"긴급사태입니다! 문을 부수겠습니다!"

쇠지레로 몇 번 후려치자 나무문에 구멍이 생겼다. 사이토가 구멍으로 손을 집어넣어 자물쇠를 열었다.

사이토는 구둣발로 집 안에 뛰어들었다. 시즈카도 그 뒤를 따랐다.

고양이의 불안한 듯한 울음소리가 울려 퍼졌다.

"……쓰카하라 씨."

시즈카가 말했다.

"쓰카하라 도미코 씨 맞으시죠?"

주방과 이어진 일본식 방 한가운데에 백발이 섞인 머리를 아무렇게나 묶은 여자가 앉아 있었다. 멍한 얼굴로 고양이를 꼭 끌어안고서.

"나가도 된다고 했어요."

도미코는 얼빠진 표정으로 허공을 주시하며 중얼거렸다.

"마음대로 하라고 했죠. 그 사람이요. 하지만 내가 밖을 돌아다니다가 경찰한테 발견되면 그 사람 이야기를 해야 하잖아요? 그래서 여기 있었어요. 꼬맹이도 함께라서 적적하지는 않았죠."

도미코는 희미하게 웃었다.

"그 사람이 하고 싶은 대로 하게 놔둬요. 이제 그 수밖에 없어요. 노리코 씨가…… 딱한 일을 당하기는 했지만, 그 사람 탓은 아니에요. 노리코 씨가 그렇게 난리를 피우지 않았으면 됐을 텐데. 노리코 씨는 옛날부터 그랬어요. 성미가 괄괄해서 금방 큰 소란을 떤다니까요. 살인자, 살인자하면서 빨리 경찰에 신고해야 한다고 야단법석을 떨어서 그런 꼴이 되고 말았죠."

도미코가 훌쩍훌쩍 울기 시작했다.

"멋대로 집에 들어와서 나랑 그 사람이랑, 함께 온 여자가 하는 이야기를 엿들은 거예요. 그래도 마침 꼬맹이가 밖에서 돌아와서 다행이었죠. 꼬맹이를 데려가도 된다고 해서 마음이 놓였어요. 그래서 조금도 무섭지는 않았어요. 무슨 말인지 알겠죠? 나를 죽일 생각이었다면 꼬맹이를 데려가도 된다고 할 리 없잖아요."

"모치즈키 미치코 씨는 지금 어디 있나요?"

시즈카는 도미코 앞에 쪼그리고 앉아서 물었다. 하지만 도미코는 고개를 저었다.

"그런 이름은 몰라요."

"이 사진, 모치즈키 마코 짱이죠?"

시즈카는 도미코가 신주쿠 서에서 잃어버리고 간 사진을 꺼내서 건넸다.

도미코는 아무 말도 하지 않았다.

대신에 고양이가 야옹, 하고 작게 울었다.

13

렌이 만든 부야베스는 맛있었지만 생각보다 복잡한 맛이었다. 마늘 냄새가 독한 마요네즈 같은 것을 바른 바게트를 부야베스에 적셔 먹으라고 하기에 시키는 대로 하자 맛이 또 달라져서 정말 신기했다. 아무튼 지금까지 부야베스라며 먹은 것 중에서는 틀림없이 최고였다.

"난 가본 적이 없지만, 이거 사쓰키 누나가 마르세유에서 먹은 부야베스의 맛을 재현하려고 연구해서 만든 요리법이야. 세이치는 이 요리를 정말 좋아해서 제아무리 유명한 레스토랑에 가도 부야베스는 주문한 적이 없어."

"사쓰키 씨는 정말로 요리 솜씨가 대단하군."

"예술을 하는 사람 중에는 요리를 잘 하는 사람이 많잖아. 누나 노래는 예술이야."

"니라사키의 애인이었다는 사실만 없다면 좀 더 주류 무대에서 활약할 수 있을 텐데."

"본인이 선택한 길이니까. 남편도 자식도 버리고 세이치와 함께하기로 했으니. 더 먹을래?"

아소가 고개를 끄덕이자 렌은 기쁜 표정을 지었다.

사람은 누구나 긴 인생을 살면서 이대로 시간이 멈추면 좋겠다는 생각을 몇 번은 하는 법이다. 지금이 바로 그때였다.

이제 자신이 동성인 남자에게 강한 집착과 애정, 사모, 욕망을 품고 있다는 사실에는 저항감이 없어졌다. 레이코에게 한눈에 반했을 때와 똑같다. 이것은 사랑이다.

물론 누구에게 말해본들 '착각'으로 치부하리라는 것은 잘 안다. 사실 착각일지도 모른다. 하지만 착각이든 뭐든 가슴에서 느끼는 감각은 하나다. 사랑이라는 감정 그 자체의 본질은 착각이니까.

레이코를 사랑하던 때, 아소는 레이코의 결점을 굳이 찾으려고 들지 않았다. 돌이켜보면 불안 요소는 처음부터 있었다. 아소는 자신이 늘 레이코에게 폼을 잡으려고 했음을 자각했다. 레이코 앞에서는 강하고 든든한 남자이고 싶었고, 레이코의 눈에 언제나 자신을 존경하는 눈빛이 깃들어 있기를 바랐다. 그런 마음이 레이코에게 무거운 짐이 된 줄도 모른 채 아소는 맹신했다. 레이코는 결코 자신을 배신하지 않을 것이라고.

그에 비하면 렌과의 관계는 훨씬 편할지도 모르겠다. 서로가 최악의 인간임을 알고 있으므로 뭔가 연기할 필요 없이 그저 쾌락을 탐하며 찰나의 감정에 몸을 맡기면 그만이니까.

렌은 나를 배신한다.

아소는 렌이 그릇에 새로 담아준 오묘한 맛의 부야베스를 입에 넣고, 중첩되는 맛의 하모니를 즐기며 생각했다.

그리고 나는 파멸한다.

"이거 먹고 나면 가지와라한테 전화해도 되지?"

아소가 묻자 렌은 순순히 고개를 끄덕였다. 아소는 안심했다.

"범행을 실행한 여자가 누구일지 제일 궁금해."

"범행을 실행한 여자?"

"호텔 욕조에서 실제로 니라사키의 목을 그어서 죽인 여자 말이야. 니라사키처럼 조심성이 많은 놈이 그런 상황에서 잠자리를 가지려고 했으니 평소에 니라사키가 아주 믿었던 여자겠지. 하지만 니라사키가 믿는 여자는 손가락으로 꼽을 정도밖에 안 되잖아? 사쓰키 씨랑 그 여자 의사, 그 정도 아닌가?"

"사쓰키 누나가 세이치를 죽일 리 없어. 나미도 마찬가지고."

"사쓰키 씨는 둘째 치고 그 의사에 대해서는 확신이 서지 않아. 네가 그 의사는 아니라고 생각하는 근거를 알고 싶어."

"나미는 세이치와 사건 탓에 주변 사람들의 심한 괴롭힘에 시달렸고, 결국 보험의 자격을 박탈당했어. 그래도 눈 하나 깜박하지 않았던 여자야. 만약 나미가 세이치를 미워했다면 그렇게 번거롭게 호텔까지 갈 것 없이 자기 침대에서 세이치의 목을 그었겠지."

"증거라고는 할 수 없지만, 네가 그렇게 말한다면 확실하겠지."

"나한테 사쓰키 누나나 나미 같은 집착심은 없었어…… 여자가 진심으로 남자에게 반했을 때의 집념에 비하면 세이치에 대한 내 감정은 바람 앞의 갈대 정도쯤 되겠지. 사랑의 깊이로 그 두 사람에게 이

길 수 있겠다고 생각한 적은 단 한 번도 없어."

"니라사키는 어땠을까. 놈은 너랑 두 여자 중 누굴 제일 사랑했지?"

"비교한 적 없었을 거야."

렌은 스푼을 쥔 채 옛날이야기라도 하듯이 말했다.

"세이치는 언제나 마음속에 사랑을 여러 개 담아뒀어. 반대로 말하자면 단 하나의 사랑에 빠지는 걸 두려워한 거야. 세이치는 서로 비교하지 않고, 우열도 가리지 않고 그때그때 눈앞에 있는 사람에게 모든 걸 줬어. 그러니까 나, 사쓰키 누나, 나미 모두 자기가 제일 사랑받았다고 믿을 수 있었고, 그건 어떤 의미에서 사실이었지. 다만 세이치는 딱 한 가지 오산을 했어."

"오산?"

렌은 웃었다.

"이런 얼굴로 태어났어도 난 남자야. 미소년을 돈으로 옭매어두는 거라면 모를까 낫살이나 먹은 성인 남자를 감정만으로 옭아매기는 불가능해. 무슨 말인지 알지? 호모든 뭐든 남자는 남자야. 다양한 상대와 자고 싶고, 다양한 몸을 경험해보고 싶어 해. 당신도 진심은 그렇지? 최대한 많은 여자와 자보고 싶잖아. 호모의 연애는 오래 지속되기 힘들어. 서로 바람만 피우거든."

"너도 바람을 피웠다는 거야?"

"응."

렌은 전혀 기죽지 않고 말했다.

"잤어. 자고 싶은 녀석이 생기면 닥치는 대로. 난 원래 성욕이 강한 편이니까 어쩔 수 없지. 하지만 아주 젊을 때는 그 사실을 몰라서 전혀 즐기지 않다가 감방에서 갑자기 매춘부 짓을 하게 됐지. 그 탓에 감각이 삐뚤어진 거야. 세이치도 그건 알고 있었어. 그래서 내가 마구 바람을 피워도 대개는 모르는 척하고 넘어가더라고. 하지만 가끔 참을성에 한계가 찾아왔겠지. 느닷없이 폭발해서 내게 제재를 가해. 그런 감정의 변화가 너무 뜬금없어서 나도 울컥해. 죽일 거면 빨리 죽이라고 대들지. 내가 대들면 세이치는 냉정해져. 반죽음을 당한 나를 병원에 처넣고 매일매일 내가 좋아하는 코니숑 피클 병조림을 보내준다니까."

"무슨 피클이라고?"

"코니숑. 자그마한 오이 피클이야."

"별난 걸 좋아하는군."

"남의 식성에 웬 참견이람."

"참견할 생각은 없어. 아무튼 피클이 오면 니라사키를 용서하는 건가. 반죽음 당해서 한 달이나 침대에 누워 끙끙 앓아야 하는 상태라도?"

"용서하는 게 아니라 체념하는 거야. 둘 다 병이구나, 하면서. 나도 삐뚤어졌지만 세이치도 삐뚤어졌지. 어차피 세이치가 구해준 목숨이니까, 세이치가 원할 때 빼앗아가도 상관없다고 생각했어."

"이해가 안 가는군."

아소는 게 등딱지를 포크로 쿡쿡 찔렀다.

"너희들의 관계는 너무 비정상적이야."

"당신과 내 관계도 충분히 비정상적이야. 보기에 따라서는 세이치와 내 관계보다 불건전하지."

렌은 웃음을 짓고 나서 손목시계를 들여다보았다. 비싸 보였지만 아소는 무슨 상표인지 몰랐다.

렌이 갑자기 서글픈 표정을 지었다.

"그 비디오 봐."

"무슨 비디오?"

"당신한테 준 거 있잖아. 그날 밤에 찍은 거."

"난 또 뭐라고. 봐서 어쩌라는 거야. 약을 먹고 잠든 내 입에 네가 자지를 집어넣고 좋아하는 모습뿐일 텐데."

"그래도 봐줘."

렌은 그릇을 들고 일어서서 싱크대에 내려놓았다.

"미안, 설거지는 못하겠다. 이제 시간이 됐어."

"설거지는 내가 할게. 그런데 시간이 됐다니? 가지와라한테 벌써 연락했어?"

"저기."

렌이 앉아 있는 아소 곁에 섰다.

"그 약 싫다고 했잖아."

"응, 일어나니까 머리가 깨질 것처럼 아프더라."

"부작용이 적고 안전한 수면제는 별로 없어. 그건 비교적 안전한 편인데."

"난 언제든지 자라고 하면 잘 수 있어. 수면제 같은 건 필요 없어."

"그럼 자."

"뭐라고?"

"지금 당장 자."

"아직 잘 시간도 아닌데 무슨 생뚱맞은 소리야."

"그래서 약이 편한데."

“응?”

“잠깐 일어서봐.”

아소는 시키는 대로 일어섰다.

“뭐야, 왜?”

“미안.”

그 목소리가 귀에 들어오는 것과 동시에 아소는 복부에 강한 충격을 받았다.

의식이 희미해졌다.

14

어딘가 멀리서 높다란 소리가 들렸다.

무슨 소리지?

아소는 점차 돌아오는 의식 속에서 그것이 초인종 소리임을 깨달았다.

딩동, 딩동, 딩동…….

몹시 끈덕지다.

아소는 일어나려고 배에 힘을 주었다. 그 순간 심한 구역질이 밀려왔다.

이를 악물고 현관까지 가자 문 너머에서 야마세가 이름을 부르는 소리가 들렸다.

문을 열었다. 자물쇠는 잠겨 있지 않았다.

야마세가 뭐라고 입을 열기도 전에 화장실로 뛰어가서 토했다. 다행히 피는 나오지 않았다. 위는 찢어지지 않은 모양이다.

렌도 적당히 친다고 쳤겠지만…… 정말이지 돌주먹이다.

"류 씨!"

야마세가 화장실 문을 열고 좁은 공간으로 들어와서 아소의 등을 문질렀다.

"구급차를 부를까?"

"아니, 누워서 좀 쉬면 괜찮을 거야."

아소는 엉금엉금 기어서 화장실을 빠져나와 벽을 짚고 간신히 일어섰다.

"쓰카하라 도미코를 찾아냈어. 무사해."

야마세가 아소의 팔을 두드렸다.

"류 씨, 최악의 사태는 피했어."

"정말이야?"

아소는 숨을 길게 내쉬었다.

"……다행이군. 쓰카하라 도미코가 살해당했다면 사건을 해결해도 우리는 비난을 면치 못했을 거야."

야마세는 웃었다.

"신주쿠의 M백화점에서 일하는 다카야마라는 여자 집에 있더군. 산겐자야야."

"가명인가?"

야마세는 고개를 끄덕였다.

"연립주택 입주자에게 얼굴 사진을 보여주고 확인했지. 모치즈키 미치코가 틀림없어. 하지만 쓰카하라 도미코는 입에 지퍼를 채웠지.

일단 T의대병원에 입원시켰는데, 혈압이 조금 높은 것 말고는 별다른 이상이 없다나 봐."

"험한 꼴을 당하고도 여전히 미치코를 두둔하나 본데."

"발견된 직후는 얼이 빠진 상태라 혼잣말처럼 몇 마디 꺼내놨다는 군. 그래서 사실관계는 대강 파악했다고 시즈카랑 사이토가 보고했어. 모치즈키 미치코와 여자 공범자가 쓰카하라 도미코의 집을 찾아와서 사건 이야기를 했는데, 그때 마침 놀러온 야마다 노리코가 그 이야기를 엿들었대. 노리코는 깜짝 놀라서 야단법석을 떨었지. 그러자 발끈한 미치코의 공범자가 노리코를 죽인 거야."

"검시 결과 때려 죽였다고 나왔지?"

"아마 공범자가 무슨 흉기를 가지고 있었겠지. 스패너, 손도끼, 쇠파이프 등등 여러모로 가정할 수 있어. 하지만 도미코를 살해할 마음은 없었을 테니 만약에 대비해 소지한 거겠지만, 어쨌거나 도미코는 납치되는 데 동의했어."

"동의?"

"기르던 고양이를 데리고 있었어."

야마세는 어처구니가 없다는 듯이 웃었다.

"자기 목숨이 위험한 판국에 도미코는 고양이를 데려갈 수 있어서 다행이라고 생각했대. 아무튼 도미코가 입을 열지 않아도 니라사키를 살해한 범인은 모치즈키 미치코와 미치코의 공범자로 단정해도 되겠지. 미치코의 체포영장을 받으라는 본부의 지시가 떨어졌어."

"맡길게. 받는 김에 공범자의 체포영장도 받도록 해."

야마세는 한순간 놀란 표정을 지었다가 평정을 되찾고 말했다.

"혹시 야마시타와 비공식적으로 진행하던 일? 오늘 본부에서 중요참고인으로 수배하라고 한 간다 요코 말이야?"

"응. 본부에는 내가 설명해놨어."

"밤에 회의가 열리면 시끌벅적하겠군. 아소 수사반이 또 비밀리에 수사해서 독단적인 행동을 취했다느니 협조성이 없다느니 하면서."

"우리 수사반이 아니라 내가 협조성이 없을 뿐인데. 폐를 끼쳐서 미안해."

"어제오늘 일도 아닌데 뭘."

아소는 야마세의 웃는 얼굴에 불안의 그림자가 드리워져 있다는 것을 놓치지 않았다. 눈빛이 어쩐지 침착하지 못했다.

"그런데 야마세…… 어쩐 일이야? 왜 우리 집에?"

"그게."

아소의 질문에 야마세는 눈을 내리깔았다.

"여기에 야마우치가 있을지도 모르니까 가보라고, 오이카와 씨가."

아소는 그 말을 듣고서야 야마우치 생각이 났다. 허둥지둥 부엌과 거실을 둘러보았지만 야마우치는 없었다.

"있을 리 없지."

야마세가 안심했다는 투로 말했다.

"여기 있을 리 없어."

"아니."

아소는 거실에 주저앉았다.

"있었어…… 방금 전까지. 방심한 틈에 배를 때리고 달아났어."

야마세는 아무 말도 없이 부엌에서 컵에 물을 따라서 가져왔다. 아소는 물을 단숨에 들이켰다.

"가지와라한테 넘길 생각이었지. 오이카와에게 넘기면 한나절 만에 살인으로 기소될 거야. 가지와라한테 맡기면 2, 3일은 벌 수 있어."

"이틀을 벌어서 어쩔 생각이었는데?"

"진범을 잡아야지."

"즉, 류 씨는 세 번째 여자가 누구인지 알아냈다는 뜻이야?"

"계속 생각 중이야."

아소는 테이블에 내팽개쳐둔 담뱃갑을 집었다.

부야베스 그릇은 깔끔하게 정리되어 있었다. 설거지까지 할 시간은 없다고 했으면서.

"니라사키가 그 상황에서 그렇게 무방비하게 죽은 이유는 뭘까. 그날 밤 니라사키는 일생일대의 도박이라고도 할 수 있는 밀회를 가졌어. 죽음을 눈앞에 둔 가스가 다이조가 간자키 파의 우에다와 직접 만났지. 가스가 파와 간자키 파가 쇼와시대 초기부터 이어온 대립의 역사에 막을 내리는 것이 니라사키가 거대한 야망을 펼치기 위해 넘어야 하는 첫 번째 관문이었을 거야. 니라사키의 아버지는 간자키 파에게 살해당했어. 그렇지만 간자키와 화해하지 않으면 가스가에 미래는 없다는 생각으로 마음을 단단히 먹은 거야. 원래 무력을 앞세워 과격한 전쟁으로 세력을 확장해온 가스가에게는 적이 너무 많아. 그렇지만 간자키와 화해하면 당면한 맞수는 승룡회뿐이지. 간자키가 방관해준다면 단숨에 승룡회를 박살낼 수 있어. 니라사키는 몇 년이나 전부터 우에다를 포섭해 그날의 밀회를 준비했어. 우에다도 목숨을 걸었겠지. 조직에 들통나면 배신자로 처형될 게 뻔하니까. 뿐만 아니라 니라사키의 제안 자체가 함정일 수도 있다는 걱정도 끝까지 남아 있었을 거야. 우에다는 니라사키의 본심을 알고 싶었어. 함정이 아니라는 확신을 얻고 싶었겠지…… 그래서 니라사키에게 자기 여자를 보내 수청을 들게 했다…… 어때?"

먹잇감을 발견한 매처럼 야마세의 눈에 기쁨이 깃들었다.

"……즉 세 번째 여자는 간자키 파 우에다의 여자다?"

"그렇다고 가정하면 니라사키가 부하의 경호도 없이 여자와 호텔 방에 가서 같이 욕조에까지 들어간 게 설명되지. 니라사키 입장에서는 조금이라도 경계하는 티를 낼 수가 없었던 거야. 경계심 없이 우에다의 여자와 관계를 가져야 우에다가 함정이 아니라고 믿을 테니까. 전국시대의 무장이 적진에 초대받아 식사하는 것과 비슷해. 시식을 시키지 않고 먹어야 신뢰감을 품고 있음을 알려줄 수 있겠지."

"하지만 그렇다면 우에다 쪽에는?"

"니라사키의 여자가 갔어. 야마우치의 애인 중에서 사건 당일 밤 알리바이가 확정되지 않은 사람이 아이돌 출신이라는 이쿠타 사키코 말고 또 누가 있지?"

"야마우치."

"사내놈은 빼. 우에다는 그쪽 취향이 아니잖아."

"노조에 나미는 알리바이가 있기는 하지만."

"그 여자도 제외. 니라사키도 그 여자와 사쓰키만은 다른 남자에게 내주지 않았을 거야."

"감상적인 의견이로군."

"니라사키의 자존심 문제야. 그 두 여자는 니라사키가 돈을 들여 키우는 애완동물이 아니었어. 니라사키에게는 한 푼도 받지 않고 자기 힘으로 벌어서 독립적으로 살면서도 니라사키를 사랑한 여자들이지. 즉, 니라사키와 그 두 사람은 연애관계였어. 렌, ……야마우치도 사랑의 깊이로 그 두 사람에게 이길 수 있겠다고 생각한 적은 단 한 번도 없다고 했을 정도야."

"하세가와 다마키의 알리바이는 애매하지만, 그 여자 증언은 믿을 수 있을 것 같아."

"응, 일이 이 지경에 이르렀는데 다마키가 거짓말을 할 가능성은 낮아. 다만 니라사키 살해 사건의 수사가 끝나면 가지와라가 그 녀석한테 물어보고 싶은 게 산더미처럼 많이 나오지 않을까. 내 감인데, 녀석은 야마우치와 손을 잡고 꽃뱀이나 더 악질적인 짓을 저질렀을 거야."

"더 악질적인 짓?"

"야마우치는 뭐로 돈을 만들었지? 경기의 거품이 꺼진 후로 땅으로는 큰 돈벌이를 하기가 어려워졌어. 그래도 니라사키와 야마우치가 만난 직후에는 잘만 하면 땅으로도 돈을 쏠쏠하게 벌 수 있었겠지만, 지금은 더 이상 그렇게 안 되지."

"주식이나…… 하지만 주가도 하락했는데."

"땅과 달리 주가는 백 개 중에 아흔아홉 개가 떨어져도, 하나만 급등할 수가 있어."

"내부자 거래구나!"

"가지와라가 울며 기뻐하겠지. 하세가와 다마키의 미모와 잠자리 기술을 잘 활용하면 점찍은 기업의 핵심 인물을 고분고분한 정보원으로 만드는 것 정도는 간단하지 않겠어? 말을 듣지 않으면 다마키가 원래 남자였다는 사실을 밝히고, 성전환자와 얽힌 성추문을 내겠다고 협박하면 돼."

"가지와라 씨, 쌓인 울분을 단번에 풀겠군. 지금까지 야마우치에게

골탕만 먹었으니까."

"그렇게 쉽지는 않겠지만. 과연 피해자가 증언할지가 문제야. 그리고 무엇보다 내부자 거래는 기본적으로 기업 내부자가 업무적으로 얻은 정보를 이용해 주식을 매매하여 이득을 올리는 걸 가리켜. 야마우치와 하세가와 다마키가 손을 잡고 기업 내부자를 함정에 빠뜨려서 빼낸 정보로 주식을 매매해서 돈을 벌었다손 쳐도 내부자가 돈을 벌지 않았다면 증권거래법으로 처벌하기 어려울 거야."

"하지만 공갈은 성립하지 않겠어? 실제로 금품을 주고받은 게 아니라면 입증은 힘들겠지만."

"결국 피해자가 증언하느냐 마느냐에 달렸겠지. 그것보다 오이카와는 여기에 야마우치가 있다는 걸 알고 있었어?"

"알고 있다기보다."

야마세는 할 말을 고르는 듯이 입을 다물었다가 다시 말을 꺼냈다.

"여기 말고는 없다는 투더라. 내가 확인하지 않으면 자기가 가서 체포하겠다, 그러면 류 씨의 목이 달아날 거라고 협박하더군."

야마세는 작게 한숨을 쉬었다.

"저기, 류 씨…… 어째서야? 왜 놈이 여기 있었지? 놈은…… 놈은 류 씨를 어떻게 생각하는데?"

"야마 씨가 묻고 싶은 건 그게 아닐 텐데."

아소는 머리를 흔들어 아직도 약하게 올라오는 구역질을 떨쳐냈다.

"내가 야마우치를 어떻게 생각하는지가 마음에 걸리는 거 아니야?"

"그래."

야마세는 고개를 끄덕였다.

"문제는 그거야, 물론."

"말 못해."

아소는 야마세에게 등을 돌리고 텔레비전이 있는 거실로 향했다. 거기서 뭔가 작은 소리가 들렸다.

"말할 수 없어. 그렇게 알고 넘어가 줘."

"넌 호모가 아니야."

야마세의 목소리는 몹시 완고했다.

"난 네가 레이코 짱에게 첫눈에 반한 걸 알아. 네가 레이코 짱에게 얼마나 푹 빠졌는지도 알고. 눈에 콩깍지가 단단히 씌어서 매일매일 레이코 짱이 일하는 가게에 점심을 먹으러 가는 모습을 보며 피식 웃은 적도 한두 번이 아니야. 넌 착각하고 있어. 놈의 최면술에 걸린 거라고. 야마우치는 그런 짓을 하는 데 선수지. 그 상판대기 때문이야. 그건 여자 상판대기라고. 세상에는 그런 유의 남자가 있어. 옛날부터 있었지. 에도시대 때 가게마차야(에도시대 때 남창을 두고 손님을 받던 가게를 가리킨다 – 옮긴이 주)에 드나들던 놈들은 대부분 호모가 아니었어. 그저 여자가 적어서 여자에 굶주리다 보니 여자처럼 곱상하게 생긴 놈에게 끌린 것뿐이야. 너도 그래. 레이코 짱이 사라진 뒤로 넌 여자에게 겁을 먹었어. 연인이 생겨도 푹 빠지지 않도록 스스로를 억제해. 그렇지? 그렇게 마음이 요구하는 바를 억누르는 바람에 배출될 길 없는 감정이 야마우치를 향한 거야. 단지 그뿐이라고. 부탁이니까 눈을 떠. 류 씨, 당신은 그딴 놈과 얽히면 안 돼. 안 되는 사람이라고!"

아소는 아무 대답도 하지 않았다.

야마세의 말보다 다른 소리가 더 힘껏 아소의 심장을 움켜쥐었다.

아소는 손이 떨리는 것을 알았다. 거실 맹장지문을 열려는 손이 희미하게 떨리고 있었다.

그럴 리 없다.

절대로 그럴 리 없다.

하지만 아소 머릿속에서 자신의 목소리가 대답했다.

틀림없어.

저 목소리는 틀림없이…….

"레이코!"

아소는 소리치며 맹장지문을 열었다.

텔레비전 화면 속에서 레이코가 뭔가 말하고 있었다.

"……류 씨? 이건 도대체……."

야마세가 우두커니 선 채 딱딱하게 굳어버린 아소를 지나쳐 텔레비전 앞으로 다가가 비디오데크를 바라보며 말했다.

"레이코 짱의 비디오잖아. 그런데…… 네가 야마우치한테 이걸 보여줬어?"

"……아니."

아소는 간신히 그렇게만 대답했다.

"하지만 넌 아까 전까지 기절한 상태였잖아? 그럼 야마우치가 꺼내서 비디오를 튼 건가…… 뭔가 야유라도 할 생각으로?"

"야마 씨."

아소는 제자리에서 무릎을 꿇었다.

"그 비디오는⋯⋯ 내가 찍은 게 아니야."

"네가 찍은 게 아니라고? 하지만 이건⋯⋯ 그 무렵의 레이코 쨩이잖아. 그⋯⋯ 사라졌을 무렵의⋯⋯."

"되감아줘."

아소는 안간힘을 다해 목구멍에서 목소리를 쥐어짜냈다.

"처음부터 보고 싶어."

야마세가 비디오데크 앞에 놓인 리모컨을 집었다.

테이프가 되감기고 처음부터 재생이 시작됐다.

아소는 멍하니 화면을 쳐다보았다.

화면 속에서 자신이 눈을 감고 누워 있었다.

배에 렌이 올라타 있었다. 그날 밤에 찍은 비디오다. 어째서인지 렌은 양 손바닥으로 아소의 뺨과 턱을 계속 어루만지고 있었다. 기묘하게도 열심히.

그뿐이었다. 렌이 아소에게 언급한 장난질은 적어도 화면 속에서는 행해지지 않았고, 연애영화의 한 장면처럼 아소의 얼굴을 어루만지는 렌의 모습만이 고정된 카메라에 촬영됐다.

갑자기 렌이 머리를 움직였다.

야마세가 끄으, 하고 묘한 소리를 목에서 흘려냈다.

아소는 자신의 코에서 입술로 렌이 천천히 입을 맞추어 내려가는 모습을 지켜보았다. 하지만 아소는 더 이상 렌에게 흥미가 없었다. 아소는 숨을 멈추고 화면이 바뀌기만을 기다렸다.

잠든 아소의 입술을 탐하듯이 열심히 빨면서 렌이 오른손을 움직여 의자 옆에서 뭔가를 집어 들었다. 리모컨이었다. 리모컨이 카메라 아래쪽을 향했다.

아소는 기절할 만큼 긴장했다.

지직거리는 소리와 함께 화면이 바뀌었다.

원래 촬영된 영상이었다. 렌이 그날 밤 일부러 그 영상 위에 아소를 가지고 노는 모습을 덧씌워서 반쯤 지워진 영상이 느닷없이 흘러나오기 시작했다.

"웃어봐."

렌의 목소리.

"이쪽 보고."

"싫어."

레이코는 수줍은 목소리로 말했다.

"부끄러우니까 비디오는 싫어."

"왜 부끄러운데?"

"왜냐니."

레이코는 그리운 표정을 지었다. 턱을 조금 쳐들고 난처하다는 듯이 고개를 기울이며 미소를 띠었다.

"나, 못생겼잖아."

"또 그런 소리를 하네."

"사실인걸. 고등학교 졸업할 때까지 남자애들한테 인기 있었던 적 한 번도 없었어."

"하지만 남편은 빽 갔잖아."

"반칙이야."

레이코가 카메라를 노려보며 웃었다.

"둘이 있을 때는 그 사람 이야기 절대 꺼내지 않기로 약속했으면서."

미안해. 좋아하는 사람이 생겼어.

레이코는 이 거실에서 아소 앞에 무릎을 꿇고 울면서 머리를 조아
렸다.

나가게 해줘. 부탁이야.

뭐라고 고함을 지른 기억은 있다. 하지만 무슨 말이었는지는 기억
이 안 난다.

고함을 지르고 울부짖다가 현관문을 잠그고 수사본부로 돌아갔다.
그때 분명…… 분명 간다에서 사건이 일어났던가, 아니면 네즈였나.

며칠 돌아가지 않았다.

돌아갈 수 없었다.

레이코는 집을 나간다. 말릴 수 없는 일임을 아소는 알고 있었다.

돌아가자 레이코는 쪽지만 남기고 자취를 감추었다.

당신은 아무 것도 몰라.

렌의 말이 아소의 머릿속을 빙빙 맴돌았다.

당신은, 아무 것도, 몰라.

아무 것도, 몰라.

몰라.

아무 것도.

왜 니라사키는 날 죽이려는 계획을 중지한 걸까.

아소는 그칠 줄 모르고 그저 산만하게 흘러가는 생각을 어떻게든 한 곳에 모으려고 애썼다.

니라사키는 날 죽이려고 하다가 말았다.

왜.

왜냐하면…… 끝마쳤으니까.

렌이 복수를 제대로 끝마쳤으니까.

화면 속에서 레이코가 자기 블라우스 단추에 손을 댔다.

단추가 마법처럼 툭툭 풀러지자 연한 하늘색 속옷이 드러났다.

야마세가 리모컨을 잡았다.

레이코의 웃는 얼굴이 사라졌다.

The last day

1

"정당방위로 처리할 수 있어."

야마세가 아주 나지막한 목소리로 중얼거렸다.

"제가 하겠습니다. 그러니 계장님은 그냥 가만히 계세요. 계장님은 앞으로 출세할 분이에요. 저희 모두의 기대를 짊어진 분이라고요. 정당방위라면 출세에 지장이 있는 정도로 끝나겠죠. 저는 더 이상 출세할 가망이 없습니다. 계장님, 그러니까 제가 하겠습니다."

"내 문제야."

아소는 눈을 감은 채 대답했다.

"나와 그 녀석의 문제야. 다른 사람은 상관없어…… 더 이상 끌어들일 수는 없다고. 나랑 그 녀석 둘이서 만들어낸 지옥이니까. 이제…… 아무도 끌어들이고 싶지 않아."

"용서할 수 없습니다."

야마세는 다른 동료들이 있을 때처럼 존댓말로 말했다.

"계장님이 손을 더럽히시면 안 됩니다. 그딴 놈 때문에 계장님이 파멸하는 걸 잠자코 보고 있을 수는 없어요. ……수사본부에 가기 전에 일단 본청에 돌아가겠습니다. 권총 휴대 허가를 받아야 하니까요."

자동차 앞 유리창에 시든 플라타너스 잎사귀가 몇 장 떨어졌다가 어딘가로 날아갔다.

가을이 깊어졌다.

그런 방법으로 끝내는 수밖에 없을까.

아소는 야마세의 말을 마치 남의 이야기처럼 듣고 있던 것이 어이없게 느껴졌다.

다른 길은 없을까.

아마도 없겠지.

레이코는 희생양이었다. 렌의 복수를 위한 희생양. 레이코는 속아 넘어가서 어딘가로 팔려갔든지…… 아니면…….

아소는 입술을 꽉 깨물었다. 방울진 피가 흘러내렸다. 피를 빨아들이자 쇠 맛이 가슴속까지 퍼져서 구역질이 났다.

만약 레이코가 이미…… 이미 이 세상에 없다면.

물론 자신이 끝낸다.

아소는 숨을 깊이 들이마셨다가 내쉬었다.

자신의 손으로 끝내는 수밖에 없다. 렌도 그러기를 바랐으므로 레이코를 망가뜨렸다. 레이코의 존재는 절대적이었다. 다른 무엇과도 비교할 수 없을 만큼 소중한 존재였다.

"내가."

아소는 목소리를 내어 그 말을 하려는 것을 깨닫고 꿀꺽 삼키려고 했다. 하지만 말은 소리가 되어 나오기를 원했다.

"죽일 거야."

아소는 소리가 되어 나온 말을 되풀이했다.

"내가 야마우치를 죽일 거야."

"안 됩니다."

야마세는 평소와 다름없이 완고했다.

* * *

"권총 휴대 허가를 받았다면서?"

오이카와가 옆에 앉았지만 아소는 아무 말도 꺼내지 않았다.

"네가 손을 쓸 필요는 없어."

오이카와는 속삭이는 듯한 목소리로 말했다.

"우리한테 맡겨."

"레이코를 속여서 꾀어낸 건 야마우치였어."

아소는 앞에 시선을 고정한 채 말을 내뱉었다.

"오이카와, 당신은 알고 있었어?"

"알았다면 그 새끼를 벌써 죽였겠지."

오이카와는 건조하고 잠긴 목소리로 웃었다.

"……널 그렇게까지 미워하는 줄 알았다면…… 내가 가만히 놔뒀을 리 없잖아."

"니라사키가 날 죽이려고 했다는 걸 알았을 때, 당신은 내게 알려 주지도 않았어."

"그래서 뭐?"

오이카와는 나지막하게 신음하는 듯한 목소리로 말했다.

"내가, 네가 죽기를 바라고 있었다. 그런 뜻이냐?"

아소는 그제야 오이카와의 얼굴로 시선을 돌렸다.

오이카와의 얼굴은 구슬퍼 보였다. 그리고 그런 오이카와의 눈동자 속에 비친 자신의 얼굴은 너무나도 작게 찌부러지고, 비참하게 일그러져 있었다.

"어찌해야 할지 모르겠어."

아소는 간신히 그렇게 말했다.

"내 손으로 결판을 내지 않으면 아마도 나와 야마우치의 지옥은 영원히 계속되겠지. 그건 알아. 하지만 어찌해야 할지 모르겠어."

"넌 못해."

오이카와가 긴 손가락으로 아소의 손목을 잡았다.

"못해. 그럴 필요도 없고…… 내가 대신 해줄게. 응? 한 번쯤은 나한테 부탁해. 넌 나랑 처음 만난 후로 나한테 뭐 하나 바란 적이 없어. 그게 얼마나…… 섭섭했는지 넌 상상도 안 되겠지. 난 말이야…… 비아냥거리는 게 아니라 네 아내 마음이 어쩐지 이해가 돼. 네 아내도 분명 나랑 동류였겠지."

"당신과 동류……."

"너라는 사람의 뭔가가 되고 싶었던 거야. 의미 있는 뭔가가. 네 인생의 일부로서 기능하고 있음을 실감할 수 있는 뭔가가. 사람은 누구든 그래. 자신이…… 사랑하는 사람에게 의미 있는 존재가 되기를 바라지."

"레이코는 내게 의미 있는 존재였어!"

아소는 세차게 고개를 저었다.

"의미가 있는 정도가 아니라…… 제일 소중한 존재였다고. 왜…… 어째서 그걸 몰랐던 거지? 오이카와, 당신도 마찬가지야. 내가 당신한테 뭔가 원하지 않았다고? 바라지 않았다고? 바랐어! 바랐다고…… 당신은 내가 동경하고 존경하는 대상이었지. 난 당신처럼 되기를, 당신의 검도에 가까워지기를 진심으로 원했어. 당신이 언제든지 제일 좋은 상태로 경기에 임할 수 있도록 뭐든지 할 작정이었지. 당신이 이겼으면 했어. 계속 말이야. 당신이 이기는 모습을 보는 게 무엇보다 기뻤어. 당신이 계속 이기기 위해 뭔가 필요한 게 있다면 내게 명령해주기를 바랐어. 당신 승리의 일부가 되고 싶었으니까…… 레이코한테도 마찬가지였어. 난 레이코가 행복하길 바랐어. 그러기 위해서 내가 할 수 있는 일은 뭐든지 다 해주고 싶었지. 레이코의 웃음을 보고 싶었어. 즐겁게 웃으며 살길 바랐어. 레이코가 평생 내 곁에서 행복하게 지내길 원했어…… 레이코도…… 오이카와 당신도…… 내게, 내 인생에 둘도 없는 의미를 지닌 사람이라고. 그런데 어째서…… 섭섭하다는 거야? 도대체 나한테…… 뭘 어쩌라는 거야…… 뭘 어쩌라는 거냐고!"

아소는 손목을 붙잡은 오이카와의 손을 충동적으로 깨물었다. 그렇게라도 하지 않으면 그 자리에서 엉엉 울 게 뻔하니까. 오이카와의 손등으로 입을 막았는데도 새어나오는 울음소리를 아소는 한심한 기분으로 들었다. 왜 이렇게 비참하게 질질거리느냐고 어이없어하면서.

"넌 완결된 존재야."

오이카와는 아소가 깨물지 않은 손으로 아소의 머리를 잡았다. 그리고 살짝 흔들었다.

"그게 네 최대의 무기이자 최대의 결점이기도 하지. 남에게 뭔가 요구하고, 원하고, 바라더라도 결국 넌 남에게 뭔가 받으려고 하지는 않잖아. 내가 계속 이기는 모습을 보고 싶었다고 했지. 넌 까다로운 내게 맞춰주며 노예처럼 헌신했고…… 나를 받아들이면서까지 그 바람을 이루고자 했어. 그런데 넌 내게서 뭘 받았지? 내가 네게 뭔가 되돌려준 게 있던가? 난…… 계속 이기지는 못했어. 졌지. 세계선수권에서 패배했어. 결국 네가 원하는 모습은 되지 못한 거야. 그러니 네게는 그때까지 희생해온 것에 대한 보상을 요구할 권리가 있었어. 네가 내게…… 패배한 내게 그때까지 해준 것을 전부 되돌려달라고 했다면 아마 네게 이렇듯 굴절된 열등감을 품지는 않았겠지."

"……열등감? 당신이…… 나한테…… 열등감을? 왜?"

"네가 용서했으니까. 네 이상에 다가가지 못한 나를 용서하고 웃는 얼굴로 맞이했으니까. 네 눈동자에 존경심은 더 이상 없었어. 그런데도 넌 나와의 관계를 그대로 유지했지. 넌 날 동정한 거야…… 나를…… 주체할 수 없이 널 좋아해서 어쩔 줄 모르는 나를 불쌍하게 여겨서 내가 곁에 있는 걸 용서한 거라고. 넌 날 남자로서 받아들인 거야 아니면 여자로서 사랑한 거야? 어느 쪽이지? 둘 다 아니야, 어느 쪽도 아니었어, 류. 넌 날 동정했을 뿐이야. 아니, 넌 그런 줄도 모르고 날 사랑한다고 믿었지. 그러니까 네 탓은 아니야. 나쁜 건 네가 착각하는 줄 알면서 그 사실을 이용해 너와의 관계를 지속한 나야. 난 헤어지고 싶지 않았어. 너와 헤어지기 싫었다고. 설령 네가 실은 이성애자라서 나를 사랑하기가 불가능하더라도. 네가 영원히 착각하며 내 곁에 있어주면 좋겠다고…… 하지만 무리였지. 당연해. 이성애자인 넌 남자를 사랑할 수 없어. 넌 그녀를 만나 자신의 착각을 깨달았지. 하지만 그래도 넌 나를 계속 동정했어. 그때…… 내가 딱 한 번 억누를 수 없는 격정에 사로잡혀 널 죽이려 한 순간에도 넌 나를 용서했어."

"레이코도."

아소는 눈물이 흘러내리는 대로 그냥 내버려두었다.

"내게…… 열등감을?"

"아마도. 넌 너무 완벽한 남편이었어. 그녀를 소중히 대하고, 그녀의 바람을 들어주고, 근면하게 일해서 번 돈도 전부 그녀에게 주었지. 하지만 류, 그녀 앞에서 우는소리를 한 적은 없지 않아? 일과 관련된 고민이나 재미나 불만을 아내에게 말해준 적 있어?"

아소는 오이카와의 얼굴을 보았다. 오이카와의 얼굴은 여전히 구슬퍼 보였다.

"야마우치가 네게 복수하기 위해 그녀에게 손을 댄 게 사실이라 해도, 그녀가 네 아내라는 사실에 불안과 불만 한 점 없이 진심으로 행복을 느꼈다면…… 널 배신하지 않았을 거야."

"녀석의 탓이…… 아니라는 거야?"

"아니. 야마우치는 분명히 악의를 품고 네 아내를 속였어."

"하지만…… 내 탓이지?"

"네가 어떻게 받아들이느냐에 달렸지."

"내 탓이라면…… 렌을 미워할 수는 없어."

"증오는 선악과는 무관해. 야마우치가 밉다면, 그건 그대로 받아들일 수밖에 없는 감정이야. 하지만 네가 손을 쓰는 건 안 돼. 내가 대신해줄게. 네가 바란다면."

아소는 웃음을 터뜨렸다. 눈물이 웃음과 함께 테이블에 뚝뚝 떨어졌다.

"못할 텐데. 당신은 뼛속까지 조직폭력반 형사야. 렌을 체포할 수 있는 기회인데 죽이겠다고? 당신은 당신이 생각하는 것 이상으로 정의에 옭매여 있어."

"그건 너도 마찬가지야."

오이카와는 아소의 머리에서 손을 뗐다.

"너라고 놈을 죽일 수 있을까? 못 죽일걸. 야마세도 그렇고. 결국 우리 다 못 죽여. 하지만 설령 그렇다 하더라도 네가 부탁하면 죽여줄게. 어떻게 할래?"

"어떻게 할 거냐니."

아소는 테이블에 이마를 찧었다.

"어떻게 해야 할까…… 어쩌면 좋지? 이건…… 내 상상을 초월한 일이야."

"그래."

오이카와의 목소리는 차분하고 다정했다.

"그렇지. 나도 생각지 못했어. 우리는 놈의 증오가 얼마나 깊은지 제대로 읽어내지 못했어. 다만…… 네 아내를 죽이지는 않았을 거야. 만약 누굴 죽임으로써 네게 복수할 생각이었다면, 놈은 아예 널 죽이

기로 했겠지. 놈은 복수했다는 결과를 니라사키에게 보여줄 필요가
있었어. 그렇지 않으면 니라사키가 널 죽일 테니까. 놈은…… 네가 죽
기를 바라지는 않은 것 같아. 그래서 니라사키를 납득시키고자 네 아
내를 속여서 네게서 빼앗았지. 분명 그 정도쯤은 되어야 니라사키가
만족했을 거야. 몸에 상처를 입히는 것보다 훨씬 큰 피해를 네게 주었
다는 걸 니라사키라면 이해했을 테니까."

"또 니라사키야?"

아소는 주먹으로 테이블을 힘껏 내리쳤다.

"또 니라사키냐고! 니라사키는 이제 이 세상에 없어, 그냥 망령이
잖아! 왜 그런 놈한테 이렇게 휘둘려야 해! 왜 죽은 사람한테 인생을
농락당해야 하냔 말이야!"

"류."

오이카와는 주먹을 꽉 움켜쥔 아소에게 속삭였다.

"이 사건에서 물러나. 더 이상은 관여하지 않는 게 좋겠어. 더 이상
은 무리야."

"난."

아소는 고개를 들었다.

"물러나지 않아. 니라사키의 망령 따위에게 질 수야 없지. 니라사
키를 죽인 범인의 손목에 은팔찌를 채워서 놈이 안심하고 지옥에 떨
어지도록 해주겠어."

"지금 같은 상황에서 냉정한 판단을 내릴 수 있겠어? 그런 상태로
수사가 가능하겠느냐고!"

자리에서 일어선 아소는 오이카와의 손을 뿌리치고 복도로 나갔다. 그대로 남자화장실로 들어가 세면대 수도꼭지 아래에 머리를 들이밀었다. 수도꼭지를 비틀자 차가운 물이 뒤통수를 때린 후 목덜미를 타고 흘러내려 등을 싸늘하게 적셨다.

관자놀이의 욱신욱신한 통증이 조금씩 가라앉았다. 운 탓에 무겁게 축 처진 눈꺼풀에 힘을 주어 눈을 부릅떴다. 눈도 물로 씻고 나서 아소는 흠뻑 젖은 채 거울에 얼굴을 비추었다.

오이카와의 눈동자 속에서 작게 쪼그라들었던 자신이 이제야 원래 크기로 돌아와 거울 속에서 아소를 노려보고 있었다.

자존심. 그렇다, 자존심 문제였다. 지금 여기서 레이코 문제로 정신을 못 차리고 우왕좌왕하다가 수사에서 물러나면 마지막으로 남은 자존심까지 잃게 될 것이다.

그래서는 니라사키의 손안에서 놀아나는 것이나 마찬가지다.

니라사키는 레이코를 빼앗으면 아소가 자멸할 것이라 예상했다. 그래서 죽이지 않았다. 레이코를 잃은 아소가 폐인이 되기를 기대하며.

아소는 머리를 흔들어 머리카락 끝에서 떨어지는 물방울을 털어냈다.

결국 배신한 것은 레이코다. 야마우치가 아니다. 그리고 레이코의 배신이라는 상처는 점점 회복되는 중이다.

나는 극복한다.

극복할 수 있다.

이제 와서 배후에 야마우치가 있음을 알았다고 해서 레이코가 배신한 사실이 사라지는 것은 아니다. 야마우치를 증오해도 레이코의 죄와 그 죄를 조장한 나의 죄가 상쇄되지는 않는다.

거울 속에 오이카와의 얼굴이 나타났다. 오이카와가 손수건을 내밀었다. 아소는 웃는 얼굴로 사양했다. 자기 손수건을 꺼내서 머리와 얼굴을 쓱쓱 닦았다.

"미안해. 이제 괜찮아."

아소는 안심시키듯이 말했다.

"일하러 가자. 레이코 일은 이제 됐어."

오이카와는 아무 말도 없이 그저 고개를 끄덕였다.

* * *

"니라사키가 살해당한 밤에 호텔 주차장에 있었던 이쿠타 사키코."

오이카와는 아무 일도 없었다는 듯한 목소리로 말했다.

"낚아보니 월척이었어."

"역시 우에다와 다이조의 밀회에 관련됐나?"

오이카와는 고개를 끄덕였다.

"사키코의 증언이 전부 거짓말이었던 건 아니야. 다만 친구 별장에 혼자 갔었다는 건 거짓말이었지."

"······우에다와 함께였지?"

오이카와는 다시 고개를 끄덕였다.

"사키코는 은퇴한 배우이자 가케카와 에이전시의 전무이사인 이즈쓰 유키오라는 남자에게 별장을 빌렸어. 이즈쓰 말로는 일주일도 전에 사키코의 부탁을 받고 그날 밤에 별장을 빌려주기로 했다는군.

니라사키가 부르지 않자 삐져서 즉흥적으로 간 건 아니라는 뜻이지. 심야여서 별장 주변에 사는 사람들 중에는 목격자가 없었지만, 오전 3시 전후에 별장에서 2킬로미터쯤 떨어진 관광도로 입구에서 영업하는 편의점에 사키코와 우에다로 보이는 손님이 와서 먹고 마실 것을 사갔다는 사실은 확인했어. 뭐, 틀림없겠지. 호텔 벨캡틴이 목격한 남자의 인상도 우에다와 거의 일치해."

"우에다는 어디 있어?"

"몰라."

오이카와는 떨떠름한 표정을 지었다.

"사건이 발각된 아침에 여자와 함께 도쿄로 돌아온 건 틀림없는데, 그 후에 사라졌어. 사키코는 여전히 우에다를 모른다고 잡아떼지만, 끌고 와서 추궁하면 불겠지. 다만 우에다는 살해에 관여하지 않았을 거야."

"니라사키가 살해당한 것을 알고 겁을 먹고 몸을 숨긴 거로군."

"그런 셈이지. 우리가 범인을 체포하기를 숨죽여 기다리고 있을 거야. 그 결과 여하에 따라서는."

오이카와는 권총 모양으로 만든 손가락을 자기 관자놀이에 대더니 탕, 하고 말했다.

"니라사키가 우에다에게 대접한 진수성찬이 이쿠타 사키코였다니 좀 의외야. 사키코는 니라사키의 애인으로서는 신입이잖아? 우에다의 취향이었던 걸까?"

"그게 포인트지."

오이카와는 재미있다는 듯이 씨익 웃었다.

"니라사키와 우에다는 그냥 여자를 교환한 게 아니야. 서로를 얼마나 믿는지 증명하고자 각자 간을 꺼내어 준 거지. 그러니까 당연히 가슴이 달리고 예쁘기만 한 여자여서는 의미가 없어. 그 여자를 상대에게 제공할 때 입맛이 쓸 정도는 돼야겠지. 니라사키에게 사쓰키와 여의사 이상으로 남의 손때가 묻지 않기를 원하는 여자가 존재했고, 그 여자가 이쿠타 사키코였다면 사키코는 니라사키에게 뭔가 특별한 의미를 지닌 여자였다는 뜻이야.”

“특별한 의미를 지닌 여자? 하지만 니라사키의 누나도 여동생도 이제 적은 나이가 아니야. 그 밖에 여동생이 또 있지는 않을 텐데?”

“표면적으로는. 하지만 니라사키의 아버지는 여기저기에 씨를 뿌리며 돌아다녔고, 어찌된 일인지 여자아이만 생기는 체질이었어. 그러니까 죽기 직전에 외동아들인 니라사키를 친자식으로 호적에 넣어 후계자로 삼은 거야. 그러한 경위로 보건대 여자 형제가 어딘가에 한 명 더 있어도 그리 놀랄 일은 아니겠지.”

“배다른 여동생!”

“확인은 못했어. 사키코라는 여자는 겉보기보다 훨씬 머리가 좋은 듯하고 배짱도 두둑한 것 같아. 니라사키와 애인 관계인 것처럼 구는 연기도 실감나게 잘 했고. 하지만 친족들 앞에서 공개된 니라사키의 유언장에 이쿠타 사키코의 이름도 포함되어 있었다는 소문이 있어. 변호사는 비밀을 엄수할 의무가 있으니 쉽게 입을 열지 않겠지만, 니라사키의 친족이라면 이야기해줄 테지. 니라사키가 친동생을 내놓았다면 우에다도 그에 상응하는 여자를 내놓아야 격에 맞아. 류, 너도 결론은 내렸지? 니라사키를 죽인 실행범은 도대체 누구야?”

“……우에다의 여자야.”

“그래. 그 여자밖에 없어. 그리고 우리 말고 그 사실을 아는 사람은 우에다와, 또 누구지?"

아소는 대답하지 않고 침묵을 지켰다. 오이카와는 훗 웃었다.

"네 식으로 해석해도 결론은 똑같아. 야마우치는 알아. 야마우치가 무고하다고 해도, 그놈은 우에다가 니라사키에게 선물한 여자가 니라사키를 죽였다는 걸 한참 전에 눈치챘을 거야. 그날 밤, 가스가 다이조와 니라사키가 우에다와 밀회한다는 사실은 야마우치밖에 몰랐어. 그리고 니라사키가 평소 조심성이 많았음을 고려하면 알몸으로 욕조에 들어가 목을 그이는 건 도저히 믿기지 않는 일이지. 니라사키가 모든 걸 각오하고 일부러 여자 앞에서 무방비하게 굴었다고 봐야 설명이 돼. 니라사키가 그런 짓을 했다면 그 이유는 하나밖에 없어. 그 여자가 우에다의 여자이고, 그 여자에게 어떤 태도를 취하느냐에 따라 우에다의 신뢰도가 달라질 것이라 여겼기 때문이지. 위험을 무릅쓴 도박이었던 거야. 그리고 니라사키는 그 도박에 졌어. 배신한 건 우에다가 아니라 그 여자였고. 아무리 니라사키라도 그 여자가 우에다와 관계없이 자신의 목숨을 노릴 가능성이 있다는 것까지는 파악하지 못했겠지."

"우에다의 배신이 아니라고 어떻게 단정하지?"

"그런 상황에서 니라사키를 죽여서 우에다가 얻는 이득은 하나도 없어. 우에다는 동네 양아치가 아니야. 만약 니라사키의 목숨을 거둘 생각이었다면 뎃포다마를 투입해서 정리했겠지. 괜히 자기 손을 더럽힐 리 없고, 그렇게 복잡한 상황에서 일을 벌일 필요도 없어. 아무리 니라사키가 조심스럽더라도 배에 다이너마이트를 두른 놈이 자폭공격을 하면 끝장날 테니까."

"즉 렌이라면 우리와 같은 결론에 도달할 수 있다는 뜻이로군. 하지만 그렇다면 왜 바로 행동에 나서지 않았을까?"

"행동에 나섰을걸. 요컨대 야마우치도 우에다의 여자가 누구인지
는 몰랐던 거야. 니라사키가 살해당하자마자 야마우치는 실행범이 누
구인지 눈치챘어. 그리고 지금까지 그 여자의 정체를 캐고 있었겠
지…… 네 식으로 해석하자면 말이야."

"당신 식으로 해석하면 어떻게 되는데?"

오이카와는 한숨을 쉬며 어깨를 으쓱했다.

"우에다의 여자는 야마우치와 한 패야. 니라사키에게 개인적인 원
한을 품은 우에다의 여자에게 야마우치가 살인을 제안한 거지. 하지
만 야마우치는 중대한 사실을 몰랐어. 우에다의 여자에게 동료가 있
으며, 그 동료들은 니라사키뿐만 아니라 그가 사랑한 모든 것을 증오
했다는 걸 말이야. 야마우치도 이제는 알았겠지. 류, 네가 기타무라 주
변을 쿵쿵거리며 돌아다니는 바람에 놈이 눈치챈 거야. 기타무라의
딸 그리고 니라사키가 아이를 치어 죽였다고 믿는 불쌍한 어머니가
관련됐다는 사실을. 야마우치는 죽기보다 죽이는 쪽을 선택해. 다시
네 방식으로 해석하자면 야마우치는 니라사키의 원수를 갚으려고 할
거야. 우에다의 여자가 누구인지 한동안 우리 정보망을 총동원해서
조사했어. 하지만 우에다 주변에 있던 여자 중에 그날 밤의 알리바이
가 불확실한 여자는 없더군. 단 한 명, 1년 반 전에 우에다와 헤어진
전처를 제외하면 말이야."

아소는 천천히 고개를 끄덕였다.

"뭐야."

오이카와가 쓴웃음을 지었다.

"벌써 거기까지 알아낸 거야?"

"우에다에게 헤어진 아내가 있다는 건 이타노에게 들었어. 하지만 그 이상은 몰라. 어떤 여자였어?"

"우에다가 외국에서 건져온 여자였대. 일본인이지만. 우에다가 완전히 뻑 가서 아주 애지중지하며 예뻐했다는군. 하지만 운이 안 좋았지. 여자가 자궁암에 걸려서 자궁을 적출했어. 후계자를 낳을 수 없는 몸이 되어 여자가 먼저 물러났다는 이야기야. 우에다는 가까운 관계에 있는 조직 보스의 딸과 반년 전에 재혼했어. 전처는 우에다의 주변에서 자취를 감췄고. 하지만 싫어져서 쫓아낸 여자가 아니야. 미련이 남은 우에다가 헤어진 후로도 연락을 취해 만나거나 생활을 돌보아주었을 가능성이 높아. 그 여자의 소재만 파악하지 못했지. 우에다가 자신의 성의를 보이고자 니라사키에게 내놓고자 했다면 그 여자만큼 적당한 여자는 없지 않겠어? 니라사키는 얼굴이나 가슴으로 만족하고 넘어갈 놈이 아니었어. 우에다가 정말로 제일 사랑하는 여자를 내놓느냐 마느냐로 그의 성의를 판단하겠지. 하물며 니라사키는 친동생을 내놨어. 그 정도는 요구했을 거야."

오이카와가 자리에서 일어섰다.

"아카사카에 갈 거야."

"아카사카?"

"문제의 우에다 전처의 주소가 아까 판명됐어. 이혼하면서 재산을 분할할 때 우에다가 가마쿠라에 있는 자기 맨션을 전처에게 양도했지. 헤어지고 나서 얼마 지나지 않아 여자는 그 맨션을 처분하고 아카사카에 집을 샀어. 중개를 담당한 부동산중개소에서 아카사카의 맨션 주소를 알아냈지. 하지만."

오이카와는 고개를 저었다.

"어젯밤부터 여자가 집에 돌아오지 않아. 내뺀 거야. 이제부터 가택 수색이다. 너도 갈래?"

"우에다의 전처 얼굴은 알아?"

"응. 한 번밖에 못 봤지만. 미인이라고 할 정도는 아니지만 색기가 있는 괜찮은 여자였어."

"혹시 이 여자 아니야?"

아소는 요시카와 사나에의 사진을 보여주었다. 오이카와는 사진을 힐끗 보더니 고개를 저었다.

"느낌이 달라…… 좀 더 남자들이 좋아하게 생겼다고 할까, 이목구비가 뚜렷했던 것 같아. 하지만 아직 우에다의 마누라였던 시절에 봤으니까 2년도 넘게 지났다고. 확실하게 기억은 안 나. 어떻게 할래, 같이 갈 거면 지금 나가야 해."

"가자."

아소는 웃옷을 집었다.

길이 막혔다. 사쿠라다몬에서 아카사카까지 얼마 되지도 않는 거리인데 황거 앞을 가득 메운 차량의 행렬은 거북이걸음을 할 뿐이었다.

"야, 경광등 켜!"

오이카와가 소리를 질렀다.

"사이렌도 최대한 크게 틀고!"

아소의 웃옷 안주머니가 부르르 떨렸다. 휴대전화 진동이었다.

"여보세요?"

전화에서 탄식하는 소리가 들렸다.

"돌아가."

작은 목소리였다. 작고 불안하고 슬픈 목소리였다.

"가지 마."

2

"렌!"

아소는 옆에서 고개를 돌린 오이카와의 시선을 의식했다.

"너 이 새끼…… 어디 있어!"

아소는 고함을 질렀다.

"어디냐고! 레이코를 어떻게 했어! 레이코가 어디에 있는지 말해!"

"이제야 봤구나, 비디오."

"그래, 봤다! 그거 도대체 뭐야! 이 새끼……야 이 새끼야, 내가…… 내가 그렇게 미웠어? 왜 아무 관계도 없는 레이코를…… 왜……."

"흐름상 그렇게 됐어."

"……뭐라고?"

"당신이 아끼는 아내가 어떤 여자인가 그냥 호기심이 동해서 접근했어. 당신 아내, 긴자의 드라이플라워 교실에 다녔잖아."

생각났다. 드라이플라워. 아소는 별로 좋아하지 않았다. 마른 꽃이 아름답다는 생각은 해본 적이 없었다. 그래도 레이코가 집 여기저기에 장식하는 건 허락했다. 레이코가 집을 나간 후 전부 쓰레기 봉지에 담아서 버렸다.

분명 레이코의 단 하나뿐인 취미였으리라. 긴자의 백화점에서 주관하는 문화센터. 주택융자금을 갚아야 하는 입장에서 수강료는 결코 싼 편이 아니었다. 레이코는 슈퍼에서 아르바이트라도 하겠다고 말했지만, 아소는 웃으며 그 정도 돈은 마음대로 쓰라고 했다. 그때 레이코가 기쁘게 웃던 모습이 머릿속 가득 되살아났다. 그때였다. 그때 처음으로 아소는 출세하고 싶은 마음이 생겼다. 계급이 높아지면 월급도 얼마쯤은 오른다. 논 커리어 경찰관에게 경감 이상은 어지간해서는 오르지 못할 높은 나무나 다름없었다. 하지만 일단 올라가면 퇴직하고 나서도 팔자가 편다. 재취직할 곳은 얼마든지 있다. 연금생활을 시작할 때까지 걱정 없이 지낼 수 있으며, 융자금도 갚을 수 있다. 무엇보다 레이코가 듣고 싶은 강좌를 마음 놓고 한두 개쯤 들을 수 있다.

현관 신발장 위에 장식된 빨간 장미 드라이플라워를 짓뭉개서 쓰레기 봉지에 처넣었을 때의 분노가 다시 느껴져서 휴대전화를 쥔 손이 부들부들 떨렸다.

"매주 긴자에 가는 당신 아내 뒤를 밟았어. 그리고 지하철역에서 조직의 젊은 놈한테 일부러 시비를 걸게 했지. 짠, 하고 나타나서 구해주는 척하면서 친해졌어. 순박한 여자더군. 홀랑 속아 넘어가더라."

"……어디 있어."

아소는 분노를 꾹꾹 눌러 참으며 잠긴 목소리를 쥐어짜냈다.

"처음부터 어떻게 할 생각은 아니었어. 정말로 그냥 호기심이었다고."

렌은 아소의 질문에는 대답하지 않았다.

"어떻게 생겼고, 어떤 목소리로 말하고, 어떤 옷을 입고, 어떻게 웃는지 알고 싶었을 뿐이야. 하지만 이야기를 하다가 당신 아내가 빈틈투성이라는 걸 알아차렸지. 당신 아내는 당신과 사는 데 지쳤어. 일상에서 달아나고 싶어 했지. 그런 여자는 빈틈이 숭숭 생겨. 유혹해달라는 마음이 무의식중에 드러난다니까. 눈에도, 입술에도, 목소리에도, 손끝에도."

"더 이상 말하지 마. ……후회할 거다."

"그냥 들어. 당신은 알아야 해. 당신은 전부 다 안다고 믿지. 하지만 실은 아무 것도 몰라. 당신 아내가 먼저 날 꼬셨어. 아무 말 없어도 딱 보면 여자가 그러길 바란다는 걸 알 수 있지. 그래서……."

"닥쳐!"

아소는 고함을 버럭 질렀다.

"닥치지 않으면…… 죽이겠어."

멀리서 렌이 숨을 내뱉는 소리가 들렸다.

"당신도 이제 알잖아? 난 당신한테 죽고 싶어. 나랑 당신의 관계를 끝낼 방법은 그것뿐이니까. 10년 전에 끝장내줬으면 편했을 텐데. 그 때 저항해야 했어. 날뛰며 저항하다가 당신 총에 맞아 죽었다면 이렇게 번거롭게 끝을 보지 않아도 되잖아."

"총은."

아소는 분노와 설명이 불가능한 슬픔 때문에 솟아오르는 눈물을 참았다.

"소지하지 않았어…… 고작 대학원생 하나 체포하는 데 총은 필요 없어."

"당신 아내를 어떻게 해야 할지 나도 모르겠더라. 그러다 세이치한테 들켜서 팔아넘기고 오라는 지시를 받았지. 팔아넘기면 당신을 죽이려는 계획을 중지하겠다고 하더군. 세이치는 내가 당신한테 복수하지 않은 탓에 무기력함에서 벗어나지 못한다고 믿었지. 난 선로에서 세이치와 만난 후로 계속, 계속, 계에에속, 그 선로로 돌아가고 싶었어. 2월의 오다큐 선 선로 위로 말이야. 세이치는 당신에게 복수를 해야 내 그런 약해 빠진 성격이 고쳐질 거라고 했어. 당신에게 원한을 풀지 못한다는 열등감 탓에 삶에 대한 집착을 잃었대. 하지만 그건 순 억지였지. 세이치는 그저 당신에게 질투가 났을 뿐이야."

"왜…… 니라사키가 날 질투한다는 거야?"

렌은 대답하지 않았다. 대신에 또 작게 숨을 내뱉었다.

"당신 아내를 데리고 스와에 갔어."

"스와?"

"나가노의 스와 호수 말이야. 조직 관계자가 운영하는 포주집에 맡겨서 온천 게이샤로 삼도록 했지. 당신 아내도 감을 잡았어. 도중에 당신 아내에게 도망칠 기회를 주려고 위험한 쪽 관계자라는 걸 알게끔 행동했거든. 하지만 달아나려 하지 않더라고. 그냥 잠자코 내가 거짓말로 날조한 이야기를 듣더니 저항도 없이 전락하는 길을 택했어. 당신 아내는 그러고 싶었던 거야."

"그게 말이 돼! 누가 굳이 원해서 그런……."

"당신 아내는 당신을 배신한 것에 죄책감을 느꼈어. 그런 자신에게 벌을 주고 싶었을 거야. 그래서 나락으로 데굴데굴 떨어지는 길을 선택했겠지."

"레이코는…… 지금도 스와에 있나?"

"아니. 2년 만에 내가 떠넘긴 빚을 다 갚고 어딘가로 사라졌어. 굳이 찾지 않았지. 찾아서 다시 참견할 생각도 없었고, 만약 찾아내면 세이치가 가만두지 않을 것 같았거든. 하지만 당신이 진심으로 찾아내려고 하면 찾을 수 있을 거야. 어쩔래? 찾을래?"

"당연하지!"

"왜 당연한데?"

렌의 목소리는 몹시 차분했다.

"당신 아내에게 그럴 마음이 있었다면 벌써 당신한테 연락했을 거야. 그렇지? 아니면 자기 친척이나 친구에게라도 연락하거나. 하지만 그녀는 그러지 않았어. 하나 더 가르쳐줄게. 당신 아내는 스와를 떠날 때 남자와 함께였어. 그 인근에서 설치던 젊은 불량배였지. 즉 기둥서방이야…… 그래도 찾을래? 찾아서 뭐라고 하려고? 돌아오라는 말이라도 할 생각이야?"

렌이 심호흡하는 듯한 소리가 들렸다.

"놓아줘. 더 이상 찾지 말고 좋을 대로 살게 내버려두라고. 당신이 찾지 않아야 그녀가 구원받아."

"무슨 험한 꼴을 당했을지 모르잖아."

"자기가 한 선택이야. 그러지 않았다면 당신 아내는 죽음을 선택했을걸."

"찾지 말라니…… 안 돼. 그렇게는 못해."

"차 세워."

"……뭐라고?"

"가지 마."

"렌, 너 어디서 날 보고 있구나!"

"어느 주소로 가고 있는지는 알아? 당신, 지금 어디로 가는지 알고 가는 거야?"

아소는 옆에 앉은 오이카와를 보았다. 그리고 오이카와가 들고 있던 메모지를 손가락으로 집었다.

거기에는 방금 전에 판명된 우에다의 전처 주소가 적혀 있었다.

아소는 그 주소를 읽었다.

사고가 정지한 듯한 기분이었다. 아무 것도 제대로 정리해서 생각할 수가 없었다.

전부 다 나를 노린 함정일까, 아니면 그냥 악몽일까.

마키.

"차 세우고 경찰서로 돌아가서 경감 나리답게 앉아 있어. 이제 곧 다 끝날 거야. 당신은 아무 것도 하지 마. 내가 정리할게. 그럼 되지? 난 그저 세이치의 원수를 갚을 뿐이야. 그리고 다시 교도소에 들어가서 매일 밤 따먹히며 20년쯤 썩다가 사바세계로 나오면, 당신 눈에 띄지 않는 곳에서 죽을 때까지 조용히 살게. 당신은 몇 년 후에 재기해서 이번에야말로 당신이 비칠비칠하는 영감님이 되면 기저귀를 갈아줄 만한 여자와 재혼하라고. 당신이 나를 죽이지 않는다면 그게 최상의 에필로그야."

"……왜…… 마키야……."

아소는 이제 그 말밖에 할 수가 없었다.

"운명이겠지."

렌의 목소리는 밝게 느껴질 만큼 건조했다.

"차에서 내려. 당신은…… 누구에게도 행복을 줄 수 없어. 당신이 움직여도 행복해지는 사람은 아무도 없다고."

전화가 끊겼다.

오토바이 한 대가 창밖을 지나갔다.

"저 오토바이 번호판 확인해!"

아소는 소리를 질렀다.

"야마우치의 부하야!"

"아, 망할. 번호판을 뗐네."

운전석의 남자가 중얼거렸다.

"쫓아갈까요?"

"아카사카가 먼저야!"

오이카와가 소리쳤다.

"가와사키 중공업에서 나온 오토바이로군. 일단 본부에 연락해서 수배해. 류, 야마우치 놈이 네게 감시를 붙인 거야?"

"……그런가 봐."

"도대체 뭐야? 너, 그 여자를 알아?"

"오이카와…… 야마우치는 목숨 걸고 그 여자와 맞붙을 생각이야."

"뭐라고! 야마우치는 어디 있어!"

"몰라. 아마 이제 어디서 그 여자와 만나겠지."

"니라사키의 원수를 갚겠다는 건가."

오이카와는 침을 마구 튀기며 고래고래 악을 썼다.

"왜 마지막까지 속을 썩이고 지랄이야! 진짜 심각해. 그 망할 놈이 진범을 죽이기라도 하면 체면이고 나발이고 다 날아간다고! 야, 이토! 본부에 연락해서 가스가 파 관련 시설을 이 잡듯이 뒤지라고 해! 여자와 결투를 벌인다면 남의 눈에 띄지 않아 방해가 없을 곳이겠지. 창고나 문 닫은 공장, 주차장이야! 야마우치의 사무실을 즉시 수색하고, 어떻게 해서든지 놈이 어디에 있는지 알아내!"

오이카와가 조수석 뒤편을 걷어찼다. 이토가 무전기를 들고 속사포처럼 떠들어댔지만, 오이카와는 치밀어 오르는 부아를 억누를 수가 없는지 발길질을 멈추지 않았다.

아소는 오이카와가 고함을 지르고 악을 쓰는 소리를 들으면서 신기할 만큼 마음이 냉정해지는 것을 느꼈다.

마키.

날 속였구나.

마키는 처음부터 날 이용할 작정이었다. 처음으로 마키 가게에 갔을 때는 완전히 우연이었다. 하지만 내가 본청 수사1과 형사임을 알자 마키는 내게 접근했다. 오래 전부터 머릿속에 그려온 니라사키 살해 계획을 성공시키기 위해서는 형사와 자두는 게 도움이 될지도 모른다는 생각으로. 니라사키 살해 사건을 하필 내가 담당하게 될 줄이야 마키도 상상하지 못했겠지만.

마키는 내게서 뭘 **훔쳤을까**. 마키 집에서 몸을 섞은 후 몇 번이나 잠깐 눈을 붙였다. 아예 자고 간 적은 많지 않지만, 하룻밤도 없었던 것은 아니다. 윗옷 호주머니에 수첩을 넣고 다니니까 마키가 마음만 먹으면 언제든지 훔쳐볼 수 있었다…… 아니, 봤겠지. 아주 중요한 사항은 거의 기호로 적어두지만, 그래도 정보의 단편은 누출됐다.

레이코의 배신과 마키의 배신이 한 쌍의 누름돌처럼 아소의 심장을 꽉 내리눌렀다. 하지만 화는 나지 않았다. 전부 운명이다. 렌이 들려준 그 말이 모든 것을 표현하는 느낌이었다.

이 뒤엉킨 인연의 실은 이제 풀 수가 없다. 엉킨 채 모두 함께 지옥에 떨어질 때까지.

니라사키의 웃음소리가 들렸다.

한 발 먼저 지옥에 떨어져서 모두를 기다리고 있는 니라사키의 의기양양한 얼굴이 눈앞에 선했다.

렌을 갱생시킬 수 있다고 한순간이나마 믿었던 나의 안이하고 교만한 모습을 보고 니라사키가 포복절도하고 있었다.

차는 어느덧 심한 정체구간을 빠져나와 아카사카에 진입했다.

아소는 도중에 내릴 생각이 없었다. 그게 운명이라면 마지막까지 자기 손으로 마무리 짓고 싶었다. 그래…… 다른 녀석이 마키의 손목에 수갑을 채우는 건 싫다.

그래…….

마키는 상상했을지도 모른다. 니라사키가 살해되기 닷새 전에 사건 하나가 해결되어 수사본부를 해산했다. 그래서 우리 수사반만 맡은 사건이 없었다. 그 이야기를 분명 마키에게 했던 것 같다. 그리고 그 밤…… 사건 전날 밤에 나는 마키 가게에 가서 내일은 부하와 술을 마시니까 못 온다고 알렸다.

물론 니라사키 살해 계획은 우에다와 가스가 다이조의 밀회 날짜가 결정됐을 때 구체적으로 세웠을 것이다. 그러므로 결행일이 그날로 결정된 건 나와 아무 관계도 없다. 하지만 마키는 어쩌면 내가 사건을 담당할 수도 있다는 것을 알면서도 그날 밤 니라사키를 죽였다.

원래 마키도, 다른 여자들도 니라사키와 야마우치를 죽인 후까지 살아남을 생각은 없었을 것이다.

마키는 내가 자기 시체를 어떻게 해주길 바란 걸까?

슬펐다.

그저 슬펐다.

사랑했는데.

관리인이 재촉을 받으며 마스터키로 마키 집 문을 허둥지둥 여는 동안 아소는 바지 호주머니 속의 열쇠고리에 달린 집 열쇠를 손끝으로 만지작거렸다.

"자물쇠를 바꾼 지 얼마 안 됩니다."

관리인이 그렇게 말했다.

"사흘 전에 갑자기 말하기에 어젯밤에 바꿔 달았어요. 아는 사람 집이 자물쇠를 따고 들어온 도둑한테 털렸다면서, 자물쇠가 튼튼하지만 바꾸면 안 되겠느냐고 하더라고요. 뭐, 여기 자물쇠는 구식이라 바꾼 사람도 제법 많기는 해요. 어쨌거나 최신형 오토록 자물쇠는 아니잖아요."

호주머니의 열쇠는 더 이상 못 쓴다. 마키는 일방적으로 나와 헤어졌다. 사흘 전에. 아소는 호주머니에서 손을 뺐다.

문이 열렸다. 오이카와와 부하들은 구둣발로 집 안에 몰려 들어갔다.

아소도 그 뒤를 따랐다. 역시 구둣발로.

그리고 옷장을 열었다.

오이카와의 부하들이 부엌을 뒤엎었다. 오이카와는 마키의 화장대 서랍을 꺼내서 내용물을 바닥에 쏟아냈다.

"젠장, 아무 것도 없나. 뭐 좀 나와라!"

아소는 놀랐다.

옷장에는 아소의 흔적이 하나도 남아 있지 않았다. 여기서 자고 바로 출근하더라도 넥타이와 셔츠 정도는 갈아입어야 하지 않겠느냐며 마키가 넥타이 몇 개와 와이셔츠 몇 벌을 준비해놓았다. 그게 어디에도 보이지 않았다.

아소는 거실 소파로 향했다. 마키가 아소를 위해서 산 파란색 격자무늬 쿠션도 없었다. 빨간 줄이 들어간 쿠션만 덩그러니 놓여 있었다. 분명 부엌에도 아소가 쓰던 찻잔과 젓가락 등이 하나도 없을 것이다.

마키가 버렸다.

마키는 아소와 교제했다는 사실을 저세상에 가지고 갈 생각이다.

"동기가 뭐야!" 오이카와가 소리를 질렀다.

"이런 쌍, 왜 우에다의 전처가 니라사키를 죽여야 하는 건데!"

아소는 동기가 짐작이 갔다. 틀림없다. 그것 말고는 없다.

고양이 사진.

마키가 몹시 아낀 죽은 고양이 사진이다. 마키는 그 앞에 꽃을 공
양하거나 과자를 놓아두고는 했다. 고양이에게 과자라니…… 하고 둘
이서 자주 웃었다…….

아소는 사진액자를 집어 들었다. 그리고 뒷면의 뚜껑을 열었다.

유리가 빠지고 안의 사진이 팔랑팔랑 떨어졌다…… 두 장이.

앞에 나와 있던 고양이 사진과 그 뒤에 숨겨둔 사진 한 장.

막 입학한 귀여운 신입생 남자아이.

입학식 정장 차림으로 의기양양하게 웃는 얼굴이었다.

"동기는 이거야."

아소는 그 사진을 오이카와에게 내밀었다.

"마키하라 요스케. 향년 6세하고 몇 개월."

오이카와가 입을 열려고 했다.

아소는 덧붙여 말했다.

"오사나이 마키의 본명은…… 아니, 옛날 이름은 마키하라 사나에."

3

잠겨 있으리라 믿었기에 미닫이문이 드르륵 열렸을 때는 오히려
놀랐다.

문에 달린 준비 중 팻말이 달칵달칵 흔들렸다.

주방장 가와조에가 카운터 안쪽에서 아소를 보고 고개를 가볍게 숙였다.

"안주인은?"

아소가 묻자 가와조에는 조금 놀란 듯한 표정을 지었다.

"아소 씨…… 모르셨어요? 아소 씨한테도 비밀로 했습니까?"

"뭘 말입니까?"

"안주인이 가게 권리를 넘기셨어요."

가와조에는 한숨을 쉬듯이 말을 끊었다.

"지난주를 끝으로 주인이 바뀌었습니다. 그래도 그저께까지는 안주인이 가게에 나오셨지만요."

"당신은 계속 여기에?"

가와조에는 고개를 끄덕였다.

"그대로 계속 일하게 됐습니다. 다만 오늘 밤부터 오시는 안주인은 순 일식요리를 만들어본 경험이 없답니다. 원래 긴자에서 잘 나갔던 사람이라나 뭐라나."

가와조에는 쓴웃음을 지었다.

"새 주인의 작은마누라예요. 뭐, 흔한 일이지만요."

"아소."

오이카와가 아소의 어깨를 잡았다.

"어떻게 이 가게를 아는 거지? 우리도 아직 파악하지 못했는데."

"우연히."

아소는 조용히 고개를 저었다.

"우연히 여기 단골이었어."

오이카와의 눈이 휘둥그레졌다.

"너 설마…… 최근에 사귀던 여자가……."

오이카와는 도중에 입을 다물었다. 잠자코 아소의 얼굴을 쳐다보다가 훗 웃었다.

"됐어, 아무 것도 아니야."

"가와조에 씨, 안주인한테 가게를 왜 처분하는지는 들었나?"

"해외로 가신답니다. 안주인은 원래 하와이에서 일하신 적이 있으시대요."

"당신은 이 가게가 개업한 당시부터 일했지. 누가 소개해준 건가?"

"아니요, 모집광고를 보고 왔어요."

"그럼 안주인에 대해서는 잘 모르겠군."

"그렇죠. 좋은 분이셨지만 사생활에 대해서는 잘 모릅니다."

"사정이 있어서 급하게 안주인을 좀 만나고 싶은데. 오늘은 어디에 있는지 모르나?"

"그저께 밤에 작별 인사는 나누었으니까요…… 아, 하지만 오늘 외출하신다고는 했어요. 오늘 밤부터 새 안주인이 오시는데 무슨 일 있으면 전화해도 되느냐고 물었더니, 오늘은 오후부터 나가 있을 예정이라 안 되겠다고 하시더라고요."

"어디에 가는지는 못 들었고?"

"성묘 가신답니다."

오이카와의 눈이 가늘어졌다. 아소는 오이카와의 팔을 잡았다. 가와조에는 칼질을 하면서 말했다.

"한동안 못 가보셨대요. 돌아가신 어머님 무덤이라는데, 하치오지에 있다고 하더라고요."

"고맙습니다."

아소는 벌써 몸을 돌린 오이카와를 붙잡은 채 말했다.

"나중에 또 한잔하러 올게요."

"감사합니다. 하지만 안주인 밑에서 정말 편하게 일해서 그런지, 오늘 밤부터 잘해나갈 수 있을지 불안하네요."

"당신 실력이라면 문제없어요. 걱정 말아요."

가와조에는 웃는 얼굴로 고개를 끄덕였다.

"팔 놔."

오이카와는 아소를 떼어내고 차에 올라타려고 했다.

"이제 그만 포기해, 류."

"나도 갈게."

"안 돼."

"왜!"

오이카와는 고개를 저었다.

"사사로운 정을 개입해서는 안 돼. 놓치면 목이 달아나는 걸로 끝나지 않아."

"절대로 안 놓쳐."

아소가 차 문을 열려고 하자 오이카와가 제지했다.

"내가 체포할게."

"체포영장은 아직 안 나왔어."

오이카와는 아소를 가만히 쳐다보았다.

"그만두는 게 좋을 텐데. 직접 붙잡으면 평생 생각나서 괴로울걸."

"그래서 가려는 거야."

아소는 말했다.

"나 자신을 위해서."

"알았어."

오이카와가 차 문을 열었다. 아소는 차에 올라타자마자 무전기를 잡았다.

"무덤이다!"

아소는 고함을 질렀다.

"시코쿠의, 마키하라 요스케 아버지에게 전화해서 요스케의 무덤을 어떻게 했는지 물어봐! 마키하라 요스케, 그래. 아니, 수사4과의 이타노 주임한테 가서 물어봐! 유골을 나누어서 도쿄에도 무덤을 만들었을 거야. 하치오지에. ……그래. 응, 아니, 이대로 하치오지로 갈 테니까 어딘지 알아내면 바로 연락 줘!"

"안 늦게 갈 수 있으려나."

오이카와는 신호가 바뀌기를 기다리며 초조하게 운전대를 두드렸다.

"벌써 4시가 넘었어…… 요즘은 6시면 어두워진다고. 성묘를 한다고 해도 슬슬 돌아갈 시간이야."

"성묘를 마치고 야마우치와 만날 생각일까?"

"그렇겠지…… 어디서 맞붙든 해가 지고 난 후일 거야."

"과연 그럴까. 하기야 방해를 받기 싫다면 낮보다는 밤이 장소를 고르기 쉽긴 하겠지. 빌딩 주차장이나, 아니면…… 창고. 장소는 누가 지정했을까?"

"야마우치를 몰라서 물어? 놈은 절대로 상대에게 주도권을 주지 않아."

"가스가 파와 관련된 창고는 전부 확인했어?"

"우리 쪽에서 파악하고 있는 곳에는 전부 인원을 배치했어. 하지만 놈들의 무기고라면 우리가 모르는 곳에 있을 가능성이 높아. 류, 난 신주쿠에서 내릴게. 하치오지에는 혼자서 가라."

"오이카와?"

"가스가 다이조에게 가보려고."

"병원에?"

오이카와는 고개를 끄덕였다.

"다이조는 야마우치가 죽기를 원하지 않을 거야. 니라사키를 잃고 이번에 야마우치까지 잃으면 조직의 장래가 위험하니까. 야마우치가 니라사키의 원수를 갚으려 한다는 걸 말해주고, 결투 장소로 쓸 만한 조직의 시설이 있는지 알아낼 거야."

"가즈가 다이조가 말할까?"

"거래하기 나름이겠지."

오이카와는 자조하듯이 웃었다.

"창고에 무엇이 보관되어 있든지 불문에 붙이겠다고 하면 말해줄 지도 모르지."

"그게 가능하겠어? 경찰관이 우르르 몰려들었는데 총이라도 떡하니 쌓여 있으면."

"야마우치는 바보가 아니야. 그런 곳을 결투 장소로 고를 리 없지. 무기든 약이든 잘 포장해서 겉으로 봐서는 모르도록 해놨을걸. 요컨대 우리가 그런 물건에 흥미를 가지지 않으면 그만이야."

"오이카와."

아소는 고개를 들어 오이카와를 보았다.

"그래도 되겠어? 살인 사건의 범인을 체포해도 당신들의 공로로 삼을 수는 없어. 하지만 총이 담긴 상자가 산더미처럼 쌓인 현장을 적발하면."

"솔직히 말해서."

오아카와는 웃었다.

"빡치기는 해. 무엇보다 난 니라사키와 야마우치를 해치우는 사람에게 훈장이라도 주고 싶은 기분이었다고. 그런 사람을 체포하기 위해, 아니 야마우치 그 망할 놈의 목숨을 구하기 위해 가스가의 악행을 눈감아줘야 한다고 생각하니 치가 떨린다. 게다가 권총이든 약이든 압수하면 훗날 희생될지도 모르는 일반시민을 구할 수 있는데 말이야."

"거래는 하지 마."

아소는 그렇게 말했다.

"안 해도 돼. 방법은 알지? 당신 머리에도 떠올랐을 거야."

"확실성이 없어. 다이조의 마음이 움직이지 않으면 늦어."

"움직일 거야."

아소는 고개를 끄덕였다.

"가스가 다이조는 이제 살날이 얼마 안 남았어. 죽기 전에 조직의 장래를 안정시키는 게 현재 그의 소망이야. 그렇지?"

"응."

오이카와는 고개를 끄덕였다.

"맞아. 하지만 류, 제때 못 가면 야마우치가 죽는다?"

"여자를 죽이고 교도소에서 20년 썩다가 사바세계로 나와서 조용히 살 거라더라."

아소는 메마른 목소리로 웃었다.

"그 말대로 될지도 모르잖아."

"아닐걸."

아소는 주먹을 불끈 쥐었다.

"아니겠지…… 렌은 이제 두 번 다시…… 자진해서 감방에 들어가지는 않을 거야."

"다시 한 번 말하는데, 제때 못 가면 야마우치는 죽어. 그래도 상관없지?"

아소는 고개를 끄덕였다.

"알았어. 다이조를 설득하고 올게."

차가 부도심의 빌딩이 보이는 곳까지 왔다. 오이카와는 보도 옆에 차를 대고 운전석에서 내렸다.

"그럼 간다."

오이카와가 한 손을 들었다.

"동반자살만은 하지 마라."

"난 안 죽어."

아소가 그렇게 대답하자 오이카와는 고개를 끄덕이고 걸음을 옮겼다.

아소는 운전석으로 자리를 옮겼다. 안전벨트를 매고 양손으로 운전대를 잡았다.

최후의 몇 시간.

자신이 이 순간 마키에게 가고 있는 것이, 렌이 아니라 마키를 선택했기 때문인지 아니면 그 반대인지 아소는 더 이상 판단할 수가 없었다.

그냥 달렸다.

제때 도착하든 도착하지 못하든 전부 다 운명이다.

4

고속도로는 뻥 뚫린 상태였다. 도심을 벗어나고 나서야 무선이 들어왔다. 요스케의 유골을 나누어서 하치오지의 묘지에도 봉안했다고 한다.

고속도로를 내려와서 지도를 길잡이 삼아 그 절이 있는 곳으로 향했다. 거기가 니라사키의 장례식이 치러진 절에서 그다지 멀지 않다는 것을 알고, 아소는 새삼 모든 일을 배후에서 조종한 운명의 의지를 느꼈다.

정말로 윤회전생이 있다면 자신과 니라사키, 마키, 기타무라의 딸, 야마우치, 그 불쌍한 모치즈키 미치코도 모두 전생에서 무슨 인연으로 얽인 사이였을 것이다. 이 세상에 태어나 언젠가 서로 증오하고 죽이는 것은 어찌할 수 없는 숙명이었다.

차를 정문 앞에 세운 후 아소는 안내도를 확인했다. 묘지와 주차장은 뒤편에 있었다. 좁은 골목을 빠져나가자 주차장 입구가 보였다. 월정액 주차도 가능하다고 적혀 있었다.

한 여자의 인생, 그 가장 마지막을 장식하는 무대로서는 저속한 장소다. 절 경내에 주차장을 운영하는 승려라니. 하지만 오히려 좋은지도 모르겠다. 승려란 내세와 현세 사이에 위치한 존재. 너무 금욕적이면 오히려 믿음이 가지 않는다. 현세와 속세의 욕망을 이해하여 인간의 약한 측면을 보듬어줄 수 있는 사람이, 모든 것에서 해탈한 성인보다 믿음직스럽다.

주차장 안쪽에 위치한 낡은 나무문을 통과하자 속세에서 분리된 피안이었다.

그렇게 큰 묘지는 아니었지만, 가지런히 세워진 묘비 사이로 선향 연기 몇 줄기가 피어올랐다. 오본(우리나라의 추석과 비슷한 일본의 명절—옮긴이 주)도 히간(춘분과 추분을 중심으로 한 일주일의 기간을 가리킨다—옮긴이 주)도 아닌 이런 날에도 죽은 사람을 그리며 성묘를 하러 오는 사람이 있다. 사람은 매일 죽는다. 오늘이 기일인 사람도 결코 적지는 않으리라.

멀리서도 마키를 바로 알아보았다.

아소는 진심으로 안도의 한숨을 내쉬고 휴대전화를 꺼냈다. 아직은 도심을 벗어나면 전파를 수신할 수 있는 영역이 그렇게 넓지 않다. 조금 걱정이었지만 통화는 가능했다.

"시즈카?"

본부에서 아소 책상의 직통전화를 받은 사람은 미야지마 시즈카였다.

"계장님! 어디 계세요? 메모도 없고 얼마나 걱정했는데……"

"요시카와 사나에를 발견했어. 야마세한테 들었지? 니라사키를 살해한 용의자야. 이제 신병을 확보할 생각인데, 지금 나 혼자야. 만약에 대비해서 지원이 필요해. 급하니까 하치오지 서에 부탁해서 지원군을 보내줘. 다만 사이렌은 절대로 울리지 말라고 하고. 용의자가 충동적으로 자살할 우려가 있어. 장소를 말할 테니 그 주변을 단단히 지키라고 해. 그리고 야마세한테 말해서 관리관이 직접 요청 좀 해달라고 해. 제발 하치오지 서에서 공을 욕심내지 않도록 말이야. 꽃다발은 넘겨줄 생각이니까."

아소는 절의 위치를 말해주고 휴대전화를 집어넣었다.

마키는 들었다. 휴대전화에 대고 말하는 아소의 목소리를.

천천히 다가가자 마키는 평소와 똑같이 웃는 얼굴로 서 있었다.

"역시…… 당신은 못 당하겠네."

아소도 웃음을 짓고 나서 묘비 앞에 쪼그리고 앉았다. 선향 몇 개를 모아 들고 불을 붙여 세운 후, 손바닥을 맞대고 기도를 올렸다.

네 엄마의 마음이 녹아내리도록 너도 도와다오.

네가 평안하게 잠들기 위해서라도 엄마를 구해다오.

"이렇게 될 것 같았어."

마키는 조용하게 말했다.

"당신이 니라사키 살해 사건을 담당한다는 걸 알았을 때, 결국은 당신한테 방해를 당할 것 같더라니. 역시 당신을 만난 건 무슨 인연이었나 봐."

"도움이 되겠다고 생각했지? 정보 하나 정도는 손에 들어오겠다고."

마키는 밝게 웃으며 말했다.

"응."

"별로 도움이 되지 못해서 미안해."

"아니야."

마키는 손등을 아소에게 보여주었다.

"이걸 받았는걸."

산호가 박힌 반지는 마키의 하얗고 긴 손가락에 무척 잘 어울렸다.

"하지만 이제 빼려고."

"왜?"

"조사당하면 안 되니까. 당신과 난 생판 남이라 오늘까지 한 번도 만난 적이 없었어. 그렇지? 그러니까 혼자 온 거지? 이런 이야기를 부하가 들으면 싫으니까."

"들으면 싫은 건 맞지만 당신과의 관계를 끝까지 감출 생각은 없어."

"용의자와 자다니, 경찰에서 잘릴 거야."

"경찰 아니라도 일할 곳은 많아."

"안 돼. 끝까지 숨겨."

"왜?"

"잊고 싶어."

마키의 말이 아소의 심장을 쿡 찔렀다.

"나…… 당신을 사랑한 적 없어."

말끝이 흔들렸다. 마키의 눈에서 눈물이 흘렀다.

"그냥 이용할 수 있을지도 모르겠다고 생각했을 뿐이야. 그러니까 당신을 싹 다 잊고 싶어. 진짜야…… 잊고 싶어…… 잊고 싶다고."

아소는 아무 말도 하지 않았다. 그냥 마키를 자기 품으로 잡아당겼다. 마키는 순순히 아소의 가슴에 머리를 묻었다.

"게임은 여기까지야. 야마우치와 어디서 승부를 짓기로 했는지 말해줘."

"몰라."

"마키. 당신 목적은 벌써 달성했잖아. 야마우치랑 무슨 관계가 있어? 당신에게는 녀석을 죽일 이유가 없어."

"있어."

마키는 계속 눈물을 흘리면서 말했다.

"놈이 죽으면 가스가는 망해."

"우에다가 그랬어?"

마키는 고개를 끄덕였다.

"니라사키는 그냥 상징일 뿐…… 요스케를 죽인 건 조폭이라는 존재 그 자체야. 가스가를 붕괴시키지 않으면 요스케의 원수를 갚았다고 할 수 없어."

"우에다도 속여서 결혼한 거야?"

"우에다하고는 해외에서 만났어. ……이혼한 후 괴로운 과거를 전부 잊고 싶어서 하와이로 건너가서 일식집에 취직했지. 거기서 우에다와 알게 됐어. 조폭인 줄은 몰랐고. 사업가라고 믿었지. 결혼 신청을 받았을 때 이제야 겨우 행복해질 수 있을지도 모르겠다 싶어서 순수하게 기뻤어. 그런데…… 거짓말이더라. 우에다도 니라사키와 같은 부류였어. 간자키 파의 간부. 죽어라 일본으로 달아나서 가명으로 생활했는데…… 꼬리를 밟혔지. 내가 일하던 가게에 우에다가 나타났어. 결국 난 체념했어. 네게 피해를 주지 않겠다, 결코 피비린내 나는 일을 겪게 하지 않겠다, 행복하게 해주겠다…… 우에다는 바닥에 앉아 내 무릎을 끌어안고 결혼해달라고 애원했어."

"당신을…… 정말로 좋아했군."

"생각해봤는데."

마키는 아소의 심장 소리를 들으려는 듯이 고개를 옆으로 돌렸다.

"운명이다 싶더라. 요스케가 이끌어주는 거 같았어. 엄마, 내 원수를 갚아줘, 하면서. 그게 그렇잖아? 우에다와 결혼함으로써 평범한 일반인으로 살았다면 절대로 손이 닿지 않았을, 니라사키와 같은 세상 사람이 됐어. 니라사키라는 존재가 내 일상생활의 범주에 들어온 거야…… 요스케의 원수와…… 요시에 씨의 원수를 갚을 수 있겠다는 생각이 들었지."

"성형은 언제 했어?"

아소의 질문에 마키는 킥 웃었다.

"내 얼굴, 부자연스러워?"

"아니…… 좋아해. 그 얼굴이 좋아. 하지만 옛날 당신 얼굴도 표정이 따스해서 좋았어. 〈후네〉에서 요시카와 사나에의 사진을 봤을 때 어디서 만난 적이 있는 사람 같았지. 아직도 옛날 모습이 남아 있어서 그렇구나."

마키는 어리광 부리듯이 아소의 가슴에 댄 이마를 좌우로 비볐다.

"조폭과 결혼했다는 걸 친척들이 모르면 좋겠다는 말로 우에다를 설득했어. 하지만…… 완전히 딴 사람이 된 건 아니야. 그냥 눈과 코를 약간 손봤을 뿐이지. 그리고 턱을 조금. 우에다가 실력 좋은 의사를 소개해줬어. 정말 조금만 손봐도 얼굴 인상이 변하더라고…… 요시에 씨는 기가 셌어. 울며 겨자 먹기로 넘어갈 수는 없다면서 소송을 걸었지. 나도 돕고 싶었어. 하지만 당시 남편이 반대했지. 조폭을 상대로 소송을 걸다니 간이 부었냐, 죽임을 당하면 요스케의 무덤은 누가 돌보느냐면서…….”

마키는 아소의 품에 얼굴을 묻고 울음을 터뜨렸다.

아소는 마키의 등을 살살 쓰다듬어주는 것이 고작이었다.

“요시에 씨가 그렇게 죽다니…… 그렇게…… 비참하게…… 도대체 왜? 나랑 요시에 씨가 가스가 파에 뭘 어쨌는데? 니라사키에게도 무토에게도 피해 준 적 없어! 나쁜 짓 한 번 하지 않고 그저 정말로 평범하게 살았을 뿐인데…… 열심히 일하고…… 비록 살림이 변변치 않더라도 소중한 가족과 함께 살 수 있다는 것만으로도 행복이라고 생각하며…… 그런데 놈들은 어째서 그렇게 지독한 짓을 할 수 있지? 왜 놈들은 벤츠를 타고 다니고 비싼 요리를 처먹으면서 그렇게 거들먹거리며 살 수 있는 건데! 당신들 경찰은 놈들이 제멋대로 설치고 다니는데 아무렇지도 않아? 왜 그딴 놈들이 뻔뻔하게 낯짝을 쳐들고 살 수 있는 거냐고! ……니라사키를 죽인 게 뭐가 나빠…… 당신들 경찰이 못하니까 대신 해준 거잖아!”

“그건 내가 잘잘못을 가릴 수 있는 일이 아니야.”

아소는 훌쩍훌쩍 우는 마키의 등을 힘주어 끌어안았다. 마키는 아소의 몸에 달라붙듯이 팔을 등에 둘렀다.

“잘잘못을 가릴 수 없어…… 그러니 아무 말도 안 할게. 하지만 야마우치는 당신에게 아무 짓도 안 했어. 아니, 당신뿐만 아니라 기타무라의 딸에게도 직접적으로 한 짓은 없어. 그리고 그, 모치즈키 미치코에게도.”

“그러니까 살려주라는 거야?”

“야마우치를 죽이면…… 당신들을 뒷받침하던 한 조각의 정의마

저 사라진다는 걸 말하고 싶을 뿐이야. 즉 니라사키와 똑같아지는 거지. 목적을 달성하기 위해 무관계한 사람을 아무 거리낌 없이 죽이는 인간이 된다고. 진부한 소리를 할 생각은 없지만…… 요스케가 그런 당신 모습을 보면…… 슬퍼하지 않겠어?"

"이미 늦었어."

마키는 아소의 품안에서 크게 한숨을 쉬었다.

"이미…… 늦었어. 우리는 큰 실수를 저질렀어. 아무 죄도 없는 사람을……."

"야마다 노리코 말이야?"

아소는 마키의 귓가에 입을 가까이 대고 물었다.

"당신……들이 죽였어?"

"쓰카하라 도미코 씨가…… 니라사키 살해 사건에 미치코가 관련된 게 아닐까 감을 잡고 경찰서에 갔다는 걸 알았지. 요코가 백화점에서 쓰카하라 씨를 봤는데, 태도가 이상해서 뒤를 밟았거든. 미치코는 설득하면 쓰카하라 씨가 협력해줄 거라고 했어. 믿기지 않았지만 무관계한 사람을 죽일 수는 없으니까 미치코 말대로 일단 쓰카하라 씨를 데려올 생각이었어. 경찰서에 갔었으니까 경찰이 전화를 도청 중일지도 모르고, 아예 집에 경찰관을 배치했을 가능성도 있잖아? 그러니까 직접 쓰카하라 씨 집에 가서 상황을 살펴보고 가능하면 데리고 오자. 그 정도 계획이었지. 만약에 대비해 요코가 쇠파이프를 들고 갔지만 미치코 말로는 쓰카하라 씨가 거세게 저항할 리 없다고 했으니까, 쓸 일은 없을 거라고 생각했지. 그런데…… 그런 일이 벌어질 줄이야! 쓰카하라 씨는 집에 혼자 있었어. 경찰이 지키고 있는 것 같지도 않기에 집에 들어가서 미치코가 만나고 싶어 하니까 같이 가자고 부탁했지…… 그때 쓰카하라 씨가 니라사키를 죽였느냐고 물었는데 요코가 긍정하고 말았어. 그 이야기를…… 야마다 씨가 엿들은 거야. 그 집, 평소 낮에는 문을 잠가놓지 않는 데다 야마다 씨가 제 집처럼 아무렇지도 않게 들어오는 바람에 들어온 줄도 몰랐어. 당황한 우리 앞에서 야마다 씨가 난리법석을 떨었지. 이런 살인자가 하는 말은 들으면 안 된다, 같이 가면 당신까지 죽일 거다, 빨리 경찰에 신고해야 한다면서…….”

마키는 다시 울음을 터뜨렸다. 아소는 마키의 머리를 가만히 쓰다듬었다.

“……말릴 틈도 없었어. 눈 깜짝할 사이에 요코가 야마다 씨를…… 어쩔 수 없이 넋이 나간 쓰카하라 씨를 차에 태우고 달아났지…….”

“쓰카하라 씨는 무사히 찾아내서 보호 중이야.”

마키는 고개를 끄덕였다.

“……야마다 씨를 죽인 일로 우리를 욕했지만…… 나와 요코의 이야기를 듣더니 니라사키를 죽인 건 이해해주더라. 전부 다 끝날 때까지 우리와 함께 있기로 약속했어. ……좋은 사람이야. 착한 아줌마…… 복수를 끝내면 자수하라고 우리를 계속 설득했어. 사형은 당하지 않을 테니 자수하라고…….”

“쓰카하라 씨 말이 옳아. 당신들은 용서받을 수 없는 짓을 저질렀어. 하지만…… 아마 사형은 당하지 않겠지.”

“그렇다고.”

마키는 눈물을 흘리면서 웃었다.

“이제 와서 자수할 수는 없어.”

"어디서 야마우치와 대결하기로 했는지 가르쳐주면 돼. 자수로 인정받지 못하더라도 야마우치에게 위해를 가하기 전에 그만두면 죄가 훨씬 가벼워질 거야."

"그건 안 돼. ……그 남자…… 야마우치에게는 안된 일이지만 그 남자는 죽어야 해. 그 남자가 살아 있는 한, 가스가 파가 존속하는 한, 우리의 복수는 끝나지 않아. 저기…… 아소 씨. 난 아들을 잃었어. 복수하지 않고 어떻게 살아가면 되는지 방법을 알면 가르쳐줘. 원한을 품지 않고 살아갈 방법이 있으면 가르쳐줘! 부탁이야…… 가르쳐 줘…… 가르쳐달라고……."

섬뜩한 감촉이 느껴졌다. 아소는 자기 손목을 보고 헉, 소리를 토해냈다.

마키의 머리를 쓰다듬던 오른손 손목에 은색으로 빛나는 물건이 닿아 있었다.

의료용 메스.

"움직이지 마."

마키는 잠긴 목소리로 속삭였다.

"이거 엄청 잘 들어."

"니라사키를 죽인 흉기야?"

마키는 고개를 끄덕였다.

"이 메스를 어디서 손에 넣었는지…… 상상이 가?"

"간다 요코가 일하던 병원에서 빼돌린 것 아니야?"

"그러니까…… 그 병원이 어디인지…… 알겠냐고."

마키는 미소를 지었다.

"미치코의 딸이 죽은 병원이야."

마키의 말을 듣고 아소는 목덜미가 딱딱하게 굳었다.

"운명이었어."

마키는 아소의 가슴에서 천천히 머리를 뗐다.

"전부 신이 정한 일이었던 거야. 요코는 니라사키의 차에 치인 미치코와 딸 마코 짱이 입원한 병원에서 일했어. 미치코가 딸의 죽음을 알고 울며불며할 때 병실에 있던 간호사였지. 미치코는 수술 때 딸의 가슴을 절개했다는 걸 알고…… 마코 짱은 가슴을 세게 부딪쳐서 폐가 찌그러졌거든…… 그때 사용한 메스를 가지고 싶다, 부탁이니 좀 받아달라고 요코에게 애원했대. 물론 그런 일은 법률 위반이지. 하지만 요코는 딸을 잃은 미치코가 너무 불쌍해서 몰래 메스를 훔쳐다 줬어. 그게 바로 이거야."

마키는 메스로 아소의 손목을 누른 채 눈물에 젖은 얼굴로 아소를 올려다보았다.

"미치코는 그때부터 계속 복수할 생각이었을 거야. 하지만 기회가 없었지. 하지만 운명은 착실히 그때를 향해 나아갔어. 그리고 얼마 후에, 이번에는 요코 아버지가 니라사키에게 불타 죽었어. 하지만 단지 그뿐이었다면 요코는 니라사키에게 복수할 마음을 먹지 않았겠지. 요코 본인은 아버지와 사이가 좋지 않았으니까. 하지만 니라사키는 요코 아버지를 죽이는 것으로 모자라서 아버지 소유였던 연예기획사까지 빼앗았어. 원래 그게 니라사키의 목적이었겠지만. 남은 것이라고는 빚뿐이었지. 그것도 대부분 정상적인 곳에서 진 빚이 아니었어. 무

445

슨 뜻인지 알겠어? 돈을 빌린 사람의 죽음으로도 무마하고 넘어갈 수 없는 성질의 빚이었다고! 어떻게 알아냈는지 요코 집에도 추심꾼이 쳐들어와서 결국 요코는 야반도주를…… 하지만 고향의 어머니한테도 이상한 놈들이 찾아갔다는 걸 알자 요코는 어머니에게만은 고통을 주기 싫어서…… 제 발로 오고토의 윤락가에 가서 2년 가까이 돈을 벌었어…… 빚을 청산한 후에도 이제 와서 간호사로 되돌아갈 수는 없다는 생각에 가와사키에서 일했고. 그리고 거기서…… 재회한 거야, 미치코랑. 미치코는 소프랜드에서 일할 수 있는 나이가 아니라서 좀 더 변두리의, 수입도 변변치 못한 핑크살롱에서 일했지. 미치코는 어떻게든 니라사키에게 이어지는 끈을 찾으려고 한 거야. 거기는 가스가와 인연이 깊은, 무라나카 파라는 조직이 뒤를 봐주는 가게였거든. 요코는 자기 자신의 증오심 때문이라기보다, 미치코가 원한을 푸는 걸 돕고 싶어서 동료가 됐을 거야. 요코가 미워한 건 니라사키라는 개인이 아니라 아버지도 포함한 조폭 그 자체였으니까. 니라사키를 죽임으로써 자신과 어머니의 인생을 꼬아버린 조폭이라는 존재에게 한 방 먹이고 싶은 기분이었겠지."

"당신은 그 두 사람과 언제 어디서 알게 됐어?"

"내가 먼저…… 미치코를 찾았어."

마키는 눈을 깜박였다. 눈동자에서 또 눈물이 흘러 떨어졌다.

"난 우에다에게 기대했어. 우에다가 소속된 간자키 파가 가스가의 적이라는 것 정도는 알고 있었거든. 우에다는 암흑가 일에는 나를 일절 관여시키지 않았고, 나도 부주의하게 끼어들었다가 의심받기는 싫었으니까 얌전히 지냈지. 하지만 조만간 전쟁이 벌어져서 우에다가 니라사키를 죽여주지 않을까, 하는 막연한 기대를 품고 지냈어. 그런데…… 어느 날 그럴 가능성이 없다는 걸 알았지. 우에다는 니라사키와 손을 잡을 생각이더군. 마침 그 무렵에 나는 자궁암에 걸려서 자궁을 적출했지. 우에다는 신경 쓸 것 없다, 친척 아이를 양자로 얻어서 대를 이으면 된다고 말했지만 니라사키와 손을 잡기로 한 우에다와 더 이상 같이 살 수는 없었고, 니라사키와 한 패가 된 그와 몸을 섞기도 싫어서 내가 먼저 이혼해달라고 부탁해서 헤어졌지. 하지만 우에다는 포기하지 않았어. 재혼하고 나서도 내 주변을 얼쩡거리더라고. 난 우에다에게 경제적으로 기대기 싫어서 가게를 차려서 일했어. 얼마 지나지 않아 아이가 생기자 드디어 우에다도 발길이 뜸해지더군. 그때 아소 씨 당신이 나타난 거야."

마키는 숨을 후 내쉬었다.

"우에다에게서 니라사키에 관한 정보를 몇 가지 알아냈어. 그중 하나가 바로 니라사키의 부하가 교통사고를 일으킨 이야기였지. 요시에 씨가 세상을 떠난 것과 같은 해에, 니라사키에게 아이를 잃은 여자가 한 명 더 있었어. 그래, 누가 뭐라던 그 사고를 일으킨 건 니라사키야. 우에다도 그럴 거라고 했지. 니라사키가 자기 대신에 부하를 교통사범 전담 교도소에 보낸 거야. 난 모치즈키 미치코를 찾기로 했지. 함께 원수를 갚자고 부탁할지 말지는 실제로 만나보고 결정할 생각이었지만. 사립탐정에게 조사를 의뢰한 지 반년이 지나 겨우 찾아냈을 때 미치코는 가와사키에 있었어. 남편 유산이며 사고 배상금을 받아서 돈은 있을 텐데도, 화장을 떡칠하고 야한 옷차림으로 구질구질한 가게에 나와서 손님 사타구니에 얼굴을 묻는 생활을 하고 있더군…… 난 미치코가 복수를 꾀하고 있다는 걸 바로 알아차렸지. 미치코가 일하는 가게가 가스가 파와 연결되어 있다는 걸 알았을 때 난 미치코를 끌어들일 결심을 했어. ……설득할 필요는 전혀 없었지. 나랑 미치코는 처음 만난 순간부터 서로를 완벽히 이해했거든. 누가 들으면 불가능하니까 그만두라며 비웃을 일이지. 여자 세 명, 그 밖에 동조자는 하나도 없고, 무기는 달랑 메스 한 자루. 그런데 악마에 비견할 만큼 잔혹하고 비정한 조폭을 죽이겠다니…… 하지만 신이 우리 편을 들어줬어."

마키는 눈물을 뚝뚝 흘리며 웃었다.

"구체적으로 어떻게 해야 니라사키에게 접근할 수 있을지 몰라서 허송세월만 보내고 있었지. 그러던 어느 날 우에다가 느닷없이 날 찾아와서 무릎을 꿇었어. 니라사키와 자달라면서. 의식 같은 거라더라. 하지만 니라사키 같은 인간에게 진심 어린 성의를 보이려면 다른 방법이 없대…… 니라사키는 우에다가 날 아직 사랑한다는 걸 알고서 나와 하룻밤을 보내게 해달라고 한 거겠지…… 니라사키는 그런 놈이었어. 심성이 완전히 썩어서 인간의 순정이나 자애 같은 감정을 접하면 흙발로 짓이기고 싶어 하는 놈이었다고! 난…… 조폭이 정말 싫어. 하지만 우에다는…… 자궁이 없어졌는데도 아내를 버리려 하지 않은 우에다의 마음은 고마웠어. 무릎을 꿇고 머리를 조아리는 우에다의 모습을 보니 니라사키가 더욱 미워지더라. 그리고 이게 처음이자 마지막 기회라고 생각했어…… 계획은 전부 내가 세웠지."

마키는 이마에 손등을 댔다. 안색이 아주 안 좋았다. 어디 아픈 걸까.

"니라사키한테는 여자가 몇 명 있었는데, 그중 미나가와 사치코라는 여자가 바람을 피운다는 이야기를 우에다한테 듣고 사치코를 이용하기로 했어."

"우에다는 어떻게 그걸 알고 있었지?"

"자세한 건 몰라. 하지만 우에다도 니라사키를 전면적으로 신용한 건 아닐 테니까 니라사키 주변을 여러모로 탐색한 것 아닐까? 다만 미나가와 사치코는 아무 재료도 되지 않는다고 투덜거렸지만."

"어째서?"

"니라사키에게 사치코라는 여자는 그렇게 중요한 존재가 아니었 거든. 사치코가 바람을 피우는 걸 알아도 니라사키는 아무렇지도 않 았겠지. 하지만 우리에게는 도움이 되는 정보였어. 사치코를 그날 밤 그 호텔로 보내서 눈가림용 미끼로 삼을 수 있었으니까.

미치코는 꼭 자기 손으로 니라사키를 죽이고 싶다며 물러서지 않 았어. 결국 마음을 돌리는 데 실패해서 그날 밤 니라사키가 먼저 욕조 에 들어간 틈에 미치코를 방에 들여놓았지. 위험했지만 어쩔 수 없었 어. 그리고 내가 니라사키의 목을 그은 것과 동시에 미치코가 욕실로 뛰어 들어와서 니라사키의 머리를 내리누른 거야…… 새빨간 피를 뿜는 니라사키의 머리를…… 물속에 처박았지…….'

마키가 아소의 손목에 댄 은색 메스를 바라보았다. 마키 눈에는 보 이는지도 모른다. 칼날 끝에서 분출되는 핏빛 분수가. 순식간에 벌어 진 일에 놀란 표정으로 물속에 가라앉은 니라사키의 얼굴이.

아소는 마키의 손목을 잡았다. 그 순간 메스가 아소의 손목을 베어 서 핏줄기가 흘러내렸다.

마키가 놀란 표정으로 팔을 빼려고 했다. 하지만 아소는 잡은 손목 을 그대로 들어 올려 메스 끝을 자기 목에 댔다.

"아소 씨…… 그만해…….'

마키는 겁먹은 눈으로 아소를 쳐다보았다.

"부…… 부탁이야, 하지 마……."

"야마우치와 어디서 만나기로 했어?"
아소는 물었다.
"가르쳐줘."

"왜?"
마키는 아소를 노려보았다.
"왜 그딴 놈을 구하려는 건데! 놈이 없어지면 가스가 파는 끝나. 우리 사회에 바람직한 일 아니야? 다른 사람에게 죄를 뒤집어씌우겠다는 것도 아니고, 우리 셋이서 책임을 지겠다고 하잖아! 당신들 경찰이 못하는 일을 대신 해주는 거야!"
마키는 매달리는 투로 말했다.
"부탁이야…… 아소 씨…… 마지막까지 하게 해줘. 나한테는 이제 시간이 없어…… 말했잖아, 전부 운명이라고. 암이…… 전이됐어. 여기저기에. 이제 어쩔 방법이 없어. 나…… 앞으로 반년도 못 살아…… 사형을 당하지 않아도 두 번 다시 바깥세상에 못 나온다고. 교도소에서 죽는 거야. 그러니까 끝을 보게 해줘. 미치코와 요코가 숙원을 이룰 때까지 방해하지 마……."
아소는 입술을 꽉 깨물었다. 동요하여 할 말을 찾을 수가 없었다. 그리고 찾는다 해도 아무 소용없을 것 같았다. 마키가 무슨 말을 하고, 아무리 애원해도 자신이 할 일은 하나밖에 없었다. 아소는 입을 다문 채 마키의 손목을 잡은 손에 힘을 주었다.
"안 돼!"

마키가 몸부림을 치며 손을 빼내려고 했다. 칼날이 스친 아소의 턱에서 빨간 핏물이 배어났다.

방울진 피가 마키의 얼굴에 떨어졌다.

"하지 마…… 아소 씨…… 부탁이야……."

"말해줘. 어디서 만나기로 했어?"

"말 못해."

"말해."

"안 돼!"

"당신들이 크게 오해한 게 하나 있어. 모치즈키 마코를 차로 치어 죽인 건 니라사키가 아니야."

"거짓말이야. 니라사키가 거짓말을 한 게 뻔하잖아!"

"거짓말 아니야. 거짓말이 아니라는 걸 쓰카하라 씨도 알아. 쓰카하라 씨는 그 사고에 대해 조사했어. 정의로운 쓰카하라 씨답게 미치코가 돌아오면 그 사실을 이야기해줄 생각이었는지도 몰라."

"쓰카하라 씨는…… 아무 말도 하지 않았어."

"그럼 쓰카하라 씨도 니라사키는 죽어 마땅한 놈이라고 생각한 거겠지. 하지만 설령 그렇다 하더라도 짓지도 않은 죄로 심판받는 건 잘못된 일이야."

아소는 자기가 한 말을 마음속으로 되풀이한 후 다시 입을 열었다.

"난…… 과거에 그 잘못을 범했어. 이제 두 번 다시 같은 잘못을 되풀이하지는 않겠어. 잘 들어, 니라사키는 모치즈키 마코가 사망한 일과는 무관해. 그 사고는 니라사키의 부하가 일으켰어. 거짓말 아니야. 그게 진상이야. 니라사키는 고장 난 차를 부하에게 맡기고 걸어서 여자 집에 갔어. 당신한테는 니라사키에게 원한을 품을 이유가 있을지도 모르지. 하지만 모치즈키 미치코에게는 없어. 미치코는 전혀 엉뚱한 사람에게 복수를 한 거라고. 그리고 그렇게 만든 건…… 당신이야. 이유 없는 살인은 복수가 아니야. 그냥 살인이지. 당신은 모치즈키 미치코라는 죄 없는 여자를 살인자로 만들었어. 그냥 살인자로. 당신들은 그 밖에도 죄 없는 사람을 죽였어. 야마다 노리코, 그리고 하세가와 다마키의 대역으로 나선 여자."

"……대역?"

"하세가와 다마키는 살아 있어. 경찰이 보호 중이지. 당신들이 불태워 죽인 성전환자는 다른 사람이야."

마키의 입술이 떨렸다. 아소는 그 모습을 보고 있을 수가 없어서 마키를 다시 품으로 끌어당겼다. 잡은 손목을 허공에 들어 올린 채.

"이제 그만하자…… 야마우치가 죽는다고 가스가 파가 망하지는 않아. 아니, 망하더라도 다른 폭력단이 가스가 파의 권리를 차지해서 배를 불릴 뿐이야. 니라사키와 야마우치가 죽으면 누가 제일 기뻐할지 생각해본 적 있어? 가스가와 대립하는 폭력단이야. 야마우치 하나를 죽인다고 이 세상에서 조폭이 사라지지는 않아. 이런…… 이런 칼로 일을 해결하려는 마음 때문에 조폭 같은 존재가 사회에 생겨나는 거야. 당신들은 놈들과 같은 곳에 서고 말았어. 스스로 아래로 내려간 거라고. 이제 더 이상 아래로 향하지 마. 당신에게 남은 시간이 얼마 없다면 더더욱. 얼마 남지 않은 시간을 더럽히지 마. 날 위해서."

"모리시타에 있는."

마키의 목소리는 몹시 작아서 알아듣기 힘들었다.

"고토 통운 창고. 지금은 사용되지 않는 곳이야."

아소는 마키를 비스듬히 끌어안은 채 휴대전화를 꺼내 야마세의 휴대전화에 전화를 걸었다. 야마세의 목소리가 들리자마자 장소를 외쳤다.

"앞으로 한 시간도 안 남았어."

마키는 울면서 웃음을 지었다.

"늦지 않게 가기는 힘들걸."

마키가 등을 돌렸다. 아소는 수사복 차림의 형사가 묘지 입구에 나타난 것을 보았다.

아소는 마키의 손에서 메스를 빼앗고 마키를 돌려세웠다. 그리고 등을 살짝 떠밀어서 앞으로 걸어가도록 유도했다. 바로 형사가 달려와 아소에게서 마키를 떼어내서 확보했다.

마키는 전혀 저항하지 않았다. 그저 아소가 든 메스에 시선을 던지더니 미소 지었다.

"역시 니라사키에게 그 흉기는 어울리지 않았어. 옛날부터 악마는 화형에 처하는 법인데 말이야."

아소는 마키의 얼굴을 바라보았다.

마키는 희미하게 웃더니 기모노 오비(허리에 둘러 기모노를 고정하는 역할을 하는 띠-옮긴이 주) 틈에서 뭔가를 꺼내 무덤을 향해 던졌다.

다갈색 수첩이 무덤 앞에 툭 떨어졌다.

니라사키에게서 빼앗은 전리품. 어머니는 원수를 갚았다는 증거를 아들에게 남겼다.

"사랑한 적 없어."

마키가 말했다.

아소는 마키가 차에 태워지는 모습까지 지켜보고 있지는 않았다. 하치오지 서 책임자에게 인사도 하는 둥 마는 둥 달렸다. 차에 올라타서 가속페달을 밟으며 무전기를 들어 고함을 질렀다.

"소방차와 구급차를 보내! 어디긴, 고토 통운 창고지! 부근 주민도 대피시켜! 화재가 발생할 가능성이 있어! 사람이 타 죽을 거야! 타 죽는다고!"

5

지정한 시간보다 30분 이르다. 불공정하다.

렌은 홀로 웃음을 흘려냈다.

불공정한 건 서로 마찬가지다. 하지만 내가 별다른 덫을 설치하지 않았다는 걸 알고 아가씨들은 김이 새지 않았을까?

자물쇠는 망가져 있었다.

먼저 덫을 설치했다고 광고하는 건가. 내가 꼬리를 사리고 도망치기라도 하면 어떻게 수습할 생각이었을까.

여자들은 일반인이었다. 무서울 정도로 아무 것도 모른다. 밀고 당기며 기회를 볼 줄도, 이론적으로 접근할 줄도, 분명 총을 다룰 줄조차도. 그래서 성공했으리라. 세이치는 일반인의 가면 아래에 숨겨진 증오의 냄새를 맡지 못했다. 같은 바닥에 있는 사람이 풍기는 증오의 냄새는 백 미터 밖에서도 맡아내는데 말이다.

무거운 문을 옆으로 미끄러뜨려서 열자, 컴컴한 내부가 문틈으로 비쳐든 석양의 크기만큼 밝아졌다. 햇빛이 비치는 범위에는 아무도 없었다.

렌은 손전등을 켰다.

창고는 휑했다. 어제 여기에 보관해둔 잡동사니를 싹 정리하라고 지시했다. 하지만 구석에 아직 짐이 좀 남아 있었다. 일하는 꼬락서니 하고는. 뭐, 됐다. 대단한 물건은 아니다. 위조 신용카드가 몇 박스. 외국으로 보낼 물건이다. 자잘하고 돈벌이도 안 되는 일이라고 나는 무시했지만 어째서인지 세이치는 좋아했다. 보잘것없는 가짜 돈 만들기. 분명 화폐의 신용도를 떨어뜨리는 것이 경제를 혼란시키는 빠른 방법이기는 하다. 그런 의미에서 세이치가 이런 사업에 연연한 기분을 모르는 바는 아니다. 세이치는 뭐든지 철저하게 불법적이기를 바랐다. 그런 의미에서는 합법과 불법의 경계에서 아슬아슬하게 일하는 나를 늘 마음 한구석으로 경멸했을 것이다.

자신들은 건실한 일반인이 아니다. 그것이 세이치의 뒤틀린 자존심이었다. 잘못하면 교도소행. 보통 사람들 앞에서는 머리를 숙이고 걸어라.

입만 살아가지고.

렌은 다시 홀로 웃었다.

결국 세이치는 수많은 보통 사람들을 괴롭혔다. 그리고 천벌을 받았다.

합법이든 불법이든 나도 세이치도 어차피 도둑이다. 남의 재산을 가로채서 좋은 집에 살고, 맛있는 걸 먹었다.

염라대왕 앞에 끌려가면 하찮은 도둑놈이라고 지옥의 형리들에게 비웃음을 당할 것이다.

이 세상에는 세이치와 나는 비교도 안 될 만큼 진짜배기 악마가 아주 많다.

전쟁을 일으키려고 획책하는 놈들.

원자폭탄을 만들고 투하한 놈들.

세균병기를 연구하는 놈들.

헤아리자면 끝이 없다.

눈곱만큼도 양심에 가책을 느끼지 않고 수백, 수천 명의 인명을 앗아놓고도 태연하게 지내는 자들. 그래, 합법이니 불법이니 하는 건 의미가 없다. 그런 악마들은 대개 법률을 위반하지 않고 산다. 뿐만 아니라 나라의 양심을 대표하여 발언할 때도 있다.

루시퍼가 사랑하는 것은 그러한 자들이지, 나와 세이치가 아니다. 세이치의 꿈은 진짜 악마들이 꾸는 꿈에 비하면 별 볼일 없었다.

세이치는 작은 제국을 건설하고 싶었을 뿐이다.

어두운 음지에 세이치의 말이 곧 법인 세상을 몰래 만들고자 했다. 아주 조그마한 꿈이었다.

늘 비웃어주었다. 그때마다 세이치는 재미있어하며 말했다. 지금 실컷 웃어둬. 내가 먼저 죽으면 네가 그 일을 이어받아야 되니까.

합당한 이유 같은 건 없다. 세이치가 정한 일이니까.

덫의 냄새가 코를 스쳤다.

어디서 올까?

렌은 손전등을 빙글 돌렸다. 동그란 빛 속에 사람이 뭔가를 겨눈 채 서 있었다.

렌은 뒤로 펄쩍 물러났다. 하지만 늦었다.

힘차게 뿜어져 나온 액체를 온몸에 뒤집어썼다. 휘발유. 방금 전에 맡은 냄새는 이거다.

젠장!

렌은 불빛이 있는 쪽으로 달렸다. 창고 구조는 잘 안다. 위조 신용 카드를 만들려면 컴퓨터가 필요하므로 정전에 대비해서 소형 자가발전장치를 설치해뒀다. 누전차단기를 내렸어도 그건 따로 작동한다.

오른쪽 아래에 그 불빛이 보였다. 빨간색 금속판으로 된 전지식 발전기. 몸을 낮추고 달려들어 플라스틱 덮개를 들어 올리고 스위치를 켰다.

발전기가 부우우웅, 하는 소리와 함께 작동됐다.

그 소리에 놀랐는지 발소리가 들렸다. 쥐새끼가 한 마리…… 두 마리. 세 명 아니었나? 나머지 하나는 어디 있지?

몇 초 후에 갑자기 창고가 밝아졌다. 아무래도 쥐새끼가 머리를 굴렸는지 전등 스위치를 끄지 않고 누전차단기를 내린 모양이다. 덕분에 일일이 스위치를 켜야 하는 수고를 덜었다.

"물총을 사용할 줄이야, 허를 찔렸군."

렌은 입을 열었다.

"아주 좋은 아이디어야. 방금 전 물총을 한 번 더 보여줘. 엄청 크던데. 수입품인가? 키디 랜드(장난감과 서적 등의 판매점을 운영하는 일본 기업-옮긴이 주)에 가면 살 수 있어?"

여자가 나타났다. 머리를 바투 깎았지만 누구인지 한눈에 알아봤다.

기타무라의 딸이다.

얼굴은 전혀 다르게 생겼지만, 눈만 기타무라의 시체에서 빼내서 넣은 것처럼 꼭 닮았다.

공포일까, 아니면 뭔가 다른 감정일까. 렌은 발기할 것 같았다. 기타무라의 딸과 해보고 싶었다. 자신의 일그러진 정체성은 매일 밤 저 여자의 아버지에게 농락당하며 완성됐다.

"아버지가 당한 것과 똑같은 처형 방식이라니 영광이로군."

"악마는 화형에 처하는 게 중세 유럽 시대부터 전해 내려오는 정석이잖아."

짧은 머리 여자는 청바지에 감싸인 가느다란 다리를 책상과 의자를 쌓아서 만든 바리케이드에 올렸다.

"즐거워 보이네. 사람 죽이는 게 재미있어?"

간다 요코는 입술을 삐죽거렸다.

이 여자 핏속에는 올곧음과는 거리가 먼 것이 섞여 있다.

"넌 사람이 아니야."

"그래, 그럴지도 모르지. 하지만 야마다 노리코라는 아줌마는 틀림없이 사람이었지? 아니면 그 아줌마도 마녀 같은 거였나?"

"그건 사고였어."

"아하, 그렇군. 훌륭한 평계야. 사람을 죽이는 평계로 그것만큼 완벽한 건 없지. 그래, 사고라 그거지."

"이제 이유는 아무래도 상관없어!"

간다 요코가 고함을 질렀다.

"어차피 나도 지옥행이니까. 목숨을 아낄 생각은 없어. 그저 네가 불덩어리가 되어 뒹구는 꼴을 보고 싶을 뿐이야."

"아마도 그건 못 볼 것 같은데. 저기 뭐라고 적혀 있는지 읽었어?"

렌은 턱을 까딱했다. 창고 벽에 화기엄금이라는 주의사항이 붙어 있다.

"저건 예전 운송회사에서 붙인 거잖아."

"아니. 내가 붙였어. 몇 번을 말해도 화약을 쌓아둔 곳에서 담배를 피우려고 하는 등신이 있어서 말이야."

"화약……."

"몰랐어? 여기는 어제까지 조직이 화약 가공공장으로 쓰던 곳이야. 그리고 지금도 저기에 화약이 쌓여 있지. 성냥을 켜는 정도라면 괜찮겠지만, 내가 불덩어리가 되면 상당히 위험할걸. 천천히 구경이나 하고 있을 여유는 없을 거야. 하지만 더 위험한 건 이 창고 뒤편에 목조 모르타르 연립주택이 서 있다는 사실이지. 저 상자가 전부 폭발하면 이 창고와 뒤편 연립주택이 산산조각 나서 날아갈걸. 아까 보고 왔는데 연립주택 2층에 아기를 키우는 가족이 사는 것 같더라고. 요즘 같은 세상에 기특하게도 천 기저귀를 빨아서 널어놨더군."

"거짓말하지 마. 네가 입에서 나오는 대로 지껄이는 놈이라는 거 다 알아!"

"그럼 거짓말인지 아닌지 시험해보든가. 성냥 있지? 켜서 나한테 던져. 저기 쌓여 있는 상자까지 5미터, 불덩어리가 된 몸으로 과연 갈 수 있을지 없을지 솔직히 자신은 좀 없지만, 혼자 저승길을 떠나려면 외로울 테니 아기라도 길동무 삼아야지."

"이 악마 같은 놈!"

"사돈 남 말 하고 있네. 내가 악마라면 너희는 뭔데? 야차냐? 어쨌거나 둘 다 이 세상에 있으면 안 되는 것들이야. 사이좋게 세이치가 기다리는 지옥으로 가자. 자."

렌은 여자를 향해 걸어갔다.

"빨리 성냥 켜서 던져!"

여자는 저지를지도 모른다.

기타무라의 피, 조폭의 피가 흐르는 여자니까.

여자가 성냥갑을 꺼냈다. 렌은 세이치의 얼굴을 떠올렸다. 오기로 버티며 세이치와 함께해온 나날이 생각났다.

알았어, 세이치.

살아남으면 당신 꿈을 이어받을게.

여자가 몸을 바들바들 떨었다. 렌은 웃옷 호주머니에서 여유 있게 그것을 꺼내서 여자를 겨누었다. 여자의 얼굴에서 핏기가 가셨다. 이것으로 호각을 이루었다. 불이 붙은 성냥과 리볼버 탄환. 뭐가 더 빨리 상대에게 도달할까.

여자는 움직이지 않았다.

렌은 총구로 여자의 이마를 천천히 눌렀다.

"아, 군침 도네."

렌은 여자의 오뚝한 코끝을 핥아보고 싶은 충동을 억눌렀다.

"넌 괜찮은 여자야."

렌은 리볼버 손잡이로 여자의 어깨부들기를 때렸다. 여자는 신음하며 균형을 잃고 바리케이드에서 미끄러져 쓰러졌다. 목덜미를 한 번 더 때리자 여자는 움직임을 멈추었다.

렌은 여자가 입은 체크무늬 남방을 거칠게 벗겨낸 후, 등 뒤로 돌린 여자의 손을 남방으로 묶었다.

"슬림진을 입었네."

렌은 웃었다.

"나도 좋아하지만, 신발을 벗어야 벗을 수 있는 게 단점이야."

그리고 여자의 청바지 지퍼를 내리고 청바지를 발목까지 끌어내렸다.

바리케이드 뒤편에 커다란 펌프식 물총이 놓여 있었다. 바닷가 점포 같은 데서 파는 장난감이었다. 집어 들자 쿨렁쿨렁 소리가 났다.

남자의 욕망을 자극하는 차림새로 기절한 여자의 등에 휘발유를 잔뜩 뿌렸다. 그래도 여자는 눈을 뜨지 않았다.

"좋아."

렌은 뒤돌아보았다.

"나와. 아니면 내가 이 여자를 범하는 걸 보면서 즐길래?"

쌓여 있던 상자가 우당탕 무너졌다. 그 뒤에서 야윈 여자가 나타났다.

"네가 아니야."

렌은 말했다.

"내 상대는 우에다의 여자야. 세이치를 죽인 여자는 어디 있어?"

"아직 안 왔어."

여자가 입을 열었다. 그 목소리를 듣고 렌은 뚜렷한 공포를 느꼈다. 억양이 너무 없어서 마치 죽은 사람이 말하는 것 같았다.

"뭐야, 지각이야?"

"네가 너무 일찍 온 거야."

"그런가. 그럼 같이 기다릴까?"

"기다려도 소용없어. 그 여자는 안 와…… 무덤에 갔어. 자기 아들 무덤에. 체포될 수도 있다는 걸 알면서. 내가 보내줬지. 그 여자는 이미 니라사키를 처치했어. 널 죽이는 건 내 일이야. 니라사키는 내게서 제일 소중한 걸 빼앗았어. 그러니까 나도 니라사키에게서 널 빼앗겠어."

"그럼, 순서가 틀린 것 아닌가? 니라사키는 벌써 저세상에 갔잖아."

여자는 웃었다. 웃음소리는 건조하면서도 아주 서글펐다.

"그래, 틀렸는지도 모르겠네. 하지만 그런 건 아무래도 상관없어. 난 날 위해서 널 죽일 거니까."

"널 위해서?"

여자는 천천히 고개를 끄덕였다.

"그 아이의 원수를 갚고 싶다. 니라사키에게 복수하고 싶다. 머릿속이 그 생각으로 가득 차서 다른 생각은 할 수가 없었어. 상상이 가? 음식의 맛이 느껴지지 않아. 뭘 먹어도 맛이 안 나. 음악을 들어도 전혀 이해할 수가 없었지. 노래를 못 불러. 멜로디를 쫓아갈 수가 없거든. 즐거운 일이 하나도 없어. 소설을 읽으려고 해도 머릿속에 하나도 안 들어와. 아주 좋아하는 백합꽃을 봐도 아름답다는 생각이 전혀 안 들어. 있잖아…… 상상해봐. 마음으로 아무 것도 느끼지 못하게 되면 어떨지…… 상상해보라고. 난 산송장이 되고 말았어. 감동이라고는 전혀 없는 세상에서 오로지 니라사키를 죽일 생각만 해…… 내가 있는 곳은…… 지옥이야. 기쁨이 없는 세상에서 산다고 상상해봐. 어떨

것 같아?"

　상상하지 않아도 렌은 이해가 갔다.
　렌도 거기 있었던 적이 있다. 렌도 무릎을 끌어안고 오로지 악몽에서 깨어날 때가 오기만을 기다린 기억이 있다.

　"난 그냥 여기서 달아나고 싶을 뿐이야. 널 죽여서 그 아이의 원수를 갚았다는 걸 스스로에게 증명하고 싶어. 그러면 분명 감각이 되돌아오겠지. 음식 맛도 느껴질 테고, 노래도 흥얼거릴 수 있을 거야. 한순간이라도 좋으니 인간으로 되돌아가고 싶어. 죽기 전 단 몇 초만이라도 말이야."

　"네 딸을 친 건 세이치가 아니야."
　렌은 총구를 내렸다.
　"진짜야. 그날 밤…… 난 오다큐 선 선로에 누워서 첫 전철이 오기를 기다리고 있었어. 죽고 싶었거든. 그런데 죽지 못했어. 차가 고장나는 바람에 걸어서 여자 집으로 향하던 세이치가 나를 보고 걷어차서 일으켜 세웠지. 그리고 날 데려갔어. 세이치에게 쥐어박히면서 선로에서 기어올라 왔을 때 첫 전철이 지나가더군. 네 딸은 오다큐 선 첫 전철이 산구바시 역을 출발한 후에 차에 치였지? 세이치는 선로에서 주운 나를 데리고 바로 자기 여자 집까지 걸어갔어. 그리고 난 세이치가 저녁에 여자 집에서 돌아간 후에도 거기에 있었고, 세이치한테는 알리바이가 있어. 엉터리로 막 지어낸 이야기 아니야. 세이치는 이미 죽었는데 알리바이를 날조한다고 무슨 의미가 있겠어. ……당신에게는 세이치를 죽일 이유가 없으니, 세이치와 날 죽여도 네 딸의 원수는 못 갚아. 하지만."

렌은 리볼버를 내던졌다.

"괜찮아. 그래서 네 마음이 개운해진다면 그걸로 날 쏴. 그거, 세이치의 권총이야. 그걸 빼돌릴 수 있었던 사람은 나뿐이니까, 그걸로 날 쏴도 몸싸움을 벌이던 중에 발포됐다고 하면 정당방위가 인정되어 날 죽인 죄로는 처벌받지 않겠지."

여자는 움직이지 않았다. 눈을 부릅뜨고 입을 벌린 채 렌을 가만히 쳐다보았다.

"그 밸런타인데이 밤에 세이치는 내 목숨을 구했어. 하지만 그 대신에 네 딸을 죽게 만들었지. 차를 부하에게 떠맡기고 온 건 분명 세이치의 잘못이야. 네가 그걸 용서할 수 없다면 날 쏴. 하지만 세이치가 직접 네 딸을 죽인 건 아니야. 세이치는 악당이지. 하지만 네 딸을 죽였느냐는 점만 두고 따지자면 그는 무죄야."

여자는 그래도 움직이지 않고 렌을 바라만 보았다. 렌도 움직이지 않았다. 렌도 여자가 살고 있는 절망이라는 이름의 세상에서 산 적이 있다. 그래서인지 묘한 친근감이 느껴졌다.

원수는 갚을 수 없을 것 같군.

렌은 몸에서 힘을 뺐다.

그래도 상관없다는 기분이 들었다.

그날 시작된 어두운 밤, 기나긴 그 밤이 이제야 끝난다.

여자가 움직였다. 슬로모션 비디오를 보는 것처럼 느껴질 만큼 아주 천천히.

여자가 리볼버를 집어 들었다.

45구경은 저 여자가 다루기에 버겁다. 쏴도 맞지 않는다. 하지만 살짝 스치기만 해도 충분하리라. 머리카락까지 흠뻑 스며든 휘발유에 불이 붙어서 전부 다 끝날 것이다.

렌은 눈을 감았다.

우르릉우르릉, 하고 마치 벼락이 떨어지는 것처럼 요란한 소리가 들렸다.

"쏘지 마!"

렌은 눈을 떴다. 활짝 열린 문으로 총을 든 경찰관이 우르르 몰려 들어왔다.

"권총 버려!"

관할서 형사일까, 처음 보는 남자가 악을 썼다.

"총 내려놓으라고!"

소리치지 마!

렌은 마음속으로 외쳤다.

궁지에 몰지 마…… 궁지에 몰면…….

"어서 쏴."

렌은 속삭였다.

"짭새는 신경 쓰지 마. 쏘면 돼. 빗나가도 괜찮아. 휘발유에 불이 붙을 테니까. 화약이 있다는 건 거짓말이야. 저 상자에는 위조 신용카드밖에 없어."

여자가 몸을 부들부들 떨었다. 떨면서 총구를 자기 관자놀이를 향해 들어 올렸다.

"야, 이 멍청아! 인간으로 되돌아가고 싶다면서! 음식을 제대로 맛보고 노래도 부르고 싶지? 그대로 죽으면, 그 상태에서 빠져나오지 못하고 죽으면, 본전도 못 찾는 거잖아! 상관없으니까 방아쇠 당겨! 양손으로 총을 겨눠. 힘을 줘서 버티지 않으면 반동으로 어깨가 빠진다. 자, 쏴. 어서 쏘라니까!"

"왜?"

여자는 총을 내리고 물었다.

"왜…… 날 죽이지 않지?"

"그건."

렌은 물었다.

"나도 몰라."

렌의 시야 구석에서 뭔가가 움직였다. 여자가 무너뜨린 상자 뒤편에 사람이 엎드려 있었다.

훈련받은 몸놀림이었다. 입구에서 여기까지 소리 없이 기어서 다가왔다. 관할서 형사는 아닌 것 같았다.

렌은 머리를 움직이지 않고 엎드린 사람을 보았다.

여자였다. 여자가 누운 채로 총을 겨누었다.

흔들림이 하나도 없는 멋진 사격 자세였다. 단련에 단련을 거듭한 자세다.

렌은 생각났다. 다마키의 놀림을 받고 울었다는 본청의 여형사. 분명 사격 올림픽 국가대표 후보였다던가…….

"휘발유를 덮어썼어."

렌은 시선을 돌리지 않고 앞에 있는 여자에게 말을 걸 듯이 말했다.

"총알이 스치면 불덩어리가 될 거야."

엎드린 여자가 총을 내렸다. 무슨 말인지 알아들은 모양이다. 앞에서 총을 쥔 채 떨고 있는 여자는 아무 것도 눈치채지 못했다.

엎드린 여자가 다시 총을 겨누었다. 방금 전과 각도가 달랐다.

뭘 노리는 거지?

렌은 엎드린 여자가 겨눈 총구 끝에 뭐가 있는지 최선을 다해 살폈다.

설마. 진심이야?

총구가 노리는 것은 리볼버를 든 여자의 손이었다.

빗나가면 사형집행이나 마찬가지다. 표적에서 40센티미터쯤 떨어진 곳에 여자의 머리가 있다.

리볼버를 든 여자가 손을 움직였다. 총이 다시 여자의 얼굴로 다가 갔다.

"날 겨눠!"

렌은 소리를 질렀다.

"날 쏘지 않으면 넌 지옥에서 벗어날 수 없잖아? 그걸 앞으로 내밀고 날 겨눠!"

여자는 망설였다. 망설이며 자신의 관자놀이에서 총을 떼더니 어중간한 위치에서 손을 멈췄다.

"누가 가르쳐줘."
여자가 떨리는 목소리로 말했다.
"왜 그 아이가…… 마코가 죽어야 했는지…… 누가 가르쳐줘. 누가
좀…… 부탁입니다, 가르쳐주세요……."

굉음이 울려 퍼졌다.

모두 움직임을 멈췄다.

렌은 무릎이 희미하게 떨리는 것을 알아차렸다.
1초, 2초.
엎드려 있던 여자가 일어섰다.
앞에서 신음소리가 들렸다. 일어선 여자가 달리기 시작했다. 동시
에 뒤편에서 수많은 사람들이 덤벼들 듯이 뛰어왔다.
누군가 제압하듯이 렌의 몸을 뒤에서 끌어안았다.

"명이 꽤 길군."
오이카와가 눈앞에 서 있었다.
"니라사키는 저세상으로 갔고 넌 살아남았어. 이제 어떻게 할 거
야? 네가 니라사키가 되는 거냐?"
"이제 생각해봐야지."
렌은 그렇게 대답했다. 양 손목에 차가운 금속이 찰칵 채워졌다.

"총포 도검류 소지 등 단속법 위반 현행범이야. 그 외에 2과에서도 네게 볼일이 있는 모양이더라."

오이카와는 입술을 일그러뜨려서 웃었다.

"한동안 너랑 즐거운 시간을 보낼 수 있을 것 같아서 기뻐."

"변태."

"야, 이 자식 밖에 있는 수돗가에서 좀 씻겨라. 담배도 못 피우겠다."

"너도 사람 자식이군. 저 여자를 동정했나?"

스쳐 지나갈 때 오이카와가 속삭였다.

렌은 대답하지 않았다.

* * *

"지각이야."

렌은 창고 입구에 서 있던 류타로에게 말했다.

류타로는 말없이 렌을 가만히 바라보았다.

렌은 조금 기대했다. 하지만 류타로는 달려오지 않았다. 끌어안아주지도 않았다.

그 대신 류타로는 양손으로 얼굴을 덮었다.

흐느껴 우는 것과 비슷한 숨소리가 들렸다.

"이야기 좀 할게."

류타로가 렌의 양 옆에 있던 형사에게 말했다.

"괜찮아. 이 녀석은 달아나지 않아."

렌은 웃었다.

"금연 부탁해."

류타로가 렌의 어깨를 눌러서 공용차 뒷좌석에 밀어 넣었다. 렌은 순순히 차에 올라탔다.

"우에다는 자살했어."

류타로가 말했다.

"아타미의 별장에서 엽총을 입에 물고 발포해서 죽었대. 자기 전처가 니라사키를 죽였으니까 길은 그것밖에 없었겠지. 요시카와 사나에는…… 말기암이야. 여명은 겨우 반년. 판결이 나오기 전에 죽겠지. 이제 그만 끝내지 않을래? 니라사키의 죽음에 대한 책임을 묻고자 간자키에게 보복하지 않을 거지?"

"간자키는 상관없는걸."

렌의 말에 류타로는 고개를 끄덕였다.

"신세를 지는구나. 고마워."

"슬프지 않아?"

"응?"

"아주 덤덤해 보여서. 당신, 그 여자 사랑하지 않았나?"

"응."

류타로는 눈을 감았다.

"사랑했지…… 지금도 사랑해."

"난?"

렌은 류타로의 옆얼굴을 쳐다보았다. 눈꺼풀이 가볍게 씰룩씰룩 움직였다. 몹시 지친 것이리라.

"무슨 대답이 듣고 싶어? 기타무라의 딸을 죽이지 않은 상으로 네가 원하는 말을 해줄게."

"그럼, 됐어."

렌은 좌석에 등을 묻었다.

"아무 말 안 해도 돼."

"삐치지 마."

"나, 죽을 뻔했다고."

"알아."

"립 서비스 한 번 해주면 어디가 덧나냐."

"몇 번 말했냐. 난 그런 거 잘 못해."

"당신 부하, 대단하더라. 그 위치에서 권총을 쥐고 있는 손을 정확하게 맞혔어."

"너무 긴장돼서 진짜 죽을 맛이었어."

류타로의 말에서 실감이 고스란히 전해져서 렌은 무심코 고개를 끄덕였다.

"꽃을 보낸다면서."

류타로가 뜬금없이 그런 말을 꺼내서 무슨 소리인지 한순간 이해하지 못했다.

"10년 전 사건의 피해자에게 네가 꽃을 보낸다고 다무라한테 들었어. 어디 입원했다면서."

"아아."

렌은 고개를 끄덕였다.

"그거."

"니라사키는 내게 그런 것처럼 그 여자한테도 복수한 거야?"

"당신한테 복수한 건 니라사키가 아니라 나야."

"그 여자한테 무슨 짓을 했어? 정신이 이상해졌다고 들었는데."

"후지우라가 당신한테 한 이야기랑 똑같은 이야기를 들려줬대."

렌은 한숨을 크게 내쉬었다.

"그뿐이야. 정말로 그게 다야."

"손 씻어라."

류타로가 말했다.

"넌…… 악마가 아니야. 실은 니라사키의 뒤를 이어받을 사람이 아니라고. 넌 레이코도, 모치즈키 미치코와 기타무라의 딸도 죽이지 않았어. 세타가야 사건의 피해자도 영원히 증오하지 않았고. 그게 너야. 네 본질이야."

"당신도 참 끈질기다."

렌은 툭 내뱉듯이 대답했다.

"끈질기다…… 끈질겨."

렌은 어째서인지 북받치는 오열을 안간힘을 다해 씹어 삼켰다.

"하나만…… 물어봐도…… 돼?"

"응."

류타로는 눈을 감은 채 대답했다.

렌은 말을 골랐다.

실은 묻고 싶은 것이 아주 많다.

역시 내가 미워?

죽이고 싶어?

나랑 잔 걸 후회해?

내일 레이코를 찾으러 갈 거야?

요시카와 사나에가 죽으면 울 거야?

렌은 딱 하나만 골랐다.

"10년 전에 나는 도대체 무슨 죄를 지은 걸까?"

왜 그 질문을 선택했는지 렌 스스로도 몰랐다. 다만 그 질문에만은
류타로가 거짓말로 대답할 수 없을 것 같았다.

"넌."

류타로는 말했다.

"아무 죄도 짓지 않았어."

계속되겠군.

렌은 창밖을 보았다. 해가 져서 하늘이 어두웠다.

계속된다. 기나긴 밤은 아직, 아직 끝나지 않았다.

"평생을."

류타로가 괴로운 듯이 잠긴 목소리로 말을 꺼냈다.

"걸게 해주지 않겠어?"

뭐에다가?

렌은 한숨을 쉬었다.

보상하는 데?

"난 변하지 않아."

렌은 말했다.

"당신이 조폭이 돼. 그게 빨라."

"연금이 안 나오잖아."

류타로는 말했다.

"노후는 편안하게 지내고 싶어."

류타로가 렌의 머리를 잡았다. 손끝의 온기가 두피에 스며들었다. 그 온기와 함께 희미한 기억이 되살아났다. 차가운 달빛이 비치던 선로 위에서, 이것과 비슷하게 따뜻한 손가락이 머리를 잡고 일으켜 세웠던 기억이.

류타로가 머리를 가볍게 흔들자 눈꼬리에 맺힌 눈물이 어딘가로 떨어졌다.

창밖의 긴 밤은 가로등 불빛을 받아 꽤 밝았다.

〈끝〉

작가의 부탁

이 단편은 《성스러운 검은 밤》 단행본이 간행될 때 한정 제작한 소책자에 수록된 작품입니다. 본편과 같은 인물이 등장하지만, 본편에서는 언급되지 않은 등장인물의 심리를 그리고 있으므로 이 단편을 먼저 읽으면 본편을 읽을 때 지장이 생길 가능성이 있습니다. 본편을 다 읽으신 후에 읽어주시기 바랍니다.

시바타 요시키

외전 2

유리
나
비

수학여행이라도 가는지 신칸센 플랫폼은 교복 차림의 학생들로 가득했다. 아소는 내심 학생들과 같은 열차가 아니기를 바라며, 시끄럽게 떠들고 정신 사납게 돌아다니는 학생들을 피해서 걸었다. 다행히도 학생들은 아소가 가진 표에 적힌 열차 다음에 출발하는 히카리호를 타는 듯했다.

아소는 거의 타본 적이 없는 특실에 올라타 지정된 좌석을 찾았다.

고다 히나코는 이미 창가 자리에 앉아 잡지를 읽고 있었다. 아소의 기척을 느꼈는지 히나코가 고개를 들더니 일어서려고 했다.

"아, 그냥 앉아계세요."

"제가 이쪽에 앉아서 가도 괜찮으시겠어요?"

"물론이죠. 어, 그러니까 고다 씨만 괜찮으시다면요."

어색하게 인사를 나눈 후 아소는 통로 쪽 자리에 앉았다.

"특실이라니…… 죄송합니다."

히나코가 앉아서 고개를 숙였다.

"나중에 요금 드릴게요."

"아니요, 신경 쓰실 것 없어요. 제가 가고 싶어서 가는 거니까요. 고다 씨가 함께 가 주셔서 감사할 따름입니다."

"지난번에는 제가 너무 감정적으로 나왔죠."

히나코의 목소리는 전보다 기운 없이 들렸다.

"아소 씨에게 불합리한 요구를 한다는 건 저도 잘 알아요. 그 아이는 스스로 전락했죠. 아소 씨 탓이 아니라는 건…… 정말로, 저……."

열흘쯤 전, 아소는 후지우라 변호사의 사무실을 찾아갔다가 히나코와 마주쳤다. 히나코는 과부이고 후지우라는 독신이다. 두 사람 사이에 뭔가 있어도 딱히 부자연스러운 일은 아니다. 어쩌면 그러한 생각이 얼굴에 드러났는지도 모른다. 히나코는 아소를 보자마자 매서운 눈으로 할 이야기가 있다고 말했다.

그 아이를 구해줄 생각이 없으시다면, 그 아이와 헤어져주세요

히나코의 눈동자에 분노가 깃든 것을 알고 아소는 할 말을 잃었다. 히나코는 연거푸 말을 이었다.

구쓰키를 보러 갈 생각은 없으신가요? 당신 탓에 그 아이가 잃은, 그 아이의 고향을요.

"말이 지나쳤어요."

히나코의 사과가 계속됐다.

"집에 돌아간 후에 창피하고 죄송해서 몇 번이고 전화를 드리려고 했지만…… 결국 전화를 걸 용기가 나지 않았어요. 그런데 아소 씨가 먼저 연락을 주셔서."

"고다 씨 말이 지나쳤다고는 생각지 않습니다. 오히려 친절하게 깨우쳐주신 걸로 받아들였습니다."

아소는 좌석을 조금 뒤로 눕힌 후 눈을 감고 등을 좌석 깊이 묻었다.

"제가 하는 짓은…… 어중간합니다. 그리고 비겁하죠. 그건 저도 잘 압니다. 다만 그렇더라도…… 지금 아무 일도 없었다는 것처럼 손을 뗄 수는 없을 것 같군요. 고다 씨 입장에서는 도대체 무슨 생각으로 그러나 싶어 화가 나실 만도 할 겁니다."

"아니에요."

히나코가 아소의 팔을 잡았다. 아소는 놀랐지만 가만히 있었다.

"아니에요. 저 알아요. 아소 씨가 그 아이의…… 누명을 벗기기 위해 움직이고 계신다는 거요. 이와시타 게이고를 찾고 계신다는 것도요."

"대단한 일을 하는 건 아닙니다. 이와시타가 85년에 도쿄에 머물렀다는 증거가 있다고 후지우라 씨께 들었거든요. 그래서 그쪽 방향을 조금 살펴보고 있기는 합니다만. 고다 씨는 이와시타 게이고와 안면이 있으십니까?"

히나코는 고개를 끄덕였다.

"사촌동생이니까요. 하지만 제가 대학생일 때 가출해서 구쓰키를 떠났어요. 그 전부터 행실이 불량해서 문제가 끊이지 않았죠. 연초에 온 친척이 다 모일 때도 게이고는 중학교 1학년 때 마지막으로 얼굴을 내밀고는 그 다음부터 코빼기도 비추지 않았어요. 그러고는 동네에서 가끔 마주치는 게 다였죠. 얼굴을 보면 인사 정도는 했지만요……."

"세타가야에서 사건이 발생했을 때 고다 씨는…… 야마우치의 무죄를 확신하셨습니다."

"그 아이는 소심하고 정말로 착한 아이였어요. 좋아하는 여자애한테 마음을 고백하지 못하고 속만 태울지언정, 칼로 협박해서 욕심을 채울 생각을 할 아이는 아니에요. 그것만은 믿었죠."

"책망하는 게 아니니까 오해하지 마시고요…… 당시 야마우치와 얼굴이 닮은 이와시타의 짓이 아닐까 의심하지는 않으셨습니까?"

히나코는 잠시 입을 다물었다. 옛날 기억을 열심히 더듬고 있다는 것을 아소는 알았다. 히나코는 언제나 진지했다. 이 여자는 인생을 너무 진지하게 산다 싶어 불안감을 느낄 만큼.

"……솔직히 말씀드리자면, 게이고 생각은 전혀 안 났다고 해야겠죠. 게이고의 존재 그 자체를 잊어버렸어요. 게이고가 동네에 있었을 무렵은 다들 그 아이와 게이고가 그렇게 닮은 줄 몰랐어요. 무리도 아니죠. 게이고와 그 아이는 네 살 터울이라 게이고가 동네를 떠났을 때 그 아이는 아직 초등학생이었으니까요. 원래 저희 어머니와 이모는 아주 닮았어요. 그건 알고 있었지만 게이고는 어렸을 때부터 몹시 활발했고 조금 폭력적인 경향이 있어서, 얌전하고 소극적이었던 그 아이와 게이고가 닮았을 줄은 아무도 예상하지 못했겠죠."

"후지우라 씨가 세타가야 사건을 조사하다가 그 사건이 단순한 원죄 사건이 아니라는 것을 알아차리고 대역의 가능성에 초점을 맞추셨죠."

"맞아요. 친척 중에 그 아이와 얼굴이 닮았고 나이도 비슷한 사람이 있지 않느냐고 물어보셨을 때야 겨우 게이고가 생각나더군요. 생각해보니 가출한 당시 게이고의 얼굴이 그 아이와 닮은 것 같았어요. 구쓰키의 본가에 연락해 게이고의 사진을 구해서 보내달라고 부탁했죠. 그 사진을 보았을 때 정말로…… 심장이 멎을 만큼 놀랐어요."

"이와시타 게이고를 찾아내기만 하면, 그리고 이와시타가 죄를 인정하기만 하면 다른 일을 표면화하지 않아도 야마우치는 분명 무죄 판결을 받을 겁니다. 이와시타의 자백이 확실하다면 검찰도 굳이 싸우려고 하지는 않겠죠. 이와시타의 죄상이 상해로 인정된다면 시효는 이미 성립됐으니까요."

"하지만…… 만약 후지우라 선생님이 생각하시듯이 정말로 배후가 있었다면 게이고는 자백하지 않을 거예요. 재판에서 진실을 말하면 게이고를 고용한 사람들에게 불똥이 튈 테니까요."

"후지우라 씨 생각은 어떠십니까? 사건의 배경까지 모조리 밝히실 작정이실까요?"

"그건 게이고에게 달렸다고 말씀하셨어요. 거래에 응해 게이고가 재판에서 증언할 수 있는 상황을 만들 수 있다면 배경에 대해서는 언급하지 않는다는 선택지도 고려를…… 저기, 경찰을 상대로 이런 이야기를 하는 건…… 아소 씨를 신뢰하기 때문이니까 부디……."

아소는 고개를 끄덕였다.

"압니다. 그리고…… 실은 다음 달을 끝으로 퇴직하기로 결심했어요."

"퇴직?"

히나코는 다시 아소의 팔을 잡았다.

"그건 안 돼요! 저는 그럴 생각으로…… 그때는 정말로 정신이 어떻게 된 모양이에요. 저…….'

"고다 씨 탓이 아닙니다."

아소는 히나코의 손을 살짝 잡고 자기 팔에서 떼어내 팔걸이에 내려놓았다.

"예전부터…… 니라사키 살해 사건이 일어난 직후부터 그럴 생각은 있었어요. 아직 내시 단계지만 이동하기로 결정돼서 결국 마음을 정했습니다."

"이동이라고요?"

"지역부로 이동입니다."

아소는 쓴웃음을 지었다.

"저는…… 사격에 정말 서툴러요. 제복경관으로는 일할 수 있을 것 같지가 않습니다."

잠시 침묵이 흐른 후 코를 훌쩍이는 듯한 소리가 들렸다.

"죄송……해요."

히나코가 떨리는 목소리로 입을 열었다.

"세타가야 사건에 대해 조사하신 탓에…….'

"그거하고는 상관없습니다. 저는 그…… 원래 윗사람들의 총애를 받지 못했어요. 상사의 명령에 거역하거든요. 게다가 공무원 생활에 적응이 안 되는데 억지로 참고 견디는 것도 슬슬 한계입니다. 세타가야 사건의 진상을 파헤치려면 경찰 내부에 있는 편이 편리할 것 같아서 지금까지 마음을 정하지 못했는데, 이동이 좋은 계기가 된 거죠."

"만약…… 만약 그 아이가 진짜 조폭이 된다면…… 헤어져주세요. 그 아이를 위해서가 아니라, 아소 씨 본인을 위해서."

히나코는 창 쪽으로 몸을 돌렸다. 그렇지만 어깨와 목소리가 떨리는 모습에서 히나코가 눈물을 흘리고 있음은 충분히 상상이 갔다.

"어렵군요."

아소는 다시 눈을 감았다.

"……어려워요."

* * *

교토 역에서 내려서 렌터카를 빌렸다. 고세이 선을 타고 비와 호수 서쪽을 북상하여 북쪽에서 구쓰키로 들어가는 방법도 있는 모양이지만, 히나코 말로는 교토에서 차로 가는 편이 편리하다고 한다.

익숙한 길이니까 자기가 운전하겠다며 히나코가 운전대를 잡았다. 집에서 교토 시내의 전문대에 다니던 무렵, 버스와 전철을 갈아타고 가기가 귀찮아서 자주 차를 몰고 다녔다고 한다.

"그 당시는 길이 안 좋아서 아주 불편했어요. 지금은 꽤 좋아졌죠. 그래도 여전히 좁아서 양방향 통행이 힘든 곳이 있다니까요."

혼잡한 시가지를 벗어나 야세와 오하라를 거쳐 도추 초에서 터널을 통과하자 바로 산길이 나왔다. 운전대를 솜씨 좋게 놀려 크게 꺾어진 길을 깔끔하게 나아가는 히나코는 아소가 상상한 것보다 훨씬 운동신경이 좋고 활발해 보였다. 커브를 도는 도중에 별 생각 없이 뒤를 돌아보자 절경이 눈에 들어와서 무심코 환성이 새어나왔다. 비와 호수와 하늘이 뒤편 절벽 안쪽에 널찍이 자리 잡고 있었다.

커브를 몇 번 돌며 산길을 다 올라가자 또 터널이 나왔다. 아소는 하나오레 터널이라는 글자에 반응했다.

"하나오레라면 들어본 적이 있는데."

"신문 같은 데서 단층 이름으로 나온 걸 보신 것 아니세요?"

"단층이라면 지진의 원인이 된다는? 아아, 그렇네요, 맞아요. 교토나 비와 호수에 대지진이 일어날 가능성이 있다나 뭐라나."

"하나오레 단층의 활동주기에 대한 논쟁이 있다고 해요. 지금 정밀조사를 하는 모양이더군요. 하나오레 단층은 교토 중심부 근처까지 이어져 있는 아주 거대한 단층인데, 주기적으로 대지진을 일으킨다고 하더라고요."

세타가야 사건과 무관한 화제로 히나코의 목소리를 듣고 있자니 즐거웠다. 히나코의 목소리는 차분하고 조금 나지막한 것이 부드러운 비올라 음색을 연상시켰다.

터널을 빠져나오자 지금까지와는 전혀 다른 세상이 펼쳐졌다. 오하라 부근에서 본 것과는 반대 방향으로 흐르는 강. 하나오레 고개는 분수령이다. 그 강줄기를 따라 늘어선 집들의 지붕은 설국의 지붕처럼 경사가 급하고 형태가 독특했다.

"쌓인 눈이 아직도 남아 있군요."

아소가 그림엽서에 그대로 실어도 될 만큼 멋진 경치에 푹 빠져서 말하자 히나코가 대답했다.

"요 부근만 그래요. 이 앞쪽, 구쓰키 인근까지 가면 지붕 모양이 또 변하죠. 구쓰키에는 눈이 아주 많이 내리는 편은 아니에요. 물론 천연 스키장이 있을 정도니까 내릴 때는 내리지만요."

어느 틈엔가 강 옆으로 난 길이 좁아지고 커브도 심해졌다. 히나코가 운전에 집중할 수 있도록 아소는 잠시 대화를 삼갔다. 히나코의 운전 실력은 대단했다. 군데군데 산이 깎인 곳에 중장비가 있었다. 대규모 도로공사를 벌이는 모양이었다.

"터널을 뚫고 이 길의 우회로가 될 새 길을 내고 있어요. 이 길, 노선버스가 다녀요. 믿기지 않죠?"

히나코가 웃었다.

"맞은편에서 차가 오면 비껴 지나가기가 힘들 것 같군요."

"까딱 잘못하면 골치 아픈 지경에 빠지죠. 일요일이 되면 평소 운전에 익숙하지 않은 사람들이 낚시며 바비큐를 하려고 이 일대에 많이 오는데요. 그런 사람들이 서로 비껴 지나가는 데 실패해서 심한 정체가 발생해요. 하지만 새 길이 생기면 그런 일도 없을 테니 교토에서 구쓰키에 오기가 훨씬 편해지겠죠."

"역시 구쓰키 사람들은 교토 시내에서 관광객이 오기를 기대하고 있습니까?"

"예. 몇 년 전에 개장한 온천이 인기를 끌고 있거든요. 지금도 교토 중심부에서 두 시간이면 도착해요. 도로가 더 넓어지면 한 시간도 걸리지 않겠죠. 관광객을 노린 음식점도 늘었어요. 제가 살던 무렵에는 정말로 아무 것도 없었는데…… 이 길도 포장되지 않은 곳이 많았고, 강에 놓인 다리도 좁아서 차가 한 대밖에 지나갈 수 없었죠. 아, 보세요. 여기서부터 잠시 새 도로로 들어갈 수 있어요."

히나코의 말대로 정면에 터널이 보였다. 터널로 향하지 않는 길이 옛날부터 사용하던 경로이리라. 그쪽 길은 강을 따라 구부러져 저 너머로 사라졌다. 직진하자 차는 아직 새로운 분위기가 풍기는 터널로 빨려 들어갔다.

"단풍이 들 시기가 되면 지금도 옛날 도로가 붐비기도 해요. 터널로 들어가면 산이 안 보이니까요."

새 길은 노면도 매끈하여 속도가 났다. 터널을 빠져나와 잠시 쾌적하게 달렸지만, 이윽고 왼쪽에서 합류해오는 강 옆의 좁은 길이 보였다. 합류점을 지나치자 오가기가 불편한 좁은 길로 되돌아왔다.

"하나오레에서 북쪽의 구쓰키까지 이어지는 이 길이 전부 쾌적한 2차선 도로로 바뀌려면 앞으로 6, 7년은 더 걸린다고 하네요."

강 옆의 좁은 길을 한동안 계속 달렸다. 도중에 우체국과 잡화점, 찻집과 이발소 등이 늘어선 거리가 나왔다. 여기가 보무라 초고, 거기서 조금 더 나아가자 우메노키라고 적힌 버스정류장이 보였다.

"이 부근은 시가 현과 교토 시 사쿄 구가 모자이크처럼 얽힌 곳이에요. 구쓰기의 중심인 혼진에는 이대로 쭉 가는 편이 빠르지만, 저희 본가에는 이 다리를 왼쪽으로 건너면 나오는 사쿄 구 구타라는 곳에서 북쪽으로 빠져나가는 편이 빨라요. 하지만 오늘은."

히나코는 옆을 힐끗 보더니 미소 지었다.

"약속을 했으니 나비를 찾으러 가죠. 구타에도 많고, 구타에서 서쪽으로 빠져서 히로가와라 방면으로 나가는 편이 찾기 쉬울지도 모르겠네요. 하지만 제 비장의 장소가 있으니 오늘은 그쪽으로."

"고다 씨께 맡기겠습니다. 쌍안경은 가지고 왔습니다만."

이번에는 히나코가 깔깔 소리 내어 웃었다.

"아마 필요 없을 거예요. 엷은날개흰나비(왜모시나비를 가리킨다―옮긴이 주)는 마음씨 좋은 나비거든요. 쌍안경은 쓰지 않아도 돼요."

앞쪽 표지판에 드디어 구쓰키 촌이라는 글자가 보였다. 어디가 경계인지는 모르지만, 아소는 드디어 렌의 고향에 왔다고 생각했다.

얼마 지나지 않아 왼편에 무료 휴게소가 보였다. 공중화장실과 음료수 자판기, 그리고 지붕 달린 벤치와 테이블이 있었다. 히나코는 휴게소 주차장으로 들어갔다. 도착했다거나 여기라는 말도 없이 히나코는 차를 세우고 문을 열었다. 아소도 허둥지둥 차에서 내렸다. 휴게소에 다른 차는 없었다.

"뭐라도 좀 마실까요?"

아소가 묻자 히나코는 그럼 차가운 차를 부탁한다며 지갑을 꺼내려고 했다. 아소는 몸짓으로 히나코를 만류하고 자판기로 향했다. 우롱차 캔을 두 개 뽑아서 돌아보자 히나코는 벤치 너머, 강을 구경할 수 있는 난간 앞에 서 있었다.

아소가 옆에 서자 히나코는 초여름 바람을 맞으며 눈을 가늘게 떴다.

어린 풀의 냄새와 함께 멀리서 물 냄새가 풍겨왔다. 아래쪽에 느릿느릿 흘러가는 강이 보였다.

"혼진은 아직 한참 가야 해요. 구쓰키 촌은 면적이 아주 넓은 곳이죠. 대부분은 산이지만."

히나코는 북쪽을 가리켰다.

"제 본가는 저 산 뒤편에 있어요. 아까 지나온 우메노키에서 서쪽으로 가다가 구노 앞에서 북쪽으로 가면 나오죠."

"오늘은 본가에?"

"그럴 생각이에요. 아, 하지만 아소 씨는 이 차로 먼저 돌아가세요. 아까 보셨다시피 1차선 도로니까 교토 역까지 두 시간은 잡아야 할 거예요. 당일치기로 오신 거죠?"

"하룻밤 머물면 좋겠지만, 내일 회의가 있어서요."

"혼진까지 가서 거기서 헤어지죠. 혼진에도 본가 근처까지 가는 버스가 있으니까."

"이왕 여기까지 왔으니 바래다드리겠습니다."

"아니요."

히나코는 아소를 보았다.

"그렇게는 안 하시는 편이 좋겠어요."

히나코는 조금 구슬픈 목소리로 말했다. 거절이었다. 히나코는 아소를 아직 용서하지는 않았다.

"해가 나오기를 기다리고 있어요."

히나코는 다시 앞을 보고 우롱차를 입에 댔다.

"해? 태양 말씀입니까?"

아소는 무심코 하늘을 보았다. 과연, 태양이 구름에 가려졌다. 충분히 밝지만 햇살은 비치지 않았다.

"엷은날개흰나비는 해님을 좋아하는 나비예요. 구름이 해를 가리면 꽃잎에 가만히 앉아 있죠. 비가 올까 경계하는지도 모르겠어요. 햇빛이 비치면 일제히 날아올라 주변을 노닐죠."

"그럼 여기에……."

히나코는 고개를 끄덕였다.

아소는 차를 마시는 것도 잊어버렸다. 여기에서, 도로 옆의 아무것도 아닌 이런 곳에서 유리 나비를 볼 수 있다니.

"이런 도로 옆에 엷은날개흰나비가 나타날 거라고 생각하는 사람은 아무도 없죠. 요맘때쯤이면 엷은날개흰나비를 노리는 마니아 같은 사람의 모습이 드문드문 눈에 띄어요. 포충망을 들고 있으니까 척 보면 알죠. 하지만 그 사람들은 산속으로 들어가요. 이 부근에서 엷은날개흰나비로 유명한 곳은 히로가와라 부근인데, 저 산을 지나 한참 가야 해요. 하나세라는 지명은 아세요?"

"들어본 적은 있습니다. 구라마에서 안쪽으로 더 들어가는 걸로 아는데요."

"히로가와라는 하나세보다 더 북쪽이에요. 하지만 거기까지 가지 않아도 여기서 볼 수 있답니다. 엷은날개흰나비는 수수한 나비예요. 왕오색나비나 일본애호랑나비처럼 아름다운 날개도 없고, 부전나비과 나비들처럼 바람의 요정이라는 근사한 별명으로 불리지도 않죠. 희소성도 그렇게 없고요. 하지만 바로 그렇기 때문에 이렇듯 평범한 장소에서 노니는 모습이 제일 잘 어울려요. 제게 그 나비는…… 수집용이 아니에요. 그저 그 모습을 감상하며 이제 여름이 왔음을 느끼죠."

아소는 기다렸다. 히나코 옆에 서서 해가 구름 사이로 얼굴을 내밀기를 가만히 기다렸다.

유리 날개를 가진 나비를 계속 기다렸다.

드디어 구름이 걷히자 시야가 확 밝아졌다.

"보세요."

히나코가 손가락으로 가리켰다.

"저기요."

마법 같았다. 방금 전까지만 해도 조그마한 노란색 나비가 팔랑팔랑 날아다닐 뿐이었던 난간 너머 완만한 벼랑의 경사면에 하얀 새 깃털을 연상시키는 것이 수없이 두둥실 떠올랐다.

"날아다니는 모습으로 배추흰나비와 구별할 수 있어요. 엷은날개흰나비는 호랑나비의 일종이라 날개를 그렇게 많이 움직이지 않아요. 배추흰나비가 나풀나풀이라면, 엷은날개흰나비는 하느작하느작 날아다녀요."

"생각보다…… 크네요."

"호랑나비와 비슷하죠."

"정말로 일제히 날아올랐어요."

"얘들의 일생은 아주 짧아요. 1년 중에 저 모습으로 하늘을 날아다닐 수 있는 건 기껏해야 2, 3주죠. 그러니 해가 나면 그야말로 열심히 날아다녀요. 아소 씨, 거기 바로 아래에 노란 꽃이 있죠? 운이 좋으면 거기에 앉는 애도 있을 거예요."

"하지만."

아소는 난간 바로 밑에 핀 여우모란(왜젓가락나물을 가리킨다−옮긴이 주)의 노란색 꽃을 내려다보았다.

"사람이 이렇게 가까이 있는데요."

"아까 말씀드렸잖아요. 저 애들은 아주 마음씨가 좋은 나비예요. 인기척이 나도 개의치 않는답니다. 정신없이 꿀을 빨 때는 손가락으로 등을 만져도 달아나지 않아요."

믿기지 않았다. 어렸을 적에 포충망을 들고 나비를 쫓아다닌 적이 있다. 나비는 민감해서 꽃잎에 앉아 있을 때 아무리 조심해서 다가가도 달아났다. 나비를 잡으려면 포충망을 마구 휘둘러서 억지로 잡는 수밖에 없었다.

등을 만져도 가만히 있는 나비가 있다니 상상도 되지 않았다.

아소는 마음속으로 빌었다. 발아래의 저 노란 꽃에 흰나비가 한 마리 앉아주기를 빌었다.

소원은 느닷없이 이루어졌다. 바람을 타고 흘러온 것처럼 보인 흰나비 한 마리가 휙 빨려들 듯이 노란 꽃 위에 날개를 펼치고 앉았다.

아소는 자기도 모르게 숨을 죽였다. 조금이라도 움직이면 나비가 영원히 달아날 거라는 불안감에 사로잡혔다.

"날개를 보세요."

히나코가 상냥하게 말했다.

"투명하다는 걸 아시겠어요?"

아소는 믿기지 않는 기분으로 나비를 바라보았다.

정말로 날개가 투명했다. 날개 밑의 꽃이 선명하게 보였다.

"학명은 파르나시우스 그라시아리스. 유리 나비라고 부르는 이름 그대로죠? 파르나시우스 중에는 태양 나비라고 불리는 것도 있는데, 보통은 하얀 날개에 대담한 빨간 무늬가 들어가 있대요. 저는 곤충 전문가가 아니니까 표본을 본 적도 없지만요. 하지만 그 아이한테는 빨간 무늬가 없네요. 그냥 투명한 날개뿐이에요. 정말로 수수해요……하지만 날개에 비치는 꽃과 이파리를 보고 있으면, 이만큼 아름다운 나비가 또 있을까 싶어요."

"정말이네요."

아소는 그 말밖에 나오지 않았다.

햇빛을 받으며 열심히 꿀을 빠는 유리 나비는 타고난 색깔과 무늬가 아니라, 비쳐 보이는 아름다운 경치로 날개를 장식했다.

"살짝 만져보세요. 바로 위에서 가만히 손가락을 대면 도망치지 않을 거예요."

아소는 망설였다. 도저히 가능할 것 같지 않았다. 몸을 움직이자마자 마법이 풀릴 것이 틀림없다.

그렇지만 히나코가 기다리고 있었기에 아소는 천천히 무릎을 굽힌 후, 나비와 똑같은 위치가 될 때까지 난간 너머로 몸을 수그렸다.

아소는 숨을 멈추고 떨리는 손을 뻗었다.

손끝에 모피 같은 감촉이 느껴졌다. 회색 털에 덮인 조그마한 고양이 같은 그 몸뚱어리는 아소의 손가락이 닿아도 달아날 낌새가 없었다. 나비는 전혀 개의치 않고 꿀을 빠는 데 집중했다.

"무구하다고 생각하기로 했어요."

히나코가 입을 열었다.

"무구하니까 도망치지 않는다고요. 물론 사실은 그렇지 않고, 단순히 원시적일 뿐이겠죠. 게다가 새가 이 나비를 먹이로 좋아하지 않아서 경계심이 약한지도 모르겠어요. 애벌레 때 먹는 풀, 자주괴불주머니라고 어디에나 자라는 잡초인데요, 그게 독초라서 이 나비의 몸속에는 미량의 독이 있다고 해요. 새는 본능적으로 그걸 알고 있어서 이 나비를 노리지 않는 거고요. 하지만…… 과학적으로 설명이 가능한 일에도 의미를 부여하는 게 인간의 낭만이겠죠. 그러니까 이 아이는 무구해서 의심할 줄 모른다고 상상해보는 거예요."

"그게."

아소는 나비 옆에 무릎을 꿇은 채 속삭였다.

"야마우치가 나비를 가슴에 새긴 이유일까요?"

"아니요, 아닐 거예요."

히나코는 다시 저 멀리를 바라보았다.

"동생은 제가 아닌걸요. 동생에게는 동생만의 전혀 다른 의미가 있 겠죠…… 그 나비에 부여한."

나비가 날아올랐다.

바람이 살짝 불었을 뿐인데 나비는 놀랄 만큼 재빠르게 멀어졌다.

구름이 뭉게뭉게 피어오르는 기척에 주변을 하느작하느작 떠다니 던 흰나비는 한꺼번에 모습을 감추었다.

사라졌다, 딱 그런 느낌이었다. 구름이 싫어서 꽃잎에 가만히 앉아 있을 뿐이라는 것은 알지만 너무나 갑작스레 한 마리도 남지 않고 모 습을 감추는 바람에 마치 꿈에서 깨어났을 때처럼 허망한 기분이 들 었다.

짧은 백일몽에서 깨어났을 때처럼.

짧은 환상에서 깨어났을 때처럼.

* * *

열쇠 구멍에 열쇠를 꽂고 나서야 알아차렸다. 문손잡이가 아무 저항 없이 빙글 돌아갔다.

가지런히 놓인 아디다스 운동화를 넘어서 구두를 벗고 복도를 걸어 들어갔다.

"어서 와."

그는 태평스러운 얼굴로 집 안에서 아소를 맞이했다.

"몇 번 말해야 알아들어? 빈집털이범처럼 자물쇠를 따고 함부로 들어오지 마."

아소는 웃옷을 내던졌다. 그가 인상을 찡그렸다.

"여벌 열쇠를 안 주니까 그렇지."

"내가 왜 너한테 여벌 열쇠를 줘야 하는데? 그리고 이제 이 집은 팔 거야."

"가격이 폭락했는데 팔겠다고? 빚이 남을 텐데."

"알아. 그래도 다달이 변제해야 할 돈이 반으로 주니까."

"집을 빌려서 집세를 내면 다를 게 없잖아."

"집을 안 팔아도 어차피 집세는 내야 해. 사무실을 빌려야 하거든. 이왕이면 주거가 가능한 사무실로 해야겠다."

"사무실을 빌리다니, 왜?"

"그만둘 거거든."

아소는 다다미에 책상다리를 하고 앉아 담배를 꺼냈다.

"경찰을."

"언제?"

"다음 달을 끝으로. 당장은 퇴직금으로 먹고살아야겠지. 일이 궤도에 오를 때까지는."

"무슨 일을 할 건데?"

"너한테는 안 가르쳐줘."

아소는 담배에 불을 붙이고 웃었다.

"안 가르쳐줘도 어차피 찾아낼 거잖아."

그는 벌렁 드러누웠다. 깍지 낀 손을 베개 삼아.

"누나랑 잤어?"

아소는 그를 잠깐 바라보다가 말했다.

"그런 상상밖에 할 줄 모르냐?"

"은밀하게 구니까 그렇지."

"누가 은밀하게 굴었다고 그래. 그리고 죄다 너한테 보고해야 할 의무가 어디 있어?"

"어머니 집은 봤어?"

"아니."

아소는 담배연기를 내뿜었다.

"네 집에 가는 건 허락 안 해주더라."

"내 집 아니야."

그는 하품을 했다.

아소는 담배를 다 피운 후 일어서서 CD를 넣어둔 서랍장을 뒤졌다. 아무 생각 없이 그저 좋아하는 앨범을 꺼내서 CD플레이어에 넣었다.

오늘 밤은 킹 크림슨의 레드를 듣고 싶은 기분이었다.

이 작품은《KADOKAWA 미스터리》에 연재되던 당시부터 정말로 많은 독자 여러분의 응원과 지지를 받았습니다. 단행본이 간행됐을 때는 후기를 싣지 않았으므로, 지금 이 자리를 빌려 진심으로 감사 말씀 올립니다.

문고에는 단행본을 간행했을 때 제작한 소책자에만 수록된 미발표 단편 두 편을 수록했습니다. 단행본이 간행된 후 4년간, 메일 등을 통해 이 두 단편에 대한 문의를 수없이 받았으며, 문고로도 읽을 수 있도록 해달라는 의견도 많았습니다. 하지만 당초 이 두 단편은 책에 수록하지 않고 소책자로만 발표할 계획이었습니다.

이 두 작품, 특히 〈보도〉에는 본편을 해석하는 데 중요한, 등장인물의 심리가 그려져 있습니다. 그런 만큼 이 단편을 발표하면《성스러운

검은 밤》에 등장하는 인물의 심리를 상상할 독자의 자유를 빼앗는 것
이 아닐까 싶어 망설여졌습니다. 그러므로 소책자도 그저 하나의 '가
설'로 받아들여지기를 바라며 극히 일부의 독자만 읽을 것을 전제로
한정 제작했습니다. 이밖에도 무수한 해석과 등장인물의 심리분석이
가능하므로, 지금도 독자들이 자유로이 상상력을 발휘하면 할수록 본
편의 세계관이 더욱 넓어지지 않을까 하는 생각이 듭니다.

　이번에 문고에 수록된 단편을 읽고 나서 본인의 상상과는 다르다
고 느끼신 분도 계실 겁니다. 하지만 본편의 세계관을 어떻게 받아들
이고 어떻게 상상의 나래를 펼치느냐는 독자의 자유이며, 그 자유는
결코 〈보도〉에 의해 훼손되어서는 안 됩니다. 〈보도〉에 등장하는 인
물들의 심리묘사도 그러한 '가설' 중 하나로 받아들여주시면 감사하
겠습니다.

　한정 제작된 소책자는 가도카와쇼텐 편집자의 의향을 받아들여
수작업으로 만든 책입니다. 따라서 증쇄가 불가능하므로 얼마 안 되
는 당첨 기회를 얻고자 단행본을 몇 권이나 구입하신 독자도 있다고
들었습니다. 그렇게나 고생해서 겨우 손에 넣었는데, 문고에 수록해
서 누구나 쉽게 읽을 수 있게 하는 건 말도 안 된다는 의견도 받았습
니다. 지당하신 의견입니다. 하지만 정말로 많은 분들이 꼭 읽고 싶다,
제발 읽을 수 있게 해달라는 메일을 주셨으므로 고민한 끝에 문고에
수록하기로 했습니다. 그 점을 부디 이해해주시기 바랍니다.

　본편을 읽지 않으신 분은 꼭 본편을 다 읽으신 후에 단편 두 편을
읽어주십시오. 또한 이 작품으로 아소 류타로와 야마우치 렌이라는
등장인물을 처음 접하신 분들은 그들이 등장하는 다른 작품도 읽어

보시면 두 사람의 성격과 배경을 좀 더 깊이 이해하실 수 있지 않을까 싶습니다. 제목을 알려드릴 테니 참고하시기 바랍니다.

- 무라카미 리코 시리즈

  (여형사 무라카미 리코가 주인공입니다.)

  《성모의 심연》

  《월신(月神)의 얕은 꿈》

- 하나사키 신이치로 시리즈

  (사립탐정 하나사키 신이치로가 주인공입니다.

  현재까지 이 시리즈에는 야마우치 렌만 등장합니다.)

  《포 디어 라이프For Dear Life》

  《포 유어 플레저For your Pleasure》

  《쉬 세드, 히 세드She said, He said》

- 그 외

  《결단》-〈무꽃〉

  (단편. 아소 류타로만 등장합니다.)

                                    - 2006년 9월 현재

  앞으로도 두 사람이 각자, 또는 동시에 등장하는 작품을 발표할 생각입니다.

  하지만 원점은 이 작품이며, 또한 모든 것이 이 작품에 내포되어 있다고 해도 괜찮지 않을까 싶습니다.

더욱 많은 분들이 읽을 수 있도록 문고가 간행되어 무엇보다도 기쁩니다.

2006년 9월

시바타 요시키

극상의 연애소설이자 경찰소설
《성스러운 검은 밤》

내게 번역은 언제나 힘들다. 재미와는 별개로 늘 험난한 작업이다. 번역을 마칠 때마다 산을 하나 넘은 듯한 기분이 드는데, 이번《성스러운 검은 밤》은 유난히 높은 산이었다.

일단 물리적으로 분량이 많았다. 원고지로 약 3,800매쯤 되는데 영미 스릴러 중에는 3,000매쯤은 가뿐히 넘기는 책들이 많지만, 일본 미스터리 중에 3,000매가 넘어가는 작품은 그리 많지 않다.《성스러운 검은 밤》은 지금까지 내가 번역한 작품 중에 제일 긴 작품이다. 페이지를 넘기고 또 넘겨도 끝나지 않는 느낌을 맛본 적은 처음이었다.

분량이 많으면 원고료도 많이 들어오기는 하지만 체력과 정신력을 동시에 투입해 마감과 싸우다 보니 시간을 오래 끌면 사람이 피폐해진다.

다음으로 남자간의 사랑을 다룬 작품이라서 힘들었다. 일본 아마

존에서 어떤 독자가 이 작품을 두고 경찰소설이자 극상의 연애소설이라고 평했는데, 나는 극상의 연애소설이라는 문구를 앞쪽에 놓고 싶다. 이 작품은 경찰소설 형식이지만 이른바 BL(Boy's Love) 요소가 두드러진다. 딱히 동성애를 배척하지는 않지만 미지의 영역인 것도 사실이므로 번역을 시작하기 전에 걱정이 좀 되기는 했다. 결과적으로는 기우였지만.

앞서 재미와는 별개로 번역은 늘 험난한 작업이라고 적었다. 바꾸어 말하면 작업이 험난하더라도 재미는 있을 수 있다는 뜻이다. 그리고 《성스러운 검은 밤》은 재미있어서 보상을 받은 기분이었다.

분량은 많지만 등장인물의 과거 이야기와 현재의 살인 사건이 잘 어우러져 지루하지 않다. 과거 이야기에서는 등장인물의 사연을 엿볼 수 있으며, BL 요소의 비중이 큰 소설임에도 현재의 살인 사건이 적절한 긴장감을 부여하여 다음 전개를 궁금하게 만든다. 가독성이 좋아서 책장도 금방금방 넘어간다.

그리고 이러한 과거와 현재의 사연과 인연이 이 소설을 애증 어린 연애물로 바꾼다. BL이라고 해서 그저 자극적인 묘사를 늘어놓는 데 그치는 것이 아니라 인물의 내면을 심오하게 그려낸다.

다시 말하자면 경찰소설과 연애소설이 겉돌지 않고 잘 결합되었다고 할 수 있겠다. 우리가 흔히 생각하는 연애와는 여러 가지 의미에서 형태가 좀 다르지만 이러한 사랑도 있을 수 있겠다는 생각이 들었다.

이야기가 좀 엇나가지만 등장인물 중에 개인적으로 마음에 든 인물이 하나 있다. 바로 미야지마 시즈카다. 주인공 아소 류타로의 수사반에 소속된 홍일점 형사인데, 여러모로 결함이 있는 인물들 가운데서 거의 유일하게 성장하는 모습을 보여준다(시즈카도 결함이 있기는 하지만).

남성사회인 경찰조직에서 꿋꿋하게 견디며 앞으로 나아가는 시즈카의 모습은 시바타 요시키의 데뷔작《리코, 여신의 영원》의 주인공 리코가 순화된 버전이랄까. 어쩌면 시즈카가 경찰조직에서 오래 버티다 보면 리코처럼 될지도 모르겠다.

아무튼 번역하면서 아소 류타로가 시즈카와 이어지는 것도 나쁘지는 않을 것 같다는 상상을 해보았다. 그리고 시바타 요시키가 아소 류타로와 또 다른 주인공 야마우치 렌, 그리고 미야지마 시즈카의 삼각관계를 한 번 써주면 좋겠다는 망상도 잠깐 해보았다.

그 망상은 아마도 이루어지지 않을 것 같으니 류타로와 렌이 등장하는 다른 소설을 읽으며 그들의 매력을 다시 맛보아야겠다. 독자 여러분은 두 남자가 처음으로 함께 등장하는《성스러운 검은 밤》으로 그들의 매력을 느껴보시기 바란다.

2017년 3월
김은모

성스러운 검은 밤 下

판 1쇄 인쇄 2017년 4월 12일
1판 1쇄 발행 2017년 4월 19일

지은이 시바타 요시키
옮긴이 김은모

발행인 양원석
본부장 김순미
편집장 김건희
책임편집 지소연
디자인 RHK 디자인연구소 박진영, 김미선
일러스트 정석찬
해외저작권 황지현
제작 문태일
영업마케팅 최창규, 김용환, 이영인, 정주호, 박민범, 이선미, 이규진, 김보영

펴낸 곳 ㈜알에이치코리아
주소 서울시 금천구 가산디지털2로 53, 20층 (가산동, 한라시그마밸리)
편집문의 02-6443-8879   구입문의 02-6443-8838
홈페이지 http://rhk.co.kr
등록 2004년 1월 15일 제2-3726호

ISBN 978-89-255-6121-9 (04830)
     978-89-255-6154-7 (Set)

※ 이 책은 ㈜알에이치코리아가 저작권자와의 계약에 따라 발행한 것이므로
   본사의 서면 허락 없이는 어떠한 형태나 수단으로도 이 책의 내용을 이용하지 못합니다.
※ 잘못된 책은 구입하신 서점에서 바꾸어 드립니다.
※ 책값은 뒤표지에 있습니다.